COLLECTION FOLIO

31 / 10

Raymond Queneau

Le chiendent

Gallimard

Raymond Queneau est né au Havre en 1903, de parents originaires de Touraine et de Normandie. Après des études au lycée du Havre de 1908 à 1920, il prépare à Paris une licence de philosophie. Grâce à son ami et condisciple à la Sorbonne, Pierre Naville, il fait la connaissance d'André Breton et collabore à la *Révolution surréaliste*.

En 1925-1927, son service militaire dans les zouaves l'entraîne en Algérie et au Maroc. Il participe à la campagne du Rif et la racontera dans *Odile*. Revenu à la vie civile, il fréquente le groupe de la rue du Château avec Prévert, Tanguy, Marcel Duhamel. En 1929, il rompt avec le groupe surréaliste et séjourne au Portugal. En 1930, il commence une étude sur les fous littéraires. En 1931 débute sa collaboration à *La Critique sociale* de Boris Souvarine. Il voyage en Grèce, écrit un roman, *Le Chiendent*, qui paraît en 1933, puis un deuxième roman, *Gueule de pierre*. En 1936, il séjourne à Ibiza avec Michel Leiris, publie *Les Derniers Jours* et la traduction de *Vingt ans de jeunesse* de Maurice O'Sullivan. Il tient jusqu'en 1938 la chronique « Connaissez-vous Paris » dans *L'Intransigeant*.

En 1937, il publie chez Denoël un roman en vers, *Chêne et chien*. Il entre en 1938 au comité de lecture des Éditions Gallimard, où paraissent *Les Enfants du limon*, roman dans lequel est intégrée son étude sur les fous littéraires. Pendant la guerre, Queneau publie *Un rude hiver*, *Pierrot mon ami*, *Loin de Rueil* et, en 1946, une traduction de Georges du Maurier, *Peter Ibbetson*.

Une trouille verte, *On est toujours trop bon avec les femmes* (sous le pseudonyme de Sally Mara) et *Exercices de style*

5

paraissent en 1947. Certains de ces « exercices » sont mis en scène par Yves Robert en 1949. Le poème « Si tu t'imagines », mis en musique par Kosma, devient la chanson la plus populaire de l'année. Queneau séjourne aux États-Unis et écrit les chansons du ballet de Roland Petit, *La Croqueuse de diamants*. Cette même année 1950 voit la sortie de trois ouvrages : *Petite cosmogonie portative*, *Bâtons, chiffres et lettres*, *Journal intime de Sally Mara*, et d'un film, *Le Lendemain*, réalisé et interprété par l'écrivain.

En 1951, Raymond Queneau est élu à l'Académie Goncourt et publie le recueil de poèmes *Si tu t'imagines*. 1959 est l'année de *Zazie dans le métro*, roman qui connaîtra une grande popularité et sera adapté à la scène par Olivier Hussenot et à l'écran par Louis Malle.

L'œuvre romanesque et poétique de Raymond Queneau se poursuit avec des romans comme *Les Fleurs bleues*, *Le Vol d'Icare*, des recueils de poèmes comme *Courir les rues*, *Battre la campagne*, *Fendre les flots*, des essais comme *Bords*, *Le Voyage en Grèce*.

Raymond Queneau dirige en outre l'Encyclopédie de la Pléiade. D'autre part, en 1960, il a fondé avec François Le Lionnais l'Ouvroir de Littérature Potentielle dont les travaux ont paru dans la collection Idées en 1973.

Comme l'écrit Claude Simonnet dans son livre *Queneau déchiffré* : *Le Chiendent* est le type même de ces romans qui ne se racontent pas parce qu'il est le type même du roman poème. S'il est à la rigueur possible de parler d'un roman ordinaire et d'en donner l'idée à quelqu'un qui ne l'a pas lu, c'est manifestement absurde lorsqu'il s'agit d'un poème. On ne peut qu'inviter le lecteur à lire cette histoire, en un sens parfaitement transparente. Qu'il se laisse d'abord aller à en apprécier le mélange de désinvolture et de maîtrise, à en épouser le rythme, à goûter la saveur de la langue, à se réjouir de son comique allègre et profond. »

A Janine

CHAPITRE PREMIER

La silhouette d'un homme se profila ; simultanément, des milliers. Il y en avait bien des milliers. Il venait d'ouvrir les yeux et les rues accablées s'agitaient, s'agitaient les hommes qui tout le jour travaillèrent. La silhouette indiquée se dégagea du mur d'une bâtisse immense et insupportable, un édifice qui paraissait un étouffement et qui était une banque. Détachée du mur, la silhouette oscilla bousculée par d'autres formes, sans comportement individuel visible, travaillée en sens divers, moins par ses inquiétudes propres que par l'ensemble des inquiétudes de ses milliers de voisins. Mais cette oscillation n'était qu'une apparence ; en réalité, le plus court chemin d'un labeur à un sommeil, d'une plaie à un ennui, d'une souffrance à une mort.

L'autre referma les yeux pendant quelques instants et, lorsqu'il les ouvrit de nouveau, la silhouette disparut empochée par le métro. Il y eut une vague de silence, puis de nouveau *L'Intran* et ses confrères du soir recommencèrent à gueuler sur le boulevard.

Depuis des années, ce même instant se répétait identique, chaque jour, samedi, dimanche et jours de fête exceptés. Lui n'avait rien à voir avec tout ça. Il ne travaillait pas, mais il avait accoutumé de venir là entre 5 et 8 heures, immobile. Parfois, il étendait la main et saisissait quelque chose ; ainsi ce jour-là, une silhouette.

La silhouette, elle, arrivait à Obonne. La femme avait préparé le bouffer ; elle aussi travaillait dans un bureau. Le sous-chef la bloquait tout le temps dans les petits coins et le chef faisait de même. A peine sortie de leurs mains, elle passait à celles du métro. A peine le travail fini là-bas, ici elle recommençait. L'enfant somnolait sous la lampe, attendant le bouffer. La silhouette aussi attendait le bouffer, sentant gonfler ses pieds, un bras pendant entre les jambes, la main agrippée au barreau de la chaise, crainte qu'elle ne s'échappe. Il lisait *Le Journal*. C'est-à-dire qu'il ne lisait pas le journal. Il fixait la lettre n du mot Ministère. Il la fixerait ainsi jusqu'à la soupe. Et après le bout de fromage avec beaucoup de pain, il hypnotiserait la lettre i. Le gosse n'attendait pas le fromage pour s'évader, et, parfaitement abruti, s'en allait vivre des pollutions nombreuses dans son dodo enfantin. La femme lava la vaisselle et s'occupa de divers travaux ménagers. Et lorsque 10 heures vinrent, le trio pionçait.

*

Le lendemain, il y avait une femme à sa place, sa place habituelle. Il avait constaté cette habitude et pensé, tous pareils. Le premier jour qu'il était venu dans ce café, il fuyait la pluie et n'hésita pas à choisir une place, précisément la seule qui restât. Et depuis lors, il venait toujours à cette même place. Un instant, il songea à la vie française de café ; mais il ne s'attarda pas à ces considérations ethnographiques et s'assit au hasard, si bien qu'il tomba en face d'une table qu'il ne connaissait pas, étudia les lignes du marbre, but son pernod. Lorsque l'heure de la sortie vint, de nouveau la silhouette se dégagea du mur, du mur de l'immense bourse que l'on appelait le Comptoir des Comptes.

— Tu as ton passeport ? dit un jeune homme très bas.

La femme, elle était fort jeune, cligna de l'œil. Heureuse, elle allait voyager. Elle souriait, une main sur le genou du jeune homme très bien ; et de l'autre elle grattait le crocodile d'un sac démodé et continuait à sourire. Elle regardait ses yeux à lui, qui simplement buvait de l'eau minérale.

Il remarqua, sans le faire exprès, que ses souliers étaient éculés ; ceux du voisin aussi et ceux-là encore ; brusquement, il aperçut une civilisa-

11

tion de souliers éculés, une culture de talons ébréchés, une symphonie de daim et de box-calf s'amincissant jusqu'à l'épaisseur remarquablement minime des nappes en papier des restaurants pour pas riches. La silhouette bougea selon le même rythme que le jour précédent ; avec la même habileté, elle recherchait le plus court chemin de cette porte monumentale du Comptoir des Comptes à celle qui grinçait de sa villa de banlieue.

La silhouette possédait une villa ; elle l'avait fait construire, ou plutôt elle avait commencé à la faire construire ; car l'argent manqua et le premier étage resta inachevé. La villa avait un petit air région dévastée qui n'était plus guère de mode. L'enfant, il est pubère, les coudes sur la table, apprenait par cœur une liste de batailles ; la femme, rentrée avant lui, commençait les travaux ménagers ; l'habitude.

Le regard passa du soulier éculé à la silhouette ; avec satisfaction, le buveur quotidien constata qu'il l'avait reconnue. Enfin, parmi ces milliers de gens tous parfaitement indifférents, il en avait repéré un. Pourquoi celui-là ? Sa hâte plus grande vers le métro ? Sa plus spécialement élimée veste ? Son espèce de chignon de cheveux mal coupés ? Pas ses talons éculés, non. Alors quoi ? Le lendemain, il verrait peut-être pourquoi ? La silhouette avait déjà été avalée par l'ombre, disparue.

Et, comme de bien entendu, elle réapparut à la

petite porte grinçante de la villa mi-construite. On ne pouvait dire que ce fût une matérialisation ; strictement bidimensionnelle, elle ne méritait pas un aussi gros mot. Mais, comme ça, tout d'un coup, elle sortait de la boue l'hiver, de la poussière l'été, juste face à la serrure, par un hasard multiplié. Le chat ronronnait, se grattant le long de la grille mal peinte, où le rouge du minium réapparaissait par endroits. Le chat heureux de revoir son maître se frottait contre le minium. Gentil petit chat. La porte fut soigneusement refermée. L'enfant ferma le livre des batailles. Et l'on bouffa.

Après le dîner, la femme se reposa un peu. L'enfant s'éclipsa, emportant, angoissé et jubilant, un numéro du *Sourire* qu'un copain lui avait prêté. La silhouette regarda le chat qui rêvait. La femme termina son travail et, sur le coup de 10 heures, le plus jeune des trois ne dormait pas encore.

*

A midi, il faut aller déjeuner, pas trop loin à cause du boulot, car il faut revenir en vitesse ; pas trop cher non plus, naturellement. Un coup de filet inexplicable attira un millier d'êtres humains dans ce local et là on les nourrit contre argent comptant. La silhouette en est ; on l'a attrapée. Elle mange : une magnifique sardine rance, un

13

très mince morceau de carne orné de bouts de bois, et lorsque arrive le délectable moment de la dégustation de la banane-confiture, le voisin délicat mange de la morue. La silhouette connaissait cela ; tous les jours, c'était le même coup. Un quidam, pris dans le premier coup de filet, absorbait avec rapidité la saloperie qu'on lui octroyait et, vite, on le remplaçait par le délicat amateur de poisson, lequel pestait lorsque, arrivé lui-même au yaourt ou aux mendiants, un retardataire commençait à s'introduire des tripes dans le gosier et ce au moyen d'une fourchette qui servit la veille à crever le miroir de deux œufs déjà anciens, ainsi qu'en témoignait le jaune d'or de ses dents. Vers les 2 heures, dans le restaurant désert, encore empuanti, quelques serveuses grasses s'épongeaient les aisselles.

Vers les 3 heures, la silhouette se moucha ; vers les 4 heures, elle cracha ; vers les 5 heures, elle fit une courbette ; vers les 5 h 50, elle entendait déjà grincer la petite porte de la villa étêtée.

A 6 heures, l'autre était là, exact, à sa table de café. Ce jour-là, son voisin de droite, étouffant sans arrêt, buvait une potion jaunâtre à même une petite bouteille ; le meussieu de gauche se grattait distraitement les parties génitales en lisant le résultat des courses. Au sud-ouest, un couple se couplait devant un raphaël-citron. Au sud-sud-ouest, une dame seule ; au sud-sud-est, une autre dame seule. Au sud-est, une table très exceptionnellement vide. Au zénith, un nuage ; au nadir, un mégot.

A 6 heures, la silhouette se détacha. Il s'en amusa inconsidérément. Celle-là, il l'avait bien repérée. Un jour, il s'amuserait à la suivre. A ce moment, il constata avec angoisse que la silhouette, au lieu de se diriger droit vers le métro, faisait un crochet et s'attardait devant la vitrine d'un chapelier pour regarder deux petits canards flottant dans un chapeau imperméable rempli d'eau afin d'en démontrer la qualité principale. Cette distraction de la silhouette eut sur elle un effet immédiat qui n'échappa point à l'observateur ; elle acquit une certaine épaisseur et devint un être plat. Cette modification de sa structure fut d'ailleurs perçue par les gens qui avaient coutume de prendre le même train que lui, le même wagon, le même compartiment. L'atmosphère s'alourdit lorsque, au coup de sifflet libérateur, la portière s'ouvrit et au dernier moment, la place à côté du coin de droite, face à la marche du train, fut occupée. Quelque chose avait changé.

Une manille se forma dans le carré de gauche. L'ex-officier, actuellement représentant en vins, déplia son journal avec grand bruit ; la petite demoiselle d'en face continua son crochet commencé depuis Pâques. Le vis-à-vis de l'être plat somnolait ; mais sa somnolence était agitée ; il bavotait et rattrapait périodiquement sa salive, exhibant une langue violette qui incitait à penser que son

15

possesseur devait sucer son stylo ou avoir quelque atroce maladie, le bachi-bouzouk ou la violetteria par exemple. Pendu perpétuel, le vis-à-vis passait inaperçu. A sa droite, l'officier en retraite rongeotait son crin de lèvre en lisant de la politique ; ses yeux fumaient ; une guerre en perspective, sûrement. Celui-là aussi faisait peur. La langue violette sortit de sa somnolence et déplia un journal, *La Croix*. Coup sur coup, deux événements graves se produisirent : la demoiselle se pinça un doigt dans la fermeture de son sac à main et ça lui fit très mal ; dans l'autre coin, les manilleurs beuglèrent. « As de pique, roi de cœur, carreau, il faut être imbécile pour jouer comme ça. » « Meussieu, vous parlez pour vous, quand on joue aux cartes on fait attention, si on ne sait pas jouer, on ne joue pas, il est impossible de jouer avec un type pareil. »

Jouer, jouer, jouer, jouer. Et la demoiselle qui glouglotait en se suçant le doigt. Le général manqué, relevant ses narines de dessus sa littérature patriotique, cherchait à prendre parti. Le lecteur de *La Croix* regardait une mouche avec des yeux ronds, son journal solidement appuyé sur ses cuisses. Attention! un bon coup de langue. Et les autres qui continuaient. « C'est cinq sous que vous me faites perdre avec ce coup stupide. Si vous aviez compris... Meussieu, Meussieu, Meussieu. »

Ces Messieux, emphatiques comme des titres de noblesse, remplaçaient les gifles qu'on n'osait distribuer, crainte qu'on ne les rendît. Et ça continuait, ça continuait. Ça continuerait comme ça jusqu'à la prochaine station. Vingt minutes. L'être plat eut envie de pleurer. Il se sentait vaguement responsable de cette lamentable sortie hors des habitudes du compartiment. C'était de la faute aux petits canards et au chapeau imperméable.

A la première station, deux des manilleurs descendirent en grommelant terriblement, avec d'horribles yeux de lapins de choux fâchés. La petite demoiselle, suçotant son doigt, descendit également. Le militaire en civil prit ses aises et se cura les dents avec l'ongle de l'index et le chrétien se plongea dans la lecture d'un article sur la salvation des petits Chinois. De ce côté-là, ça allait mieux, mais les manilleurs continuaient à discuter le coup, et leur voix passionnée secouait étrangement le tympan de l'être plat qui, à ce moment, s'aperçut qu'il connaissait l'un d'eux. Ils habitaient la même pension à Pornic. Cette coïncidence changea tout à fait l'allure de ses pensées et il allait s'orienter vers une petite rêverie concernant les bains de mer, les vacances approchaient, dans trois semaines vingt-huit jours de congé, lorsque le représentant en vins, estimant qu'on manquait d'air, baissa une vitre. Le manilleur de Pornic, lui, craignait les courants d'air. Il protesta. L'autre refusa la fermeture. Et de nouveau les « Meussieu », les « Meussieu je vous dis », les « Mais, Meussieu », voltigèrent d'un bout à l'autre du compartiment,

17

artillerie brenneuse et polie, boulets miteux et marmiteux que le lecteur de *La Croix* gobait au passage comme des œufs pourris. Et ça s'envenimait, comme on dit ; de même que des gosses qui fourrent des cailloux dans les boules de neige, ces Messieus introduisaient dans leurs « Meussieu » des abîmes de perfidie, des gouffres de raillerie, des précipices de défi et des potées lorraines de méchanceté. Mais ils n'iraient pas jusqu'aux coups. L'être plat sentit de nouveau que c'était de la faute aux petits canards et au chapeau imperméable ; comme l'arrêt suivant interrompit cette discussion par la sortie prématurée de tous les bafouilleurs plus le catholique, l'être plat resté seul se demanda avec inquiétude : Pourquoi ? Et il répétait pourquoi, pourquoi sur le rythme du train. A la station suivante, il descendit.

Après l'inévitable bousculade de la sortie, il se dirigea vers sa demeure, sautant de fondrière en fondrière, faisant rouler les cailloux de la pointe aveugle de ses richelieux. Après vingt minutes de cette laborieuse marche, il se trouva devant la porte grinçante. Le chat n'était pas là. La porte refermée, il monta les quatre marches du perron.

Le voilà dans la salle à manger. Tout semble bien en place. L'enfant aux yeux cernés ferme lentement une *Apologie de Socrate* dans laquelle il a caché une photo dont il préfère garder pour lui seul la contemplation. Il lève un front pur, mais lourd d'obscénités nombreuses. La femme apporte la choupe.

Elle lui trouve l'air drôle.

— Tu as l'air drôle, Untel, lui dit-elle.

Il se trouve en effet drôle.

— Oui, Unetelle, je me sens drôle, fit-il.

L'enfant absorbe la choupe avec précipitation. Avec sa cuiller, il fait tac tac dans le fond de son assiette. L'être plat prend son courage à deux mains, ces deux mains-là qu'il sent au bout de ses bras ; il prend son courage, c'est-à-dire il le crée. Après un violent effort, il commence :

— Tu sais, aujourd'hui, je me suis attardé devant le chapelier, celui qui se trouve à gauche en sortant du Comptoir. Il y a quelque chose de très curieux en montre. C'est un chapeau imperméable.

L'enfant, qui attend la suite (du repas), écoute attentivement.

— On a mis de l'eau dedans pour prouver, pour montrer quoi, qu'il est imperméable ; et puis deux canards.

La famille se recueille un instant. La femme demande :

— Deux canards ?

L'être plat, gêné, répond :

— Oui, tu sais, deux petits canards en caoutchouc.

Le voilà furieux maintenant ; cette histoire stupide finit *toujours* mal ; cette absurde idée de regarder à cette devanture. Par-dessus le marché, voilà l'enfant qui parle et profère ces mots :

— Ça fait au moins deux ans que ça y est, ce truc-là.

Le papa plat ne sait que dire. On apporte des nouilles. On, c'est la femme. Il n'y a pas de viande ce soir. Puis, sans ménagement, elle lui apprend qu'un voisin a tué le chat. Qui, on ne sait pas. Où est-il ?

C'est la vieille mère Tyran qui a rapporté son cadavre. C'est une pauvre vieille ; elle voulait la peau. Elle l'a trouvé au pied du mur du café d'Hippolyte. Il avait une balle dans la tête.

L'être plat n'admet pas qu'on lui ait supprimé son chat ; il se met à se boursoufler comme les messieus dans le chemin de fer. Puis il retombe. Il va se coucher. Il se sent drôle. Cette nuit, il fera l'amour avec sa femme. Le petit, lui, s'abstiendra de toute pollution, car demain il a une composition de mathématiques ; et lorsqu'il fait ça la veille, ça lui porte toujours malheur.

*

L'observateur mijote quelque chose ; quoi, il ne le sait pas encore lui-même. Mais il se prépare ; soit qu'il continue l'étude du repéré, ainsi qu'il le nomme, soit qu'il cherche quelque autre hasard, aussi vain, aussi inutile. Après avoir hésité entre diverses occupations possibles, il opte pour le pernod et la silhouette. Et l'œil ouvert, parfaitement lucide sur tous les êtres qu'il croise, il se dirige vers l'attente. En chemin, il rencontre son frère qu'il n'a pas vu depuis fort longtemps ; il se prétend très pressé, très occupé également et lui fixe un rendez-vous pour minuit. Enfin, il atteint un de ses buts : sa place est libre ; l'emphysémateux occupe la voisine. Plus au sud, le jeune homme au passeport se morfond, solitaire. Au nadir un mégot, au zénith une toile striée, car le patron vigilant prépare sa clientèle à recevoir dans le cou les gouttes perfides que sécrète la prétendue protectrice.

L'orage se fait attendre ; l'être plat aussi, car, ce jour-là précisément, il fait une heure supplémentaire. Enfin, une, deux, trois gouttes d'eau s'écroulent sur l'asphalte. L'observateur, que la sortie de 6 heures a laissé déçu, reste à son poste. Quatre, cinq, six gouttes d'eau. Des gens inquiets pour leur paille lèvent le blair. Description d'un orage à Paris. En été. Les craintifs se mettent à galoper ; d'autres relèvent le col de leur veston ; ce qui donne un air bravache. Ça commence à sentir la boue. Beaucoup cherchent un abri, sagement ; et lorsque la pluie bat son plein, on ne voit plus que des groupes noirâtres accrochés aux portes cochères, comme des moules aux pilotis d'une jetée-promenade. Les cafés font recette. 7 heures. Des trams, des autobus, des trains seront manqués, des plats brûlés, des rendez-vous ratés. Quelques coups de tonnerre prétentieux simulent l'orage. Des gens doctes assurent que le temps était orageux et que ça rafraîchira l'atmosphère et que ça fait du bien, une petite pluie comme ça de temps en temps et que ça ne durera pas longtemps.

L'observateur laisse parvenir jusqu'à lui ces paroles vaines qui ne disent rien d'autre que la vérité ; il constate avec amertume que ces banalités correspondent parfaitement à la réalité. La réalité présente n'en demanderait-elle pas plus. Et la silhouette qui n'est pas sortie. Pourtant si ; il la voit sur le perron du Comptoir des Comptes, attendant patiemment que la pluie cesse : ce n'est d'ailleurs plus une silhouette, mais un être plat. L'autre sursaute ; la pluie cesse ; l'être plat court vers le métro.

L'observateur se lève, part sans payer (il reviendra), et se met à la poursuite du repéré. Le voilà qui descend dans le métro. Il est tout en bas de l'escalier, il va passer le portillon. Heureusement que l'autre a des tickets. Une rame arrive. Quelle foule de foule! L'être plat est là dans le second wagon de seconde ; l'observateur aussi ; le premier devant la porte de droite, le second devant la porte d'entrée.

Quel singulier changement, pense le second ; mais inutile de l'examiner comme ça. Je me demande à quelle station il va descendre. Grande poussée ; Saint-Denis ; il va prendre la correspondance.

22

Nouveau regroupement jusqu'à la gare du Nord. Quel train va-t-il avoir, l'omnibus ou le semi-direct ? Celui de 19 h 31 ou celui de 19 h 40 ? Allons, donne un bon coup de coude dans le ventre de cet obstructeur ; écrase les escarpins de cette charmante jeune fille, — sans ça tu rates ton semi-direct, et si tu regardes cette femme, tu vas manquer l'omnibus. L'être plat ne rate que le semi-direct ; l'omnibus l'attend encore. L'y voilà. Ici, plus d'habitudes, les figures ne sont plus les mêmes, les voyageurs de 7 heures forment un monde qu'ignorent les voyageurs de 6 heures, et il est de ces derniers. Il ne connaît ni ce petit moustachu dont le chapeau de paille dentelé menace de mordre un voisin de grande taille qui somnole en ouvrant le bec, ni ces deux jeunes filles qu'absorbe la lecture d'un roman-ciné, ni cette maman et son gosse, lequel regarde deux mouches s'accoupler sur son genou écorché, car il a ramassé une fameuse pelle dans l'escalier roulant à Pigalle, encore toute une histoire, ni ce jeune homme blond qui regarde fixement défiler le paysage. Il lui semble avoir vu ce jeune homme dans le métro, tout à l'heure, mais il n'en est pas sûr. Maintenant, il pense à son chat, dont l'assassinat le désespère. Il s'énumère les preuves d'affection que lui donnait cette bête. Ainsi, tous les soirs, elle l'attendait sur le petit mur, à côté de la porte. Une sale brute l'a tuée. Il s'imagine le cadavre, la dépouille, la peau que tanne la mère Tyran.

23

L'être plat s'indigne, se révolte. Et il se le dit.

Au lieu d'être découpé comme un soldat d'étain, ses contours s'adoucissent. Il se gonfle doucement. Il mûrit. L'observateur le distingue fort bien, mais n'en aperçoit aucune raison extérieure. Il a maintenant en face de lui un être doué de quelque consistance. Il constate avec intérêt que cet être doué de quelque réalité a les traits légèrement convulsés. Que peut-il se passer ? Cette silhouette est un être de choix.

Le gosse murmure à sa mère quelque chose ; tout le monde devine de quoi il s'agit. Le petit moustachu a engagé la conversation avec son voisin ; il lui déclare d'un ton pensif que le temps était lourd et orageux et que l'orage de tout à l'heure a rafraîchi l'atmosphère. L'auditeur approuve. Puis, par association d'idées par contiguïté, il lui parle des voyages dans la stratosphère.

Entre deux gares, sans explications, le train ralentit, puis s'immobilise. Des têtes surgissent brusquement par les portières ; celles de droite doivent aussitôt rentrer dans leur coquille, sous peine de décollation, car un train en sens inverse passe ; sa vitesse est d'ailleurs réduite. Il doit y avoir un accident. Retard d'une durée illimitée. Cette nouvelle provoque un certain affairement dans le compartiment. Le gosse en profite pour descendre pisser. Le moustachu perd son auditeur qui s'endort définitivement.

*

Narcense et Potice suivent une femme. C'est là d'ailleurs la principale activité de Potice qui multiplie les conquêtes. Conformiste et bienveillant, il ne méprise pas ses semblables et s'en occupe le moins possible. Il a horreur des grands événements qui troublent ses agissements. Le jour d'aujourd'hui lui paraît aussi bon, ou meilleur, que le jour d'hier ; il ne sait pas au juste, il n'y songe guère. Mais il ne pleure pas après demain. Il collectionne les femmes.

Narcense, lui, est artiste ; ni peintre, ni poète, ni architecte, ni acteur, ni sculpteur, il joue de la musique, plus exactement du saxophone ; et cela dans les boîtes de nuit. En ce moment, il est d'ailleurs sur le pavé et cherche à gagner son pain à la force de ses capacités, mais il n'y parvient pas. Il commence à s'inquiéter. Ce jour-là, vers les 4 heures, il a rencontré son vieil ami Potice qui l'a entraîné derrière une femme qu'il a choisie au milieu de milliers d'autres ; il ne l'a vue que de dos ; le visage est incertain. Un risque. 5 heures. Narcense et Potice sont très parisiens. Ils suivent les femmes à 5 heures.

La dame en question marche d'un pas décidé, pressé. Bon, la voilà dans le tram. Le 8. Sens gare de l'Est. Narcense et Potice courent après le tram. Des autos courent après Narcense et Potice. Dans

25

le tram, la dame s'assoit, l'air perdu. Perdue dans ses pensées, elle ne regarde rien, personne, ne s'intéresse à rien, à personne. Elle est là assise, des paquets sur les genoux. Pas jolie, mais belle : Narcense et Potice l'admirent.

Au terminus, toujours décidée, elle se dirige vers la gare du Nord. En passant, fait quelques achats. Potice essaie d'engager la conversation, mais sa tentative tombe à plat.

Devant la gare du Nord, ils se sont laissé distancer. Une bordée d'autos les séparent. La dame va disparaître. Ils jurent. Est-ce le moment ? Ils se précipitent, bondissent entre les triporteurs et les autobus, évitent l'un, l'autre. Narcense a le temps de voir la dame sur le quai 31. Il court, repère la ligne, prend un billet y correspondant (Potice ne l'a pas suivi) ; le long du quai, il regarde les compartiments. Celui-ci est complet, celui-ci, celui-ci. Elle est là. Une petite place encore dans le coin. Il grimpe un peu essoufflé. La dame, les yeux fixes, semble ne rien voir. Elle a l'air très las. Narcense se demande ce que Potice est devenu. Il regarde par la portière, mais ne voit personne. Le train part. A Obonne, la dame descend. Narcense aussi. Beaucoup de monde dans la rue. Narcense n'ose se risquer. Il presquose, puis recule. Tant et si bien qu'il se retrouve seul devant la porte d'une petite villa. Il tourne un peu en rond, regarde cette villa à moitié construite ou en démolition. Il trouve ça très beau. Il comprend qu'une telle femme, si belle, habite une si étrange demeure. Pendant ce temps, la belle femme épluche des oignons, très lasse.

Narcense rôde encore, très embarrassé. Ne sait que faire. Bien heureusement, un événement extérieur précis le détermine. Il se met à pleuvoir avec violence. Et le voilà qui galope vers le plus prochain abri. Un bistrot.

« J'ai l'air d'un lapin, 'jourd'hui, pense-t-il. Courir toute la journée. Un lapin qui joue sur un petit tambour. Quelle belle femme! Quelle allure! » Il la déshabille en commandant distraitement un mandarin-curaçao et il est en train de lui mordre un sein, non celui de gauche, celui de droite, lorsque, à une table voisine, il entend une voix qui raconte.

— Chang-hai, il y a le bar le plus grand du monde... Je connais tous les bordels de Valparaiso... Une fois j'ai navigué sur un vapeur qui transportait des cadavres de Chinois... A mon premier voyage, j'avais seize ans, j'ai fait l'Australie. A Sydney, j'ai failli me faire tuer par un grand Suédois qui... J'ai tiré trois ans à la discipline. J' m'en suis sorti... Je repars dans un mois pour le Pacifique. J'ai une petite poule à Valparaiso...

Narcense sort de son rêve et regarde ; un individu très indéterminé, mais avec un chandail de marin, une casquette à visière de cuir. Autour de lui, trois jeunes gars du pays qui écoutent. Dehors, il pleut toujours. Le patron se mouche avec bruit, essuie le zinc et voudrait bien parler. Les autres tables sont vides, sauf celle du fond occupée par un roquet fielleux. Le marin continue à jacter. Puis, il juge bon de faire marcher le phono mécanique.

Narcense égaré laisse de la monnaie sur la table et sort.

*

Cet enfant était hypocrite et solitaire. Parfois le premier, il n'hésitait pas à conquérir la dernière place, si ses angoisses l'y obligeaient. Il n'avait jamais eu d' papa ; tué à la guerre, lui dit-on ; mais il savait bien qu'il était naturel. Sa mère, qui avait une idée de la faute, travailla pour l'élever. Puis elle se maria avec un tout jeune homme et continua de travailler. Le gosse savait tout cela ; personne ne le lui dit, mais lentement, savamment, il reconstitua toute l'histoire. D'ailleurs, cette histoire ne l'intéressait pas.

En dehors des plaisirs solitaires qui absorbaient une partie considérable de ses loisirs, il n'aimait pas grand-chose, ne collectionnait rien et lisait peu.

Ce soir-là, il était comme de coutume assis, étudiant en attendant la rentrée du beau-père qui, justement, ce soir-là se faisait attendre.

Extraordinaire. La mère allait et venait, de la salle à manger à la cuisine, et ailleurs. « Comment ça se fait, ton père qui ne rentre pas ? Il doit se passer quelque chose. Voilà une heure que je n'ai pas entendu de train. » La question ne le préoccupait guère. Il essayait de retenir si l'abscisse c'était la verticale, et l'ordonnée l'horizontale. Il n'arrivait pas à retenir ça. Constant n'est pas content parce qu'il ne lui a pas rendu la photo de Marlène Dietrich. Aller voir *L'Ange bleu* tout seul. Cette idée l'exalte considérablement. Il sait qu'au début, ça se passe dans une école et que les élèves se montrent cette photo ; et cette femme-là chante et elle est toujours déshabillée, lui a-t-on dit, d'une façon tu ne t'imagines pas comme.

— Décidément, il doit y avoir quelque chose. Si tu allais voir à la gare ? Peut-être y a-t-il un accident.

Il se précipite. Dans le petit jardin, il respire fort, d'un seul coup. Fait tiède, humide. La terre mouillée. Ça brille un peu. La lune est aux trois quarts. Il la regarde et se rappelle la tête du géant coupée qu'il croyait voir, lorsque plus petit. Ce souvenir le gêne un peu. Il fait deux pas dans l'obscurité. Absurde, mais il a un peu peur. Tout d'un coup, il aperçoit un homme qui stationne devant la grille. Dans l'obscurité, il s'immobilise ; peu à peu, il distingue. Oui, un homme ; sa tête, on la dirait prise entre les barreaux de la grille ; pas possible, il va les écarter de son front ; les yeux brillent terriblement, la bouche à moitié ouverte. Il semble être secoué sur place. Caché, l'enfant le voit fort bien ; avec quel intérêt ! Sous la poussée de ce corps désespérément isolé, la petite porte grince, grince. Le monsieur soupire profondément, puis, à voix basse, jure frénétiquement « Vache de vache de vache de vache », indéfiniment, comme une litanie. L'enfant a soudain envie de compter combien de fois l'autre répète le mot vache ; mais cette idée lui vient trop tard, comme la nuit lorsqu'on veut compter l'heure d'après une horloge et qu'on ne sait si on s'y est pris assez tôt. « Vache de vache de vache. » Il parle presque à voix haute maintenant, il semble délirer, il secoue d'une main ces barreaux de cette porte, il la frappe rythmiquement de son corps. Tout à coup, très bas, mais la bouche grande ouverte, il psalmodie « vaaaaaaache » et sa tête retombe. Il reste quelques instants immobile, la tête contre les barreaux de la grille et de son front il fait tomber un peu de la peinture qui s'écaille. Puis brusquement, il s'en va.

L'enfant ne sait que penser. Il court à la porte, voit le type disparaître dans la nuit. Ouvre la porte. Il avait bien deviné. La porte est marquée. De la porte, oui, c'est cela, on voit dans la cuisine, sa mère est assise, veille à ce que ça ne brûle pas. On n'a pas les moyens de ça. L'enfant trouve sa mère très belle. Puis il se rappelle quelle course il devait faire. Il court vers la gare. A ce moment, un train arrive. Trois heures de retard. Son père est sûrement dedans. Tout d'un coup, il rit. « S' que papa va voir la porte ? »

*

Après avoir téléphoné à son frère qu'il allait passer quelques jours à la campagne et que, par conséquent, il était inutile qu'il l'attende ce soir à minuit, l'observateur, mourant de faim, s'assit devant une table de marbre veinée de crasse, sur laquelle on avait négligemment posé une cuiller, une fourchette, un verre, un couteau, une salière, voyons voir si je n'oublie rien, un couteau, une salière, une cuiller, une fourchette, un verre, ah ! et une assiette non ébréchée. Malgré l'heure tardive, un autre semblable appareil était placé sur une table voisine et son titulaire en faisait grand usage. Ayant soigneusement torché son assiette, il leva son nez de dessus et fixa le client en ronchonnant : « Un sacré retard aujourd'hui, quelle compagnie ! » Le client regardait distraitement une photo de transat en première page d'un journal. « Çà alors, c'est une catastrophe, s'exclama le vorace, ne s'adressant à personne en particulier. Ça me rappelle le naufrage du *Clytemnestre* au large de Singapour. Quelle pagaïe ! Tous les passagers qui se marchaient dessus pour monter dans les barques. Le capitaine, il avait son revolver

31

à la main et pan! il descendait les hommes qui voulaient monter avant les femmes dans les canots de sauvetage. Oui, m'sieu, il les descendait, pan! »

« Quelle brute », murmura pour lui-même l'observateur.

Le marin, un instant effaré, s'équilibra : « Ça pour une brute, c'était une brute. Un jour, pour rien, il m'a foutu son poing en pleine gueule, sauf votre respect. Et Le Touchec, ah là, là, toujours des coups de pied au cul qu'il lui donnait, sauf votre respect. » Et au bout de cinq minutes : «A Chang-hai, il y a le bar le plus grand du monde... Je connais tous les bordels de Valparaiso... » Il ne peut arriver jusqu'à sa petite poule du Chili, parce que, à ce moment, un homme entra et demanda à dîner. Un tel événement emplit de silence le petit caboulot. Le nouvel arrivé avait un drôle d'air. A ses souliers complètement boueux, on pouvait juger qu'il avait dû longuement errer à travers les lotissements. Un peu de rouille tachait son front que barrait une cicatrice ancienne. Il s'effondra sur une chaise. Le patron plaça devant lui un nécessaire à nourriture et le nouveau venu se mit à gratouiller la table avec le bout de son couteau. Ça crissait.

— S'il vous plaît, meussieu, dit le marin, ça me fait grincer des dents.

Le nouvel arrivé ne répondit pas et cessa. Le patron regarda le marin, cligna de l'œil avec intelligence. Ce que surprit l'observateur qui demanda discrètement :

— Vous connaissez ce meussieu?

— Non, mais j'ai comme une idée qu'il n'aimerait pas qu'on lui demande ce qu'il fait. Il est arrivé ici cet après-midi. Il s'est absenté une heure. Et puis le revoilà, avec une drôle d'allure. Allez, à l'occasion, je saurais donner son signalement à la police.

Encore un qui veut avoir sa photo dans le journal à bon compte. Le patron continuait à échanger des signes d'intelligence avec le marin qui se curait méditativement la dentition avec son couteau de poche à lui. L'observateur fut pris d'un infini dégoût. L'autre ne voyait rien de cette manœuvre.

Un homme se leva et, devant la table d'un autre, dit :

— Pierre Le Grand.

— Je vous en prie.

— Vous permettez?

— Je vous en prie. Narcense.

— Enchanté.

Poignée de main.

— Je, commença l'un, ne connais pas de spectacle plus lamentable que celui des bateaux ivres, qui se dessoûlent dans une gargote de lotissement ; je n'en connais pas de plus ignoble que celui de gargotier qui n'a d'autre but dans la vie que d'espionner, d'espionner sans cesse, jusqu'à ce qu'enfin

33

il se trouve qu'un quelconque criminel passe à sa portée et qu'il puisse enfin servir la société en le dénonçant à la police. Ils sont là tous deux : l'abruti par les latitudes et le mouchard ; leur rencontre donne la sensation d'une éponge d'encre qu'on vous enfoncerait dans le gosier.

— Vous savez, dit Narcense, je ne suis pas un quelconque criminel. Je n'ai commis aucun crime, malgré la boue de mes souliers. Tout au plus, outrage aux mœurs.

Un silence.

— Vous êtes très sensible, meussieu Le Grand. Je ne vois pas ça comme vous. Pas du tout. Ce marin est très amusant, bien que ses histoires soient un peu vieillottes. Il se répète ; mais ne vous répétez-vous pas ? Qui ne se répète pas ? Il est moins habile que d'autres, voilà tout. J'aime les marins ; ils me plaisent, leur vie, quelque chose dans leurs yeux. Pour ma part, c'est à peine si je sors de Paris ; comme vous voyez. Mais ces gens qui ont vu tant de pays divers, lorsque revenus en leur ville natale, ils y apportent...

— Foutaises que tout cela.

— Merci, dit Narcense. Ce gargotier, je vous dirai qu'il ne me plaît guère. Regardez-le qui cherche à entendre ce que je dis. Mais n'est-ce pas étonnant ce petit bistrot de banlieue ? Quelle heure ? 10 h 30. Regardez ; au fond, c'est vrai pour le marin. Pourquoi diable alla-t-il si loin ? Moi, je trouve ce bistrot splendide et tragique.

La lune à moitié dans la vitre. Le patron qui fait
semblant de roupiller derrière son zinc, et tend
l'oreille. Le marin s'en va. Sonnette. Le chien
miteux, très curieux ce chien, lève la tête, la
laisse retomber. Un cheminot vient boire un noir
brûlant, arrosé ; puis retourne à son travail, après
avoir échangé quelques brèves paroles sur l'accident, avec le patron. Tout à l'heure le phono
marchait. C'était émouvant. Je m'escuse, mais
je suis dénué de scepticisme. De plus, je ne suis
pas philosophe. Non, vraiment pas. Mais comme
ça, de temps en temps, une chose vulgaire me
paraît belle et je voudrais qu'elle fût éternelle.
Je voudrais que ce bistrot et cette lampe Mazda
poussiéreuse et ce chien qui rêve sur le marbre
et cette nuit même — fussent éternels. Et leur
qualité essentielle, c'est précisément de ne pas
l'être.

— Réellement, vous ne souffrez jamais ?

— Autrefois, il y avait des femmes dans ma vie.
Maintenant, il y en a une. Une dont je désespère.

— Vous parliez tout à l'heure d'outrage aux
mœurs ?

— Eh bien ? Ça ne vous arrive jamais des
choses comme ça ? Croyez-vous que j'aie encore
un train pour Paris ?

— Patron ! (mmmmeuh mmmeuh, insinue ce
dernier) à quelle heure le prochain train pour
Paris ?

— Mmmmeuh, mmmeuh, 22 h 47.

35

— Excusez-moi, je vais rentrer à Paris. Et vous-même, habitez ici?

— Non, Paris. Mais je vais passer quelques jours ici. J'observe un homme.

— Tiens. Romancier?

— Non. Personnage.

— Au revoir, Le Grand.

— Adieu, Narcense.

*

Sur le quai, des tas d'êtres humains tout noirs attendaient. On aurait dit du papier à mouches. Le jour, un peu abruti, n'était pas encore bien levé. L'air, parfaitement purifié par la nuit, recommençait à puer légèrement. A chaque instant, le nombre des attendants augmentait. Les uns ouvraient à peine des yeux rongés par le sommeil; d'autres semblaient plus bas que jamais. Beaucoup étaient frais et dispos. Et presque tous avaient un journal à la main. Cette abondance de papier ne signifiait rien.

Devant la lampisterie, un être de forme singulière attendait, lui aussi; il n'avait pour ainsi dire que le minimum d'épaisseur permis à un bimane, encore que celui qui l'eût vu seulement quelques jours auparavant eût été étonné de son rapide développement tridimensionnel. Ce personnage lui aussi lisait un journal, *Le Journal*. Vendredi.

Il regarde rapidement la politique, rapidement les faits divers ; assez longuement les sports, ce qui intrigue légèrement un jeune homme qui l'observe avec attention. Soigneusement ensuite il étudie les programmes de la semaine. Un coup d'œil aux petites annonces classées, 5 minutes 12 secondes! il a fini son journal.

Chantant sa petite chanson habituelle, tututte, le train entre en gare avec beaucoup d'entrain. Les journaux se plient et leurs possesseurs se précipitent avec courage dans une effroyable mêlée ; chacun essaye de conquérir sa place habituelle. Lorsque tout le monde est casé, on clôt le récipient. Et de nouveau, le train joyeux repart vers la grande ville (en faisant bien attention de ne pas marcher sur le ballast. Rigoureusement défendu).

L'être de moindre réalité regarde le paysage. Il suppute le nombre de fois qu'il a pu voir cette usine et s'étonne de ne pas avoir remarqué la baraque en planches FRITES un peu plus loin. Comme les petits canards, pense-t-il. Tout à coup, il conçoit un projet vraiment extraordinaire : un jour, il ira manger des frites dans cette baraque. S'inquiète un instant de savoir si FRITES n'est pas un nom de personne : Meussieu Frites. Cette idée le fait sourire.

Un meussieu dans le coin note le sourire. Mais à cause de quoi? Hier soir, n'avait-il pas la figure convulsée? D'une autre place, un gros tas de patates remarque aussi le sourire. « Encore un

piqué, estime-t-il. Sera bientôt bon à enfermer. »
Il appuie discrètement son pied sur celui de son
vis-à-vis, lequel lève le naseau de dessus un torchon défenseur simultané des bonnes mœurs et de
l'industrie sidérurgique, et lui indique, d'un coup
de cou habile, le piqué. Ils se sourient. Ils connaissent l'être de moindre réalité et l'être de moindre
réalité les connaît. Ils se sont dit : bonjourmeussieu
commentçavacematinpasmaletvousmêmelefondde
lairestfraismaistoutàlheureilferachaud. Celui qui
est dans le sens de la marche du train, c'est un
tailleur barbu et myope qui a fait fortune pendant la guerre en fabriquant des capotes bien
françaises ; ayant beaucoup des enfants, alors il
se croit obligé d'aller en troisième, à cause de
leur avenir (aux enfants). Il a aussi une auto, mais
c'est seulement pour le dimanche ; ça sert à trim-
baler la marmaille. Comme il est myope, on ne
donne pas cher de sa marmaille dans le pays. Hier
encore, il s'est foutu dans la barrière du passage
à niveau de Grande Ceinture.

— Heureusement que je conduis bien ; sans
cela, mon cher ami, c'était la catastrophe, lâ câtâs-
trôpheu. Si je n'avais pas eu tout mon sang-
froid, c'était la mort pour nous tous, un accident
terrible, tairribleu ; mais j'ai gardé tout mon sang-
froid (claque sur la cuisse du meussieu qui va en
sens arrière) ahahahahahahah.

Le meussieu qui va en sens arrière, et qui a de
la considération pour le tailleur, sourit avec

38

admiration. L'observateur les regarde tous deux avec férocité. La moindre réalité a cessé de sourire ; il continue à caresser son projet ; il ira manger des frites. Quel jour ? Il ne le peut guère que le samedi après-midi. Qu'est-ce que sa femme pensera de cette curieuse initiative ? Elle va trouver ça très drôle. Il ne pourra jamais lui expliquer. Ou bien il ne fait pas ça ou bien il le lui cachera, lui dira qu'il a fait des heures supplémentaires. Mentir ne lui plaît guère. Bon, le voilà très ennuyé. Son front se plisse et il tire les lèvres en arrière.

— Quand j'avais sept ans, je travaillais dix heures par jour chez mon père qui était marchand de vaisselle. Et il n'épargnait pas les taloches, lorsque je cassais quelque chose, je vous prie de le croire. Voilà comment j'ai été élevé et je ne m'en plains pas. Ah, ce n'est pas comme maintenant !

C'est le sens arrière qui pérore. L'observateur s'étonne : il y a donc des gens qui parlent de cette façon, puis sourit (intérieurement, car il vise à l'impassibilité) de sa naïveté. Maintenant, il déguste. Le sens arrière continue imperturbable ; c'est un banquier, lui. Du moins le prétend-il ; on le soupçonne d'être tout au plus cambiste. Mais enfin, c'est un meussieu très bien. Il a donné cinquante francs pour la distribution des prix et vingt-cinq francs pour les sapeurs-pompiers (ou autre chose). Les mères se méfient un peu de ses cheveux blancs ; on le craint satyre ; l'on enferme les fillettes lorsqu'il rôde. C'est un meussieu très bien, mais il ne faut pas qu'il ait le vertige. Aussi exagère-t-il sa prudhommesquie pour ne point l'avoir.

« Demain, je peux aller manger des frites. Quand elle me demandera, tiens tu es en retard ? Je dirai : oui, j'ai été manger des frites à Blagny. Si elle me regarde étonnée, je lui dis : oui, c'est une envie que j'ai eue comme ça. C'est idiot, cette histoire. Demain je rentrerai comme d'habitude. Tiens, ce jeune homme, il était dans le même compartiment que moi, hier soir. »

On approche de Paris. Le tailleur et le banquier discutent une importante question : à combien s'élève la pension des titulaires de la médaille militaire ? Le train jette son fardeau sur le quai. Le tas file vers une ouverture où il se désagrège. Les uns prennent le B, d'autres le V, d'autres le CD, d'autres le métro. D'autres vont à pied. D'autres s'attardent pour avaler un crème avec un croissant. L'observateur bâille et rentre chez lui se coucher.

*

Depuis qu'elle avait vu un homme écrasé, vers les 5 heures d'après-midi, devant la gare du Nord, Mme Cloche était enchantée. Naturellement elle

40

disait qu'elle n'avait jamais vu une chose plus horrible que ça ; et il devait en être ainsi, car le pauvre Potice avait été soigneusement laminé par un autobus. Par une série de hasards soigneusement préparés, elle se trouva assise, vers la même heure, en face du même endroit, à la terrasse d'un café qu'une bienheureuse coïncidence avait justement placé là. Elle commanda-t-une camomille, et patiemment, attendit que la chose se renouvelât. Pour elle, c'était fini ; elle serait tous les jours là. A guetter un accident. Absurdement cette ligne idéale de trottoir à trottoir que Potice n'avait pu parcourir jusqu'à son extrémité, absurdement cette ligne lui paraissait devoir attirer maintenant le sort, ou le destin, ou la fatalité. Là s'était passé quelque chose d'épouvantable : de la cervelle jaune sur l'asphalte ; là devait indéfiniment et inexplicablement se renouveler les accidents horribles et Mme Cloche adorait l'épouvantable et l'horrible. La camomille était tiède et le sucre rare ; le garçon en fut informé sans aucun ménagement. Elle enleva sa pèlerine car il faisait bien chaud et se nettoya la face avec un mouchoir à carreaux gris ; les consommateurs évitaient de regarder cette cliente. Elle, attendait.

Il y eut deux taxis dont les ailes s'accrochèrent et un autre qui attrapa une contravention pour une raison futile. Mais ce fut tout. Pendant une heure, des milliers d'autos, des milliers de piétons suivirent leurs chemins respectifs, sans aucun dé-

41

sordre grave. Par vagues, les bipèdes et quelques rares quadrupèdes se jetaient dans la gare ; par vagues, les bi-, tri- et quadricycles défilaient. Mais il ne se passa rien.

La camomille était bue depuis longtemps et la mère Cloche désappointée ; alors elle eut une idée : cesser de penser à cet accident, peut-être que comme ça, il s'en produirait un autre. Elle se mit à réfléchir à des questions de métier (elle était sage-femme) et des difficultés abortives et gynécologiques trottaient dans la tête de cette vieille que le garçon regardait avec mépris, lui faisant sentir qu'elle devait ou quitter l'observatoire, ou renouveler la commande. L'insolence du personnage devint telle que la mère Cloche comprit qu'il lui fallait vider les lieux de son indésirable personne. Elle remit donc sa pèlerine, regarda l'heure à un oignon immense qu'elle sortit d'un sac en tapisserie, paya sa camomille laissant très peu pour boire au garçon et s'en fut, désespérée. A peine avait-elle fait trois pas qu'elle entendit un grand cri derrière elle, un cri *assez* déchirant, puis un immense brouhaha, des sifflets, des appels, des coups de klaxonne. Son cœur cessa de battre un instant, puis, avec une vélocité nonpareille, elle fit un demi-tour et courut sur les lieux de l'accident.

Mais cette fois-ci, hélas, il n'y avait rien eu de grave : un individu avait été bousculé par une auto, mais il semblait en bon état, quoique légèrement ému ; tout en se brossant, il expliquait comment ça s'était passé. Il bégayait un peu pour dire ça. Ce n'était rien. Non vraiment, il se sentait très bien, on l'entourait. Les uns prenaient le parti du chauffeur, les autres le sien, quoique lui-même n'en eût pas. Il exprima le désir d'en finir, car il allait rater son train. Le voyageur du taxi lui fit des excuses ; c'était un peu de sa faute, il avait dit au chauffeur d'aller vite, lui aussi craignait de manquer son train. Il allait à Obonne ; l'autre également. Ils entrèrent donc dans la gare. La foule s'élimina peu à peu. Mme Cloche, traînant le talon, s'en alla furieuse de n'avoir *même pas vu* le coup de boutoir du tacot dans le dos de cet abruti. Tout ça de la faute de ce garçon. Mais elle ne retournerait pas s'asseoir à la terrasse de ce café, non jamais elle n'y retournerait, elle le jurait bien, la camomille y était trop mauvaise, on ne donnait même pas de sucre et, bien que le lendemain, pour aller voir son frère à Blagny, elle dût prendre le train à *cette* gare, eh bien, elle n'irait rien y boire dans *ce* café. Non, rien.

*

Les deux hommes montèrent dans le même compartiment. Habilement, l'être de consistance réduite avait su gagner sa place habituelle. Le quatuor des manilleurs s'était désagrégé. La jeune demoiselle avait dû trouver un meilleur emplacement. Le représentant en vins se carrait dans un coin en agitant un journal comme un drapeau ; en face de lui, le lecteur de *La Croix* s'essayait à faire une addition au dos d'une enveloppe et se grattait périodiquement la tête avec son crayon. Deux employées du chemin de fer occupaient les deux autres coins : elles cousaient (ou brodaient, ou faisaient de la dentelle. Pierre ne se décidait pour aucune de ces occupations). A côté d'elles, face à face, silencieux et hostiles, un vieux et une vieille genre noces d'argent.

Au moment où les petites trompettes des gens autorisés se mirent à faire entendre leur jolie symphonie, un jeune essoufflé pénétra dans le compartiment déjà plein comme un œuf ; il resta debout et sa tête se perdit dans les filets. En face des poches de son veston, à droite et à gauche, Pierre et son écrasé se trouvaient assis.

Jusqu'à Blagny, il ne se passa rien (après non plus, comme l'on pourra en juger). Le train était direct jusqu'à cette station ; chacun s'occupait selon ses goûts propres ; deux femmes cousaient, deux hommes lisaient, deux vieillards somnolaient ; le retardataire bâillait et de temps à autre baissait les yeux vers l'humanité assise. Comme le père de cet individu n'était pas vitrier, Pierre ne pouvait apercevoir les modifications de consistance de l'employé du Comptoir des Comptes, celui qu'il avait repéré entre des milliers d'autres.

Ce second voyage, en banlieue, dans de telles conditions, ne l'enchantait que médiocrement ; il se souvenait avec horreur de la nuit qu'il avait passée chez Hippolyte ; les draps tellement sales qu'il avait préféré coucher tout habillé, l'odeur de moisi que répandait une table de nuit d'un style rare ; la couche de poussière épaisse qui flottait sur l'eau destinée à sa toilette ; la lampe jaunâtre et maladive qui prétendait éclairer l'ensemble, et, par-dessus tout, le sentiment d'abandon qu'il avait ressenti lorsque l'aubergiste, l'ayant mené jusqu'à sa chambre, avait refermé la porte derrière lui. Même le premier jour où, dans une caserne de l'Est, il se vit revêtu de l'uniforme de soldat français, et comprit que pendant dix-huit mois il aurait à saluer des gradés innombrables et à faire un paquetage carré, même ce jour, il ne s'était senti aussi perdu, aussi désespéré. Cette nuit-là, il ne dormit pas ; de temps à autre, il allait à la fenêtre contempler les lotissements de Magnific-Vista et, plein d'horreur, retournait s'étendre sur le lit qui hurlait.

Et les heures sonnaient à l'église d'Obonne et à l'église de Blagny et à l'église de Courteville. Vers les 4 heures, l'aube commença. Il s'assit sur une chaise, une petite heure ; puis descendit. Déjà des hommes se dirigeaient vers leur travail. Hippolyte, tout gaillard, servait aux uns et aux autres le café noir et le calva.

Aujourd'hui, il ne recommencerait pas cette lamentable expérience ; il rentrerait à Paris par le train le plus rapide. A Blagny, la moitié du compartiment descendit en écrasant les pieds de l'autre moitié.

Pierre dit :

— C'est la prochaine station, n'est-ce pas ?

— Oui, oui, répondit l'autre.

On les regarde.

— Et vous habitez depuis longtemps Obonne ? demanda Pierre.

— Depuis bientôt trois ans. J'avais commencé à me faire construire une petite maison dans les lotissements de Magnific-Vista, mais j'en suis resté au rez-de-chaussée.

— Comment cela ?

— Oh! toute une histoire. Avec ces lotissements, il y a des tas de filouteries. Je croyais avoir assez d'argent, un petit héritage, pour me faire bâtir une maison et ensuite je me suis trouvé en face de combinaisons qui m'ont démontré mon erreur. J'ai dû abandonner l'espoir de faire construire un premier étage. J'habite ainsi une maison en construction.

Ce récit intéresse considérablement les autres voyageurs, c'est-à-dire les deux vieillards et le retardataire enfin assis.

— Et vous-même, meussieu, vous habitez Obonne ?

— Non, non, répond Pierre qu'une telle éventualité horrifie ; je vais voir des amis, Meussieu et Madame Ploute. Les connaissez-vous?

— Non, je ne connais pas.

— Un meussieu avec une grande barbe noire et un lorgnon en or et une dame très grande et très mince.

— Non, je ne vois pas. Oh, vous savez, je connais très peu de monde ici.

Les deux vieillards ruminent et cherchent à se rappeler s'ils connaissent les Ploute. Mais ils ne se souviennent pas avoir vu à Obonne un meussieu avec une barbe noire et un lorgnon en or, et pourtant, ils en connaissent des gens. Ce que c'est que de n'avoir plus de mémoire.

Voici Obonne. L'être de réalité minime dit adieu et au plaisir de vous revoir à l'observateur qui s'excuse encore pour l'incident du taxi. « Mais vraiment, vous n'y étiez pour rien. » Pierre ne cherche pas à rencontrer les Ploute et attend le premier train pour Paris.

*

Le lendemain, samedi, fut un grand jour. Après avoir fait deux heures supplémentaires, il prit l'omnibus pour Blagny. Il ne connaissait pas cette banlieue. Il dut demander son chemin, car, de la gare jusqu'à l'usine, il fallait faire un long détour. Enfin, il arrive devant la baraque en planches : FRITES. Il n'y a personne sur la route. Peut-être

47

est-ce fermé? Il passe devant, l'air dégagé, et s'arrête un peu plus loin, fait demi-tour et courageusement pousse la porte. Et entre. L'endroit n'a rien d'effarant. Des tables et des bancs. Au fond la cuisine (?), une autre table où deux femmes et un homme jouent aux cartes en sirotant du marc. Personne d'autre.

Il s'assoit et frappe sur la table. Dans le fond, on grogne ; puis une femme assez immense s'amène.

— Je voudrais des frites. (Il prend l'offensive.)

— Des frites à c't' heure?

Elle le regarde avec curiosité. Ce bourgeois, qui ça peut être?

— N'y en a pas de prêtes, des frites, mais on va en faire. Et qu'est-ce que vous boirez?

— Du blanc.

L'être de réalité minime ne sait que penser de lui. Il regarde dans le fond l'autre femme et l'homme. Les frites se mettent à rissoler. Tout cela lui paraît prodigieusement absurde.

Voilà maintenant les frites et le verre de blanc devant lui. Les frites sont délicieuses, le vin est excellent. Il se régale. Tiens, un autre client. C'est un ouvrier. Il appelle. Cette fois, c'est l'autre femme qui se dérange, une vieille qui traîne le talon. Au passage, il constate qu'elle pue. Elle va prendre la commande ; l'ouvrier, un Italien, veut aussi des frites et du blanc.

Lorsqu'elle est de retour à la cuisine, la vieille se met à parler avec volubilité aux deux autres qui regardent dans la salle. L'être de réalité minime soupçonne qu'il doit se passer quelque chose de singulier. Il se retourne pour voir l'ouvrier qui, paisible, lit un journal. Alors serait-ce lui-même qui provoquerait cette émotion? Il semble bien, car tous les trois l'examinent avec intérêt. Il commence à s'inquiéter. Tout ça est idiot. Quelle stupide initiative! Il appelle pour payer. Tous les trois se précipitent. Quant à lui, c'est tout juste s'il ne détale pas. Courageusement, il reste à son banc.

— Ça fait combien?

— Ah alors, s'exclame la plus vieille, pour ça c'est drôle. C'est bien vous, hein, qui avez manqué de vous faire écraser hier soir devant la gare du Nord?

Il ne s'attendait pas à ça. C'est bien lui en effet. Il ne croyait vraiment pas que cela lui conférât une telle célébrité.

— Figurez-vous, meussieu, que j'étais là; j'ai tout vu quand le taxi il est arrivé.

Et elle raconte tout l'accident. Son frère et sa belle-sœur (Meussieu et Mme Belhôtel) écoutent le récit avec intérêt pour la septième fois. L'Italien est bien forcé d'écouter, lui aussi.

— Ça a dû vous faire un coup, opine la géante Mme Belhôtel.

— Oh oui, soupire-t-il, et se sent de plus en plus faible, de plus en plus malheureux, de plus en plus mince.

49

Et la vieille Cloche lui explique de nouveau qu'il était dans son droit, et qu'il pourrait réclamer une indemnité, et qu'il pourrait faire enlever son permis de conduire au chauffeur maladroit. Meussieu Belhôtel propose de prendre ensemble un verre. On va ouvrir une vieille de blanc. Le client n'ose résister. Tout le monde s'attable autour de lui.

— Ça alors, c'est drôle de se retrouver comme ça.

Car la mère Cloche se considère maintenant comme une vieille amie du presque-écrasé dont le sourire se transforme en rictus. Belhôtel débouche sa bouteille avec maestria ; on trinque. L'émotion est à son comble ; le patron fait claquer sa langue.

— C'est du bon, ça.

— Oh oui, dit le patient, il est rudement bon.

Il sort un paquet de cigarettes et lui en offre une. Belhôtel se précipite dessus ; pas possible, il va les manger. Mme Cloche en accepte une, minaude et continue son récit :

— Et la veille, meussieu, vous ne vous imaginez pas comme c'était horrible. Alors, celui-là ; il n'avait pas eu votre chance, ah non. Un autobus lui a passé su' l' corps à ce pauv' Meussieu. Oh! il n'en restait pas lourd. C'était tout plat et tout plein d' sang et y avait d' la cervelle jusque su' les souliers des gens su' l' trottoir. Alors un agent a mis sa pèlerine dessus et tout l' monde regardait et les autos klaxonnaient parce qu'enn' pouvaient

pas passer. Ah alors non, sûr qu'i n'a pas eu vot'
chance, meussieu ? meussieu ?

— Meussieu Marcel.

— Vous êtes coiffeur ?

— Oh, non, je m'appelle Étienne Marcel.

Un silence. Les taverniers se regardent.

— Mais alors, dit Meussieu Belhôtel, vous avez
déjà votre rue à Paris.

On s'esclaffe. Étienne à qui l'on fait la plaisanterie depuis une vingtaine d'années rit aussi. Il
trouve cela de plus en plus grotesque. Il voudrait
bien se réveiller, mais il sait qu'il ne le peut. Une
petite phrase se met à lui galoper dans la tête :
« C'est ça la vie, c'est ça la vie, c'est ça la vie. »
La petite phrase devient d'immenses coups de
cloche. Boum la vie, boum la vie, boum la vie. Il
boit encore un verre. Belhôtel raconte que la veille
il y a eu ici une bagarre entre Arabes et Italiens.
Un mort. Boum la vie, boum la vie, boum la vie.

Étienne se lève brusquement.

— Ça fait combien tout ça ?

On le regarde, stupéfait.

— Vous n'allez pas nous quitter comme ça !

Mais il a l'air si décidé qu'on n'insiste pas pour
le retenir.

— C'est moi qui offre, assure le patron. Rien à
faire pour payer.

On lui serre la main avec effusion. On lui fait
promettre qu'il reviendra. Mme Cloche lui crie :
A bientôt ! Une véritable idylle...

Étienne se dirige vers la gare. Le soleil tape dur sur l'herbe grise des talus. De l'usine de linoléum, de l'autre côté de la voie, parvient une odeur de bonbon sur. Ordures et papiers usagés complètent un paysage de terrains vagues et de planches. Le rapide de Varsovie passe en faisant voltiger les vieux journaux jaunis. Puis le silence s'étend de nouveau, un silence de samedi aprèsmidi. Étienne se traîne vers la gare, répétant de temps à autre : c'est ça la vie.

*

Tout semble couler d'un nuage épais qui s'immobilise au-dessus des cages à lapin. Ni commencement, ni fin, à droite et à gauche, des ornières, au-delà des horizons, ces petites cages à lapins, le lotissement de Magnific-Vista. Le laitier, le boulanger, le boucher ne se risquent que dans les ornières les plus larges ; alors, des sentiers défoncés, accourent les ménagères, pantoufles et bigoudis. Elles échangent quelques paroles et vite retournent dans leurs trous. Là le mari s'obstine à jardiner ; nettoie les poules ou les lapins ; s'il ne jardine pas, il regarde pousser de l'herbe. La jeunesse fait du sport.

Théo monte au premier étage inachevé de la maison paternelle ; c'est son endroit favori ; il observe l'émiettement des briques, la désagrégation des murs, les effets de la pluie et du vent, la construction d'une ruine. Il emporte avec lui le deuxième volume des *Misérables*. Quand ça l'ennuie, il regarde autour de lui les autres villas.

En général, il n'y a rien d'intéressant à voir. Des dos courbés vers du gazon, des hommes qui tomatent ou oignonnent. De temps à autre, la femme sort brusquement et jette un grand siau d'eau, vlan ! sur le gravier et rentre. Là une tite fille court en rond. Là le fils du pharmacien répare sa bécane ; là Mme Pigeonnier, drapée dans son peignoir chinois, prend l'air en suçant des bonbons, Mme Pigeonnier a quarante-cinq ans, mais on lui sait un passé. Théo soupçonne bien des choses au sujet de Mme Pigeonnier. Mais Mme Pigeonnier rentre, fièrement drapée. Théo se replonge dans *Les Misérables*.

Le père, en bas, fait semblant de s'intéresser à l'haricot vert ; mais sans conviction. Il se redresse et bâille, va plus loin ; vraiment, il ne fait rien, le père. La mère rentre avec des provisions. Remue-ménage (c'est le cas de le dire) dans la cuisine. Le père moud le café. Midi approche. On va déjeuner dans le jardin. Son père va l'appeler pour transporter la table. Ça ne rate pas.

« Théooooooooo ! » Théo descend de son perchoir. On installe la table sous le Tilleul. Fait très chaud. L'eau est à rafraîchir. Aujourd'hui de la salade de concombres ; de la viande et du légume ; du fromage, du fruit. C'est dimanche. Les deux mâles commencent à attaquer la salade. La femme s'assoit rapidement, en mange quelques lamelles et va vite surveiller la viande. Avec la viande, un peu de tranquillité. Théo, le nez plongé dans son assiette, bâfre ; c'est la croissance. Quinze ans, je crois. L'année prochaine, Théo passera son bachot. On a bon espoir ; on se crève assez pour lui.

Au café, Étienne déplie *Le Journal*, Théo, *L'Excelsior du Dimanche;* la femme dessert. Lorsqu'elle a fini, elle lit le conte ; Étienne a terminé depuis longtemps sa lecture et somnole. Théo fait le mot croisé.

Le soleil perce avec facilité le rideau de feuilles phtisiques qu'essaie de lui opposer le Tilleul. Une tiède atmosphère baigne le repos dominical. On entend la bonne de Mme Pigeonnier qui chante sentimentale. Le fils au pharmacien part en bicyclette ; il va voir le match de l'E. C. F. contre l'A. S. T. V. Au loin, les trains sifflotent. Dans l'air fatigué, des mouches se traînent sans conviction ; elles tiennent des congrès de-ci de-là autour des déchets. Étienne sort de sa somnolence pour aller chercher sa pipe en écume du dimanche ; il la bourre, il l'allume, il la porte à sa bouche, il tire dessus (pas comme dans les baraques foraines) en suçotant, et la fumée s'étale autour de sa tête sans avoir le courage de monter jusqu'aux plus basses branches du Tilleul.

Vers les 2 heures, on décide d'aller se promener dans le bois, autour du vieux château d'Obonne. Travaux d'habillement. Théo imagine des plans pour fuir ; l'année prochaine, il fera du sport, ça lui sauvera ses dimanches. Il se touche incidemment le sexe, mais n'insiste pas. Il est le premier endimanché. Étienne ensuite ; il a mis son beau canotier à crans et sifflote. Il n'est certainement pas là.

La mère est enfin prête ; très élégante, la mère. Théo et Étienne ne disent rien, mais ne cachent pas leur fierté. Elle travaille bien et, quand on la sort, quelle beauté! Très affairée encore parce que tout n'est pas en ordre ; enfin, ça y est, on part. La porte grince, une fois, deux fois, et les trois êtres se dirigent vers le Bois.

Le Bois, naturellement, est envahi. Des gens ont picniqué et le papier gras s'étale. On dort çà et là, des couples se chatouillent et des femmes rient très fort. Théo glisse un coup d'œil vers une jeune fille couchée, assez impudique. Le voilà terriblement troublé ; il n'a pas perdu sa journée. Étienne à son bras sent sa femme se pendre. Lui, conduit sa famille suivant l'habituel itinéraire. On ira jusqu'au vieux château ; là, repos ; puis on descendra jusqu'à la rivière, à la petite guinguette ; limonade, et puis retour.

La promenade prend trois heures et s'accomplit sans à-coups. C'est d'ailleurs une promenade renommée. La rivière est charmante, au bas de la colline et du château ; on se déplace de Paris pour la voir. On y déguste la tiède limonade sous de fraîches tonnelles. Étienne raconte les intrigues du sous-chef du bureau. A la table voisine, un solitaire déguste la tiède limonade en écoutant attentivement la conversation ; de temps à autre, il jette de grands yeux vers la femme d'Étienne qui ne les reçoit pas, vu qu'elle lui tourne le dos.

Théo, que son père ennuie, a bien vu le manège ; et brusquement se demande si ce type ne serait pas ? Du coup, il en oublie la cuisse de femme qu'il a entr'aperçue tout à l'heure et se passionne pour cette aventure. Il jubile, il sait un secret ; il l'a découvert ; plus de doute, c'est le type de l'autre soir, du jour où le train avait du retard. Le type qui voit que le gosse l'observe est un peu gêné. Sa gêne augmente. Il rougit. Il s'en va. Théo maintenant est très ennuyé ; il n'aurait pas dû le regarder avec tant d'insistance. Peut-être qu'il se serait passé quelque chose.

Mais il est temps de rentrer. La foule commence à se diriger vers la gare. 6 h 1 / 2. On attendra une demi-heure le dîner, puis la pipe, un dernier tour au jardin, la nuit, le sommeil. Demain, le travail recommence.

*

Ici, le corps recourbé tel un fœtus, replié sur lui-même, les poings fermés, c'est un camarade

*d'enfance qu'il rencontre. Le camarade est habillé
en ambassadeur. « Que deviens-tu ? » Il ne s'explique
pas. Voici un autre ami d'enfance ; chirurgien-
dentiste, il a voulu cumuler ses fonctions avec celle
de contrôleur des poids et mesures ; aussi a-t-il
fait faillite. Maintenant, ils sont tous trois nus,
Étienne les emmène au bal des Quat'zarts. La
jambe droite se détend un peu.*

*Ici, sur le dos, la bouche s'ouvre largement. Il
cherche à acheter un journal amusant, pour les
enfants. Devant chaque marchand, il n'ose pas
parce qu'il y a des clients. Il fait comme ça beaucoup de marchands. A la fin, il se trouve chez
un boucher, affilant de grands couteaux, qui se
retourne, c'est son père. Il sursaute. Angoisse.
Théo s'agite un peu ; le sommeil est plus fort ; il
retombe.*

*Ici, un corps nu s'étend paisible, fenêtres grandes
ouvertes. Il se voit chez sa grand-mère à la campagne ;
on va tuer un vieux coq ; sa mère, il la distingue à
peine, s'oppose à cette exécution. Le mot exécution
tisse en quelque sorte la trame de la toile sur laquelle se peint bientôt un vieux coq, de cette race
qui a le cou déplumé et rouge. Il marche un peu de
travers, d'une façon très spéciale, que Pierre reconnaît. C'est lui qui va tuer le coq, il le sait. Peu
à peu, il se réveille en souriant. Quel bien-être ; il
regarde l'heure. Dans l'obscurité il distingue
4 h 20. Il se retourne et sur l'autre côté, recommence
son repos.*

57

Ici, une masse globuleuse et graisseuse s'est enroulée dans des draps sales; à peine quelques cheveux gris sortent-ils du tas. Le tas passe en revue un régiment, un régiment de grenadiers. C'est elle qui en est le général. Les grenadiers chantent comme dans une opérette. Qu'ils sont beaux! Brusquement, elle est un peu gênée; l'un d'eux a son pantalon ouvert. Elle le fera fusiller. Sa gêne augmente, augmente jusqu'à ce qu'un énorme pou blanc sorte de sa bouche et s'envole. Les grenadiers acclament l'immonde animal. La mère Cloche rêve.

Ici, un homme se tourne et se retourne; il est en sueur; il étouffe; quelle chaude nuit, nuit tiède. Il regarde l'heure, 4 h 20. Il se lève, va boire un verre d'eau. Se promène un peu, en se frottant le front. Il retombe sur le lit qui geint. Il se tord les mains, d'une façon qu'il juge lui-même grotesque, Narcense ne dormira pas encore cette nuit.

Le bureau est fini; elle va chez Potin, au coin de la rue La Fayette, pour faire divers achats. Au moment de traverser la rue, elle s'aperçoit qu'elle a oublié les fraises. Elle retourne les acheter. En sortant de l'épicerie, elle est bousculée et le paquet de fraises s'écrase sur sa robe blanche. Ainsi rêvait-elle.

Meussieu et Mme Belhôtel ne rêvaient point. Ils portaient à la rivière un petit paquet qui ne contenait rien d'autre que le corps d'un enfant

mort, celui de la servante et de Meussieu Belhôtel. La servante s'appelle Ernestine ; elle a le
nez en trompette et les cheveux gras. Meussieu Belhôtel, lui, rend de petits services à la
préfecture.

CHAPITRE DEUXIÈME

— Tiens, ta sœur qui s'amène, dit Mme Bel-hôtel. J' vas faire un tour au cintième.

— Bon, bon, va faire ton tour. Si é t'ennuie, eh bien laisse-la tranquille.

— C'est bien c' que j' vais faire, va!

Lorsque Mme Cloche arrive, elle trouve son frère Saturnin blotti au fond de sa loge comme une araignée ; il examine le courrier, qui, ce jour-là, se réduit à une carte postale.

— Ta femme va bien?

— Oui, oui, éfait une course.

— L'est jamais là quand j'arrive.

— Ça se trouve comme ça, tu sais. Et le frère?

— Ça va doucement. Y a pas trop de chômage par là. C'est bien placé, là où il est. Et puis avec deux bistrots i peut marcher.

— Et la bonniche?

— J'ai arrangé ça.

Elle sourit.

Saturnin se lève et remet la carte postale dans

un casier. Il crache avec habileté dans un récipient pour ça et se tire sur les bras. Il fait quelques
pas traînards.

— Tu prends quéque chose?

— Si tu m'offres.

— Du marc.

Lentement il cherche la bouteille, la ramène.
Chacun de ses gestes semble pesé ; chacun de ses
regards, lourd de pensées.

— Tu n' te foules toujours pas?

— Toujours personne. Un seul locataire pour
un immeuble de huit étages avec tout le confort
moderne ; et encore y paie pas, le locataire unique.
C'est un oncle qui le loge là.

— Tu m'as déjà raconté ça. Celui qu' était
musicien.

— Oui ; en ce moment, i n' travaille pas. Je
n' sais pas c' qu'il fait. Il a l'air tout drôle, en ce
moment.

— C'était une carte pour lui?

— Oui, ça vient de banlieue. Dessus y a écrit :
« Alberte ne lit pas tes épistoles ; si ça ne t'ennuie
pas, envoie-les-moi directement, ça m'évitera de
recoller les morceaux. Bien amicalement. Théo. »
C'est timbré d'Obonne, 15 h 45, hier.

— Qu'est-ce que ça veut dire?

— Pour moi, Théo ça doit être le mari d'Alberte;
et un ami de Narcense. Il lui écrit pour lui dire
de cesser d'importuner sa femme de ses assuidités.
C'est clair comme le jour.

— Il va en faire un nez quand il va lire ça, ton locataire?

Elle rit.

— T' as de la veine de pouvoir te r'poser toute la journée.

— Oh, je ne me repose pas tout l' temps. J'ai du travail.

— Ton truc que t'écris.

— Oui, mon truc que j'écris. Ça m' donne du travail. Mais ça avance.

— T' es un peu cinglé, tu sais. Pour un concierge, travailler du porte-plume, c'est pas une idée.

— Tutte, j' fais c' qui m'plaît, hein? Si tu ne comprends pas, tant pis.

— Et si moi qu' j'écrivais?

— Écris, écris, ma belle. Dis-donc, t' as rien vu d' beau ces jours-ci?

— Oh mais si! Un horrible accident en face de la gare du Nord. Et l' lendemain, un autre.

— Beaux, les accidents?

— Le premier, pas mal. Y avait d' la cervelle su' les godasses des gens autour. Un type aplati par le B. L'autre ça n'a rien été; mais le samedi suivant, c'est l' jeudi qu' ça s'était passé, le type qu'avait failli se faire écraser, j' l'ai vu chez Dominique. Il venait là pour manger des frites. I s'appelle Étienne Marcel.

— Comme la rue ?

— Oui, même que Dominique lui a fait remarquer.

— Et quel genre de type?

— Ça a l'air d'un Meussieu. Il doit travailler dans un bureau. Mais, c'est drôle, de l' rencontrer comme ça. Et pis, je m' demande c' qu'i v'nait faire à 4 heures de l'après-midi, chez Dominique ; et un samedi encore! Hein, qu'est-ce que tu en penses?

— Il habite p'têt' par là.

— Y a pas d' maisons pour employés par là. Y a qu' l'usine et quéques cabanes pour les types qui viennent bêcher leur bout de champ. Après, c'est les chantiers de la Compagnie, et puis la bicoque du père Taupe. C'est tout de même pas le père Taupe qu'il avait envie de voir.

— C'est p'têt' un flic. A cause de ton truc.

— Penses-tu, penses-tu. Dominique, i craint rien ; i sert beaucoup. Et puis moi, j' soigne la femme d'un commissaire de quartier ; j' crains rien.

— On sait jamais.

— J'ai pensé : c'est p'têt' pour Ernestine. L'est belle fille, Ernestine. Elle a p'têt' une touche.

Ils rient.

— Ton marc est meilleur qu' celui d' Dominique.

— Alors, l'est content Dominique?

— Oh oui, y a bien la crise, mais i compte quand même s'acheter bientôt un claque. Ça fait qu' son gosse, i pourra aller au lycée. Dominique y voudrait que son Clovis i soye ingénieur.

64

— C'est une belle situation.

— Ça oui.

— Mais, si son père est tôlier, ça lui fera préjudice, plus tard.

Mme Cloche trouve que Saturnin n'est point bête ; c'est malheureux tout de même qu'il soit un peu piqué ; quelle idée de se mettre à écrire ; c'est pas d' sa condition. Ah, s'il avait voulu, il aurait pu faire quelque chose! Mais il est temps qu'elle parte. Le travail l'appelle.

Son frère lui glisse dans l'oreille :

— Dis donc à Dominique qu'i fasse attention ; moucharder le monde, ça peut amener des ennuis ; on sait jamais où on va ; dis-y.

Des idées qu'i s' fait. Si ça peut lui faire plaisir, é lui dira. Bon. Arvoire.

Aussitôt Mme Cloche a-t-elle disparu au coin de la rue que Mme Belhôtel numéro 2 réapparaît :

— Partie, la vieille carne ?

— Oui, partie.

— Qu'est-ce qu'elle t'a encore raconté ?

Saturnin fait un compte rendu exact, interrompu par l'arrivée d'un télégraphiste ; c'est un télégramme pour Narcense. La chose est rare et importante. Va-t-on avoir le temps de le décoller et d'apprendre quelque secret ?...

Saturnin referme le télégramme ; rien d'intéressant : « Grand-mère morte. » Ce n'est pas un secret, ça. De toute façon, on l'aurait su.

65

*

La lumière de la veilleuse révélait trois à quatre formes dégonflées par le sommeil, recherchant en vain une confortable position pour dormir. De l'une d'elles simplement assise la tête oscillait ; de l'autre, les pieds voisinaient un visage effondré, les yeux bouchés par la fatigue, agrémentés d'une chassie naissante. Narcense, dans un coin, immobile, les yeux fixes, ne voyait pas les corps mal vêtus et par-delà les planches brunes de troisième classe apercevait une villa qui n'avait pas eu la force d'atteindre son premier étage et demeurait acéphale. De temps à autre, la grand-mère passait avec son cortège de poules picorantes et ses manies de vieille préhistorique et ses trois dents agressives et ses envies de pisser continuelles. Une bonne vieille c'était. Dans la cuisine, préparant le dîner, cette femme si belle. Un des somnolants sortit dans le couloir, ce qui fit son voisin s'agiter et automatiquement gagner de l'espace. L'autre revint quelques minutes après et s'insinua dans sa place diminuée.

Une grande ville s'annonça par des lumignons multiples. Un pont surplombait une rue de faubourg. Narcense entr'aperçut un chien gueux, zigzaguant en quête d'ordures. Puis, dans la gare, le train, graduellement, stoppa. Des voyageurs descendirent, les yeux gonflés et les mains molles. Narcense se pencha à la fenêtre, regardant les gens aller et venir et s'agiter et le buffet à roulettes et le marchand d'oreillers et de couvertures. Cinq minutes plus tard, le train repartait, asthmatisant. Narcense se rassit. Un nouveau venu occupait un des coins laissés libres par le départ des premiers somnolants. L'aspect de ce personnage était bien singulier ; non pas en raison de ce fait qu'il possédait deux bras, deux jambes et une tête, mais parce que ces bras, ces jambes et cette tête étaient de dimensions si réduites que l'on pouvait, sans beaucoup de crainte de se tromper, appeler cet homme un nain. De plus une barbe blanche pointue ornait son visage dans lequel clignotaient deux yeux percés à la vrille ; la barbe atteignait l'avant-dernier bouton du gilet en commençant par en haut.

Il demanda si ça ne faisait rien de laisser la lumière allumée. Narcense, ça ne le gênait pas. Avait pas envie de dormir. L'autre se mit à lire avec une attention soutenue un numéro de *Paris-Galant*. Lorsqu'il eut terminé, il le froissa, le jeta sous la banquette et se mit à raminagrober dans sa barbe : « Quelle vie, quelle vie, quelle vie », ce qui fit rigoler Narcense, lui qui depuis quarante-cinq minutes examinait le curieux oiseau.

— Ça ne va pas ? lui demanda-t-il gentiment.

— Merde, répondit le nain, qui, sortant un peigne menu de la poche supérieure droite de son gilet, se mit à démêler sa barbe blanchâtre embroussaillée.

Narcense n'insista pas. La barbe peignée, le petit être se cura le nez avec un index, contemplant longuement le produit de ses explorations ; puis les roulant en boule.

— Ça ne va pas, ça ne va pas, recommença-t-il à grommelouiller. Quel métier !

— Quel métier ?

— Ça vous regarde ?

Narcense commençait à bien rigoler de cette misère et de cette mauvaise humeur réduites à d'aussi basses proportions. Cette teigne humaine impuissante et écrasable.

— Je parie, dit Narcense, que je devine quel métier vous faites.

— Parions ! Dix francs que vous ne devinez pas !

— Dix francs que je devine !

— Cochon qui s'en dédit, comme disait le fermier de ma très chère amie, la comtesse du Rut. Quel métier ?

— Eh bien, aventurier.

— Mettons que vous avez gagné cent sous, dit le nain, qui les sortit d'un porte-billets suiffeux.

Narcense s'amusait.

— Je suis heureux de vous avoir rencontré, lui dit-il en empochant les cinq balles, vous me changez les idées.

— Vous en aviez besoin ?

— Ça vous regarde ?

La crotte daigna sourire.

— Et qu'est-ce qui me vaut ces cinq francs?
reprit Narcense.

— C'est vrai. Eh bien (il baissa la voix) je
suis parasite.

— Ah, ah.

Parasite, voyez-vous ça, ce ciron, ce micron,
cet ion, ce neutron, un parasite!

— Et j'agis, — par la peur.

La peur, voyez-vous ça, cette miette, ce copeau,
cette rognure, il agit par la peur!

— Oui, je fais peur aux vieilles femmes et aux
enfants. Parfois même aux adultes. Je vis de la
lâcheté des autres. Est-ce bête, hein, d'avoir peur?
Qu'est que ça représente comme merdouille au
fond de l'âme. N'est-ce pas, meussieu? Meussieu?

— Narcense.

— Joli nom, et vous êtes?

— Musicien.

— Charmant.

— Sans travail et sans le sou.

— C'est comme moi. Figurez-vous que j'avais
un bon filon et que... Mais ça serait une trop longue
histoire à vous raconter. Voilà le tunnel de K. Je
descends au prochain arrêt.

— Je vais jusqu'à Torny, dit Narcense.

— Dites. Est-ce que vous ne connaîtriez pas
une maison où l'on pourrait me donner l'hospi-
talité? C'est pour dans quelques mois.

— Non.

69

— Ça ne fait rien.

Brusquement, comme ça, ça lui passe par l'idée à Narcense :

— Attendez. Je connais une villa. Rue Moche. A Obonne. A moitié construite. Il y a un enfant. Un père. Une. Oui, voilà. Un sale gosse.

Le toup'ti nota l'adresse sur un calepin.

— Vous réussissez toujours à faire peur ?

— Oui. Quand je veux. Vous-même, je peux vous...

— Sans blagues ? rigola Narcense.

Le train freinait. Le nain se trouvait déjà dans le couloir, la valise à la main.

— Un jour je vous ferai une sacrée crasse, vous verrez, une crasse qui vous démolit pour la vie.

Il disparut.

Narcense sourit. Pauvre être déchu, misérable, injustement réduit par la nature à la proportion d'un pou. Qui vous démolit pour la vie. Comme s'il avait besoin de ça. Pauvre con.

*

Marcheville, à une cinquantaine de kilomètres de Torny, le centre industriel, est plutôt un gros bourg qu'une petite ville ; population paysanne, quelques bourgeois, dont le notaire et son chien. Le chien du notaire est un caniche blanc, répondant au nom de Jupiter. L'intelligence de Jupiter est grande ; si son maître avait eu le temps, il lui aurait appris l'arithmétique, peut-être même les éléments de la logique formelle, sophismes compris. Mais ses occupations l'ont obligé à négliger l'instruction de Jupiter qui ne sait que dire ouah ouah de temps à autre et s'asseoir sur le derrière pour obtenir un bout de sucre. Cependant, si l'on peut douter de l'étendue de ses connaissances, on ne peut qu'admirer le soin qu'il prend de sa personne. Car pour le chic, il ne se refuse rien. Tondu à la lion, il fait la belle patte dans un rayon de quinze mètres autour de la maison notariale. Plus loin, d'énormes bêtes, jalouses de son élégance, le menacent de leurs crocs vulgaires et mal élevés.

Ce matin-là, les habitudes de Jupiter sont bouleversées ; celles du notaire et de sa famille également. On s'agite et se vêt de noir. Délaissé, Jupiter s'endort dans le vestibule. Un individu, avec une petite valise à la main, entre ; ouah, ouah, fait le caniche avec intelligence ; le notaire, qui a perdu le bouton de son faux col, descend en bras de chemise. Bonjour, bonjour, semble-t-il dire ; Jupiter approuve de la queue et se voit gratifié d'une tape sur la cuisse. Puis arrive un autre meussieu très grand et très gras. Les salutations recommencent ; Jupiter veut prendre part au palabre, mais le grand-et-gras lui marche sur les ongles. Ouïye, ouïye, fait Jupiter qui va se cacher sous une chaise. Ces messieurs parlent avec retenue et componction, comme le jour où le petit a fait sa première communion. Eulalie apporte du café. Peut-être peut-on obtenir un morceau de sucre. Jupiter fait le beau ; mais les regards indifférents de ces messieurs lui font comprendre qu'il gaffe. L'heure n'est pas à la rigolade. Il va sur le pas de la porte prendre l'air ; sur le pas, pas plus loin, car César, le chien du boucher, le guette du coin de l'œil.

Ces messieus se mettent en marche. Il leur emboîte la semelle. César suit de près. On arrive à une maison que Jupiter reconnaît bien ; c'est celle d'une vieille dame généreuse en sucre. La vieille dame n'est pas là ; il y a bien un meussieu déguisé en veuve, mais ce n'est pas ça. Le meussieu en jupons se met à chanter, accompagné de deux petits garçons habillés en filles et que Jupiter reconnaît fort bien comme étant les galapias qui, dimanche dernier, lui ont attaché une boîte de corned-beef à son trognon de queue. Puis on sort une grande caisse dans la rue ; il va renifler ce que c'est ; ça sent la vieille dame. Un coup de pied dans les côtelettes lui apprend à respecter les morts.

La grande caisse traînée devant, la foule suivant derrière, le tout se dirige vers un jardin entouré de murs et semé de gros, gros cailloux, taillés à angles droits. Jupiter va et vient et s'étonne que son maître, habituellement pressé, n'essaie pas de dépasser la grosse boîte : il marche lentement, en tête, avec le jeune homme à la valise et le meussieu grand et gras.

72

A l'entrée du jardin, Jupiter a un coup au cœur ; il vient d'apercevoir César qui l'attend, l'œil mauvais. Il est donc prudent de ne pas s'éloigner des bipèdes noircis.

Autour d'un trou, tout le monde s'est arrêté. Au milieu du rassemblement, l'homme-femme gronde une chanson menaçante ; les galapias agitent des théières fumantes. Deux ivrognes qualifiés descendent la boîte au fond du trou. Puis les invités jettent des gouttes d'eau. Jupiter, dont l'attention faiblit, s'éloigne et va quêtant de tombe en tombe ; mais, juste derrière celle de Mme Pain, cette bien brave dame qui séquestra sa fille idiote pendant quinze ans, il se trouve museau à cul avec César. Cette rencontre lui donne des ailes ; il galope, il fuit, il détale ; il saute sur un talus de terre meuble, près de son maître ; la terre est meuble, nous l'avons dit, elle s'éboule et Jupiter s'écroule dans un nuage d'humus et de terreau sur le cercueil de la grand-mère. Quelques personnes éclatent de rire ; d'autres s'écrient : Horreur! et quelques-unes murmurent : Putréfaction! Le notaire a laissé échapper une sorte de cri strident, son éclat de rire à lui, puis a repris sa dignité. Mais il ne le pardonnera pas à Jupiter.

Le soir, le jeune homme dit au caniche en lui tendant un morceau de sucre :

— Et toi, te mettra-t-on une mentonnière lorsqu'on t'enterrera?

— Ouah, ouah, fait l'autre qui n'a rien compris.

Le lendemain, Jupiter pend au bout d'une ficelle pour avoir attenté à la dignité des morts et des vivants.

*

1. C'est en revenant de l'enterrement de ma grand-mère que je réponds à la bien singulière carte que vous m'avez envoyée, il y a trois jours. Je crois comprendre que vous prétendez être le fils d'une certaine personne à laquelle j'ai eu l'audace d'écrire. Cette personne a, paraît-il, déchiré mes lettres et vous, paraît-il, les avez recollées? Si je ne me trompe pas, vous seriez donc le collégien au faciès pervers et aux dents gâtées que je vis, il y a une dizaine de jours, à la guinguette au bord de l'eau, près du château d'Obonne. Je m'aperçus, d'après la minceur de votre front, que vous étiez d'une intelligence obtuse et, d'après la cernure de vos yeux, que vous étiez un solitaire. Je vois maintenant que vous joignez à ces insuffisances la suffisance du mouchard et la prétention de l'espion.

Recevez, jeune Théo, le coup de pied au cul que mérite votre crasseuse initiative et veuillez me croire toujours, de votre mère, le respectueux admirateur.

Narcense.

2.   Monsieur,

Vous avez sali la porte de la villa de mon beau-père. Vous m'en rendrez raison.

Théo.

P.-S. J'espère qu'il y a eu de la rigolade à l'enterrement de votre *crasseuse* grand-mère.

Th.

3. Je vois qu'il n'est rien possible de vous cacher, pas même les règles d'hygiène de feu ma grand-mère. J'ajouterai que votre espérance fut réalisée ; un incident grotesque troubla l'ordre de cette cérémonie ; le chien d'un de mes oncles, s'étant approché de la fosse, perdit patte et tomba sur le cercueil, en gémissant de façon lamentable. Plusieurs personnes rirent ; mon oncle fut de ce nombre. Je puis ajouter que ce dernier, estimant que d'une part son chien avait fait tout son devoir sur la terre et d'autre part qu'il était *humain* de lui épargner une rhumatisante vieillesse, le pendit après la corde où l'on tend le linge pour qu'il sèche. Pendant un quart d'heure, Jupiter, caniche blanc fidèle, se balança entre un caleçon et une serviette.

Je me demande s'il ne serait pas *humain* d'user également d'un pareil traitement à votre égard ; une jeunesse furonculeuse et dégradée vous serait ainsi épargnée. Réfléchissez-y. C'est avec sollicitude que je passerais autour de votre cou une corde de solidité éprouvée ; je ne m'y reprendrais pas à deux fois. La mort vous sera douce et j'aurais la satisfaction d'avoir débarrassé Obonne d'un parfait petit salaud.

Je pense que vous devez être actuellement en vacances et ne savez trop comment occuper votre temps. Je ne vous donnerai à cet égard aucun conseil, préférant ne pas perdre le mien en écrivant plus longuement à la plus triste face de poulet borgne qu'il m'ait jamais été donné de rencontrer.

Je vous prie de présenter à madame votre mère mes hommages les plus respectueux,

Narcense.

4.   Monsieur,

En ce jour de fête nationale, ma mère pleure longtemps parce que je lui ai dit que vous vouliez m'assassiner. C'est indigne de faire souffrir ainsi ma pauvre mère, monsieur.

Son fils,
Théo.

P.-S. 1. Chiche que tu te dégonfles.
P.-S. 2. Pas marant, ton clebs.
P.-S. 3. Remarquez ma discrétion, je vous écris cette fois-ci sous enveloppe fermée.

Th.

5. Je suis persuadé que votre suppression du nombre des vivants devient de jour en jour plus nécessaire. Le sort du chien Jupiter me paraît être celui qui vous convient le mieux. Soyez bien assuré que je ne me « dégonflerai » pas.

Les plaisanteries que vous faites à propos de votre mère, je les prends comme il se doit. Dites-lui que mon immense amour l'excuse d'avoir engendré la fielleuse vermine que vous êtes.

Narcense.

6. Dégonfleur! Dégonfleur!

Théo.

P.-S. Dans une de tes idiotes lettres, tu m'as qualifié de solitaire. Tu ne t'es pas regardé.

7.   Monsieur,

Au jour et à l'heure que vous me fixerez, je me trouverai dans la forêt d'Obonne, au lieu-dit Les Mygales.

J'apporterai la corde.

Narcense.

*

Les baraques du Quatorze Juillet modifiaient quelque peu les oscillations d'Étienne. Il ne pouvait éviter celle de l'éplucheur de pommes de terre ; chaque jour, il restait trois secondes à écouter, sans voir, à cause de la foule ; puis s'enfuyait. Plus loin, il devait fuir les traquenards de la stylographie et les pièges de la parfumerie ; enfin, échappant à ces tentations diverses, il se pouvait jeter dans le sombre escalier qui le menait à un portillon automatique et cruel, qui n'hésitait pas à broyer impitoyablement quiconque transgressait les sévères commandements du voyageur souterrain. L'escalier avait 47 marches : autant en avait celui de la gare d'Obonne. Étienne venait de faire cette découverte et, la comparant à celle des petits canards et du marchand de frites, il conclut que le monde est grand et redoutable, plein de mystères et même, pour dire le mot juste, de cachotteries. Il lui parut injuste qu'une constatation aussi simple que l'égalité du nombre de marches de ces deux escaliers ait pu lui demeurer cachée pendant si longtemps. Puis il cessa d'en accuser l'univers.

Ce n'est pas de sa faute, mais de la mienne. Il m'a suffi de tourner la tête à droite au lieu de la tourner à gauche, de faire un pas de plus et j'ai découvert des choses à côté desquelles je passais chaque jour, sans les voir. Je ne tournais pas la tête ; je l'ai tournée. Mais pourquoi l'ai-je tournée ? Ça a commencé avec les petits canards, ces petits canards que Théo connaissait, lui. Le même jour, si je me souviens bien, on a tué le chat. Puis, j'ai vu le marchand de frites, puis j'ai failli me faire écraser. Oui, ça a commencé comme ça. Tout d'un coup, ça a changé, du jour au lendemain.

L'éplucheur de pommes de terre, par exception, ne faisait pas recette. La foule était moins dense que de coutume, ce qui permit à Étienne, sortant de sa banque, de voir enfin l'appareil et la manière de s'en servir. Ce n'était d'ailleurs pas la seule merveille que l'on vendît dans cette baraque ; on y proposait également à l'avidité des esprits pratiques un fouet à mayonnaise avec un petit entonnoir laissant tomber l'huile goutte à goutte ; un instrument pour couper les œufs durs en tranches minces ; un autre pour faire des coquilles de beurre et enfin une sorte de vilebrequin horriblement compliqué dont le démonstrateur ne daignait pas expliquer l'usage et qui n'était sans doute qu'un tire-bouchon perfectionné. C'est du moins ce qu'Étienne pensa.

Ayant attentivement suivi la démonstration, il fit l'acquisition de l'épluche-patates ; sur le point de partir, il ne put résister aux charmes du coupe-œufs-durs-en-tranches-minces et l'acheta. Puis, ayant fait trois pas, son paquet à la main, il commença-t-à s'inquiéter de cette nouvelle initiative ; car il s'aperçut soudain que ces objets n'étaient nullement destinés au perfectionnement de son ménage ; mais qu'au contraire, « dans son idée », l'épluche-patates, il le devait donner au marchand de frites et le coupe-œufs-durs-en-tranches-minces, il avait l'intention de le garder pour lui.

Cette révélation le déconcerta.

Il arriva zinsiza son bouillon habituel ; on l'avait à moitié déserté, car c'était samedi. Il y faisait une chaleur atroce. Étienne s'attabla, commanda, et, en attendant le goujon rance pêché au fond d'un carburateur, goujon qui prétendait au titre de sardine, il défit le paquet et contempla ses acquisitions. Oui, il n'y avait pas de doute, l'un devait aller à Blagny et l'autre devait rester au fond d'un tiroir. La serveuse apporta le galon huileux que l'on disait avoir été trouvé au large des côtes de Bretagne ; Étienne refit son paquet, et, sans crainte, absorba la remâchure oléagineuse qu'on lui vendait comme hors-d'œuvre, à un prix modique, il est vrai. Ensuite, avec un morceau de mastic livide, il nettoya son assiette ; il mangea le mastic ; il leva le nez et vit, en face de lui, un jeune homme blond qui le regardait attentivement. Il lui sembla connaître ce type-là ; la semblance devint certitude ; il connaissait ce jeune homme blond à la lèvre oblique et à la calvitie précoce. Où l'avait-il donc rencontré ? Le nom de Ploute lui traversa la tête ; oui, c'est ça, meussieu et madame Ploute... Le jeune homme interrompit la recherche :

— Il me semble, meussieu, vous avoir déjà rencontré.

— C'est justement ce que je me disais.

— Ça sera ensuite ? demanda la serveuse.

— Pour moi, un gras-double, dit Étienne.

« Quelle horreur », pensa l'autre qui commanda : Un bifteck aux pommes. Et s'adressant à Étienne :

— Je me souviens très bien maintenant. Mon taxi faillit vous écraser, il y a une quinzaine de jours, en face la gare du Nord, et nous avons ensuite fait le voyage ensemble jusqu'à Obonne.

— Très bien, très bien, s'exclama Étienne, heureux de rencontrer un acteur involontaire de sa transformation. Pourquoi acteur? Il ne sait; et il ignore également que l'autre fut aussi un spectateur attentif et vigilant qui, ce jour même, l'a vu atteindre la réalité tridimensionnelle. Naturellement, l'autre garde cela pour lui. Il se présente :

— Pierre Le Grand.

Et pense suffoquer lorsque la serveuse fait glisser une assiette de gras-double sous le nez d'Étienne, car il ne connaît que les petits bistrots où l'on mange du foie gras. A lui-même on sert la plus effarante semelle qui hanta jamais les cauchemars d'un cordonnier hypocondriaque ; on y a joint quelques clous en charbon de bois. Il lui faut quelques instants pour comprendre que l'on intitule le tout bifteck aux pommes, et avec ça, cette odeur de viscères de porc. Il questionne :

— Vous venez souvent ici?

— Oui, tous les jours.

— Vous trouvez ça bon, ici?

— Ce n'est pas trop mauvais ; surtout, c'est dans mes prix.

C'est vrai, il n'avait pas songé à ça. N'empêche, quelle saloperie!

— Et meussieu et Mme Ploute, comment vont-ils? demanda Étienne.

— Très bien, merci, répond Pierre qui ne se souvient plus de sa création.

— Vous allez toujours de temps en temps à Obonne?

— Ma foi, pas depuis la dernière fois.

— Ah, ah, fait Étienne.

Pierre, qui a renoncé à se mettre au charbon, commande un yaourt; Étienne une banane-confiture.

— C'est très ingénieux, ces instruments, n'est-ce pas, dit Pierre innocemment.

— Oui, oui. Très ingénieux. C'est très pratique, répond Étienne d'une voix pleine de retenue.

— C'est très amusant ces petites inventions. Au Concours Lépine, il y en a de très curieuses.

— Je n'y suis jamais allé.

Il y a ceci et cela et cela encore, raconte Pierre. Étienne écoute émerveillé. En voilà un qui sait voir; ce n'est pas lui qui passerait trois ans devant de petits canards sans les remarquer. Ce restaurant même, voilà trois ans qu'il y vient et, peut-être, n'y a-t-il pas vu ce qu'il devrait y voir. Et lui, Le Grand, l'a peut-être vu, l'a sûrement vu.

— Au dernier concours, poursuit Pierre qui s'exalte, il y avait des gants en papier buvard pour comptables et hommes de lettres...

— Vous avez remarqué quelque chose ici? interrompt Étienne.

— Si j'ai remarqué...?

— Oui, avez-vous remarqué quelque chose, ici, dans ce restaurant?

Et il se penche, fixant l'autre. Il attend.

Pierre regarde autour de lui. Il ne remarque rien. Rien. Il sent qu'il *devrait* remarquer quelque chose; que *tout* dépend de cette remarque. Une longue demi-minute s'écoule.

— Alors, vous ne remarquez rien? demande de nouveau Étienne anxieusement.

Pierre se raidit, se tend. Ces yeux qui le fixent. Lui-même doit avoir l'air pétrifié. Si je ne remarque rien... au moins dix silencieuses secondes ont passé.

— Vous ne voyez donc rien? interroge Étienne, dont l'angoisse devient du désespoir. Il griffe la nappe et semble prêt à crier.

Une seconde encore, et Pierre se penche à l'oreille d'Étienne.

*

Ernestine, les cheveux sur le nez, traîne un torchon sur les tables, en long et en large. Les miettes de pain et les bouts de frites tombent sur le ciment; les taches de vin s'étalent; la table ainsi nettoyée, Ernestine passe à la suivante. De temps à autre, elle s'arrête et souffle sur ses cheveux et s'essuie

83

le front. Il fait affreusement chaud, malgré le courant d'air. La baraque, en tôle ondulée, cuit doucement tout ce qu'elle contient. Les mouches bourdonnent ; quelques-unes s'acharnent après Ernestine qui les écarte du coude. Une seule table est occupée par un petit groupe d'ouvriers de l'usine de produits chimiques. A l'autre bout, M. Belhôtel sort un bouchon d'une bouteille avec un nœud coulant ; lorsqu'il a fini, il s'assoit tout seul à une table, tend l'oreille. Sur les cinq qui sont là, il en connaît deux par leur nom et deux seulement de vue ; l'air vague et distrait, il examine soigneusement le cinquième.

Près de la bassine aux frites, Mme Belhôtel et Mme Cloche font une belote ; mais le cœur n'y est pas. Dans l'attente, elles somnolent. Elles vident lentement une bouteille de cointreau. Les cartes se poissent. Une mouche collée à la base d'un verre essaie de se dégager de la substance visqueuse qui fait la joie stomacale de Mme Cloche ; sur le point d'y parvenir, un doigt endeuillé l'écrase : Mme Belhôtel qui tue le temps.

Un peu de vent s'est levé et, périodiquement, dans une odeur de bonbon sur, un nuage de poussière entre dans la baraque et va saupoudrer les tables jusqu'à la cinquième rangée. Il y en a quinze, avec une allée au milieu. Ernestine dédaigne la poussière et va éplucher les haricots. Le père Taupe entre en vacillant et commande un litre de blanc, pour lui tout seul ; lorsque

Ernestine le lui apporte, le père Taupe se permet des attouchements précis et audacieux qui le font sauter d'aise sur son banc et glousser. C'est un petit rentier qui avait des fonds russes ; il habite maintenant une sorte de cabane, derrière l'usine de produits chimiques. La misère et la crasse semblent l'avoir rendu inaltérable. Pour vivre, il chiffonne et brocante. Les cinq ouvriers s'en vont. Le père Taupe, qui a vidé la moitié de sa bouteille, s'est endormi et ronfle. Un rapide qui passe fait tinter les tôles mal ajustées. Une des femmes affirme dissdedère, sans conviction. Dominique Belhôtel bâille. Un nuage de poussière parvient jusqu'à la septième rangée ; derrière lui, entre Étienne.

On met quelques instants à réaliser la situation ; lorsqu'elle est réalisée, l'attaque se déclenche. Étienne est cerné.

— Nous sommes très heureux de vous voir, déclare Belhôtel avec solennité ; les deux femmes opinent du chef. Ernestine! allez donc en ville acheter une bouteille de mousseux à 6,85.

Ernestine disparaît, emportée par le vent.

Alors tous les trois se mettent à parler ensemble, très vite, avec avidité : « Vot' nom, c'est bien Marcel ? V' z'avez bien un fils qui s' nomme Théo ? V' z'habitez bien Obonne ? » A tant d'indiscrètes questions, Étienne ne sait comment répondre.

— C'est très grave, c'est très grave, déclare Mme Cloche qui arrive à prendre la direction de l'interrogatoire. Si c'est vrai qu' vous vous appelez Marcel, et qu' vous avez un fils qui s' nomme Théo et qu' vous habitez Obonne, eh bien, j'ai quéque chose de très grave à vous révéler.

— Dites-le donc. Je m'appelle bien Étienne Marcel, j'ai un fils qui s'appelle Théo ; ou plutôt, c'est le fils de ma femme, son vrai nom c'est Nautile, mais on l'appelle toujours Marcel. Et j'habite Obonne.

— Vous connaissez un meussieu Narcense ? Un musicien qu' a dans la trentaine, un brun plutôt gras, pas très grand...

Étienne cherche ; non, il ne connaît pas.

— Vz' êtes sûr ? insiste la mère Cloche. Un brun avec une cicatrice au milieu du front ?

Alors, ça, c'est formidable ! C'est le type qui était derrière lui, tout à l'heure, au restaurant ; celui dont Le Grand a dit : « Vous le connaîtrez un jour, peut-être bientôt » ; et lui, Étienne, avait cru que c'était du chiqué.

— Oui, je le connais.

— Eh bien, — grand silence ; Mme Cloche regarde autour d'elle, — cet homme, ce soir, va pendre votre fils.

Étienne éclate de rire longuement. Les Bel-hôtel et la Cloche, scandalisés, crient :

— C'est la vérité vraie, c'est très grave, c'est horrible, c'est abominable.

Étienne, qui commence à être inquiet, se calme ; Mme Cloche raconte tout.

— Voilà, meussieu, comment que j'ai appris ça. J'ai un frère qui est concierge, boulevard de l'Officier-Inconnu. C'est un grand immeuble, mais y a juste un locataire.

— Tiens, tiens.

— Ça, c'est une autre histoire. Ce locataire i s'appelle Meussieu Narcense. L'aut' jour, y a bien une huitaine, p'têt' plus, j' vais voir mon frère, qui s' nomme Saturnin ; comme ça, en causant, i m' dit : Tiens, y a un nommé Théo qu' écrit à mon locataire pour i dire de cesser d'écrire à une nommée Alberte, que c'est sa femme à Théo, que je crois, qu'i m' dit. Après, il a vu qu'i s'atait gouré. Et qu'Alberte, c'était la moman de Théo. Paç' qu'après, y a eu d'aut' lettres de Théo, vous comprenez ? La première ensuite, i disait à Meussieu Narcense qu'il avait sali la porte de la villa de son beau-père, même que ça nous a paru une drôle d'histoire, et après ça il insultait feu la grand-mère de Meussieu Narcense qui rev'nait justement de son enterrement à la grand-mère. La seconde, qu'il a écrit, on a compris que c'était le fils de cette madame Alberte ; i disait là que l'aut' voulait l'assassiner. Ensuite, il a écrit à Meussieu Narcense que c'était un dégonfleur. Et c' matin, j' suis été chez Saturnin mon frère ; y avait une lettre de Théo qui disait à l'aut' : « Amenez la corde pour me pendre ce soir à minuit au lieu-dit Les Mygales, dans le bois d'Obonne. » Et c'était signé Théo Marcel. Alors,

j'ai pensé comme ça que c'était vot' nom et qu'
c'était rare les gens qui s' nomment Marcel de
leur nom d' famille et qu' vous d'viez habiter
sur la ligne. Alors j'ai pensé à vous prévenir. Si
vous étiez pas v'nu ici, j'aurais été vous dire ça
chez vous. Et même sans tout ça ; mon frère y
serait allé s'interposer ; vu d'ailleurs qu'on
connaît bien Les Mygales et Obonne et le bois et
les environs. Avec mon défunt époux, on y allait
souvent en balade, toute une bande avec Saturnin et Dominique qu' est ici.

Ce récit abrutit complètement Étienne. Tout
d'abord, il pense demander à Mme Cloche comment il se fait que son frère lise les lettres de *son*
locataire ; puis il juge inutile d'engager la discussion sur ce point. A part ça, qu'est-ce que
tout ça veut dire ? Le plus clair, c'est que Théo
veut se faire pendre par ce type à la cicatrice et
que ce type a écrit à Alberte. Étienne comprend
assez mal ce qui a pu se passer. Le trio le regarde
réfléchir.

Il demande à Mme Cloche de répéter ; elle ne se
fait pas prier et recommence l'histoire. Ainsi
Théo a écrit à Narcense, puisque tel est le nom de
l'homme à la cicatrice, de cesser d'écrire à Alberte, qu'Alberte déchirait ses lettres et qu'il
était préférable qu'il lui écrivît directement. Déjà
ça, ce n'est pas clair. Ensuite, il lui écrit qu'il a
sali la porte de la villa. Étienne n'a jamais vu
ça. Et il insulte *feu* la grand-mère de Narcense.

Tout ça n'a aucun sens. Après, il prétend que l'autre veut l'assassiner et que c'est un dégonfleur. Et il finit par lui donner un rendez-vous pour qu'il le pende. Mais c'est complètement idiot.

Mme Cloche a terminé sa seconde narration ; elle est prête à la recommencer de nouveau. Mais le père Taupe vient de se réveiller. « Nestine ! Nestine ! » bêle-t-il ; voyant que personne ne répond, il finit son litre. « Bonsoir, meussieu », fait-il à Étienne. Il chante :

> « *Mais le plus joli rêve, c'est le rêve d'amour,*
> *Que l'on fait sur la grève,*
> *A l'heure où meurt le jour.* »

Ernestine rentre avec le mousseux ; lorsqu'elle est à portée de sa main, le père Taupe lui tape sur la fesse. Il glousse :

> « *Une voix enivrante,*
> *Monte du flot berceur...* »

Il n'y a plus moyen maintenant d'avoir une conversation sérieuse.

> « *... C'est la chanson du cœur.* »

Étienne se lève.

— Et le mousseux, s'écrie Belhôtel, vous allez bien boire du mousseux ?

— Pas le temps, dit Étienne. Et gardez tout ceci pour vous. Vous me le promettez?

— Promis, jure le trio.

— J'arrangerai cela moi-même.

— Vous nous raconterez ce qui s'est passé?

Étienne promet de revenir. Ah! il allait oublier quelque chose.

— Tenez, meussieu Belhôtel, j'ai un petit cadeau pour vous.

Et il lui tend l'épluche-pommes-de-terre; il hésite un instant s'il ne va pas offrir le coupe-œufs-durs-en-tranches-minces à Mme Cloche; non, sa générosité s'arrête au premier engin.

— Adieu! crie-t-il.

En sortant, un nuage de poussière l'étouffe à moitié. Il entend la voix grêle du vieillard qui chante : « *Sur les bords de la Riviera...* » Un train de marchandises passe, infiniment long.

Joyeux, Étienne songe à retrouver Pierre.

Dans la baraque, le trio contemple avec effarement l'épluche-pommes-de-terre que Meussieu Marcel vient de lui offrir. Sans pudeur, Ernestine tend son bas sur sa cuisse; elle a des jarretières roses avec une petite serrure noire et une clef en verroterie pour les pimenter. Le père Taupe en a les yeux rouges.

La poussière s'accumule; les mouches se multiplient; deux Arabes sont entrés silencieusement, et se sont assis près de la porte. Ils rêvent. Le nombre des haricots diminue. L'épluche-patates gît sur une table, cloue au zinc par des regards incompréhensifs.

*

En sortant du bouillon, Pierre emmena Narcense en auto pour faire une petite balade dans la vallée de Chevreuse. Paris déversait des milliers d'autos sur la campagne. Les routes étaient impraticables. A Jouy, ils laissèrent passer le flot véquandial ; Narcense avait dit être libre jusque vers 10 heures ; depuis le déjeuner, il ne lâchait pas une petite valise dont le contenu intriguait singulièrement son compagnon.

— Et alors, Le Grand, cet homme que vous observiez, qu'est-il devenu ?

— Il est devenu quelqu'un.

— Et avant ?

— Avant, c'était un être plat.

— Réellement ? fit doucement Narcense.

Pierre se tut un moment et reprit :

— Il était tout à l'heure avec moi au restaurant, dit Pierre. Il pensait qu'il y avait quelque chose de remarquable à remarquer — si j'ose dire — dans cet infâme endroit. Je n'ai rien remarqué, mais je vous ai vu. Je lui ai dit que, tous deux, vous alliez bientôt vous connaître.

— Prophète ?

— Agitateur, il me suffirait de vous présenter.

91

— Si je veux, fit doucement Narcense.

Pierre se tut un moment et reprit :

— Il n'a pas été satisfait de ma remarque. Il est parti brusquement, déçu. Oui, je l'avais déçu. Il voulait quelque merveille *simple,* je lui en ai donné une compliquée.

— Merci, fit doucement Narcense.

Pierre se tut un moment et reprit :

— Lorsqu'il aura fait votre connaissance, il comprendra que j'avais remarqué l'unique chose remarquable : votre rencontre. J'oubliais de vous dire ; il porte comme moi un nom historique ; il se nomme Étienne Marcel. Il habite Obonne, il est marié, père de famille et travaille au Comptoir des Comptes.

Narcense : Dans quelle mesure peut-on avoir confiance en vous ?

Pierre rit : La mesure de mon cynisme.

Narcense : Bien obscur. Êtes-vous capable de vous abstenir ?

Pierre : Bien obscur.

Narcense : De ne pas intervenir — si je vous le demande ?

Alors Pierre : Oui.

Alors Narcense : Votre ex-homme plat, cette nuit, je vais tuer son fils, ou mieux, je vais le suicider.

— Pardon ?

— C'est clair, je pense : je vais suicider le jeune Théo Marcel.

— Vous allez suicider son fils?

— Vous voulez m'en empêcher?

— Pas du tout, pas du tout. Mais pourquoi ce suicide?

— Pourquoi? Il a insulté ma grand-mère.

Si Pierre a perdu sa journée avec Étienne, il l'a gagnée avec Narcense. Cent fois, mille fois. Tout de même, il ne peut croire encore :

— Plaisanterie!

— Plaisanterie! Plaisanterie!

Narcense se met à jurer tout bas ; il possède un répertoire abondant ; il jure pendant cinq bonnes minutes, puis reprend :

— J'ai vécu dans une telle abondance de morts, ces derniers temps. Si vous saviez. Il y a eu d'abord mon ami Potice qui s'est fait écraser devant la gare du Nord. Par un autobus, paraît-il. Vous avez dû voir ça dans les journaux. Sa cervelle traînait par terre, disaient-ils. La cervelle de Potice. Imaginez-vous ça? Et ma grand-mère, on ne l'avait pas encore enfermée, lorsque je suis arrivé. Elle était là dans son lit, avec cette absurde mentonnière. Alle avait quatre-vingt-sept ans. On l'aurait crue de bois ; un casse-noix breton, comme on en vend à Saint-Malo. C'était très simple. Pendant les obsèques, il est arrivé un événement grotesque : le chien de mon oncle tomba dans la fosse creusée pour recevoir le cercueil. Mon oncle s'esclaffa, mais, le lendemain, en sortant dans la cour, j'aperçus le chien pendu avec le linge. Il était ridicule et lamentable, et mort, naturellement.

— Pendre un chien!

— Oui, n'est-ce pas singulier? Je vous dirai que mon oncle est riche, d'une férocité extrême et d'un esprit obtus. Dans la famille, ils sont tous comme ça; un autre oncle, non moins riche, féroce et obtus, m'abrite dans un immeuble somptueux, mais il me laisse moisir dans la débine.

— Vous ne pensez pas, dit Pierre, qu'il ne serait pas préférable de le pendre, plutôt que le fils de Marcel?

— C'est à voir, répondit Narcense. Vous comprenez, je ne peux pas chasser deux gorets à la fois.

— Mais ce gosse, vous continuez à prétendre qu'il se suicide parce qu'il a insulté votre grand-mère?

— Oh assez! dit Narcense grossièrement.

Et il se remet à jurer tout bas.

— A 11 heures, reprit-il, je descends à Blagny. Je fais à pied le trajet jusqu'au lieu-dit Les Mygales, dans le bois d'Obonne. A minuit, le gosse sera là.

— Vous êtes sûr qu'il sera là? demande Pierre.

— Oui, absolument sûr. A minuit cinq ou dix ou et quart, le gosse se sera pendu ou je l'aurai pendu. Avec cette corde.

Du menton, il indique la valise qu'il a laissée dans l'auto.

94

Pierre le regarde avec scepticisme et admiration. Il voudrait bien entrer dans le jeu; pas un instant, il ne croit à la réalité de ce projet.

— Si vous voulez, je puis vous conduire en auto jusqu'à un lieu proche de celui dont vous parliez. Je vous attendrai. Cela vous facilitera beaucoup les choses.

La proposition plaît à Narcense qui adore les balades en auto.

— C'est gentil, ça, Le Grand, fait-il doucement. Je vous remercie.

— De rien, de rien.

Ils se taisent. Bientôt 7 heures. Sur la petite place calme, quelques rares indigènes passent de temps à autre. L'auto dort paisible près du trottoir. Dans le lointain, on entend vivre la route.

— Pour revenir à notre conversation de l'autre jour, dit Pierre, il me semble que vous préférez le singulier au général, le particulier à l'universel. Préférence affective et non affirmation raisonnée, je crois.

— Oui, c'est cela. Je préfère ce qui existe à ce qui n'existe pas.

— Je vous présenterai mon frère, il vous intéressera.

— Ah oui, et pourquoi?

— Il est cantorien, répondit Pierre.

*

Saturnin prend un grand couteau de chasse qui lui vient de son grand-père, le met dans sa poche et dit : « Me voilà prêt. » Il embrasse sa femme qui lui dit : « Tu me chatouilles avec ta fausse barbe. » Il lui dit : « Ne t'inquiète pas. Si le père est là, je m'abstiens ; sinon, j'arrangerai tout cela. » Elle lui dit : « Surtout ne prends pas froid, les nuits sont fraîches. » Saturnin s'est habillé en conséquence. Il rajuste sa barbe. Allons. Il arrive juste à temps pour avoir le train de 9 h 31. Peu de monde à cette heure tardive. Dans son compartiment de troisième, il est seul voyageur. Il regarde par la petite lucarne les compartiments voisins ; personne. Le train est omnibus et désespérément lent ; Saturnin se cure les ongles avec son couteau de chasse. Puis, il sort un bout de crayon de sa poche et, sur un petit carnet, note : « La cinquième partie est à supprimer. » Il tire un trait ; au-dessous : « En épigraphe, mettre ça : Descartes ; on se demande pourquoi, dans les cafés, les joueurs appellent si souvent le garçon par ce nom. » Il suce un moment son crayon, barre ce qu'il vient d'écrire et au-dessous : « On se demande pourquoi, dans les cafés, les joueurs appellent si souvent le garçon Descartes. » Il remplace *si souvent* par *toujours* ; et referme le carnet.

Le train traverse des banlieues mal-z-éclairées.

96

Saturnin essaie de déchiffrer des paysages à la lueur de réverbères aussi faibles que rares. Le nombre des lumières se multiplie ; le train s'arrête. Blagny. C'est là qu'habite mon salaud de frère, pense Saturnin ; mais à peine a-t-il pensé cela, qu'il aperçoit sur le quai de la gare Mme Cloche, sa sœur. Oubliant sa fausse barbe, il rentre la tête pour ne pas être vu et entre en fureur. Cette vieille vache de Sidonie, de quoi se mêle-t-elle ? Elle n'a tout de même pas l'intention d'aller aux Mygales ?

Saturnin essaie de deviner ce que va faire sa sœur, au besoin pour l'en empêcher. Les stations passent. Il ne trouve rien. Blangy. La prochaine station est Obonne. Saturnin regarde distraitement par la portière. Le train repart. A ce moment, Saturnin aperçoit une vieille femme se dirigeant vers la sortie. Cette fois-ci, il est désarmé. Pourquoi descend-elle ici ? S'est-elle trompée de station ? Il ne sait que penser. Aurait-elle l'intention d'aller à pied de Blangy aux Mygales ? Bien invraisemblable. Et pourtant... Mme Cloche inquiète son frère.

Enfin, le train arrive à Obonne. Quelques rares voyageurs descendent. Narcense n'est pas là. Il n'était pas non plus à Blangy. Saturnin en est sûr. Diable. Serait-ce réellement une plaisanterie, comme le croit sa femme ? 11 heures ; il estime qu'il a le temps de se taper un réconfortant, comme il dit dans sa pensée. Mais tous les cafés sont déjà fermés. Tant pis ; il prend le chemin de la forêt, chemin qu'il connaît bien, car plusieurs fois il y est allé en picnique avec la famille. Il avance dans la nuit d'un pas sûr. Il est assez vite arrêté par une lumière qui tente de percer une vitre sale. Pas d'erreur, c'est un bistrot encore ouvert. Saturnin appuie sur la clenche, pousse et, provoquant un carillon, entre. Deux hommes qui dormaient se réveillent en sursaut ; un quat-pattes bâtard et pelé aboie sur un ton tellement élevé qu'il en fait des fausses notes. L'un des deux hommes lui ordonne de se taire ; l'autre person-nage, qui semble sortir d'un sommeil profond d'origine alcoolique, se met à proférer de véhé-mentes affirmations : « Y a qu'en Bretagne qu'y a d' vrais marins! Oui, y a qu'en Bretagne qu'y a d' vrais marins :

— Ta gueule, fait le patron. Alors, barbu, qu'est-ce que tu veux?

— Un rhum, patron, répond Saturnin.

— J' m'appelle Yves Le Toltec, crie le marin.

— C'est pas comme moi, répond poliment Sa-turnin.

— Ah! ah! celle-là, elle est bien bonne! s'es-claffe le patron. J' la copierai.

— T'as bien de la barbe, dis donc, réplique le marin qui ne soupçonne pas combien il est lucide.

Saturnin, gêné, avale son rhum.

— Un autre, commande-t-il et la tournée.

— Au quai! répond le patron. (C'est le marin qui lui a appris cette locution.)

Yves Le Toltec siffle son alcool avec décision, s'essuie les balduques et biguine à dégoiser :

— Quat' fois qu' j'ai fait naufrage, oui, m'sieu, quat' fois. L' plus bath, ça été celui du *Clytemnestre* au large de Singapour. Quelle pagaïe! Tous les passagers qui se marchaient dessus pour monter dans les barques. Le capitaine, il avait son revolver à la main et pan! il descendait les hommes qui voulaient monter avant les femmes dans les canots de sauvetage. Oui, m'sieu, il les descendait, pan!

Saturnin écoute. Le patron bâille.

— Dites donc, j' ferme. Il est moins vingt de minuit ; à moins n' quart, j' ferme.

— Moins vingt! Oh! merde! fait Saturnin qui laisse un billet de cent sous sur le comptoir et s'enfuit à toutes jambes.

— Ça, c'est encore une drôle d'histoire, dit le marin.

— Oui, y a d' drôles de mecs qui rôdent par ici en ce moment. Ça m' paraît louche. C'est comme le type qu'est v'nu ici il y a un mois. I doit s' trafiquer quéque chose.

Le marin approuve d'un hoquet.

— C'est comme le gosse d' la maison en ruine : ça fait deux fois que j' le vois s' faufiler chez la Pigeonnier.

— Si c'est pas malheureux! Débaucher un môme qu'avait encore des culottes courtes l'an-

99

née dernière! On d'vrait le dire à ses parents.

— Bouh! Son père, il est trop noix. Et pis tout ça, ça m' r'garde pas. Allez, Yves, fous ' camp. Moi, j' vais dormir.

Le marin se lève avec hésitation et, après s'être pendu quelques instants à la porte, se dissout dans la nuit.

*

Théo jure qu'il n'essaiera pas d'aller aux Mygales, embrasse sa mère et va se coucher. Étienne prend son chapeau ; 11 h 1/2.

— J'ai juste le temps d'arriver exact au rendez-vous.

Alberte s'essuie les yeux ; toute la soirée, elle a pleuré. Voyant Étienne s'en aller, elle a peur.

— Tu ne peux pourtant pas venir avec moi. Écoute, tu n'as rien à craindre ici. Et moi, je ne cours aucun danger. Non, tu n'as rien à craindre.

Alberte soupire.

— Je vais être en retard, dit-il.

— Allons, va, dit-elle.

Il ferme toutes les portes à clé, même celle du jardin, quoiqu'il sache fort bien que l'on peut facilement sauter par-dessus la grille. Il va être en retard. Il active le pas. Il prend le raccourci, un petit sentier plein d'ordures. Il écrase des débris d'assiettes, et bute contre des boîtes de conserve qui roulent en tintant.

La lune éclaire sans passion un paysage de poulaillers et de poireaux. Enfin, Étienne arrive à la lisière de la forêt.

A l'église du village, minuit sonna.

Les Mygales, c'est le sentier à gauche. « Je vais avoir dix minutes de retard. » Heureusement le sentier est bien tracé. Des insectes variés accompagnent le halo de sa lampe électrique. Plus précis, des moustiques chantent aux oreilles d'Étienne. Il arrive au croisement avec le chemin de Pourvy. Un peu plus loin, le lieu-dit Les Mygales ; au milieu, il y a un grand chêne avec un banc circulaire. Étienne, au bout du sentier, aperçoit la petite herbe drue de la clairière, éclairée par la lune. Arrivé là, il cherche Narcense. Il se dirige vers le banc, personne ; en fait le tour, personne. Puis, levant le nez, il voit un type qui lui montre la semelle de ses souliers ; Étienne, horrifié, s'immobilise. Le type oscille encore.

A ce moment, un galop précipité se fait entendre ; un individu étrange surgit, un homme puissant et barbu, mais dont la barbe paraît pousser de façon singulière, exclusivement sur la joue gauche et perpendiculairement à ladite.

Il arrive près du chêne centenaire et s'arrête en freinant sur un pied. Il halète. Il dévisage Étienne :

— Narcense ?

Étienne lève le menton.

— Oh, oh, fait le singulier personnage à la barbe horizontale.

Étienne s'étonne de cette étrange plantation de poils de barbe.

— Faites-moi la courte échelle.

Le barbu grimpe dans la main d'Étienne, lui-même perché sur le banc ; il réussit à atteindre la plus basse branche du chêne ; il s'y hisse ; il y rampe ; il atteint la corde ; il sort un couteau, le couteau de chasse de son grand-père ; il coupe la corde et Narcense tombe par terre, sans dignité ; s'il est encore vivant, il a dû se faire très mal. Étienne, qui a repris ses idées, se précipite et défait le nœud coulant ; le barbu, redescendu avec célérité, s'empare de Narcense, lui masse le larynx, et lui agite les bras rythmiquement. Étienne suit tout cela avec intérêt. La cicatrice l'hypnotise ; cet homme est bien celui que Pierre lui a désigné au restaurant. Narcense respire, il est sauvé.

— Il est sauvé, dit le barbu.

Narcense ouvre les yeux.

— Où suis-je, dit-il, essayant d'engager la conversation sur un mode connu ; mais changeant brusquement d'idée, il s'évanouit.

— Qu'est-ce qu'on va en faire ? dit le barbu.

Alors Étienne :

— On va l'emmener chez moi.

— C'est vous qui vous appelez Étienne Marcel ?

— Oui, oui. Comment savez-vous ?

— Moi, je m'appelle Saturnin Belhôtel.

— Ah bah! fait Étienne. Enchanté de faire votre connaissance. Votre sœur m'a parlé de vous et...

— Ma sœur est une chipie et une vache, interrompt Saturnin. Alors, on le transporte?

— Oui, oui, dit Étienne. C'est ça, on va l'emmener chez moi.

L'un le prend par la tête, l'autre par les pieds.

— Je vais devant, dit Étienne. Je connais le chemin.

Après quelques instants :

— Dites donc, vous lisez les lettres de vos locataires?

— Oh, je n'en ai qu'un ; autrement, ça me prendrait trop de temps.

Ils se reposent un instant ; Narcense, paisible, dort.

— Qui est cet individu? interroge Étienne.

— Narcense, mon locataire.

— Son âge?

— Trente-quatre ans.

— Profession?

— Musicien.

— Nationalité?

— Français.

— Père?

— Mort.

— Mère?

— Décédée.

— Instruction?

— Bachelier ès lettres.

— Taille?

— 1 m 71.

— Poids?

— 75 kilos.

— Périmètre thoracique?

— 87 centimètres.

— Ah, ah, fait Étienne. Domicile?

— 8, boulevard de l'Officier-Inconnu.

— Moyens d'existence?

— Joue du saxophone dans les boîtes de nuit ; actuellement, chômeur.

— Événements importants de sa vie?

— Enfance : oreillons, rougeole, scarlatine. Première communion. Fièvre typhoïde.

— Adolescence?

— Adolescence : appendicite, eczéma, furonculose. Baccalauréat première partie. Voyage à Marcheville, chez sa grand-mère. Panaris. Baccalauréat deuxième partie. Conservatoire. Chute sur la tête. Cicatrice.

— Et ensuite?

— Ensuite : service militaire ; musicien au 167e R.I. Blennorragie. Seconde blennorragie. Adultère (femme du tambour-major). Libéré du service militaire. Écrit de la musique. Ne mange pas. Faim, faim et faim. Joue du saxophone dans les boîtes de nuit. Femmes, femmes et femmes. Crise ; chômage. Plus de saxophone.

— On le ramène chez moi?

Les deux hommes reprennent leur chemin. Pauses fréquentes, car Étienne, peu costaud, se fatigue facilement. Narcense dort.

Après deux longues heures de marche, ils arrivent devant la petite porte. Se couchant, la lune profile la maison inachevée. Pendant qu'Étienne fait grincer la porte, Saturnin soutient Narcense contre le mur.

— Dites donc, vous savez, c'est vrai ce qu'on raconte des pendus.

— Quoi donc? demande Étienne.

— Rapport à la virilité.

— Ça c'est drôle, fait Étienne.

Encore une porte à ouvrir.

Alberte accourt. Elle a encore pleuré tout le temps. Maintenant, elle regarde Narcense avec curiosité.

— Où va-t-on le mettre?

Dans le lit de Théo : seule solution. Théo couchera dans la salle à manger. Et Saturnin? Saturnin aussi.

— Ah. J'oubliais de te présenter Meussieu Saturnin Belhôtel.

— Meussieu, je vous remercie, dit Alberte.

— De rien, de rien.

Narcense, qu'on a mis dans un fauteuil, s'obstine à dormir. Eh bien, c'est cela, on va le coucher dans le lit de Théo. Étienne ouvre la porte de la chambre de Théo. Il appelle doucement : « Théo » ; personne ne répond ; dans l'obscurité, il distingue le lit vide. Puis la fenêtre ouverte.

— On va toujours coucher Narcense là, dit Étienne.

*

Après huit vains jours de faction en face de la gare du Nord, Mme veuve Cloche (Sidonie, née Bel-hôtel) renonça-z-à la vision de plus nombreux écrasements. Mais aussitôt sombra dans un ennui incoercible et aplatissant dont la chartreuse et les hasards de sa profession n'arrivaient pas à la faire sortir.

Aussi bien, ne voulait-elle pas rater la grande scène tragique qui allait avoir lieu aux Mygales. Elle avait bien songé que, si elle n'avait pas prévenu Meussieu Marcel, elle aurait assisté à une pendaison, une vraie (elle ne doutait pas un instant de la réalité de la menace de Narcense) ; mais elle avait promis à Saturnin de tout raconter à Meussieu Marcel et, de toute façon, Saturnin devait être là. La présence de Saturnin la gênait un peu. Aussi eut-elle l'idée de descendre à Blangy au lieu d'Obonne. Elle connaissait le pays, car, à deux reprises, elle avait soigné une habitante d'Obonne, Mme Pigeonnier, et bien des fois elle était allée manger sur l'herbe avec feu son mari et avec son frère. Pour revenir à Saturnin, elle se déclara à elle-même qu'elle s'en foutait ; et quant à la promesse qu'elle avait faite à Étienne, elle n'y pensait plus.

A Blangy, elle s'orienta avec rapidité et sûreté ; elle devait prendre la route passant devant la mairie ; elle arriverait ainsi à un carrefour ; là, elle s'en souvenait bien, un poteau indicateur montrait le chemin des Mygales.

Tout alla bien jusqu'à la lisière de la forêt ; mais devant cette masse noire qui surgissait, brusque, elle eut peur. Elle n'avait pas pensé que sous bois, il ferait *noir ;* la route se transformait brusquement en une sorte de souterrain parfaitement obscur.

Alors Mme Cloche s'assit sur un talus, fermement décidée à faire demi-tour. Mais, derrière elle, le chemin se faufilait entre les champs, si âpre, si désolé qu'elle en fut terrifiée. Elle imagina ce qui pourrait lui arriver : un vagabond qui la violerait, un voleur qui la tuerait, un chien qui la mordrait, un taureau qui l'écraserait ; deux vagabonds qui la violeraient, trois voleurs qui la tueraient, quatre chiens qui la mordraient, cinq taureaux qui l'écraseraient ; sept vagabonds qui la mordraient, huit voleurs qui l'écraseraient, neuf chiens qui la tueraient, dix taureaux qui la violeraient. Une grosse chenille qui lui tomberait dans le cou ; une chauve-souris qui dans l'oreille lui crierait ouh! ouh! ; un oiseau de nuit qui lui crèverait les yeux et les enlèverait des trous. Un cadavre au milieu du chemin ; un fantôme lui prenant la main ; un squelette mangeant un morceau de pain.

Cette dernière idée la fit un peu frissonner ; mais son absurdité la rassura. « Alibiforains et lantiponnages que tout cela, ravauderies et billevesées, battologies et trivelinades, âneries et calembredaines, radotages et fariboles ! » se dit-elle.

A l'église du village, minuit sonna. Après qu'elle eut compté les douze coups, la veuve Cloche entra dans une violente colère contre elle-même ; sotte qu'elle était, elle avait tout raté. Quelle gourde elle faisait. Elle en était là de ses réflexions, lorsqu'une silhouette humaine se profila sur le chemin ; quelqu'un venait. Elle se dressa sur ses pieds avec toute l'agilité dont elle était capable et s'enfonça dans la forêt.

L'obscurité était à peu près complète. Mme Cloche ne tarda pas à buter contre des souches, à se heurter à des arbres, à s'égratigner à des ronces. Son chapeau resta accroché à une branche et elle ne put le retrouver. Trébuchante, elle allait, elle allait, se déchirant les mains, se cognant le front, s'arrachant les cheveux. Il lui sembla que cela durait un bien long temps. Enfin, elle aperçut une plaque de lumière. Elle se redressa ; le chemin s'éclairait vaguement. Elle arrivait au carrefour.

Elle eut la chance que la plaque indiquant le chemin des Mygales fût éclairée par un rayon de lune ; elle s'en félicita et de nouveau s'enfonça dans un obscur sentier et de nouveau elle alla, se heurtant aux arbres, s'égratignant aux ronces, se déchirant aux branches. Et, de nouveau, très longtemps, cela lui sembla durer. Et de nouveau, elle aperçut une plaque de lumière.

Les cheveux en désordre, les mains saignantes, les vêtements déchirés, le front bosselé, un œil rouge, la joue égratignée, ayant perdu son chapeau et son parapluie, mais tenant toujours fermement son sac en tapisserie, Sidonie déboucha du chemin et s'arrêta au milieu de la clairière.

Il ne se passait rien. Il n'y avait personne. Le silence était absolu. Elle fit le tour du chêne, le nez en l'air ; pas plus de pendu que dans le creux de sa main. Elle s'assit sur le banc circulaire, complètement épuisée, et allait s'endormir, lorsque, là, devant elle, sur l'herbe, elle aperçut une corde, un nœud coulant. Elle se précipita, et tomba sur les genoux. Elle saisit la corde. Oui, une corde de pendu. Mais qui avait été pendu ? A genoux, sur l'herbe, elle tenait le lacet dans les deux mains, et le contemplait, et tremblait, émue.

Longtemps, elle regarda cette ficelle. La lune s'éclipsa derrière les arbres. L'obscurité devint totale. Mme Cloche, épuisée, s'allongea et s'endormit, la tête sur son sac en tapisserie. La nuit était douce et claire et les constellations multipliées éclairaient faiblement la clairière.

*

— Et si tu rentres chez tes parents, qu'est-ce que tu leur raconteras ?

— Je leur dirai que j'ai marché à pied, long-temps, toute la nuit ; et puis que je suis revenu.

— Tu ne leur parleras pas de moi ?

— Oh ! non, je ne dirai rien sur vous.

— C'est bien cela, et Mme Pigeonnier embrassa Théo sur le front.

— Ton père, qu'est-ce qu'il dira ?

— Rien. L'est trop bête.

— Oh ! tu n'as pas honte de parler comme ça de ton père ?

— D'abord, c'est pas mon père. Moi, jamais j'ai eu d' papa.

— Pauvre petit, soupire Mme Pigeonnier, em-brassant Théo sur la joue.

Théo se tient raide sur une chaise ; mais il n'ignore pas comment cette conversation se ter-minera. Il regarde droit devant lui ; l'odorat seul lui révèle la présence parfumée de Mme Pigeon-nier, ou ses pudiques baisers.

— Et ta mère ?

— E' va pleurer.

— Ça ne te rend pas triste ?

— Oh si ! fait Théo qui sourit d' l'autre côté, ce-lui que Mme Pigeonnier ne voit pas. Elle s'ra si contente quand elle me reverra !

— Tu te consoles facilement.

Un petit silence. Théo renifle. Ça sent rudement bon. Mais cette morale préliminaire l'ennuie.

— Tes parents se donnent bien du mal pour t'élever. Songe qu'ils ne sont pas riches et que,

l'année prochaine, tu seras bachelier, grâce aux
sacrifices qu'ils font pour toi.

— Tout ça, c'est des histoires : primo, que je
n' leur ai jamais d'mandé d'être bachelier ; segondo, les sacrifices j' les supporte comme eux,
l' végétal quotidien j' connais ça comme papa et
maman ; et tertio, si j' deviens bachelier, c'est que
j' suis intelligent et travailleur.

Mme Pigeonnier, que ces propos agréablement
chatouillent, rit.

— Quel effronté, glousse-t-elle ; et l'embrasse.

Théo conserve son immobilité. Il regarde
l'heure : minuit. Qu'est-ce qui aura bien pu se passer ? Si Narcense flanquait une rossée au beau-père,
c'est ça qui serait drôle ! Cette idée le fait rire de
concert avec Mme Pigeonnier.

— Vous savez, il y a un meussieu qui est amoureux d' ma mère.

— Comment sais-tu ça ?

— Il lui a écrit. Maman, elle a déchiré les lettres, mais moi je les ai recollées.

— Tu n'as pas honte de ton indiscrétion ?

— Oh si. — Un petit silence. — C' meussieu,
je l' connais.

— Comment le connais-tu ?

— Ben, j' l'ai vu un jour, un soir, près de
la porte de la maison.

— Ah oui ?

— I r'gardait maman à travers la grille.

— Tu l'as bien vu ?

111

— Oui. Et puis, i faisait une drôle de chose.

— Quoi donc? interroge Mme Pigeonnier qui ne comprend pas.

— Eh bien, i faisait comme s'il était tout seul.

Mme Pigeonnier, qui a enfin compris, regarde Théo, scandalisée. Théo reste imperturbable.

— Même qu'il a sali la porte de la maison.

— De la maison de mon beau-père, ajoute-t-il.

Il tourne la tête pour voir ce qu'en pense Mme Pigeonnier. Eh bien, elle est scandalisée Mme Pigeonnier. Il reprend sa position hiératique et change de sujet.

— J'ai faim, observe-t-il avec autorité.

— Qu'est-ce que tu veux manger?

— Quéque chose de bon, réplique-t-il.

— Veux-tu que je fasse lever la bonne?

— C'est ça. J' veux quéque chose de chaud et puis du dessert.

Mme Pigeonnier agite une sonnette. Catherine accourt, drapée dans une robe de chambre chinoise. Elle relève ses cheveux sur son front :

— Madame désire?

Elle bâille en reluquant Théo qui, cette fois, rougit.

— Catherine, préparez-nous un souper, dit Mme Pigeonnier.

Catherine siffle admirativement.

— On y va, qu'elle dit, et sort.

— Dites donc, elle est insolente, vot' bonne, fait hypocritement Théo.

112

Mme Pigeonnier, qui allume une cigarette, ne répond pas.

— Pendant l' jour, elle est pas comme ça, insiste-t-il.

Il prend la cigarette allumée qu'on lui tend.

— Merci. Chez moi, on m' défend de fumer. C'est idiot.

— Allons, ne critique pas toujours tes parents.

— Vous savez, le beau-père, il est pas drôle. Il a le crâne creux.

— Pourquoi donc?

— Jamais i n' dit rien. I parle de son bureau ; c'est tout. I r'garde les journaux d'un œil, mais i n' les lit pas.

— Comment le sais-tu?

— Je l' vois bien. I dort debout.

— Mais il est gentil avec toi?

— Oui, bien sûr ; il est trop gourde pour m'embêter. I sait rien trouver pour passer l' temps. Et maman qui turbine tout l' temps. Tous les copains i zabitent Paris. Je reste en carafe dans cette maison en démolition. Oh là, là, c'est pas rigolo. C' que j' peux m'entartiner.

— Hein?

— Oui, je m' pigique le chousterne avec tous ces queftiaux, répond Théo avec volubilité.

Catherine entre, apportant le souper froid. Elle ne s'est pas oubliée ; elle dispose les trois couverts et s'attable avec Théo et Mme Pigeonnier. Tout en découpant un morceau de poulet froid, elle raconte :

— Tout à l'heure, il a dû se passer quelque chose à côté. J'ai entendu des pas dans le jardin ; des voix d'hommes. Ils devaient être plusieurs. J'ai reconnu la voix de Meussieu Marcel.

En parlant, elle affecte d'ignorer la présence de Théo.

— J'ai regardé par la fenêtre ; j'ai vu dans le jardin deux hommes qui en transportaient un troisième qui semblait mort, ou évanoui. Quelqu'un a ouvert la porte. C'était Meussieu Marcel. Aidé de son compagnon, il a rentré celui qui était évanoui ou mort. La porte s'est refermée. C'est tout ce que j'ai vu. Ce qui se passe dans cette maison ne m'intéresse d'ailleurs pas autrement. Madame veut du vin blanc ?

— Merci, Catherine, une larme.

— Moi aussi j'en veux, dit Théo, plein un verre.

— Je disais, continue Catherine, que ce qui se passe dans cette maison ne m'intéresse pas autrement ; d'autant plus qu'il ne s'y passe jamais rien. C'est le type même de la maison où, paisibles et médiocres, des gens vieillissent sans à-coups. Madame ne trouve pas que j'ai raison ?

— Vous voyez bien, Catherine, que ce soir, il s'y est passé quelque chose.

— C'est sans doute parce qu'elle n'a pas été achevée.

Catherine se sert un grand verre de vin.

— Comment Madame trouve-t-elle ce vin?

— Il est très bon.

— Il n'est pas mauvais ; mais Madame devrait acheter du champagne, une petite caisse de douze bouteilles pour les grandes circonstances. Madame peut s'offrir cela.

— Eh bien, Catherine, commandez-en une petite caisse.

— Bien, Madame. Quand Meussieu Théo sera reçu à son baccalauréat, nous en déboucherons une.

— J'espère qu'on attendra pas jusque-là, dit Théo.

Mme Pigeonnier rit. Puis Catherine l'entretient robes et chiffons. Théo, pendant ce temps, dévore tout ce qui lui tombe sous la fourchette. Le souper fini, Catherine dessert ; il se fait tard.

— Ah, je vous laisse, dit-elle.

— Bonne nuit, Catherine, soupire Mme Pigeonnier.

Théo se tait. On entend Catherine descendre, puis remonter dans sa chambre.

— Je vais m' coucher, dit Théo en bâillant.

*

Sa mère avait mis une fausse barbe pour servir les œufs à la coque ; cette désagréable vision fut suivie d'un accès d'inquiétude très profond, mais

très court ; aussitôt après, Étienne ouvrit les yeux.
La nuit cessait à peine. Il sentit qu'à côté de lui
Alberte était éveillée ; lui-même n'avait pas dormi
plus de deux heures.

Comment retrouverait-il Le Grand ? Il n'y avait
aucune raison pour qu'il le rencontrât de nouveau,
aucune chance. Était-ce tout à fait de sa faute ?
Il demandait quelque actuelle révélation, quelque
clarté sur cette ambiance dans laquelle il vivait
une heure chaque jour depuis trois ans et l'autre
lui avait offert une prophétie. Oui, une prophétie.
Quel chiqué n'y avait-il pas dans cette façon de
désigner Narcense ? Vous allez bientôt le connaître. Cette cicatrice brune. Au fait, Narcense,
quel curieux nom ! Est-ce un nom de famille ou
un prénom ? Il est musicien. Il aime sa femme. Il
lui a écrit. Il aime sa femme. Il aime Alberte. Il
l'aime. Alberte existe donc pour les autres
hommes. Folie de vouloir pendre Théo ; plaisanterie, cette menace, plaisanterie de mauvais goût,
plaisanterie l'absurde histoire du chien racontée
par Théo ; oui, l'oncle de Narcense a pendu Théo,
non le chien. Il a pendu son chien parce qu'il est
tombé sur son cercueil, sur le cercueil de Narcense,
de sa grand-mère et Théo a disparu, s'est enfui.
Alberte est désespérée. Narcense l'aime, d'autres
hommes la voient, la suivent, oui, dans le métro,
la touchent, souvent. Ça m'arrive, je ne le fais pas
exprès, ma main se trouve comme ça contre le
corps d'une femme ; en ramenant les ustensiles

par exemple, tiens, j'ai dû laisser le coupe-œufs-durs sur la table ; pourquoi l'ai-je acheté ? Je ne l'ai pas dit à Le Grand peut-être pourrait-il me l'expliquer j'ai beaucoup changé ces derniers temps je m'en aperçois maintenant oui le monde n'est pas tel qu'il apparaît, du moins quand on vit tous les jours la même chose alors on ne voit plus rien il y a pourtant des gens qui vivent pareil tous les jours moi, au fond je n'existais pas, tout ça a commencé avec les petits canards avant je ne pensais pas je n'existais pas pour ainsi dire du moins je ne me souviens plus les autres vivaient à côté de moi les choses étaient là ou ailleurs et je ne voyais rien pourtant je dois toujours avoir la même allure et les autres s'ils sont comme moi avant peut-être que les autres ne pensent pas n'existent pas ils vont et viennent comme moi j'allais et venais mais ça ne correspond à rien pour ainsi dire ça serait tout de même curieux peut-être que c'est moi au contraire qui étais une exception j'étais seul à ne pas exister et lorsque j'ai regardé le monde j'ai commencé à exister peut-être dans les livres de philosophie dit-on tout cela on explique peut-être quelle sorte de livre pourrait me renseigner Le Grand lui doit le savoir lui il vit il a toujours existé il voit tout il sait comment faire pour penser je n'ai pas lu quand j'étais petit je devais exister par exemple à cinq ans j'ai pleuré lorsque le chat est mort j'existais bien alors et mon chat qu'on m'a tué c'était le jour des petits canards tout se rencontre le même jour ça s'agite oui quel mouvement tout d'un coup toutes ces choses qui se passent il y a autre chose encore aujourd'hui Narcense se pend et on le dépend au fond ça fait partie de la vie quotidienne tandis que le coupe-œufs-durs non voilà la différence l'un s'explique l'autre ça ne s'explique pas pour Narcense peut-être que ça ne s'explique pas pour lui lui il sort de sa vie quotidienne à lui mais moi il ne m'en fait pas sortir Le Grand lui pourrait m'en faire sortir on peut comme ça en sortir sans en avoir l'air c'est ça qu'est curieux je vis tout pareil qu'avant il me suffit de regarder comme ça de travers pour ainsi dire et me voilà sorti Narcense lui il se donne beaucoup de mal une corde la nuit c'est très tragique moi c'est beaucoup plus curieux je deviens très fort c'est très amusant comme ça de conduire des pensées de se parler autrefois quand je me réveillais la nuit je regardais la cinquième feuille d'acanthe du papier du mur maintenant je sais me dire des choses pas ordinaires je me demande si tout ça est écrit dans les livres ça on ne peut pas savoir d'avance Le Grand pourra me le dire mais comment le retrouver comment pouvait-il deviner que je rencontrerais Narcense peut-être c'est son ami il ne semble pas ou bien il s'est arrangé c'est très curieux c'est drôle il doit être très malin si c'était pas une prophétie c'était de la prestidigitation dans les deux cas il est très fort peut-être un jour je saurai aussi faire de la prestidigitation les canards se prestidigiteraient eux-mêmes pour moi c'est ça qui est curieux pour Théo au contraire ils se trouvaient là ils étaient tout de go de but en blanc Théo avait vu lui qui est-ce que c'est que ce gosse il se trouvait là il a disparu je ne sais pas qui c'était maintenant je m'en aperçois de quelle couleur sont ses yeux je ne sais pas comment est son nez sa bouche je n'arrive pas à voir sa tête comme c'est draule tous les jours je l'ai vu et impossible de me souvenir de son visage et Alberte est-ce que je me souviens de son visage ses yeux sa bouche.

Étienne angoissé se penche et regarde ces yeux, cette bouche ; les avait-il oubliés ? Il entendit, dans la chambre voisine, un bruit métallique ; un objet venait de tomber. Le coupe-œufs-durs. Un coq vagit ; d'autres, stupidement, lui répondirent. Dans le lointain un train siffla. Une porte s'ouvrit ; quelques instants, deux voix chuchotèrent.

*

Haute de cinq cents mètres, la falaise barrait la mer et la falaise se présentait lisse comme un miroir et parfaitement verticale et la mer venait se pulvériser contre elle. Tout le long de la falaise, la mer blanchissait. C'était la falaise qui termine l'Océan, contre laquelle toute vague se brise. Elle surgissait comme un phallus et s'allongeait comme un bras.

Parallèlement, un homme nageait : lui-même. Il voulait aborder ; mais aucune main ne se tendait. Il fallait également éviter d'être écrasé contre le roc. Tout en nageant parallèlement à la falaise, il se demandait combien de temps encore il pourrait résister à la fatigue et au froid ; il s'aperçut alors que la nuit ne viendrait pas, car le soleil restait immobile. Lorsqu'il nageait, la tête dans l'eau, il apercevait, très loin au-dessous de lui, un sable fin et luminescent qu'aucun varech et qu'aucune éponge ne souillaient ; il ne voyait ni poisson ni coquillage ni poulpe ni crustacé. Aucun être vivant ne parvenait jusquelà et, lorsqu'il respirait, il sentait que la moindre bactérie même ne pouvait subsister dans cet air de cristal.

Il nagea, donc, très longtemps ; plus précisément, la perception visuelle de la falaise fut immédiatement suivie de celle de l'escalier qui permettait, semblait-il, de monter jusqu'à son sommet. Cet escalier se composait de tiges de métal, plantées horizontalement dans le roc ; une distance de deux mètres environ séparait chaque tige de la suivante.

Il aborda sans peine et, saisissant la tige la plus basse, il commença l'ascension, c'est-à-dire que, sur chaque échelon, il devait se tenir debout en équilibr, saisir l'échelon supérieur et, par un rétablissement, parvenir à cet échelon sur lequel de nouveau il devait s'équilibrer et ainsi de suite deux cent cinquante fois environ. Bien qu'il n'eût jamais fait de gymnastique, l'ascension s'accomplissait sans difficultés.

Lorsqu'il eut atteint le centième échelon, il regarda au-dessous de lui et vit le bouillonnement marin réduit à un fin liséré blanchâtre. La mer, parfaitement claire, reposait sur un fond de sable partout égal ; aucune ombre ne venait s'y projeter. Il regarda au-dessus de lui et ne vit que les échelons. Il regarda au loin, au-dessus de l'Océan ; il lui sembla distinguer la Tour Eiffel, mais c'était une erreur. L'horizon, châtreur universel, ne laissait rien émerger.

Au cent cinquantième échelon, il lui sembla que le nombre des échelons supérieurs n'avait guère diminué. Au deux centième échelon, cette semblance devint une certitude ; il pourrait continuer à grimper ainsi pendant très, très longtemps. A une telle situation, une seule solution était possible : il passa outre, connaissant le procédé, et atteignit le deux cent cinquantième et dernier échelon. Malheureusement, le sommet de la falaise n'était pas atteint, car une épaisse couche de glace la surmontait. A vrai dire, ce qui paraissait au premier abord de la glace était du cristal de roche aussi lisse que la falaise ; la couche atteignait une hauteur d'une dizaine de mètres.

Il regarda au-dessous de lui ; la mer avait bien disparu, et les échelons, et tout. Il n'y avait plus que ce cristal. Il le toucha et ce n'est qu'avec peine qu'il put décoller sa main ; ce qu'il avait pris pour de la glace, puis du cristal, c'était de la colle solide parfaitement transparente. Grimper n'était plus qu'un jeu. Collé à la muraille, il avançait de bas en haut, pied après main, main après pied. Et arriva au faîte.

121

Parvenu là, il vit trois choses : la bordure de colle qui semblait être pour la falaise ce que le blanchâtre liséré du bouillonnement des vagues brisées était pour la mer ; une étendue qui lui parut être un lac ; et le reste qu'il qualifia de prairie. Il se trouvait en face du lac. Quatrepattant, il en atteignit le bord ; cela paraissait bien être un lac, mais l'eau n'avait aucune sincérité. Il en eut la confirmation immédiate car un cheval mécanique y vint boire ; l'animal se pencha vers la surface de cette eau prétendue ; sans l'avoir touchée, il releva brusquement la tête et, faisant demi-tour, s'en fut sur ses roulettes.

Des monuments funéraires en marbre voguaient sur le lac, très paisiblement, très calmement. Narcense sentit alors une douleur de chaque côté du cou. Le soleil restait immobile. La douleur s'étendit vers la nuque, vers le larynx. Le ciel, Narcense ne s'en aperçut qu'à ce moment, n'était pas bleu, mais blanc. La douleur devint circulaire ; ce ciel blanc ne pouvait être fait que d'un air très spécial, d'un air qui n'était pas fait pour la respiration de l'homme ; pour ma respiration, pensa Narcense. Il commença à haleter ou à étouffer ; les monuments continuaient à flotter sur ce liquide atroce où les jouets vont boire ; le soleil restait immobile. Narcense mourut.

Le petit jour filtrait à travers les volets. Narcense se dressa sur le lit et avala une gorgée d'air ; puis se laissa retomber. L'aube se répandait dans la chambre, une aube très triste et très grise, l'aube qui entoure les gares. Dans la chambre petite et étroite, il n'y avait qu'une chaise et une table ; sur la chaise Narcense aperçut ses vêtements, sur la table un petit paquet.

Il se dressa de nouveau sur son lit et respira. Il pouvait respirer. Il se leva. Il pouvait marcher. La mer et la falaise et l'escalier et la colle et le lac et le cheval de bois réapparurent, tout d'un coup, tous ensemble. Il essaye de recoordonner ces éléments. J'ai commencé par un naufrage — il fit quelques pas — naufrage dans une forêt. Il s'appuya sur la table. Il saisit le paquet à moitié défait et regarda l'étrange objet qu'il contenait. Dans la pénombre, cela lui parut être un petit instrument de musique, mais il ne parvint pas à comprendre de quelle façon on en pouvait jouer. Le cheval mécanique réapparut ; Narcense eut comme une nausée et laissa tomber sur le plancher le coupe-œufs-durs-en-tranches-minces.

Quelques secondes après, la porte, doucement, s'ouvrait ; une tête se montra. Narcense reconnut son concierge. Un coq chanta ; d'autres lui répondirent. Dans le lointain, un train siffla. Narcense crut distinguer la Tour Eiffel, mais c'était une erreur ; l'horizon, châtreur universel, ne laissait rien émerger.

CHAPITRE TROISIÈME

Une fois que le train eut démarré, Pierre fit un signe de la main, puis tourna le dos, jugeant toute autre simagrée inutile. Évitant avec habileté les menaces multiples des chariots à bagages et des retardataires féroces et surchargés, il gagna la sortie, héla un de ces taxis de taille minuscule qui font la beauté de Paris et se fit conduire au Comptoir des Comptes. Il arriverait juste pour la sortie. Que Narcense n'ait pas pendu Théo, il l'avait appris par le silence des journaux ; mais il n'en savait pas plus. Lorsque la veille, il s'était réveillé au petit jour couché près de son auto, il avait bien pensé un instant à retrouver Étienne chez lui ; mais, à la réflexion, il avait préféré n'en rien faire.

Il arriva devant le Comptoir des Comptes à moins dix. En attendant, il contempla la bâtisse et supputa le degré de sottise et d'abjection de l'architecte qui avait élaboré cette croquignolade. Il dut toutefois s'avouer que le bas ou haut-relief représentant les Cinq Continents déposant leurs

« produits » aux pieds d'une déesse du Commerce mafflue n'était pas sans avoir pour lui quelque charme. Le régime de bananes, l'ananas et les défenses d'éléphant, qu'une négresse aux beaux seins présentait avec un inexplicable sourire, lui semblaient particulièrement plaisants.

A 6 heures tapant, il abandonna ces superficielles remarques et descendit son regard à hauteur d'homme. Étienne l'aperçut et leva les bras, lui faisant comprendre qu'il l'attendait, mieux que cela, qu'il l'espérait.

— Oh alors, que je suis heureux de vous revoir! C'est gentil de venir me chercher. Je ne savais comment vous retrouver. Avant-hier, j'ai été plutôt mal poli avec vous, un peu grossier même...

— Mais non, mais non.

Étienne parlait très vite.

— Oui, oui. J'ai été grossier avec vous, je m'en excuse. J'ai cru que vous vous moquiez de moi, que vous jouiez au prophète. Effectivement, ce que vous aviez prévu s'est réalisé. La nuit même. Comment saviez-vous? Voulez-vous que je vous raconte d'abord ce qui s'est passé? Cet homme à la cicatrice s'appelle Narcense. J'ai appris ça l'après-midi même...

Pierre entraîne Étienne dans un petit café tranquille et l'écoute raconter toute l'histoire. Ainsi Narcense a voulu se pendre et Théo a disparu.

— Le lendemain matin, Narcense et son concierge partirent de très bonne heure, sans don-

126

ner aucune explication. Je les entendais parler ensemble ; mais je me suis rendormi bêtement. Pendant ce temps-là, ils ont fichu le camp. A midi, on n'avait pas encore revu Théo ; ma femme était désespérée ; je suis allé faire une déclaration à la gendarmerie. Quelle journée ! A 6 heures, il est rentré. Il a déclaré avoir eu peur ; il a erré toute la nuit et toute la journée ; il avait l'air très fatigué. Je crois qu'il ment, mais je m'en moque. Quant à Narcense, je ne sais rien de plus que ce que je vous ai dit.

Tout cela n'était pas d'un intérêt palpitant ; deux points seulement avaient intéressé Pierre : le passage d'Étienne à Blagny et l'adresse de Narcense.

— Mais comment donc connaissez-vous ce bistrot de Blagny ?

Étienne eut un regard singulier.

— C'est une découverte.

Puis :

— Vous ne m'avez toujours pas dit...

Pierre devinait bien ce que l'autre voulait savoir ; mais que lui répondre ? Si Étienne revoit Narcense, il apprendra sa participation dans l'aventure des Mygales ; et peut-être même Narcense lui répétera-t-il tout ce que lui, Pierre, s'était laissé aller à dire. Il serait démonté. Jusqu'à ce moment, le mieux était de se taire.

Le regard d'Étienne se fixe sur lui. Quelle insistance ! Quelle flamme ! Quelle gravité ! Quelle innocence! Pierre, brusquement, se sent gêné. Un instant il baisse les yeux, mais, vite, il se reprend et reprend :

— Cette friterie de Blagny, je voudrais bien que vous m'y conduisiez. Quel curieux endroit cela doit être.

— Voulez-vous que nous y allions maintenant ? Bien que — non, pas aujourd'hui, si vous voulez bien ; je serais trop en retard ; déjà, je dois vous quitter au plus vite. Demain, si cela vous convient.

— Entendu pour demain. Ici même ?

— Oui, c'est cela.

Un instant, le regard d'Étienne semble se perdre.

— J'aurai bien des choses à vous demander. (Il lui tend la main.) Au sujet de l'existence.

Il s'en va.

Pierre a retenu une adresse : 8, boulevard de l'Officier-Inconnu. Voilà qui est intéressant ; mais, regardant Étienne s'éloigner, il éprouve soudain la très désagréable impression d'être dépassé.

*

A cheval sur une chaise, Saturnin méditait. Il se curait les dents ; plus précisément une. Un élégant lui dit :

— Je désirerais parler à Meussieu Narcense.

Saturnin leva le nez et répondit :

— Pas là.

L'élégant insista :

— Parti ou absent ?

Saturnin lui explique :

— Il est pas là, que j' vous dis, et se remit à méditer. L'élégant s'éloigna de quelques pas, une vingtaine environ, et se retourna ; il aperçut Narcense qui sortait et venait droit vers lui, sans le voir. Lorsque arrivé à sa hauteur, Bonjour, dit-il, et Narcense le regarda. Il commença par employer exclamativement la deuxième personne du singulier de l'impératif présent du verbe tenir, puis énonça les syllabes composant le nom de la personne reconnue par lui. Point surpris d'ailleurs, plutôt interrogateur.

— Je ne vous ai pas revu l'autre soir, dit Pierre. Je vous ai attendu jusqu'au matin. Hier, j'ai appris par Étienne Marcel ce qui s'était passé ; de plus votre adresse. Je suis venu vous voir.

— Merci. J'ai en effet des excuses à vous faire.

— De rien, de rien.

— Que pensez-vous qu'il se soit passé ?

— Comment cela ?

— Eh bien, entre le moment où vous m'avez quitté et celui où Marcel me retrouva ?

— J'attends que vous me le disiez.

Narcense se tut. Changeant de sujet :

— Au fait, comment donc êtes-vous entré dans ma vie ?

Saturnin les regardait causer avec une indifférence feinte.

— On peut parler à une femme dans la rue, pas à un homme. A moins d'être pédéraste. Êtes-vous pédéraste? Non, vous n'êtes pas pédéraste. Je me souviens, vous m'avez parlé à Obonne, dans ce bistrot que je trouvais tragique, puis au restaurant, l'autre jour. C'est très simple. Et vous prétendez être?

— Rien, dit Pierre.

— Vous êtes riche, au moins. Mes occupations ne me le permettent pas.

— Je veux vous aider.

— Prêter de l'argent? Merci. C'est un drôle de type, mon concierge, vous savez. Il lit toutes mes lettres; il les décachette et les recachette. Je ne lui en veux pas. Ce n'est pas parce qu'il m'a sauvé la vie; non. Ni la vie de Théo. Mais, comme il le dit lui-même, c'est un numéro. Je ne peux pas lui en vouloir de son incursion dans ma vie privée.

Et après un silence :

— Je suis dans une situation terrible.

— Je puis vous aider, répéta Pierre. Je connais Shiboleth...

— Je le connais aussi.

— Il vous engagera dans une des boîtes qu'il crée pour l'été sur les plages à la mode. Il fera ça pour moi.

— Je vous remercie. Je suis dans une situation terrible.

Ils se mirent à marcher.

— Le monde est passionnant, dit Narcense, et la mort fait partie de ce monde. Quand je me suis vu grimpé dans cet arbre avec le nœud coulant autour du cou, j'ai bien ri, je vous assure. Pendant au moins quinze secondes, j'ai ri. C'est une situation pas ordinaire, et cette clairière était d'une beauté... J'ai regardé pour voir si Théo venait enfin. J'ai entendu des pas. Un oiseau a chanté dans l'arbre. Tout ça s'est passé très vite. J'ai levé la tête et j'ai perdu mon équilibre. Saturnin ne s'explique pas comment je ne me suis pas rompu la colonne vertébrale ; je crois que je tenais la corde d'une main et que le nœud ne s'est fermé que quelques secondes après. En tout cas, la suite est très désagréable. Je préfère ne pas en parler.

— Ce qui fait qu'on ne sait pas si vous vous êtes suicidé ou non, insinua Pierre.

— Je ne voulais pas vous poser un problème de psychologie, dit Narcense.

Pierre n'avait aucune envie de résoudre des problèmes de cet ordre ; les impressions de pendu de Narcense le laissaient parfaitement froid. Il allait faire expédier ce saxophone pour quelque station balnéaire. Il se demanda brusquement pourquoi il parlait avec cet individu ; vraiment, il n'y avait aucune raison. Qu'avait-il à voir avec lui ? Il s'étonna de se trouver en cette compagnie. Tout ce que disait Narcense lui était indifférent. Il se prit à le haïr. Un instant. Le quittant sans cérémonie, il héla un taxi en se promettant bien de ne rien faire auprès de Shiboleth. Quant à Narcense, il continua son chemin qui le menait droit chez ma tante : « Il s'est vexé parce que je lui ai parlé de psychologie, pensait-il. Mais c'est tout de même un brave garçon. »

*

Le père Taupe avait une idée du bonheur ; il l'avait acquise dans la pauvreté ; il l'avait élaborée dans la misère. Le bonheur, pour lui, consistait en une sécurité excessive. Depuis qu'il était ruiné, il ne redoutait plus la ruine. Parvenu au minimum de l'existence, il appréhendait de le dépasser. Soutenu par un tas de vieux chiffons et de ferraille, il se croyait heureux ; il se croyait sage ; il était de plus ivrogne et lubrique.

Vieux chiffons et ferraille, il craignait de trafiquer d'objets plus précieux ; il ne se permettait guère que les romans émiettés, les meubles effondrés, les ustensiles démantelés.

Toute la semaine, il se terrait dans une cabane lointaine perdue dans une sorte de cul-de-sac derrière l'usine de produits chimiques, désert poudreux et empuanti, où ne se risquait aucune créature humaine. Le dimanche, il allait exposer ses détritus au marché de Blagny ; c'était là de grands risques à courir. Il ne sortait qu'en tremblant de sa coquille ; affronter le monde le terrifiait ; mais ce marché lui était devenu une habitude ; il ne le craignait plus, il l'aimait.

Au bout de cinq ans de cette vie, il se persuada que sa sagesse avait atteint son apex et il se mit à boire d'une façon méthodique. Puis, il devint libidineux et ses désirs se concentrèrent sur la bonne des Belhôtel, Ernestine. Sa sérénité en fut quelque peu atteinte, mais il ne s'en aperçut pas. Il se croyait toujours heureux. Il rêva d'Ernestine et doubla les doses d'alcool. Il se risqua jusqu'à acheter une porte.

— Moins on possède, moins on souffre, déclarait-il à Belhôtel. Toi, tu veux avoir des sous, tu les perdras un jour ou l'autre. Tu ne sais pas ce que c'est que d'être riche. Oui, moins on a, plus on est heureux. Tiens, donne-moi encore un litre de blanc.

Dans le fond, Ernestine servait en riant un groupe d'ouvriers. Plusieurs tables étaient occupées. Au sortir du chlore et du soufre, on y buvait l'apéritif.

Le père Taupe continua :

— Plus tu désires de choses, plus t'as des emmerdements.

Quelquefois il affectait un parler vulgaire.

— Rester dans son trou, voilà le bonheur.

— Tu nous cours avec ta morale, lui cria quelqu'un. Va raconter ça à l'église.

— C'est des histoires de curés, renchérit un autre.

— Pas du tout !

Le père Taupe faisait face.

— Les curés désirent des tas de choses ; ils veulent le paradis. Rien que ça ! être heureux toute l'éternité ! Non, mais, vous voyez d'ici le mal qu'i faut s' donner.

Quelques ouvriers rirent ; mais un autre revint à la charge.

— N'empêche qu'avec tes histoires de riches qui sont malheureux et de pauv' bougres qui sont heureux, on s' laisserait exploiter sans jamais rien dire.

C'était là un point de vue que le père Taupe se refusait à envisager. Il siffla un verre et se préparait à recommencer à pérorer lorsque deux bourgeois apparurent sur le pas de la porte. On les regarda en silence, lequel silence fut troué par la voix de Belhôtel reconnaissant la présence de Meussieu Marcel. Il commença par employer exclamativement la deuxième personne du singulier de l'impératif présent du verbe tenir, puis énonça les syllabes composant le nom de la personne reconnue par lui.

Étienne s'avança suivi de Pierre ; Belhôtel lui tendit la main et lui souhaita le bonjour. Il aurait voulu poser des interrogations précises, mais devant tant de monde, il n'osa. Étienne et Pierre s'assirent. Dominique n'avait pas vu Mme Cloche depuis samedi dernier. Il ignorait encore la suite de cette étrange histoire de pendaison. Meussieu Marcel ne semblait guère disposé à en parler.

Les conversations reprenaient aux autres tables.
Le père Taupe, heureux de trouver un auditoire
de choix, s'adressant aux deux nouveaux arrivés,
leur raconta qu'autrefois il avait une petite fortune, qu'il avait eu le bonheur (c'est comme ça
qu'il disait) de perdre et que maintenant, jamais
il n'avait été aussi heureux. Ils étaient jeunes,
eux, jeunes et riches ; quels ennuis s'ensuivraient,
ils le verraient plus tard. Lui ne désirait rien ; rien
ne pouvait le toucher. Étienne rit lorsque l'autre
lui attribua la richesse. Quant à Pierre, il écoutait
sans sympathie la morale du père Taupe. Toutefois, lorsqu'il apprit, par Belhôtel, que le mora-
liste était brocanteur, il entrevit aussitôt quelque
découverte, car il donnait dans le genre fouille-
brocante, et voulut sur-le-champ aller butiner. Le
vieux ricanait : y aurait rien qui l'intéresserait,
mais Pierre insista tellement que l'autre consentit
à le mener jusqu'à sa cabane. Étienne, sans curiosité, les accompagna.

Ils longèrent le mur de l'usine parallèlement à
la voie ferrée, puis perpendiculairement à celle-ci.
Le chemin qu'ils prirent était une impasse ; les
ateliers de réparation de la Compagnie du Nord,
construits sur un remblai simulant un plateau,
l'arrêtaient net. Ils tournèrent à gauche ; entre
l'usine et les ateliers, s'étendait un terrain vague
triangulaire qu'une série de planches formant palissade transformait en trapèze. Derrière ces planches, le père Taupe habitait.

Deux rangées de fils de fer barbelés chapeautaient la palissade ; une triple serrure fermait la porte. Ils entrèrent dans le repaire. Au premier coup d'œil, Pierre comprit qu'il n'y avait en effet rien à découvrir parmi ces vieilles clés rouillées, ces ressorts à matelas solitaires, ces chiffons pouacreux et piants, ces chaises ébréchées. Les ordures s'étalaient devant la demeure de Taupe ; dans cette demeure, elles s'y accumulaient. Pierre terrifié n'osait entrer ; tant de crasse l'épouvantait.

*

Et s'ils n'avaient été là que depuis la veille ou même depuis une heure ou seulement quelques minutes ? Mais aussitôt j'étais sûr du contraire j'avais raison mais je n'avais pas pensé que je pus avoir tort et la baraque peut être bâtie seulement que depuis quelques jours ou quelques heures pour les uns j'ai le témoignage de Théo pour l'autre on le voit bien. Qu'est-ce que Le Grand va découvrir ? Pense-t-il à découvrir ? Quelle odeur. Je suis maintenant fixé à ces lieux à cette baraque à cette usine maintenant peut-être à ce vieux qui trotte devant nous il est à moitié ivre bien sûr et il dit qu'il est heureux qu'est-ce que c'est que ça ? il est heureux parce qu'il n'est rien parce qu'il ne veut rien parce qu'il ne désire rien. Pourquoi ne meurt-il pas ? S'il se tuait il désirerait

quelque chose ça c'est vrai c'est un cul-de-sac ici
ah oui les ateliers du chemin de fer de la Compagnie du Nord on les aperçoit du train ces vieux
wagons allemands Narcense a voulu se tuer lui il
est malheureux pourquoi oui c'est vrai il doit être
désespéré un peu fou il s'est enfui il veut mourir
parce que malheureux en effet si le bonheur c'est
de n'être rien mais ce vieux là il doit avoir peur
de mourir qu'est-ce que Le Grand peut penser en
ce moment? Que voit-il? C'est un château fort
cette boutique de brocanteur trois serrures oui il
y a trois serrures et sur la palissade des fils de fer
barbelés sont tendus qu'est-ce que ce vieux peut
craindre son bonheur il l'abrite derrière des fils
de fer barbelés s'il s'enfermait dans un coffre-
fort ce serait mieux quand j'étais enfant et que
le monde entier se tournait contre moi je me cons-
truisais une demeure où rien ne pouvait m'atteindre on n'y pouvait arriver que par de mystérieux
souterrains elle était défendue de toutes parts et
je pouvais y vivre indéfiniment seul de même ce
vieux mais lui prend ça sur le ton d'un prêcheur
alors ses cadenas et ses verrous et ses fils de fer
barbelés ne s'accordent pas du tout avec le reste
si rien ne pouvait l'atteindre il n'aurait pas besoin de tout cela Le Grand a l'air bien déçu devant toutes ces vieilles saloperies suis-je heureux
étais-je heureux je n'existais pas je ne pouvais
l'être au fond quelle stupidité et pourtant quand
je me retourne vers mon enfance ce que j'ai été

malheureux et plus tard l'habitude je pense à des choses bien plus intéressantes c'est ce vieux qui déraille ce que ça pue là dedans Le Grand a l'air bien gêné il doit trouver que ça pue il n'a pas tort qu'est-ce qu'il s'imaginait trouver ici quelle curiosité! et le vieux bonhomme qui rigole en dedans assis sur son lit c'est ça qu'on doit appeler un grabat assis sur son grabat je crois qu'il se fiche de nous pourquoi cette porte est-elle là elle ne doit donner nulle part il n'a pas creusé une cave dans le remblai elle a un drôle d'air cette porte peinte en bleu elle est ajoutée elle doit être à vendre cette porte Le Grand lui demande si elle est à vendre non elle n'est pas à vendre ça c'est intéressant Le Grand est intéressé pourquoi ne veut-il pas la vendre sa porte le voilà qui se met en colère n'insistons pas bien sûr qu'il n'a pas creusé une caverne dans le remblai quelque repaire un vrai trou pour son bonheur c'est un idéal de fœtus qu'il a ce vieillard cette porte a quelque valeur à ses yeux peut-être est-elle mêlée à quelque événement de sa vie peut-être lui a-t-elle révélé le bonheur Le Grand me fait signe partons bien sûr cette porte derrière il n'y a que les planches adieu au revoir oui ce n'est pas le bonheur qui me préoccupe mais l'existence.

— Quelle valeur peut-il bien attribuer à cette porte ? demande Étienne.

— Je doute qu'elle ait quelque valeur, répond Pierre. Peut-être ce vieux gâteux a-t-il caché quelque argent derrière. Type classique de vieil avare.

— Cette porte a un bien drôle d'aspect. Tout de même, dit Étienne.

Idéal de fœtus, tout à fait sans intérêt. FRITES.

*

— Eh Hippolyte! viens voir quéque chose, s'écria le marin.

Hippolyte accourut.

— R'garde ça, et le marin lui désigna une auto grand sport qui passait avec précaution un redoutable caniveau.

— C'est l' type d' la bicoque inachevée, remarqua Yves Le Toltec.

— I n' s'en fait pas, remarqua Hippolyte Azur.

— C'est une bagnole qui doit valoir cher, remarqua le marin.

— Le v'là arrêté d'vant chez lui, remarqua le mastroquet.

— I descend tout seul.

— L'aut' n' veut pas descendre.

— I s'en font des politesses.

— I doit lui dire de v'nir dîner chez lui.

— Comment que lui qu' est un p'tit employé d' banque i peut connaître un type aussi rupin?

— C'est p'têtre un parent.

— I n' se ressemblent pas beaucoup.

— Qu'est-ce qu'i peuvent trafiquer ensemble?

— Tiens, le v'là qui s' retourne.

— C'est sa femme qu' a dû l'appeler.

— Tiens, la v'là qu' accourt.

— Oh, dis donc, elle a l'air de chialer.

— Ah bien, ah bien, i doit s' passer quéque chose de pas ordinaire.

— E lui tend un papier.

— I l' prend.

— E chiale.

— I l' lit.

— I l' relit.

— Elle est appuyée contre la grille.

— C'est une belle poule, hein?

— P'têt que l' rupin i veut la lui soul'ver.

— Ah ah ah ah!

— I parle à sa femme.

— I lui désigne l' rupin.

— L' rupin la salue.

— T' as vu cette grâce pour soul'ver l' cul ded'sus son siège?

— Ah ah ah!

— Ça c'est rigolo, i lui montre la lettre.

— L'aut' la lit.

— Faut qu'i soient copains.

— C'est quelle marque c't' auto-là?

— C'est une Bujatti.

— Penses-tu, pas avec un capot comme ça.

— Tu t'y connais p'têt' mieux qu' moi?

— Sûr! C'est pas sur ton bateau-lavoir qu'

t' as appris à t'y connaître en automobile.

— Et toi? C'est pas sur ta bicyclette.

— Sûr que j'en sais plus qu'un amiral suisse.

— C'est moi que je suis un amiral suisse?

— T' es même pas amiral.

— Répète-le que j' suis un amiral suisse?

— Je l' répéterai si ça m' plaît.

— Fais attention que ça n' te plaise pas.

— Oh mais ils vont se battre, s'écria Alberte.

— Pensez-vous, dit Pierre, les paroles leur suffisent.

— Rentre, Alberte, dit Étienne.

— Les voilà qui s'empoignent, dit Pierre.

— Ils en sont quand même venus aux mains.

— Ils doivent être d'égale force.

— L'un et l'autre semblent redoutables.

— Ils sont tombés à terre.

— Ils se cognent la tête.

— Ils se tordent les bras.

— Ils se mordent les yeux.

— Ils se déchaussent les dents.

— Ils se frottent les oreilles.

— Ils s'écrasent les doigts de pied.

— Ils se saignent le nez.

— Ils se heurtent les tibias.

— Ils se noircissent les paupières.

— Ils se tapent sur le ventre.

— Ils s'arrachent les cheveux.

— Ils se cassent les reins.

— Ils se tirent les joues.

— Ils se retournent les jointures.
— Ils se compriment le larynx.
— Ils se brisent les omoplates.
— Ils se couronnent les genoux.
— Ils s'aplatissent les parties génitales.
— Ils se démettent les articulations.
— Ils se claquent les muscles.
— Ils s'épilent les sourcils.
— Ils se broient le menton.
— Ils se luxent les testicules.
— Ils se démanchent la verge.
— Ils se malaxent les côtes.
— Ils se grignotent les intestins.
— Ils se pilent le foie.
— Ils se sanguinent la face.
— Ils se dépiautent.
— Ils se mutilent.
— Ils s'émiettent.
— Affreux combat !
— Horrible conjoncture !
— Le facteur craintif n'ose les séparer.
— Le chien de Meussieu Cocotier aboie après eux.
— Mme Sélénium, sur le pas de sa porte, tremble de frayeur.
— Les arbres frissonnent.
— Les oiseaux cessent de chanter.
— Le ciel se couvre.
— Le soleil s'obscurcit.
— La nature se refuse à contempler plus longtemps cette atroce macédoine.

— Rentrons, dit Étienne, en notre demi-villa, discuter du sort de Théo, à nouveau fugitif. Alberte me conseille de retrouver Narcence et Le Grand m'en dissuade. Que ferai-je?

— Ça d'vait finir comme ça, par des coups, dit le facteur.

— J'ai toujours pensé que ce marin était un individu peu recommandable, dit Meussieu Cocotier.

— Moi, ces spectacles-là, ça me coupe l'appétit, dit Mme Sélénium.

— Alors, c'est-i une Bujatti? interrogea Hippolyte.

— Il dit ça en étranglant doucement son adversaire, remarqua le facteur.

— Non, c'est pas une Bujatti, avoua Yves Le Toltec, mais tu m' dois bien un demi-setier pour fêter ta victoire.

— Cocorico, cocorico, s'écria le coq de Meussieu et Mme Exossé.

Dans sa jeunesse, cet animal était tombé sur la tête; depuis lors, il chantait au coucher du soleil, même lorsqu'il y avait l'heure d'été; il fut rôti, l'année suivante, et sa chair délecta le palais omnivore de ses stupides propriétaires.

*

Le fils Belhôtel, prénommé Clovis, comme défunt son grand-père, celui qu'était mort d'apoplexie en apprenant la déclaration de guerre en 14, le fils Belhôtel, dit-il, depuis près de vingt-quatre heures, gardait un secret. Il n'en avait parlé ni à son père, ni à sa mère, ni à Ernestine, ni à ses copains, ni même à sa petite amie Ivoine, qu'avait douze ans et les cheveux blonds. Sérieux et réfléchi, Clovis estimait que son secret méritait mieux que d'être divulgué sur place publique; une seule personne lui semblait digne de le partager avec lui et c'était elle qu'il attendait sur la route en aplatissant une boîte de lait condensé à coups de cailloux.

Hector (Totor) et Dagobert (Bébert) passèrent :

— Dis, Cloclo, tu viens avec nous sur le chantier? On va fiche des cailloux dans les aiguilles.

— Non, j'attends ma tante, répond Cloclo.

— Ah bon, si tu vas dans ta famille, on t' laisse, dit Totor.

— Tu sais, le fils Saponaire, qui nous a cafardés l'aut' jour, on y a attaché son chat par la queue à sa sonnette, l'aut' nuit. C'est Dick qu' a trouvé ça.

— Et pis, ajouta Totor, Dick il a foutu un grand seau d'eau dans les pattes à la mère de Polyte.

— Ça lui f'ra les pieds à cette vieille garce, jugea Cloclo.

— Alors on t' laisse.

Quelques pas plus loin, Dagobert se retourna :

— Tu sais, Tatave, i fait du plat à ta poule.

144

— Qu'il essaye. J' lui écraserai l' naze.

Hector et Dagobert s'enfuient en riant.

Avec une conviction accrue, Clovis se remit à laminer sa boîte de lait condensé, à coups de cailloux.

Vers les 6 heures, une vieille femme apparut au détour du chemin ; Clovis se précipita.

— Bonjour, tante Sidonie.

— Bonjour, Clovis, répondit Mme Cloche.

Pressée de voir son frère, elle ne faisait guère attention à son neveu.

— Dis donc, tante Cloche, j'ai quelque chose de grave à te dire.

— Quoi ? Quoi ?

— J'ai un secret à te confier.

Oô, s'il y a des secrets, elle en est.

— Je ne le dis qu'à toi toute seule. C'est un vrai secret.

— Dis-le donc.

— Tu m' promets de ne pas le répéter à tout le monde ?

— Oui, Clovis, mon n'veu, j' te l' promets.

Clovis toussote et regarde autour de lui si personne ne peut l'entendre. Alors à voix basse :

— L' père Taupe, il est millionnaire.

Mme Cloche reçoit le coup sans broncher.

— Comment qu' tu sais ça ?

— L'aut' jour, je m' promenais le long du talus des ateliers d' la Compagnie ; j'ai vu deux types bien habillés sortir de chez l' père Taupe.

145

En passant près d' moi, i m' voyaient pas, y en a un qu' a dit : « C'est sûr qu'il cache son argent derrière la porte », et l'autre a ajouté : « C'est un vieil avare, il doit être très riche » et le premier a rajouté : « Sûrement il cache son argent derrière la porte. »

— I-z-ont pas dit qu'il était millionnaire, alors.

— C'est moi qui dit ça.

— Et comment i-z-étaient ces deux types-là ?

— Y en avait un grand blond et l'autre, j' crois qu'il est déjà v'nu boire chez papa.

Mme Cloche ne peut contenir sa joie. Elle tient la clé du mystère. Étienne Marcel veut s'emparer du trésor du père Taupe! Voilà pourquoi il est venu manger des frites chez Dominique! Il n'y a pas d'autre explication. Et il a un complice et peut-être que ce Meussieu Narcense est aussi un complice. La pendaison de Théo, c'est une histoire de règlements de comptes. Entre bandits internationaux. Et le trésor du père Taupe doit être important pour que des bandits de cette envergure s'en occupent.

Eh! Mais ce grand blond, c'est celui qui a failli écraser en taxi Meussieu Marcel. Étienne Marcel! devant la gare du Nord! Oui, un grand blond, c'est bien lui! Cet accident, c'est une comédie qu'ils jouaient, naturellement, c'était fait exprès!

Clovis contemple le nez verruqueux de sa tante palpiter sous l'effort de la méditation.

Sacré Taupe. Toujours à crier sur les toits

qu'i faut rien posséder. Quelle malice cousue de fil blanc! Vieil avare, va! tu n'en as plus long-temps à garder ton trésor! Je n' vais tout d' même pas rester comme ça comme une idiote laisser les autres mett' la main d'ssus. Non, ça n' va pas s' passer comm' ça. Ces bandits-là i sont p'têt' très forts, mais j' saurai bien tirer quéque chose de c't' histoire.

— Écoute, Clovis, c'est très gentil d' m'avoir dit ça. J' t'en r'parlerai. Et ne l' répète à personne, hein? surtout pas.

— Non, tante Cloche, c'est promis.

La vieille trotte vers la friterie; attention, il ne s'agit pas de faire de blagues. D'abord la boucler. Pour le moment, Dominique n'a pas besoin d'être au courant de tout ça, ni sa femme; et pourvu que le gosse sache tenir sa langue.

Chez Dominique, il y a foule. Sortie de l'usine. A une table, le père Taupe siffle son litre de blanc; il discute le coup avec deux ouvriers :

— Oui, qu'il dit, quand t'as envie de quelque chose que tu peux pas avoir, t' es malheureux et si tu possèdes beaucoup d'argent et des tas de choses, t' as peur de les perdre, t' es malheureux.

— Vieil hypocrite, pense Mme Cloche en passant.

Dominique est très occupé; c'est sa femme qui la reçoit.

— Tu sais, Meussieu Marcel, il est revenu.

— Et qu'est-ce qu'il a dit?

— Rien.

147

— Rien?

— Oui, il était avec un jeune homme blond qu' a voulu aller voir chez l' père Taupe s'il y trouverait pas des curiosités. Tous les deux i sont partis chez lui. J' crois qu'i-z-ont rien trouvé. I sont repassés devant la maison ; i-z-ont fait bonjour, mais i n' se sont pas arrêtés. Et toi, t' as r'vu Saturnin?

— Oui. I m'a tout raconté d' cette nuit de samedi. Eh bien, i n' s'est rien passé. Le gosse est pas v'nu. Meussieu Marcel non plus, Saturnin a trouvé Meussieu Narcense, tout seul, avec sa corde à la main. I lui a parlé, i l'a décidé à s'en aller, i sont rentrés à Paris ensemble.

— Alors, i n' s'est rien passé?

— Non, rien.

— I n' se passe jamais rien, soupire Mme Bel-hôtel désabusée.

Mme Cloche sourit. I n' se passe rien pour des gourdes comme sa belle-sœur. Mais pour elle... Mme Cloche regarde le père Taupe ; il est lancé ; faut rien avoir, qu'il dit, pour pas avoir de soucis. Et les femmes, ça en donne des soucis. Il plaisante sur ce sujet. Ses yeux, remarque Mme Cloche, ne quittent pas Ernestine ; il la suit constamment. Elle passe près de lui. Pour pas s'en faire, faut rien désirer, proclame le père Taupe, et il pince les fesses d'Ernestine.

Mme Cloche a une idée.

148

*

Bien que cela fût absurde et Le Grand d'un
avis contraire, Étienne, le lendemain matin, s'en
alla trouver Narcense. Il obtint une permission
d'une matinée, et vers les 9 heures se présenta
au 8 du boulevard de l'Officier-Inconnu. Saturnin
balayait devant la porte. Étienne le reconnut et
lui demanda si sa santé était bonne. L'autre
répondit qu'elle n'était point mauvaise ; et le fait
est qu'il se portait fort bien. A son tour, il s'enquit
de la santé du visiteur et apprit sans surprise
que celui-ci n'avait pas à s'en plaindre. Ces
préliminaires ne durèrent que quelques secondes,
car leur complexité apparente cachait une simplicité profonde.

Saturnin apprit à Étienne le maniement de
l'ascenseur et ces deux derniers s'envolèrent
aussitôt vers les étages supérieurs de l'immeuble
inhabité. Au septième, l'ascenseur stoppe et son
contenu parvenu, chose peu croyable à dire, au
palier désiré, sonne à la porte de Narcense qui
vint ouvrir presque aussitôt.

Étienne s'excusa du dérangement qu'il provo-
quait, l'autre le pria de n'en rien faire et, en
même temps, d'entrer. Lorsqu'ils furent assis,
car Narcense offrit une chaise à Étienne, ce dernier, tout en invitant son interlocuteur à ne pas
croire que sa visite impliquât un soupçon quelcon-

que à son égard, ce dernier, dis-je, révèle à Narcense que son fils, Théo, avait disparu de nouveau du domicile familial; il ajoute que, bien que cela lui parût tout à fait invraisemblable, Narcense possédait peut-être quelque renseignement à cet égard. Narcense parut aussi stupéfait qu'il l'était en réalité et déclara que c'était une erreur grave de croire qu'il passerait toute sa vie à s'occuper de Théo; qu'il ne fallait pas s'imaginer que cet enfant était sa seule préoccupation et son seul souci; qu'au contraire, il s'inquiétait fort peu de ses faits et gestes et qu'il préférait même ne pas en entendre parler. Étienne répliqua qu'il ne pensait pas que sa question pût le vexer à ce point; à quoi Narcense répondit qu'il n'était nullement vexé, mais qu'il n'avait aucune envie de traîner Théo après lui, toute sa vie.

Étienne l'approuva, ce qui ne manqua pas d'étonner Narcense qui ajouta qu'au surplus, il n'avait aucune nouvelle de l'adolescent fugitif. Il s'enquit des causes possibles de ce départ; Étienne n'en connaissait aucune; il craignait un accident, fit allusion au désespoir de sa femme.

Après un silence de quelques instants. Narcense demanda à Étienne s'il n'était pas employé de banque et, sur une réponse affirmative, ajouta que lui, Narcense, jouait du saxophone; qu'il se trouvait pour le moment sans travail, mais que leur ami commun allait lui en procurer. Étienne s'étonna; car il ne connaissait personne qui fût également l'ami de Narcense ; mais lorsque ce dernier eut prononcé le nom de Pierre Le Grand, Étienne comprit son erreur — et bien d'autres choses encore. Car la prophétie du restaurant se transforma aussitôt en un tour de prestidigitation remarquablement réussi ; et encore Étienne ignorait-il que Pierre eût conduit Narcense en auto jusqu'aux Mygales. Cette découverte de la duplicité de Pierre séduisit Étienne, plus qu'elle ne le déconcerta. Cette prestidigitation lui parut habile et il s'avoua bien incapable d'en accomplir une semblable. Il demanda au musicien s'il connaissait les occupations et le mode de vie de leur ami ; l'autre les ignorait ; tous deux ne savaient qu'une chose à son sujet : qu'il avait une auto. Ils s'enquirent mutuellement de la façon dont ils l'avaient connu ; l'un l'avait vu pour la première fois à Obonne dans un petit restaurant. Étienne préféra ne pas demander *lequel*, car cela lui remit en mémoire les raisons pour lesquelles Narcense était allé à Obonne ; lui-même avait fait la connaissance de Pierre à la suite d'un léger accident devant la gare du Nord — et Narcense se souvint alors de son meilleur ami écrasé dans les mêmes conditions, et de nouveau, il songea à la mort. De nouveau, car le matin même, dans le demi-sommeil précédant le réveil, il lui avait semblé voir une main crispée devant la fenêtre ; et tout en racontant à Étienne la mort de son ami Potice, il voyait défiler une succession d'images qui

151

commençait à la mentonnière de sa grand-mère et finissait à sa propre pendaison en passant par l'absurde incident du caniche incongru.

Pendant qu'il continuait à remonter le courant d'images, de la pendaison à Théo et de Théo à Alberte, il révéla à Étienne qu'avant de le connaître, Pierre l'observait. Et comme Étienne s'enquérait de détails, Narcense lui dit que Pierre l'observait changer. Étienne avoua ce changement ; mais qu'un autre ait pu le remarquer lui parut singulièrement mystérieux. Il ne chercha pas à approfondir ce problème et décida que désormais Pierre Le Grand serait son ami, bien qu'une fois, au moins, il se soit joué de lui. Quant à Narcense, il ne voyait pas Étienne, mais, très loin derrière lui, une femme.

La série des révélations concernant Étienne fut interrompue par l'entrée de Saturnin qui apportait une carte postale adressée à Narcense ; au verso, on pouvait lire ces mots : « Bon souvenir, Théo » ; elle provenait d'une station balnéaire de la côte atlantique.

*

Après que l'on eut recouvert d'humus et de terreau le parallélépipède rectangle dans lequel commençait à fermenter la pouilleuse dépouille du vieillard sordide nommé Bousigue par la coutume et Thomas par son père, sa fille au nez pointu revint vers la maison du mort, tout au bout du village.

Depuis des années et des années, il moisissait dans un clapier voisin de l'ancienne tuilerie ; pendant ce temps, la fille vendait des pois cassés et du beurre végétal, loin de lui, dans un des faubourgs d'une grande ville. Au vieillard, on donnait l'aumône ; elle, elle ne venait jamais le voir, car le commerce ne pardonne pas les absences. Pour la décédure, cependant, elle se déplaça et poussa la porte. Une paillasse gisait à terre ; une chaise ornait un coin ; des caisses ; un peu partout traînait l'ordure. Il fallait mettre le feu à tout ça. Elle prit la paillasse, la roula et la jeta dans un coin, quelque chose en tomba.

Bientôt, se répandit la nouvelle que la fille à Bousigue avait trouvé deux cent mille francs en billets de banque et en bons de la défense nationale, cachés dans la paillasse de son vieux père, le miséreux. Tout le village bientôt l'apprit, et dire qu'on lui faisait l'aumône, qu'ils disaient les villageois du village. La nouvelle parvint jusqu'au bourg voisin, et là le pharmacien, qui était correspondant du *Petit Tourangeau*, écrivit la chose à son journal ; et à Tours ça parut suffisamment intéressant pour être envoyé à Paris.

Là, ce fait divers resta en souffrance trois jours, jusqu'à la fin du Tour de France. Et alors, quand les derniers échos en furent éteints, on trouva en cinquième un petit coin pour caser

UN AVARE, etc.

Chinon, etc.

On imprima ça dans la nuit, puis au petit jour, le journal partit, et des gens l'achetèrent. Beaucoup de gens, car beaucoup lisent les journaux, même qui y en a qui ne lisent que ça, à ce qu'on dit. Belhôtel Dominique était de ces derniers. Il lut son journal le matin, en buvant son café ; puis sa femme le lut ; puis les clients le lurent.

La gazette traîna sur la table, toute la journée. Vers le soir, tachée de vin et de graisse, déchirée un peu, elle fut ramassée par Ernestine qui la déplia soigneusement, en aplatit les froissures avec la main. La tête entre les deux poings, elle lut le feuilleton, puis divers crimes et enfin :

UN AVARE, etc.

Chinon, etc.

Bousigue, deux cent mille francs, Bousigue deux cent mille francs. Derrière elle, quelqu'un susurra :

— Hein, ma fille, deux cents billets.

— Oui, deux cents billets, murmura Ernestine effondrée.

— Quelle veine pour les héritiers! reprit Mme Cloche.

— Ça alors, pour une veine, c'est une veine.

— Et i mendiait, encore, ajouta Sidonie.

— Oui, i mendiait.

— Peuh, fit la vieille, y en a des tas comme ça, des vieux à qui on donne des sous, et dans un coin de leur armoire ou dans leur paillasse, i cachent une fortune. Des avares, y en a, allez; vous vous imaginez pas, ma fille. I-z-ont l'air misérable, et puis i pourraient vivre avenue du Bois. Y en a des tas, des comme ça.

— Bien sûr, oui, répond Ernestine accablée.

Ernestine ne comptait pas passer toute sa vie à servir du vin blanc ou des demis. Non, ça non. Elle saurait mettre de l'argent à gauche. Belhôtel lui avait promis qu'elle serait sous-maîtresse du bordel qu'il allait acheter. Mais, tout de même, la fortune d'un seul coup, comme ça, y avait d' quoi en avoir une attaque d'apoplexie. Quand elle était gosse, elle avait lu une fois dans *Les Belles Images* la véridique histoire du trésor des Incas. Et ce fait divers et l'odieuse vie qu'elle menait lui rappelèrent ce beau conte. Mais elle pensa soudain que vraiment, elle n'était pas assez vernie, pour qu'elle puisse devenir l'héroïne d'une telle aventure. Pas comme la fille à ce Bousigue dont le nom maintenant lui trottait dans la tête, traînant sa charrette de billets de banque et de bons de la défense nationale.

— Y a des choses qu'on va chercher bien loin et qui souvent sont tout près, murmura pensivement Mme Cloche.

— C'est bien possible, mais c'est pas à moi ksaharriverait.

Ernestine ajouta :

— J'ai jamais eu de chance.

— Un jour, la chance vient.

Peut-être que oui, peut-être. Et Mme Cloche insista :

— Y a des choses qu'on va chercher bien loin et qui souvent sont tout près.

— C'est bien vrai, ça, dit Étienne qui venait d'entrer.

Mme Cloche resta quelques instants interdite. Elle se leva convulsivement.

— Ah! bonjour, Meussieu Marcel.

— Bonjour, madame, repartit Étienne avec infiniment d'à-propos. Il commence à être tard. J'ai donné rendez-vous à un ami qui va venir d'ici quelques minutes. Ernestine, un vin blanc!

A cette heure tardive, il n'y avait plus un client. Les Belhôtel étaient à leur bistrot, en ville.

— Et ce vieux brocanteur, que devient-il?

— Oh, oh, oh, fit Mme Cloche.

— Ma question vous étonne?

— Non, non, non, Meussieu Marcel. Oh non! Le père Taupe, eh bien, il habite toujours par ici.

On entendit une automobile s'arrêter. Pierre entra.

— Vous pourrez lui dire que ce meussieu est toujours acheteur de sa porte.

— Ah, vous parlez du vieux bonhomme de l'autre jour, dit Pierre. Si on allait le réveiller ?

Mme Cloche pâlit :

— I vous recevrait à coups de fusil.

— Tiens, tiens! Pour moi, ce sera aussi un vin blanc.

Les deux hommes burent ; Ernestine s'endormait ; Mme Cloche — en elle-même — triomphait. C'était bien cela. Et s'ils allaient maintenant... Mais non ; ils n'oseraient pas. Ils n'osèrent pas, car ils étaient pressés. C'est du moins ce qu'ils dirent. Et l'auto plongea dans la nuit.

*

— Ernestine, pourquoi croyez-vous que ces deux messieurs viennent ici?

— Est-ce que je sais, moi?

— Vous ne trouvez pas ça drôle?

— Pourquoi ça?

— Meussieu Marcel habite Obonne et l'autre habite Paris. Pourquoi viennent-ils ici?

— I s'arrêtent pour boire un verre.

— Ce n'est pas leur chemin.

— Ah oui, ce n'est pas la route.

— Vous trouvez ça naturel, pour des gens riches, de v'nir boire ici, où ça pue l'usine de produits chimiques et où y a tout juste du vin blanc et d' la bière à boire. Vous trouvez ça naturel?

— Tiens, c'est vrai, madame Cloche. J'avais pas pensé à tout ça.

— Et de v'nir à c't' heure-là? c'est pas drôle?

— Ça oui!

— Qu'est-c' qu'i v'naient faire?

— Je m' demande.

— Vous vous en rappelez plus, ma fille?

— I l'ont dit?

— Mais oui, rappelez-vous.

— Je m' souviens plus.

— Avoir d' la chance, c'est s' rappeler de c' qu' est intéressant. Enfoncez-vous ça dans la tête, Ernestine.

— Voui, m'dame.

— I-z-ont dit qu'i-z-allaient réveiller le père Taupe.

— A voui! et qu'i voulaient lui acheter sa porte! ça alors, c'est marrant, acheter une porte!

— Dites, Ernestine, c'est pas drôle, de vouloir aller réveiller un pauv' diable à ces heures-là?

— Même que vous leur avez dit qu'i leur flanquerait des coups de fusil. Et sûr qu'i leur en aurait flanqué un.

— Vous êtes déjà allée chez l' père Taupe?

— Voui, avec le patron, pour lui acheter une serrure.

— Y a des choses intéressantes chez lui?

— Comment ça?

— Enfin, y a d' belles choses?

— Oh là, là, c'est saloperie et compagnie. Rien qu' des vieux trucs cassés.

— Vous croyez qu'y aurait quéque chose qu'intéresserait un rupin comme le type blond?

— Sûr que non.

— Alors c'est pas drôle qu'i vienne à c't'heure ici pour lui acheter quéque chose et qu'i veuille le réveiller pour ça?

— Et pour acheter une porte.

— Acheter une porte, c'est une drôle d'idée.

— Ça oui, c'est une drôle d'idée.

— Et ces deux messieurs, qu'est-ce qu'i peuvent bien vouloir en faire?

— J' m' l' demande.

— Qu'est-ce qu'i font d' leur métier?

— J'en sais rien.

— Y en a un qu'est employé de banque qu'i dit.

— Vous l' croyez pas?

— Et l'autre i n' fait rien.

— Ah!

— Alors, Ernestine, qu'est-ce que vous pensez de tout ça?

— C'est une idée de piqué d' vouloir acheter une porte.

— Et pis encore?

— Bin, voilà. C'est une idée de piqué.

— Alors, vous croyez qu' c'est des piqués?

— J' sais-t-i moi.

— Ça pourrait pas être aut' chose?

— J' sais pas, moi.

— Et l' père Taupe, qui c'est?

— Un vieux satyre! Chaque fois qu'i peut, i m' pince les fesses.

— Il en pince pour vous.

— Ah, ah, ah!

— Et?

— Quel vieux salaud! à son âge!

— Bah, bah, et à part ça, qu'est-ce qu'i fait?

— Vous l' savez aussi bien que moi. Pourquoi qu' vous m' demandez tout ça?

— J' voudrais savoir c' que vous pensez du père Taupe.

— Eh bien, c'est un vieux satyre.

— Et encore?

— I s' soûle la gueule.

— Et encore?

— C'est un brocanteur.

— Et encore?

— Il est dans une sacrée débine.

— Ernestine, vous êtes idiote.

— C'est Madame qui l' dit.

— Ernestine, vous en avez une couche.

— Que vous dites.

— Ernestine, la fortune est là et vous la laissez passer!

— Hein?

— Ernestine, si vous m'écoutez, vous habiterez la Côte d'Azur et vous aurez une auto et vous irez au cinéma tous les soirs et au dancing toutes les nuits. Ernestine, la belle vie commence. Finis les frites et l'vin blanc! Finis les produits chimiques et les trains de banlieue! Finies les assiduités de mon frère et les insultes de ma belle-sœur! Fini le travail! Finie la mouise! A nous les gigolos et les bouteilles de kummel! On va s'en payer! On va s'en fourrer jusque-là! De tout, des gâteaux et du foie gras et du caviar. Et hop et hop et hop là!

— Madame Cloche! Madame Cloche! calmez-vous!

— Oui, Ernestine, je vous sors de la dèche, de la mouise, de la débine! Je vous sors de la pauvreté, de la misère, de l'indigence. Je vous ferai couvrir de bijoux, voui! Tous les jours, Ernestine, vous pourrez manger des artichauts crus à la sauce vinaigrette, votre plat préféré! Tous les jours, Ernestine, vous pourrez boire du cid' de Normandie! Tous les jours, Ernestine, vous pourrez aller entendre au Trianon-Lyrique vos opérettes préférées!

— Mais qu'est-ce qu'elle a! Mais qu'est-ce qu'elle a!

— Ernestine, si vous m'écoutez, vous serez riche.

— Et comment ça?

— Avant tout, part à deux.

— Comment ça?

— J'vous indique ce qu'i faut faire et vous m'donnez la moitié de c'que vous récoltez.

— La moitié. C'est beaucoup!

— Quelle garce! Alors je n' vous dis rien!

— Dix pour cent, ça m' paraît suffisant.

— C' que vous êtes rosse, Ernestine. La moitié ou je n' dis rien.

— Un tiers, madame Cloche.

— La moitié, Ernestine.

— Si je vous donne la moitié, alors je n' serai plus si riche que ça.

— Vous en aurez encore plus qu'i n' vous en faut...

— Heu! Et si j' vous donnais rien?

— Alors, nous n' saurions rien.

— Et si j' savais sans qu' vous m' disiez rien!

— Savoir quoi?

— Madame Cloche, j' suis pas si conne que j'en ai l'air. J' vois bien où vous voulez en v'nir.

— Où ça?

— Eh bien, vous voulez m' faire croire que l' père Taupe, il est millionnaire.

— Ernestine, vous croyez ça?

— Qu'est-ce qui m' le prouve?

— Justement. La moitié — et j' le prouve.

— Ça va, ça va, madame Cloche. La moitié.

— Entendu?

— Entendu.

— Et surtout faut rien dire à personne.

— C'est promis, madame Cloche.

— Eh bien, Ernestine, voilà l'histoire : l'aut' jour, Cloclo, i jouait près de la baraque au père

162

Taupe, lorsque les deux types sont sortis. Il les a entendus qui disaient : son argent, elle est cachée derrière la porte, c'est pour ça qui veut pas vendre sa porte. Et le grand blond, i disait : Il est sûrement plus que millionnaire. Voilà, ma fille : Meussieu Marcel et son copain, i veulent met' la main sur l'argent du père Taupe. C'est voleur et compagnie. Mais on arrivera avant eux. C'est bien simple : vous épousez l' père Taupe et le fric est à nous.

— Mais si l' père Taupe veut pas m'épouser ?

— I vous épousera, allez. I devient toqué quand i vous voit.

— Et les aut', s'i m' veul' du mal ?

— Mais non, mais non ? Vous n'avez rien à craindre !

— Pas sûr.

— Qu'est-ce que vous voulez qu'i fassent ?

— Ça m' paraît risqué.

— Comment, Ernestine, vous laisseriez passer ct' occasion magnifique ?

— J' vois bien. J' risque ma peau et j' dois m'appuyer l' père Taupe pour vous donner la moitié d' la galette. C'est pas un métier.

— Vous faites bien la difficile, Ernestine. Y a des dizaines de poules qui risqueraient l' coup.

— Vous disez ça. C' que j' vois dans c' truc-là, c'est qu' les aut's quand i verront que l' fric leur échappe, i m' supprim'ront. C'est réglé, ça.

— Vous vous faites des imaginations, Ernestine.

163

— Non, madame Cloche, c'est pas des imaginations. Je n' marche pas.

— Voyons, Ernestine.

— Je n' marche pas! Je n' marche pas! Je n' marche pas!

— Mais vous êtes idiote! complètement idiote! Y a des millions à gagner.

— Possible, mais j'en profiterais pas. Non, m'dame Cloche, je n' suis pas dans l' coup. Merci. Et pis, faut vous en aller. J' ferme, il est 10 heures.

— Alors ça, c'est trop fort. Voyons, Ernestine, une fortune et vous allez la laisser passer. I faut qu' vous en ayez une couche, alors.

— Tout ça, c'est bien beau, mais j' préfère encore êt' bonne ici qu' millionnaire au cimetière. Et puis, c'est pas prouvé qu'i soye millionnaire.

— Voyons, Ernestine, qu'est-ce qu'i vous faut, et vous croyez pas qu' c'est pour des prunes qu' les deux types i rôdent par ici ; c' qu'a entendu Clovis, ça n'est pas une preuve? Qu'est-ce qu'i vous faut! et vous trouvez ça naturel de raconter partout qu'i' faut rien posséder pour être tranquille, et des tas de bobards de cette taille? S'il était vraiment pauvre, l' père Taupe, eh bien, i n' crierait pas si fort. Tout ça, c'est cousu d' fil blanc. Oui que j' dis, c'est cousu d' fil blanc.

— Tout ça c'est bien beau, madame Cloche, mais j' m' décide pas. Et puis, c'est 10 heures, j' ferme.

— Bon, j'm'en vais. Mais vous verrez, vous changerez d'avis! Vous changerez d'avis!

*

Il faisait une sacrée putain de chaleur. Assis sur une chaise mal équilibrée, le père Taupe tirait la langue et pleurnichait de l'œil gauche. De l'autre, il surveillait distraitement les démarches d'une grosse mouche verte cherchant sa pâture, parmi le bric-à-brac qui se dessechait au soleil. Peu de mouches fréquentaient cet endroit, dégoûtées qu'elles étaient par l'odeur des produits chimiques. Par contre, on y rencontrait quelques rats. Le père Taupe dédaignait ce bétail, quoique l'un d'eux, une nuit, lui eût mordu un doigt de pied. Pour le moment, i faisait une sacrée putain de chaleur ; les cheminées de l'usine fumaient abondamment ; sur le chantier, on entendait former un train et la secousse de l'accrochage se répercuter de wagon en wagon. Sur la route de Blagny, les camions passaient. Le père Taupe essayait vaguement de se remémorer les dates des étés les plus chauds qu'il avait connus ; ce fatigant effort de pensée s'accompagnait d'une sécrétion salivaire abondante. Il retrouva l'été de 1895, celui de 1904, celui de 1911, puis il bourra une pipe en terre dont il avait soigneusement attaché la culotte avec un morceau de ficelle et se mit à fumer : la pipe gargouillait, l'homme crachait ; un petit coin de paradis au milieu de l'enfer de la banlieue parisienne.

Le père Taupe soignait son bonheur ; au plaisir de la pipe, il joignit celui de se gratter la tête avec l'index et de regarder l'ongle progressivement noircir. Un vent faiblard et tiède apporta dans l'enclos un peu de poussière nouvelle ; un parapluie déchiqueté battit doucement de l'aile ; un vieux journal se déplaça ; un ressort détendu tenta de faire quelques pas sans y parvenir. Le soleil rôtissait avec indifférence le clou et le chromo, la serrure et le chaudron, le pot à eau et le candélabre ; l'ongle était devenu parfaitement noir, le gargouillis intense. Une béatitude parfaite flottait sur ce bout d' paradis j'té zau miyeu d' la banglieue parisienne.

Le père Taupe entendit une paire de savates tapoter sur le chemin et, bientôt, l'on frappa-z-à la porte. Et une voix chantait M'sieu Taupe, M'sieu Taupe ; c'était une voix de femme. Le vieux faillit en avaler sa pipe. Quelle histoire! M'sieu Taupe, qu'elle disait la voix de femme. Qui ça pouvait bien être? Il trotta vers le pont-levis et demanda : Qui c'est? et l'on répondit : Nestine. Il ouvrit.

Ernestine voulait acheter un vase pour y mettre des fleurs. C'est tout le prétexte qu'elle avait trouvé. Le brocanteur fut étonné.

166

-- Qui donc t'offre des fleurs, coquine, dit-il du ton le plus libertin qu'il put.

Ernestine plaisanta. Le vieux voulut la pincer ; elle lui fit bas les pattes, mais comment diable allait-elle se faire offrir le mariage ? Bien sûr, pas du premier coup. Elle entra dans la bicoque et vit la porte. Bien sûr qu'elle était là, la porte. Une porte pour ne rien faire et bleue encore ; derrière, c'était le remblai du chemin de fer. Peut-être que l' vieux avait creusé là une cave. La mère Cloche ne savait pas tout ça. Ernestine faisait de surhumains efforts pour être à la hauteur des événements.

Le père Taupe avait ramené un vase d'un bel effet décoratif ; un berger rose et une bergère mauve s'appuyaient négligemment sur ses flancs. Une boue noirâtre cachait le reste de l'ornementation. Il prononça :

— Ça t' plaît, ma fille ? d'une petite voix étranglée.

Elle le regarda ; vraiment était-il millionnaire ? Il crut voir dans ses yeux des abîmes de perversité ; posant le vase sur une commode édentée, il se mit à dansoter sur place en gloussant comme une pintade.

— Alors, père Taupe, tu m' le vends combien ton vase ?

Et cet acrobate qui avait un pied dans la tombe et l'autre dans le berceau, cet acrobate susurra :

— Un baiser.

Ernestine ne vit que le côté comique de la chose et se retourna pour étouffer son rire. Un bruit de vaisselle cassée la fit se retourner ; le vieux n'aimait pas qu'on se moquât de lui, il venait de briser le berger rosâtre et la bergère mauvose.

— Oh! mon vase, fit Ernestine en joignant à ces paroles la mimique appropriée.

Le père Taupe regretta son geste.

— Tu as tort de te moquer de moi, ma petite, dit-il.

Et elle comprit tout de suite à quoi il faisait allusion.

Le bonhomme entendit alors de surprenantes paroles ; cette fille ne repoussait point ses avances, mais elle semblait y mettre une condition dont il ne saisissait pas encore très bien le sens. Il alla lui chercher un autre vase orné d'un clair de lune napolitain qu'il lui vendit trois francs cinquante ; elle partie en faisant d'agréables sourires. Elle lui avait dit des choses qui si é voulaient dire c' qu'é voulaient dire, eh bien, il y avait de quoi n' pas en revenir.

*

Sidonie s'assit à la terrasse de son café favori, en face de la gare du Nord. C'est là que, trois semaines auparavant, elle avait vu un autobus écraser un jeune homme pressé ; c'est là que, pour la première fois, elle avait aperçu les deux complices, Étienne Marcel et X...

Ils avaient alors joué, devant ses yeux, un mystérieux scénario dont elle n'arrivait pas à comprendre la signification exacte, pas plus qu'elle ne comprenait la signification exacte de la conversation qu'elle venait d'avoir avec Narcense.

D'abord, son frère Saturnin avait poussé les hauts cris : jamais d' la vie é n'irait voir Meussieu Narcense. Qu'est-ce qu'elle lui voulait ? De quoi qu'é s' mêlait ? Ek cétéra, ek cétéra. Quéque chose de très important, qu'elle avait répondu, et pis, est-ce que ça t' regarde ? Le frère, il avait dû la boucler. Non mais... et puis, c'était l' plus jeune. Heureusement encore que c' meussieu était chez lui. Il avait eu l'air surpris d' la voir, bien sûr, et il lui avait dit bien poliment d' s'asseoir. Y avait rien d' bien intéressant à r'garder chez lui. Y avait un piano et puis un truc de jazz-band, et puis des photos, et puis il était en train d'écrire d' la musique. Tout ça pour la frime, naturellement. Lui, c'était la première fois qu'é le voyait. Il avait une cicatrice au front et pas l'air commode. Il avait pas d' cravate et il était en bras d' chemise. Alors, il lui dit : Qu'est-ce que vous m' voulez ? Comme ça, brusquement. Alors, elle lui avait répondu : C'est une affaire que j' viens vous proposer et lui, avait dit : ah bah ! Là-dessus, y avait eu un silence. Puis elle avait repris : Vous connaissez bien m'sieu Marcel, Étienne Marcel ?

— Oui, qu'il avait répondu. — Et son copain, pardon son ami, le meussieu blond qu'a une auto et il avait dit : Pierre Le Grand. C'est donc comme ça qu'i s'appelait çui-là. Sûrement pas son vrai nom ; c'est comme Narcense, un drôle de nom, ça. Enfin, ça n' fait rien.

Là-d'sus, è lui dit : Vous avez eu des trucs à régler ensemble, et elle cligna d' l'œil. L'aut', i dit qu'i comprenait pas. — Et Théo, qu'elle dit. — J' l' connais pas, qu'il répondit, d'un air furieux. — Ah pardon, qu'elle fit. C'était pas comme ça qu'i fallait dire.

De nouveau, y a eu un silence ; c'est Narcense qui l' premier dit : J' comprends pas du tout c' que vous m' voulez, madame. Bien sûr que c'était difficile de lui expliquer. — Les deux aut's i préparent quéque chose, qu'elle finit par se décider à dire. — Qui ça, les deux aut's ? — Eh bien, Marcel et Le Grand.

Alors, il avait dit : Qu'est-ce que vous voulez qu' ça m' foute ? Alors elle avait dit : Tous les deux on peut les empêcher. Alors i s'était marré en disant : Pour quoi faire les en empêcher ? Là-dessus, y avait rien à répondre. — Oh ! c'est un gros coup, qu'elle dit, et Meussieu Narcense avait ajouté : Pas possible, et il la regardait d'un drôle d'air.

Alors, il lui dit : Vous les connaissez bien, ces messieurs ? — Si j' les connais ? bien sûr qu'elle avait répondu. I viennent tout l' temps boire le coup chez mon frère, pas çui-là qu'est l' concierge d'ici, mais l'aut' qu'à un bistrot à Blagny, vous savez, su' la ligne d'Obonne. — Alors, Saturnin, c'est vot' frère, qu'il avait dit. — Oui, M'sieu, qu'elle avait répondu. — Et ces deux messieux viennent tout l' temps boire le coup à Blagny? — Ovui, M'sieu, qu'elle avait de nouveau répondu. — Ça, c'est pas banal, qu'il fit. — Et c'est tout c' qu'i font à Blagny? qu'il interrogea.

A cligna d' l'œil : Non, c'est pas tout, c'est justement là qu'est l' coup qui s' prépare. — Un gros coup? qu'i fit. — Au moins un million, qu'é répondit. — Ah bah, qu'i dit et elle ajouta qu' s'i voulait, tous les deux on les en empêcherait. — Voui, M'sieu Narcense, j' les vois v'nir, mais j' connais tout l' truc. Moi, j' suis une faible femme, j' peux pas m' risquer seule là ddans; i s'agit d'un million au moins, vous pensez, alors c'est préférab' que ça soiye moi et vous qu'eux, s' pas? Voilà c' qu'elle lui avait dit. Alors, il avait répondu : Qui vous croyez que j' suis? Et elle avait dit c' quelle pensait : que la musique, c'est du chiqué, hein? C'est comme Marcel, qui s' dit employé d' banque. Allez, M'sieu Narcense, j' sais bien qui vous êtes. J' suis pas d' la police, allez. C'est une affaire propre que j' vous apporte et y a pas gros risque. C'est une belle affaire, allez, elle est toute cuite si vous voulez vous en occuper.

Elle lui avait dit tout ça et pendant c' temps là, i s' baladait en long et en large. — Comment qu' vous savez qu' Marcel et Le Grand vont faire un coup, qu'i dit. — Ah ça, j' peux pas vous l' dire. Naturellement, è pouvait pas lui dire ça comme ça. Alors i lui avait dit : J' regrette, madame, mais j' peux pas m'occuper d' votre affaire, j' m'occupe en c' moment d' la contrebande des petits-suisses en Afrique du Nord ; vous comprenez, ça m' prend beaucoup d' temps et puis, en même temps, j'ai un notaire à supprimer du côté d' Castelsarrasin, une p'tite affaire qui doit m' rapporter dans les deux millions sans compter les côtelettes, alors vous comprenez, j' suis très occupé, naturellement, c'est entre nous que j' dis ça.

Oui, voilà c' qu'i' lui avait dit et après ça i lui avait dit : Au revoir, j' regrette beaucoup, madame.

Mais qu'est-ce que ça voulait dire sans compter les côtelettes ? Et pis, la contrebande des p'tits-suisses, est-ce que ça existe ça ? C'était sûrement d' l'argot de bandits internationaux. Comme la correspondance chiffrée avec Théo, ça voulait dire aut'chose que c' qu'était écrit. Un type comme ça qui pend les p'tits enfants et qui fait la contrebande des p'tits-suisses, faut s' méfier. Ernestine a p'têt' pas tort de pas s'en mêler. Ces types-là i sont redoutables, i suppriment les gens qui s' mettent sur leur chemin et eux, i n' sont jamais pris. Deux millions sans compter les côtelettes, ça alors c'est formidable. L' père Taupe a sûrement pas ça. On n' sait jamais, si les aut's s'en occupent, c'est qu' c'est un coup dans ces prix-là.

— Qu'est-ce que ça sera pour Madame?

— Un cointreau, répondit Mme Cloche, bien tassé, comme pour un malade!

— C' qu'elle est mal élevée, celle-là, se dit le garçon en s'essuyant le nez avec sa serviette.

*

— Dites donc, Saturnin, c'est votre sœur, la vieille qui vient de sortir?

— Oui, M'sieu Narcense. Qu'est-ce qu'elle a bien pu vous raconter?

— Elle ne vous l'a pas dit?

— Rien du tout. En partant, elle m'a dit : Si c' meussieu veut m' trouver, tu lui donneras mon adresse.

— Ah! Et elle ne vous a rien dit à mon sujet?

— Rien du tout.

— Est-ce qu'elle est soûle ou folle ou droguée?

— Rien de tout ça, M'sieu Narcense. Elle est saine d'esprit, ma sœur. Et aujourd'hui, elle n'avait rien dans l' nez, ma sœur.

— Saturnin, vous savez qui je suis?

— M'sieu Nar...

— Pas du tout. Je suis un escroc, un voleur, un bandit redoutable. C'est votre sœur qui vient d' m'apprendre ça.

— J' n' m'en serais jamais douté.

— Moi non plus.

— Si elle a dit ça, c'est qu'elle a des raisons de l'dire.

— Évidemment, Saturnin. Étienne Marcel aussi, c'est un escroc.

— Le type d'Obonne ?

— C'est comme ça. Il prépare un coup d'un million.

— Fichtre, fit Saturnin.

— Je crains que vous ne soyez égaré par l'amour fraternel, Saturnin, lorsque vous dites que votre sœur est saine d'esprit. Surveillez-la de près. Examinez-la attentivement. Demandez-lui par exemple si elle sait ce que c'est que la contrebande des petits-suisses. Vous verrez ce qu'elle vous répondra. En tout cas, je ne veux à aucun prix que ce personnage d'une propreté douteuse et d'un aspect repoussant foute de nouveau les pieds chez moi.

— Bien, M'sieu Narcense.

— Vous lui direz aussi de ne pas compter les côtelettes, quand elle fera une addition.

— Bien, M'sieu Narcense, si ça s'trouve, j'lui dirai.

Narcense n'a pas encore eu de nouvelles de Shiboleth ; trop tôt ; Le Grand n'a pas dû avoir le temps de s'en occuper ; cela ne saurait sans doute tarder. De nouveau, il pense à cette vieille folle et se demande comment elle est parvenue à de telles conclusions ; et ces fréquentes visites à ce bistrot, comme elle disait, de Blagny. Est-ce vrai ou faux, cela ? Qu'est-ce que Marcel et Le

174

Grand peuvent bien y faire? Sans doute, est-ce aussi imaginaire que le reste. Blagny, sur la ligne d'Obonne. Obonne, Narcense n'y est pas retourné depuis l'histoire des Mygales. Il y a cinq jours de cela — cinq jours, seulement.

Dans le train, il regarda par la portière un paysage qui lui parut atrocement désespéré. Les locomotives lui plaisent, mais ces masures, ces taudis. Maintenant une série de villas conventionnelles. Ça dure depuis quelque temps ; il y a quelques arbres par-ci par-là ; puis des terrains vagues, une cité ouvrière, de nouveau des petits lotissements semés de cabanes, une usine par-ci par-là, on arrive à Blagny. La petite place inanimée à cette heure de la journée. Le train repart. De nouveau des petits lotissements semés de clapiers, puis des terrains vagues et là, juste avant l'usine de produits chimiques, il peut lire FRITES en lettres énormes et au-dessous, discrètement, *D. Belhôtel*. Le voilà donc le fameux bistrot, et ce *D. Belhôtel* est certainement le frère de Saturnin. Il y avait au moins ça de vrai dans les racontars de la vieille. Soudain, cette vieille, il l'aperçoit. En personne. Sur le chemin qui longe le mur de l'usine, tout près de la voie du chemin de fer, elle traîne la savate avec décision. Elle sait certainement où elle va. Narcense ne peut pas y résister. Il passe sa tête par la portière, hurle : Belhôtel! Belhôtel! et agite un mouchoir. La vieille finit par le voir ; elle s'immobilise, pétrifiée, salée, saure.

Tant que le train est en vue, elle ne bouge pas. Il se rassoit, très satisfait.

Obonne, villas, villas et revillas. Il n'en est qu'une d'émouvante, elle n'est qu'à moitié construite et la peinture de la grille tombe en morceaux. Il rôde autour. D'un « Mon-Désir » voisin, parvient le hurlement d'un poupon édenté ; chez « ;am-Suffi », un chien marmiteux aboie d'une voix indigente ; à « Mon-Repos », un canard hurle parce qu'il vient de se casser la patte en faisant du trapèze volant (c'est pas vrai) ; à « Mon-Rêve », on entend Rome, à moins que cela ne soit Madrid ou Toulouse (en tout cas, c'est latin, on joue la sérénade de Tortoni, ah! diable).

Dans la demi-villa, rien ne bouge. Les persiennes sont fermées, à toutes les fenêtres. Meussieu Exossé sur le pas de sa porte surveille Narcense du coin de l'œil. Les villas abandonnées suscitent les désirs immoraux des cambrioleurs, pense Meussieu Exossé.

Narcense regarde la villa longtemps. Puis, il passe près du petit café ; va-t-il entrer ? Il hésite ; la porte s'entrouvre, il entend « la dernière fois que j' suis allé à Singapour », et rentre à Paris.

*

Saturnin voulait écrire ; mais ça ne venait pas. Il était pas en train. La plume en l'air, il fixait d'un œil morne les casiers vides du courrier. Puis, baissant la plume, il coucha sur le papier cette phrase :

l'ouazo sang vola,

et posa l'instrument sur l'encrier. Très gêné, Saturnin, très gêné.

Tapi au fond de sa loge, les volets bien fermés à cause de la chaleur, il a ouvert un petit cahier d'écolier écrit jusqu'au tiers, débouché une petite bouteille d'encre et pris un porte-plume un peu rongé. Il avait l'intention d'écrire quelque chose. Mais ça n'est pas si facile que ça d'écrire quand on n'a rien à dire. D'autant plus que Saturnin n'écrit pas de la banale de prose, du feuilleton. Non et non ; ce qu'il écrit, c'est pensé ; alors, quand il n'écrit pas, ça devient douloureux. L'estomac se creuse, comme quand on a faim ; ceci est spécialement curieux. Les yeux papillotent et les tempes se creusent comme l'estomac ; une petite douleur descend, de la fontanelle jusqu'au cervelet et s'évanouit.

Saturnin reprend sa plume et barre

l'ouazo sang vola.

Il n'avait absolument pas l'intention d'écrire cela ; d'autant plus sans intérêt. Il continue la barre et la termine par un gribouillis du meilleur effet. Il repose sa plume.

177

*Il y a des jours où il a des choses plein la tête,
où il fait des réflexions judicieuses, originales, profondes, il y a des jours où il voit clairement que ceci
est cela et cela encore et d'autres jours où il comprend
ceci et cela et cela encore et d'autres jours où il reçoit
un petit choc au cœur parce qu'il s'aperçoit que
ceci n'est pas ceci, mais cela et bien d'autres choses
encore. Souvent il a des idées ou s'il n'a pas d'idées,
c'est des trucs qui peuvent s'écrire; alors ça paraît
si drôle. D'où ça vient? On ne sait pas trop. Souvent il a l'impression que c'est très important ce
qu'il a à dire, parfois même que c'est ce qu'il y a
de plus important au monde — ce qu'il vient d'écrire
ou ce qu'il va écrire, ce qu'il a dans la tête, quoi.
Oui, parfois, ce qu'il y a de plus important au monde
se trouve là — au bout de son nez; oui, c'est ainsi
que parfois il pense le concierge Saturnin, qu'il
soit assis sur une chaise, ou couché dans son lit,
qu'il soit dans sa loge ou sur le pas de la porte de
l'immeuble dont on lui a confié la garde, qu'il soit
jour ou qu'il soit nuit, qu'il soit seul ou qu'il
soit en compagnie de sa femme qui déteste les rats
d'égout et les crevettes encore vivantes; oui, Saturnin,
des fois, il pense comme ça.*

*Mais d'autres fois, le concierge Saturnin il est
pas du tout comme ça. Ainsi qu'on l' disait tout à
l'heure, il a le crâne vide et les yeux mornes, il gra-
fouille papier et rongeaille porte-plume. Mais il n'a
rien à dire; ce n'est pas que ce soit ça qui soit pénible, mais c'est qu'il croyait le contraire. Car, il*

ne faut pas oublier de le dire, y a des fois où il ne saurait rien écrire, mais où ça ne le gêne absolument pas, parce qu'il n'en a pas du tout envie. C'est là la tra la la-différence. Si qu'i prenait son plumeau et changeait de place la anonyme poussière de la cage de l'ascenseur, alors il ne souffrirait pas. Si qu'i prenait de l'encaustique et une brosse et se rendait si beau à voir dans un parquet, alors il ne souffrirait pas. Si qu'il avait beaucoup à faire, si qu'il avait beaucoup à s'occuper, alors il ne souffrirait pas. Mais il veut écrire, alors il souffre, parce qu'il y a quelqu'un qui pense derrière lui. C'est du moins ce qu'il croit. Il se grattait l'épaule depuis quelques minutes en pensant vaguement à divers incidents de son passé, lorsqu'il réalisa peu à peu que, derrière lui, on pensait. Puis aussitôt, après, que personne vraiment n'était là, ne pensait.

Les diverses images qui interféraient la volonté d'écrire s'effacèrent ; s'effacèrent la figure de ses petits camarades qui se crachaient dans la bouche à l'école, pour s'amuser, puis la silhouette de l'instituteur qui était tombé dans l'escalier, puis s'effaça le dernier écho du rire que provoqua cet incident, puis s'effacèrent de vagues représentations obscènes, l'image d'un bateau de guerre, celle d'un bras nu tatoué, plus lentement celle d'un cul, et de nouveau quelques vagues représentations obscènes. Puis un bouquet de roses qu'il avait vu passer le matin même, porté par un livreur, en uniforme.

Il traça un trait vertical,

*et seules subsistèrent les impressions cénesthésiques,
l'estomac qui se creuse, les tempes qui se creusent,
la fontanelle qui se creuse et se transforme en une
sorte de puits, de puits, de puits sans fond et sans
margelle où les cailloux tombent indéfiniment sans
jamais rencontrer la surface d'une eau noire à jamais privée de toute lumière et de tout trouble, de
la surface de cette eau parfaitement carbonique,
arachnoïde, peau du cerveau. La poitrine se resserra
et le cœur se mit à battre inconsidérément ; et la
respiration se saccada. Saturnin tomba dans le
propre puits de sa propre cervelle où il n'y avait
plus rien, plus de puits, plus de cervelle, plus de
Saturnin, plus de concierge, plus de chameaux, plus
d'ombrelles, plus de bateaux-lavoirs.*

Saturnin, la bouche ouverte.

*Après — après — quand ? il reprit sa plume et
déchirant soigneusement la page raturée, gribouillée,
il écrivit sur l'autre page :*

Y a rien.

*Et referme le petit cahier, rebouche la petite bou-
teille et replace le petit porte-plume. Puis il vaque
à ses travaux, alors qu'il en était temps encore.*

CHAPITRE QUATRIÈME

Ils arrivèrent à midi ; l'apéritif battait son
plein. L'auto grand sport de Pierre reçut du public
sa chaleureuse appréciation. Alberte s'enferma
dans sa chambre. Étienne se mit à la recherche
de Théo. Ces vacances débutaient de façon ori-
ginale. Une nuit en auto avait avantageusement
remplacé les dix quinze heures habituelles de
boîte à sardines, et la compagnie de Pierre devenait pour Étienne une nécessité. Oubliant petits
canards et coupe-œufs-durs, il voyait dans sa
rencontre la cause de ce changement dont il
constatait chaque jour la réalité. Il ne songeait
même pas à lui reprocher le tour de passe-passe
dont celui-ci s'était rendu responsable à propos de
Narcense. Il jugeait d'ailleurs préférable de ne
pas le mettre au courant de ses connaissances à
cet égard. Du moins pour le moment. Comme il
avait très soif, il entra dans le bar américain du
pays et demanda une citronnade. Le barman
s'étonna que l'on pût demander une aussi étrange

consommation et la remplaça d'autorité par un djinn-fils. Étienne but et ne trouva pas ça mauvais. Il paya sans avoir l'air d'être effrayé du prix et sortit enchanté de cette nouvelle expérience. Devant le libraire-marchand de journaux voisin, il s'attarda ; il eut envie d'acheter un livre, pas un roman, un livre sérieux, mais l'étalage ne lui offrait rien qui pût lui plaire ; il se contenta de quelques cartes postales. Un peu plus loin, il demanda le prix d'un souvenir ; seulement pour savoir. Puis il fit un détour pour regarder quelques vieilles maisons très couleur locale, construites l'année précédente par le syndicat d'initiative. Il revint sur ses pas, examina de nouveau les livres et journaux, acheta des cigarettes, se retrouva devant l'hôtel. Pierre l'attendait en buvant l'apéritif, comme tout le monde. Étienne se souvint alors de Théo, et faisant demi-tour, partit à sa recherche.

Il demanda dans les hôtels si l'on ne connaissait pas un jeune homme dans les quinze ans, avec des cheveux noirs graisseux, mal coupés, la figure semée de boutons, les yeux un tantinet chassieux, les mains toujours sales ; mais personne n'avait vu de jeune homme répondant à ce signalement. Il erra ensuite à travers la petite ville, gagna la plage. Des quelques fesses qui y rôtissaient encore, aucune n'appartenait à son beau-fils, le futur bachelier.

A 1 h 1/2, il revint à l'hôtel, très fatigué.

Pierre l'attendait toujours. Il s'assit, découragé.

— Ça n'est pas gai, pas de Théo. Alberte dans sa chambre qui l'espère... Qu'est-ce qu'il y a dans un djinn-fils?

— C'est un citron pressé avec du gin, répondit Pierre.

Étienne se frotte le front. Où donc peut-il être? Dès qu'on regarde les choses d'une façon désintéressée, tout change. C'est bien évident et c'est cela qui rend difficile l'évidence de ce qui se présente d'emblée. Ne pas tenir compte de la destination d'un objet, quelle étrange activité! On commence par ne rien voir parce qu'on se remue, puis on regarde parce qu'on a envie de faire autre chose, ensuite on contemple parce qu'on est fatigué de travailler.

— Et qu'est-ce que vous avez l'intention de faire? demanda Pierre.

— Du diable si je le sais. Aller à la gendarmerie, quelle histoire! Quelle barbe! quelle barbe!

— Quel genre de garçon est-ce, votre beau-fils?

— C'est un jeune homme de quinze ans; il va au lycée, il a les yeux bruns, le nez — est-ce que je sais, moi? Je ne pense pas qu'il m'aime beaucoup, je crois même qu'il me déteste. C'est fréquent, n'est-ce pas, qu'un enfant déteste son beau-père? J'ai idée qu'il me prend pour un imbécile; je ne suis pas allé au lycée moi, et jusqu'à ces derniers temps, je ne savais pas grand-chose du monde. De l'existence. Quant à

183

lui, il est parmi les premiers de sa classe ; il sera bachelier. Alors, vous comprenez, il se croit quelqu'un. Je n'ai pas l'étoffe d'un père de famille... En tout cas, pas du père de Théo.

— Vous devriez aller prévenir Mme Marcel.

Étienne se leva. C'est alors qu'il aperçut Théo. Ce dernier, les mains dans les poches et le chapeau en arrière, venait de s'asseoir au café voisin. Il avait l'air dédaigneux et ennuyé ; il ouvrit un livre et commença à faire semblant de lire. Quelques secondes après, Étienne s'asseyait devant lui.

— Alors, te voilà, dit-il.

Théo, prodigieusement étonné :

— Oui, me voilà.

— Qu'est-ce qui t'a pris ?

— Comment vous savez que je suis ici ?

— Qu'est-ce que tu fais ici ?

— Ma mère est ici ?

— Pourquoi es-tu parti ?

— Je me demande comment vous avez pu me retrouver ?

La conversation dura quelque temps sur ce ton. Théo en profita pour construire un récit, à l'usage des parents, de sa nouvelle fugue.

Pierre, qui commençait à s'ennuyer, alla les rejoindre.

— Vous venez déjeuner ?

— Le Grand, je vous présente mon fils Théo. Monsieur Le Grand.

184

— Chanté, m'sieu, dit Théo, qui avait quelques notions de Politesse.

— Je cours prévenir Alberte, s'écria Étienne.

Pierre et Théo restèrent en tête à tête. Ils n'échangèrent aucune parole intéressante.

*

— Si je néglige le côté pratique d'un objet fabriqué, dit Étienne.

— Vous faites de l'esthétique, interrompit Pierre. Ou de la magie.

— Mais je ne veux faire ni esthétique, ni magie, protesta Étienne. Les hommes croient faire une chose, et puis ils en font une autre. Ils croient faire une paire de ciseaux, et c'est autre chose qu'ils font. Bien sûr, *c'est* une paire de ciseaux, c'est fait pour couper et ça coupe, mais c'est aussi tout autre chose.

— Pourquoi les ciseaux ?

— Ou tout autre objet fabriqué, tout objet fabriqué. Une table même. Une maison. C'est une maison, puisqu'on y habite, mais c'est aussi autre chose. Ce n'est pas de l'esthétique, car il ne s'agit ni de beau, ni de laid. Et quant à la magie, je ne comprends pas.

— Ce qui serait intéressant, ce serait de dire ce qu'est cette « autre chose ».

— Sans doute. Mais ce n'est pas possible. Ça

dépend des circonstances, ou bien on ne peut l'exprimer. Les mots aussi sont des objets fabriqués. On peut les envisager indépendamment de leur sens.

Étienne venait de découvrir ça, en le disant. Il se le répéta pour lui-même, et s'approuva. Ça, c'était une idée.

— En dehors de leur sens, ils peuvent dire tout autre chose. Ainsi le mot « théière » désigne *cet objet,* mais je puis le considérer en dehors de cette signification, de même que la théière elle-même, je puis la regarder en dehors de son sens pratique, c'est-à-dire de servir à faire du thé ou même d'être un simple récipient.

— Vous réfléchissez depuis longtemps à ces questions? demanda Pierre.

— Oh non, répondit Étienne, je les invente au fur et à mesure. Je parle et ça veut dire quelque chose. Du moins pour moi ; du moins, je le suppose. Est-ce que vous trouvez un sens à ce que je dis?

Pierre agita la tête à plusieurs reprises ; il signifiait ainsi : oui.

— Et ce qui est naturel, et par conséquent n'a pas de sens, lui en attribuez-vous un?

— Je n'ai pas encore réfléchi à cela. Mais pourquoi *par conséquent?*

— Sans doute. Croyez-vous que les oiseaux et les cailloux et les étoiles et les crustacés et les nuages aient un sens? Qu'ils ont été fabriqués dans un but quelconque?

— Je ne pense pas, répondit Étienne, bien que je n'aie pas étudié la question de près. En tout cas, ce qui est naturel peut acquérir un sens ; quand les hommes lui en donnent un.

Pendant le silence qui suivit, tous deux avancèrent de quelques pas, car ils se promenaient.

— Voilà qui est curieux, murmura Étienne, on croit faire ceci et puis on fait cela. On croit voir ceci et l'on voit cela. On vous dit une chose, vous en entendez une autre et c'est une troisième qu'il fallait comprendre. Tout le temps, partout, il en est ainsi.

— Pour moi, aussi, dit Pierre, les choses, le monde n'a pas la signification qu'il se donne, il n'est pas ce qu'il prétend être ; mais je ne crois pas qu'il ait une autre signification. Il n'en a aucune.

— C'est comme ça que vous pensez ? interrogea Étienne. Moi, je disais : on croit voir une chose et on en voit une autre.

— Et moi je dis, on croit voir une chose, mais on ne voit rien. Et vous savez, ajouta Pierre, je ne tiens pas plus que cela à ce que je viens de vous dire. Je m'exprime rarement en termes métaphysiques.

— Quels termes métaphysiques ? Je n'en connais pas, objecta Étienne.

— Peut-être, mais vous en faites.

— De quoi ?

— De la métaphysique.

— Ah! Eh bien, ce n'est pas trop tôt, répondit Étienne.

Pierre, déconcerté, bouscula quelques cailloux. Ils croisèrent (les deux hommes, pas les cailloux ; les cailloux, eux, furent croisés) un groupe de jeunes gens et de jeunes filles, très jeunes gens et très jeunes filles, qui chantaient un refrain en vogue.

— Encore cet air inepte, soupira Pierre. Quels idiots !

— Ceux-là non plus ne croient pas être ce qu'ils sont, remarqua Étienne, car, ajouta-t-il, on croit être ceci et l'on est autre chose, sans compter ce que l'on paraît être.

— Qui croyez-vous être ?

— Un homme qui pense, répondit Étienne. C'est là ce qui est curieux, car je suis certainement *autre*. Quant à ce que je parais, vous le devez savoir mieux que moi. Ne m'observiez-vous pas ? Ne niez pas. C'est Narcense qui me l'a dit. Comment suis-je ? Comment étais-je ?

— Au début, commença Pierre, vous n'étiez qu'une silhouette.

— Seulement ?

— Au début, vous n'étiez qu'une silhouette ; vous alliez de la banque au métro et du métro à la banque ; c'est alors que je vous remarquai. Un jour, vous fîtes un détour et vous devîntes un être plat. Mais peut-être vous-même n'avez-vous jamais vu de pareils individus ; mon récit en devient sans doute obscur.

— Je vous en prie, continuez, dit poliment
Étienne.

— Cette transformation, inutile de vous le dire,
accrut l'intérêt que je vous portais déjà. Un jour,
j'étais assis en face de vous, dans un train ; je
vous vis vous gonfler légèrement. Vous veniez
d'acquérir une certaine consistance ; mais person-
nellement j'en ignorais la cause. Lorsque mon
taxi vous tamponna, vous en étiez toujours au
même état. Mais lorsque je vous revis, au restaurant, vous vous en souvenez sans doute, vous vous
présentiez sous l'aspect que vous possédez encore : celui d'un homme, et qui pense.

— Ainsi, voilà ce que vous avez vu.

Étienne examina pensivement une épluchure
d'orange, puis, relevant les yeux, aperçut — non
sans étonnement d'ailleurs — une personne de
connaissance.

— Vous m'excuserez, dit-il, s'adressant à
son compagnon.

Et, faisant quelques pas :

— Je suis surpris et heureux (c'est la formule
qu'il employa) de vous rencontrer ici.

Mme Pigeonnier faillit s'évanouir ; Catherine,
qui l'accompagnait, la soutint de son bras et
l'encouragea en la pinçant avec énergie.

— Meussieu Marcel, soupira cette dame, quelle
heureuse rencontre!

Et les propos de politesse défilèrent, cependant
qu'Étienne n'arrivait pas à comprendre la singu-

lière émotion que sa vue avait provoquée chez la voisine d'Obonne. Celle-ci se calma d'ailleurs peu à peu et c'est avec le plus grand sang-froid qu'elle demanda des nouvelles de « votre grand fils ». On convint de se retrouver.

*

Quelques pas plus loin, Pierre demanda ce que Théo avait raconté à propos de sa fugue.

— Il prétend avoir perdu la mémoire de ce qu'il a fait, dit Étienne. Je n'en crois rien ; c'est une excuse facile, mais je ne comprends pas ce qui a pu le pousser à venir ici.

— Il n'a rien dit d'autre ?

— Non. Il dit s'être réveillé ici. Je lui ai demandé s'il se souvenait avoir écrit une carte postale ; il répondit que non. Alors je parlai de celle que reçut Narcense. Il eut l'air très étonné. Je le crois très hypocrite. Mais Alberte — c'est ma femme — est si heureuse de le revoir. Elle recommence à vivre. Lui s'en moque, je le crains. Si nous nous tutoyions ? Mais au fond, je vous connais si peu. Je ne connais que votre nom. Rien d'autre. Que faites-vous ? Où vivez-vous ? Je l'ignore. Rien ne semble vous attacher quelque part, ou à quelqu'un. Avez-vous des parents ? des amis ? des maîtresses ? une femme ? des enfants ? Êtes-vous poète ou financier ? journaliste, ingénieur ?

190

Étienne se tut ; mais Pierre ne lui répondit pas.

— Voyez, les pêcheurs vont passer la nuit en mer. Toutes les barques quittent le port.

— Je voulais simplement dire : qui êtes-vous ?

Pierre s'arrêta un instant, regardant en silence s'éloigner la flottille de pêche.

— Excusez mon indiscrétion, dit Étienne.

— De rien, de rien, fit Pierre. Vous trouvez peut-être que je mets de la mauvaise volonté à vous répondre. Détrompez-vous. Mais par où commencer ? Ai-je des enfants ? non ; une femme ? non ; des maîtresses ? pas actuellement ; un père ? non ; une mère ? oui, chez laquelle je vis. Et j'ai un frère, aussi. Tenez, les voilà tous partis. Ils ne reviendront qu'au matin...

Ils arrivaient près du port ; les phonos et les radios chantaient ; on s'amusait ferme, car pas une minute de liberté ne devait être gâchée. Derrière un instant perdu, il y avait onze mois de soucis, d'inquiétudes ou d'asservissements. Cette plage n'était guère fréquentée que par des employés ou de petits fonctionnaires ; chacun s'y sentait chez soi ; beaucoup se retrouvaient là chaque année. Quelques commerçants de la grande ville voisine venaient y passer le véquande avec des femmes, ils scandalisaient la population et buvaient des boissons américaines ; ils faisaient la noce, quoi. A part cela, on y était fort sage et l'on comptait les intrigues. Le maître baigneur avait du poil aux pattes ; on défendait d'uriner le long des

191

murs de l'école ; le soir, après 10 heures, on était prié de respecter le sommeil du voisin ; il fallait sonner un coup pour le garçon et deux pour la femme de chambre, et c'était toujours l'autre qui venait, ce qui d'ailleurs n'avait aucune importance. Et caetera. Et caetera.

— Assez de bavardage, dit Étienne. Et votre frère ?

— Je vais aller le voir demain. J'habiterai quelques jours chez lui. C'est tout près d'ici.

— J'avais un frère, dit Étienne, de deux ans plus âgé que moi. Il m'apprenait à construire des cages à mouches et à dessiner des bateaux-citernes. Je ne sais pas pourquoi, mais il n'aimait que ces bateaux-là ; je ne pense pas qu'il en ait jamais vu ; par la forme, ils ressemblaient à tous les autres bateaux, mais mon frère décrétait qu'ils étaient citernes. Il est mort de la grippe espagnole, en 19.

— Le mien est professeur de mathématiques.

— Ah, fit Étienne. Plus jeune ?

— De deux ans plus âgé, répondit Pierre.

— C'est curieux, reprit Étienne, cette dame que nous avons vue tout à l'heure, elle habite à côté de chez moi, à Obonne.

— La jeune fille qui l'accompagnait était charmante, remarqua Pierre.

— Oui, en effet. Je la connais, d'ailleurs. Comme c'est drôle. Figurez-vous que c'est sa bonne, Catherine.

— Elles ont plutôt l'air de deux amies.

— Curieux.

— Et Théo, connaît-il Catherine ? insinua Pierre avec malveillance.

Étienne mima le sourd. Cette remarque lui déplaisait, mais il s'avoua qu'il fallait être imbécile pour n'y avoir pas pensé plus tôt. Et comment Théo s'était-il procuré l'argent nécessaire pour faire ce voyage ? Il n'avait pas songé à le lui demander, et après tout, quelle importance ça pouvait-il bien avoir ? Ces soucis de père de famille commençaient à lui singulièrement déplaire. Et tout à l'heure, rencontre de Théo, d'Alberte et de Mme Pigeonnier ; peut-être même de Catherine. Agressif, il préféra se retourner contre Pierre.

— Et Narcense, vous le connaissez bien ?

— Un peu ; charmant garçon.

— Ohoh, charmant garçon ; comme vous y allez. Je trouve, tout de même, qu'il est un peu drôle.

— C'est vrai, j'oubliais. Il vous a parlé de moi ?

— Oui, dit Étienne avec simplicité, nous avons beaucoup parlé de vous.

Ils étaient arrivés sur le port. Alberte et Théo les attendaient.

Ce jeune garçon buvait en silence un citron pressé ; le nez dans son verre, il suçotait ses pailles ; le deuxième volume des *Misérables* traînait dans le sucre et l'eau de Seltz. Les deux hommes finirent par trouver des chaises et s'assirent. Quelques propos sans profondeur furent échangés ; les formules tuèrent le temps pendant quelques minutes.

Autour de la table de la famille Marcel, l'animation était grande. Les tables du café envahissaient le port ; les journaux de Paris venaient d'arriver ; l'alcool emplissait les verres, la cendre les soucoupes. Les phonos et les radios hurlaient. Profitant d'une accalmie, Étienne dit quelle rencontre il avait faite et regarda Théo ; mais Théo suçotait ses pailles et ne broncha pas.

*

Une grosse auto stoppa ; ses occupants descendirent ; ce n'était pas le genre de clientèle de X... Ils devaient plutôt aller à Y..., la plage à la mode, cinquante kilomètres plus loin.

Pierre, qui avait reconnu Shiboleth, se précipita.

Shiboleth conduisait à Y... quatre femmes pour rehausser l'éclat de sa boîte ; deux d'entre elles devaient y faire un numéro de danse, les deux autres n'avaient pour mérite que de coucher avec lui. Il harémisait volontiers. La bande s'assit dans un grand tumulte ; les gosses du port vinrent contempler la grosse bagnole ; Shiboleth, qui arborait un chandail rose et une culotte de cheval à petits carreaux, se dégourdit les jambes en faisant quelques mouvements de culture physique. Bref, ce fut une entrée sensationnelle.

— Le Grand. Pas possibleôôôôôôô. Qu'est-ce que tu fiches ici, mon petit? Vacances sérieuses? Non, tu habites ici? Ah, il faut que je te présente mes femmes : Oréa et Koukla, danseuses orientales ; Camille, qui fut la maîtresse d'un poète, et la petite Oque. Ah! assieds-toi et prends un verre. Qu'est-ce que tu veux? Eh là, garçon, ça fait cinq minutes qu'on attend. Vous croyez qu'on a du temps à perdre? C'est pas pressé, ça. Envoyez-nous deux picon-cassis et quatre portos rouges. Et pas de la saloperie, hein. Holà! quel trou, quel trou. T'as vu ces têtes de gratte-papier. Ça sent le fonctionnaire à plein nez. Plage pour familles. Holàlà et pour quelles familles! Et ces jeunes filles en fleur, ah ma mère, et qui le soir doivent se faire chatouiller sur le haut de la falaise par de futurs receveurs de l'enregistrement. Alors, tu moisis ici? Ah, dis donc, tu parles d'un voyage. T'as vu ma nouvelle bagnole? Tu sais, j'en suis content. Parti ce matin de Paris, je serai à 8 heures dans mon bled. Ça gaze bien, une voiture comme ça. Et toi, tu as toujours la tienne, la huit-cylindres avec compresseur. Bien sûr, ce n'est pas mal. Tu dépenses combien d'essence? Moi, pas plus de trente litres, et, en ligne droite, je tape le cent cinquante. Dis donc, Koukla, tu as fini de faire de l'œil à cette peau de brebis endimanchée. Garçon, oh garçon,

vous vous imaginez peut-être que le picon se boit
sans glace? Détrompez-vous. Il en faut, et de la
transparente, hein? quel pays de nouilles, mon
pauvre Le Grand. Et c'est des Parisiens, encore.
Non mais, regarde-moi cette bille de têtard en
train de sucer de la limonade! et tout ça, à la mode
d'il y a deux ans. Je serais malade si je devais rester dans un bled comme ça. A propos, tu sais, Ted
et Léon sont partis faire une croisière sur le yacht
des de La Sentine ; ils ont pris leur dernière biture
chez moi, il y a huit jours. Claude Poupou est parti
en Norvège et Odéric Sauleil dans le Tyrol. Bref,
il n'y a plus personne de bien à traîner sur le pavé
de la capitale. Ton frère ça boume? Toujours un
grand esprit? Ils ne sont même pas fichus de servir un picon-cassis. Dis donc, Oque, il est bon leur
porto? Enfin, qu'est-ce que tu veux, faut bien se
contenter de ce qu'on trouve en voyage. Tu as lu
le dernier livre de Paul Tontaine? Il ne s'est pas
foulé. Mon champagne ne l'inspire pas beaucoup.
Tu as vu cette gosse, là en vert ; elle est pas mal,
mais comment que c'est fagoté. Dis donc, tu ne
m'as toujours pas dit ce que tu fais ici? Alors vraiment, tu passes tes vacances dans un petit trou
pas cher. C'est une nouvelle mode que tu vas lan-
cer? Mais tu veux me ruiner, mon petit. Tu veux
me ruiner. Eh, les enfants, ça va mieux? Une
autre tournée? Et toi, tu remets ça? Garçon! garçon! Il est toujours lointain, le garçon. Ah, vous
voilà, eh bien, la même chose. Hein, vous ne vous

196

souvenez déjà plus? quatre portos et deux picon-
cassis! Holàlà, quel margouillât. Oréa et Koukla
vont faire un numéro de danses orientales. Tu
viendras voir ça. Très original. Grande nouveauté.
Ça enfonce les nègres. Pouh. A part ça, j'ai un
nouveau jazz, épatant. Tu viendras entendre ça.
Ce n'est pas comme cette infâme musique ; tu entends ça? Non, mais, tu entends ça? et ces gens
se gargarisent avec ces rengaines. Holàlà, pauvre
France. Tu vois ce morveux, comme il reluque mes
femmes ; c'est vicieux ces mômes-là, et c'est tout
p'tit, on leur pincerait le nez, il en sortirait du lait.
Et tu sais, à Y... j'ai une clientèle assurée, le prince
de Galles, l'Aga-Khan, le trouvadja du Bizère et
le duc Sentinelle. Des gens au-dessus de toutes les
crises, mon petit. Et qui me garantissent une vieillesse respectable et dorée. Pour toi, la première
bouteille de champagne à l'œil. Tu vois, toujours
le cœur sur la main, voilà comme je suis. Quelle
heure est-il? Oh merde, moins le quart. Je m'enfuis, je m'envole. Garçon, amenez vos os. Combien
la limonade? Huit soucoupes à six et quatre
à trois. C'est donné, ce n'est pas comme chez moi.
Et garde le pourboire pour toi. Allons, les femmes,
en route. Alors, mon petit, ne moisis pas trop ici.
Ce serait mauvais pour ta santé. Non, mais, regarde-moi cette bagnole. Quelle ligne, hein, quelle
ligne! C'est beau comme l'antique, et ça file! holàlà, ça file! Et ta première bouteille de champagne, à l'œil hein! Allez, les gosses, ne vous cha-

197

maillez pas c'est au tour de Camille d'être devant.
Et mes amitiés à ton frère. En voilà un qui ne fera
pas ma fortune. A propos, le petit Lanlalaire, il
vient de se tuer. Une sale histoire. Alors les
femmes, rédé? Au quai. Au revoir, mon petit,
amuse-toi bien, mais ne reste pas trop longtemps
ici, ça serait mauvais pour ta santé, c'est un ami
qui te le dit. N'oublie pas de venir me voir.

Le moteur se met à tourner, silencieusement.

— Dis donc, Shiboleth, tu n'aurais pas d'em-
ploi pour un saxophone, en ce moment?

— Pour un saxophone? Mais, mon petit, j'en
ai à revendre des saxophones, et des dreumeurs
et de tout. Il en peleut, il en peleut. Je suis content de t'avoir vu. Adieu! Ta première bouteille
de champagne à l'œil!

L'auto démarre au milieu de l'admiration gé-
nérale; le Grandiose flotte dans l'Atmosphère.
Pierre retourne s'asseoir à la table de la famille
Marcel.

*

— Est-ce que tes parents ont cru ce que tu leur
disais?

— Oui, ou bien ils ont fait semblant. Pour moi,
c'est la même chose.

— Maintenant que ton père m'a vue, leur opinion n'a pas changé?

— Est-ce que je sais moi! Ils ne m'ont rien dit. Du moment qu'ils me laissent tranquille, c'est tout ce que je demande. On va passer les vacances ici, spa? Ils ont rappliqué, tant pis!

— Tu n'aurais pas dû écrire à Meussieu Narcense.

— S' que ch' savais.

— Et ce jeune homme qui est toujours avec ton père, qui est-ce?

— Il est parti aujourd'hui voir son frère à Z...

— Et qui est-ce?

— Il est dans les affaires, que dit papa.

— Quelles affaires?

— S' que ch' sais, moi.

— C'est un ami de ton père?

— Oui, i n' peut plus se passer de lui, i n' parle que de lui, de c' qu'i dit. Ça en devient tannant.

— Mais comment se connaissent-ils?

— Son taxi a renversé mon père devant la gare du Nord. Il était dedans. C'est comme ça qu'i s' connaissent. C'est lui qui les a emmenés en auto ici. De quoi s' mêle-t-il, ce pion!

Théo marchait de long en large dans la chambre, il se donnait l'air important, furieux et maugréant. En lui-même, il s'estimait satisfait que cette fugue finît aussi bien. Le voyage avec Mme Pigeonnier et Catherine lui avait fait très peur, une échappée qui l'avait rempli d'angoisses et de craintes. Maintenant que tout s'arrangeait au mieux, il triait ses sentiments et n'en gardait que les plus élevés, le goût du risque et de l'aventure, la conscience des responsabilités, la décision virile et le mépris de l'opinion vulgaire. Il atteignait ainsi des sommets éthiques que, jusqu'à présent, il ne soupçonnait même pas. Il marchait sur les cimes et respirait la pure atmosphère de l'héroïsme.

Mme Pigeonnier, au contraire, s'était envolée d'Obonne dans une insouciance absolue ; cette aventure lui parut être la plus belle de toute sa vie. Elle rayonnait encore ; mais, maintenant, elle commençait à s'inquiéter. Elle multipliait ses soucis. Les Marcel n'allaient-ils pas tout découvrir par la seule puissance du raisonnement ? Car comment ne pas établir un lien quelconque entre sa présence ici et la fugue de Théo ? Et ne devait-elle pas craindre aussi qu'une méchante langue n'allât tout révéler à ses parents ? Que, dans la conversation, Théo ne se coupât ? ou elle-même ? Est-ce que la loi ne punissait pas son acte comme un crime ? Elle s'imaginait déjà devant un tribunal, ou encore la population hurlant après elle. Aussi, couchée sur son lit, se tourmentait-elle de multiples façons, cependant que Théo, debout devant la fenêtre, allumait une cigarette et regardait la Vie — en face.

A la porte on frappe ; c'était Catherine. Elle entra en s'excusant de son indiscrétion et, s'asseyant sur le lit de Mme Pigeonnier, à ses pieds, elle commença à raconter diverses histoires, entre autres qu'au début de l'après-midi un jeune homme l'avait accostée et que ce jeune homme, c'était l'ami de Meussieu Marcel. Il avait cherché, disait-elle, à lui « tirer les vers du nez », mais « elle avait fait l'innocente » et il n'avait rien appris. Mais il doit se douter de quelque chose ; il a l'air très malin, ce garçon.

— Et il est d'un chic, Madame.

Catherine s'extasia sur divers détails vestimentaires qui l'avaient frappée et décrivit l'élégance de son parler et la distinction de ses gestes, puis elle ajouta qu'il lui avait fait beaucoup de compliments, qu'il lui avait dit qu'il s'occupait de cinéma, qu'il la ferait jouer dans un film et que, certainement, elle deviendrait une star.

— Il faut être gourde pour croire de pareils bobards, opina Théo.

Les deux femmes ne lui répondirent pas.

— Il est parti aujourd'hui visiter une propriété qu'il a à Z..., ajouta Catherine. Il m'a fixé un rendez-vous pour son retour.

Théo haussa les épaules et se mit à feuilleter *Les Trois Mousquetaires*, la lecture favorite de Mme Pigeonnier. Pendant que Catherine commençait le récit de son flirt avec Alexis Considérable, le fils du maire de X..., Théo ruminait un sujet de poème ; un homme aime une femme en silence ; elle en aime un autre ou le méprise ; il n'ose lui déclarer son amour ; il écrit un sonnet pour raconter tout cela ; la femme qui l'a inspiré le lit, mais elle ne comprend pas qu'il s'agit d'elle. Voilà. Il venait

de trouver le premier vers : Mon âme a son mystère, ma vie a son secret, mais, en comptant sur
ses doigts, il s'aperçut que son alexandrin marchait sur treize pieds ; il chercha un synonyme de
mystère. Énigme, non, Cacher, bien ; mais le substantif correspondant? Se taire, pas mal. Mon
âme se tait, non. Ça ne marchait pas. De nouveau,
il calcula sur ses doigts combien de pieds faisaient :
Mon âme a son mystère, ma vie a son secret. Il y en
avait bien treize. Mme Pigeonnier lui demanda :

— Qu'est-ce que tu comptes comme ça?

— Combien de jours il nous reste à moisir dans
ce trou, bougonna-t-il.

*

Puis Étienne expérimenta la puissance de
l'ennui.

Au bout de deux jours. Pierre était parti ; il devait aller, disait-il, voir son frère, non loin de là ;
des amis l'attendaient aussi à Y... ; bref, des obli-
gations mondaines et familiales multiples le firent
disparaître. Alors on se livra sans retenue aux plaisirs de X...

La trempette, la promenade sur la falaise, les
repas, la pêche (?) composaient le programme quotidien. On fit plus ample connaissance avec cette
dame d'Obonne ; elle leur apprit à jouer au (ici
le nom d'un jeu en vogue trois années aupa-

ravant). On renouvela les relations ; on laissa sortir Théo avec le fils Sensitif et avec le jeune Nécessaire, mais non avec cette petite Catherine qui ne tarda pas à faire parler d'elle dans le pays, car elle flirtait, disait-on, avec Alexis Considérable. Le soir, il y avait jazz en plein air et l'on dansait à la lueur de lampions. Le fils Sensitif invitait Alberte ; mais il n'osait lui montrer ses poèmes écrits pour elle. Le jeune Nécessaire s'absorbait dans la contemplation de Mlle Considérable, fille du maire et lointaine étoile. Théo ne venait pas à bout du premier vers de son sonnet ; faisait des prodiges d'imagination et de diplomatie pour rejoindre Mme Pigeonnier et lisait en cachette *Les Trois Mousquetaires*. Tout ceci échappait d'ailleurs complètement à Étienne. qui ne semblait s'intéresser qu'à des détails dérisoires et décroissait de plus en plus dans l'estime de son fils par alliance.

Alberte prenait à ces vacances le plaisir que pouvait y prendre une personne qui toute l'année faisait journellement douze à quinze heures de travaux bureaucratiques ou ménagers. Les hommages du fils Sensitif l'attendrissaient et l'amitié de Mme Pigeonnier la charmait. Il ne cessait de faire beau temps.

Au bout de huit jours, Étienne constata tout à coup qu'il s'ennuyait terriblement, totalement, irrémédiablement. Il s'aperçut de cela en laçant ses lacets de souliers. Ces souliers étaient des chaussures blanc et beige du meilleur effet. Il les mettait pour rejoindre ces dames et la jeunesse, sur le port. Il venait de pêcher la crevette avec deux jeunes employés de la C. N. A. qui y étaient fort habiles et se changeait. Car pour aller à cette pêche, il ne mettait évidemment pas ses belles chaussures blanc et beige non plus que son pantalon à pli vertical. Il s'habillait donc pour aller dîner (bien sûr qu'il n'endossait pas un smoking), et laçait ses lacets de souliers.

La mer était belle, le soleil était beau, la terre était belle, le ciel était beau, la plage était belle, le port était beau, la ville était belle, la campagne était beau, l'atmosphère était belle et l'air était beau.

La chambre se trouvait au deuxième étage ; la fenêtre de cette chambre donnait sur les toits ; en se penchant à droite, on pouvait apercevoir l'onde amère (comme qui dirait l'élément salé).

Dans la salle à manger, on commençait à disposer les couverts sur les tables. Le médecin ne signalait aucune maladie contagieuse sur le territoire de la commune ; les poules n'avaient pas à craindre le tournis, les cochons le rouget, les dindons la pépie, les vaches la mammite, les chiens la rage et les chevaux la morve.

La femme du coiffeur venait d'accoucher heureusement d'un phénomène tératologique viable, susceptible d'être montré en public et de rapporter des sous.

Jeunes gens et jeunes filles, adultes et vieillards,

enfants et bonnes des mêmes, pêcheurs et gardiens de phare, maître baigneur et garçons de café, grands et petits, courts et longs, aphones et beuglards, catholiques et orthodoxes, trépanés et culs-de-jatte, campagnards et paysans, villégiaturistes et estivants, tous, tous, tous respiraient le parfum de la quiétude avec les poumons du bonheur.

L'heure, douce.

En laçant ses lacets de souliers, il comprit cela ; non pas que l'heure, douce ; non pas que les uns et les autres respiraient le parfum du bonheur avec les poumons de la quiétude ; non pas que le monstre miaulant représentait une fortune pour le pauvre coiffeur ; non pas que les animaux et les hommes n'avaient rien à craindre de la gent microbienne (!) ; non pas que les fourchettes et les couteaux s'artistement rangeaient sur les nappes quasi propres ; non pas qu'en se penchant par la fenêtre, i pourrait voir, vers la droite, un fragment d'émail vert qu'il saurait être la mer. Non, non et non.

Il s'aperçut qu'il s'ennuyait ; terriblement, totalement, irrémédiablement. Il avait fini de lacer la chaussure droite ; il restait là, le chausse-pied à la main, l'œil morne et les lacets de la gauche gisaient à terre comme des couleuvres écrasées par un camion. Il ne reprochait rien au monde, car le monde n'existait que sous une forme si diminuée qu'à peine pouvait-il être dit exister. Une buée grise s'étendait sur toute chose. Qui donc pouvait vouloir? Qui donc pouvait aimer? Qui donc pouvait souffrir? Le chausse-pied à la main, Étienne contemplait d'un œil morne les lacets qui gisaient à terre comme des bouts de macaroni sous la table d'un goinfre transalpin.

L'existence perdait toute valeur; les choses toute signification — et ce n'était pas seulement cette existence se présentant ici même qui perdait toute valeur; ce n'était pas seulement ces choses ici même qui se dépouillaient de toute leur signification, mais aussi cette existence qui était derrière et au-dessus et là-bas, et toute chose qui se situait ailleurs et au-delà et partout. L'univers pressé comme un citron ne lui apparaissait plus que comme une épluchure méprisable, sans attrait, comme une pellicule infiniment mince à laquelle il ne pouvait (voulait ou savait) adhérer.

En même temps que le monde, il perdait lui-même toute valeur et toute signification. Il se dissolvait, il s'effaçait, il s'annulait. Il ne se distinguait plus du brouillard uniforme qui absorbait toute chose. Il jeta le chausse-pied sur le lit et finit de lacer ses chaussures. Puis, les coudes sur les genoux, la tête dans les mains, il bâilla. Peut-être avait-il faim.

Lentement, il se leva, et lorsque debout, s'immobilisa. Son bras atteignit un veston; avant de le mettre, il fit quelques pas en long et en large. Il aperçut de la poussière sur la cheminée; du doigt il y traça quelques motifs ornementaux. Dans le lointain, il entendait les phonos et radios du port. Il regarda ce qu'il venait de dessiner, mais n'y porta aucun intérêt ; l'extrémité de son doigt était maintenant noire de crasse, il fit couler de l'eau dessus et l'essuya. Il mit son veston. Puis il bâilla devant les boules de cuivre du lit. Il fit le geste de tendre la main vers une de ces boules, mais le refréna aussitôt. Il avait très vaguement eu envie de la dévisser. Il se rassit de nouveau, sans motif valable, et compta combien d'argent il lui restait pour finir les vacances. Il regarda l'heure et l'oublia aussitôt.

Il se formula son état en termes vulgaires : « C' que j' m'emmerde aujourd'hui », murmura-t-il. Alors il se décida, jeta un dernier coup d'œil aux figures tracées dans la poussière. En fermant la porte derrière lui, il bâilla. Peut-être avait-il faim.

Dans le hall, il croisa diverses figures qu'il connaissait plus ou moins. Il convint de leur existence, mais non de leur intérêt ; elles lui apparaissaient comme des abstractions sans valeur et non des vivants près de lui. Sur le pas de la porte, la patronne le salua en le nommant ; il répondit de façon symétrique. Dans la rue, on allait et venait nonchalamment ; les commerçants sortaient de leurs obscurs repaires ; un camelot criait les journaux de Paris. Tout le monde s'accordait à reconnaître que le temps était superbe.

Pan, pan, pan, pan, pan, pan! six coups de feu de revolver.

Qui a tiré ces coups de feu de revolver? On ne sait pas encore. Que se passe-t-il donc? Courons! Allons voir. On court. On va voir.

Horreur! Gît à terre le cadavre d'un jeune homme, presque un enfant.

Ce qu'il est vilain, d'ailleurs. Mais peu importe, car il est mort. Découvrez-vous! Le cadavre baigne dans le sang, dans beaucoup de sang, dans des tonneaux de sang.

Serait-ce un suicide? Quelque jeune désespéré? Désespoir d'amour? Question d'honneur? Que non pas! Ce n'est pas un suicide, c'est un assassinat!

Épouvante! Atrocité! Qui donc, d'une main cruelle et sanguinaire, a pu... et caetera, ce jeune homme? presque un enfant?

Qui donc? Le voilà! la voilà plutôt. Car c'est une criminelle.

On se jette sur elle, on la désarme, on crie, on hurle! Oh! Oh! une si petite tranquille ville de bains de mer de touristes de Paris être troublée, bouleversée, congestionnée par un crime aussi pétrifiant. La clientèle va s'envoler et fuir ce lieu consterné, tels les petits zoiziaux abandonnant nos régions dites tempérées devant les rigueurs de l'hiver froid. Mais, dites-moi, je vous en prie, qui sont les deux protagonistes de ce drame balnéaire ? Ce jeune homme se nomme et s'appelle Théo Marcel! Cette femme, c'est la marchande de bilboquets!

Ohoh! voilà qui sort de l'ordinaire. Mais comment cette honorable commerçante a-t-elle pu commettre un pareil forfait ?

Eh bien! ouvrez vos oreilles et je vais vous y verser le suc amer de cette pénible et longue histoire.

Peu de temps après la mort de Jules César, le chef gaulois Péponas émigra avec toute sa famille vers une terre plus hospitalière, car en Arvernie, cette année-là, la récolte des châtaignes fut extrêmement mauvaise.

Tout en se racontant à lui-même ce réconfortant assassinat, Narcense absorbe lentement le sandwich jambon qui composera l'unique repas de sa journée. Sa situation devient de jour en jour plus critique ; il n'a plus rien à porter au Crédit Municipal ; il n'ose et ne veut plus taper Saturnin ; il désespère d'avoir des nouvelles de Pierre et de Shiboleth. Il a songé à sous-louer l'appartement que lui offre son oncle, mais il ne trouve aucun amateur ; et son oncle, dont la bêtise et la férocité croissent avec l'âge, lui a tout juste offert un billet de dix francs qu'il a préféré refuser d'un air méprisant. Et le voilà, ce dimanche d'août, devant un bock et un sandwich jambon. Après cela, il lui restera encore deux francs. Et demain ? Alors, il continue à se raconter des histoires.

Or donc, le chef gaulois Péponas, navré de la mauvaise récolte, émigrait avec sa famille vers une plus hospitalière région ; après avoir erré quelque temps, il arriva sur les bords du lac d'Aral et s'y établit. Il faisait le trafic des pions, commerce peu fatigant et assez lucratif. Malheureusement, une invasion de toupies lancinantes l'obligea à déguerpir et il s'enfuit à bicyclette ainsi que toute sa famille vers une région plus hospitalière. Nota : Il venait d'inventer la bicyclette, lorsque l'invasion se produisit ; et cette invasion lui avait été imposée par la nécessité de couper longitudinalement en deux les charrettes à quatre roues qu'il désirait faire passer sur des sentiers étroits. D'ailleurs, le chef Péponas était un garçon fort instruit ; il parlait le gaulois à la perfection et savait compter jusqu'à deux tiers ; arrivé à Trébizonde, il et sa famille reprirent haleine ; c'est alors que se produisit l'invention du bilboquet. Le bilboquet eut aussitôt une vogue inouïe aussi bien dans le monde méditerranéen qu'en Extrême-Orient, vogue incompréhensible, d'ailleurs, car Péponas avait négligé d'indiquer la manière de se servir de ce singulier objet. D'une façon générale, on y reconnut une arme de jet économique, retournant le projectile à son expéditeur ; bref un perfectionnement du boumerang ; c'est en remplaçant cette arme archaïque par la nouvelle invention qu'Alexandre le Grand fit de la phalange macédonienne l'invincible instrument de son ambition grande bien connue. Péponas fils — car le père chargé d'ans et d'honneurs avait trépassé — fut décoré, pensionné, béatifié, statufié et embaumé.

De génération en génération, les Péponas continuèrent la fabrication du bilboquet, si bien que, pendant tout le moyen âge, on disait de façon proverbiale (Ah! le bon vieux temps) : il n'est bilboquet que de Trébizonde.

En 1453, le génie de Christophe Colomb découvrit un important perfectionnement au bilboquet ; abandonnant le projectile à sa course, il supprima la corde ; l'arme devenait plus dispendieuse (puisqu'elle nécessitait un nouveau projectile à chaque coup), mais certainement plus efficace. Puis, s'inspirant de l'œuf de poule ordinaire, il remplaça la boule en bois plein par une sphère très fragile remplie de liquide malodorant ; cette modification en imposait une autre : enlever le trou de la boule et le mettre dans le bâton, transformant ainsi ce dernier en un tube ; le tout était monté sur deux roues et muni d'un ressort avec un bouton pour tirer dessus et provoquer l'expulsion. Les fils Péponas, acquéreurs du brevet, se mirent donc à fabriquer des canons et leur fortune se multiplia de prodigieuse façon. Ils furent ruinés et supprimés, lors des massacres d'Arménie

211

en 1912, et la seule survivante de cette illustre famille industrielle s'établit à X..., un petit port sur la côte de l'Atlantique ; mais elle ne fabriquait plus que des bilboquets ancien modèle, ayant perdu le secret du type dit « œuf de Colomb ». Vingt ans après, un jeune homme entre dans sa boutique et lui dit : « Madame, le commerce obscène auquel vous vous livrez est une insulte pour la jeunesse chrétienne. — Oh, Meussieu », dit-elle en rougissant. Le jeune homme s'en va. C'est Théo Marcel, un petit crétin qui prend des bains de mer et se livre à des facéties de mauvais goût. Le lendemain, il revient et dit à cette dame : « Madame, le commerce obscène auquel vous vous livrez est une insulte pour la jeunesse chrétienne. — Oh, Meussieu », dit-elle. Le jeune homme sort.

Narcense, qui a décidé de ne finir son histoire qu'une fois arrivé chez lui et qui n'est encore qu'à moitié chemin, fait durer l'aventure pendant vingt-sept jours.

Le vingt-huitième jour, un jeune homme entre et dit à cette dame : « Madame, le commerce obscène auquel vous vous livrez est une insulte pour la jeunesse chrétienne. » Mme Péponas ne répond pas, mais au moment où elle voit Théo sur le pas de la porte elle sort un revolver qu'elle a caché dans son corsage et abat, impitoyable, l'insolent turlupin. Justice est faite, s'écrie-t-elle, ah, ah, ah, ah! les jeunes persifleurs n'insulteront plus l'industrie sénile que créa sur les bords de la mer

Noire le chef arverne Péponas dont la généalogie se perdait déjà à cette époque dans la nuit des temps ; alors, maintenant, vous jugez de ce que ça doit être. Quant à Théo, il vide son sang sur le pavé.

— Bonjour Saturnin. Vous n'êtes pas allé à la campagne par ce beau dimanche ?

— Oh, Meussieu Narcense, i faut que j' vous raconte la dernière de ma sœur. Elle a toujours dans la tête que c' jeune homme d'Obonne et son ami sont des bandits dont elle doit se méfier ; elle a appris, je ne sais comment (ici Saturnin se trouble légèrement ; très légèrement), qu'ils passent leurs vacances à X... Alors, savez-vous c' qu'elle a fait ? Elle a convaincu mon frère d'envoyer son fils là-bas, chez un' dam' qu'é connaît, une sage-femme, pour qu'i les espionne.

— C'est très vilain, cela, fit Narcense.

— Vous ne trouvez pas qu'elle devient très inquiétante, ma sœur ?

— Eh eh, je n' dis pas, je n' dis pas.

— Meussieu Narcense, vous avez mauvaise mine.

— C'est vrai ; mais qu'est-ce que vous voulez que j'y fasse ?

— Si vous voulez, peut-être j' peux vous rendre un petit service.

— Merci, Saturnin, merci.

— J' parie qu' vous avez pas mangé aujourd'hui.

— Détrompez-vous, détrompez-vous. A propos suis-je toujours aussi un bandit?

— Bien sûr! Elle le croit dur comm' fer.

— J'espère, Saturnin, que vous ne m'espionnez pas pour son compte?

— Rassurez-vous, je n' lui dis rien. C'est vrai qu' vous avez mangé aujourd'hui? V's' êtes si pâle.

— Saturnin, vous m'emmerdez avec vos histoires. Bonsoir.

Narcense est invité à l'enterrement de Théo, il reçoit une grande lettre de deuil; vous êtes prié, etc. Il emprunte de l'argent à son concierge et part à X... Étienne et Alberte pleurent; il leur présente ses condoléances. Il voit la petite pièce où la scène se passe. Quant à Mme Péponas (il ne faut pas l'oublier), on l'a pendue.

Il ouvre la porte, rentre chez lui.

Les obsèques de Théo vont être splendides, le général a envoyé un escadron de hussards; un cuirassé tirera trente-six coups de canon; l'évêque *in partibus* de Pharmacopolis se déplacera tout spécialement; il suivra le convoi à cheval et le cercueil sera porté par les militaires. On distribuera des sucettes aux enfants et chaque personne adulte aura droit à un billet de tombola.

Narcense se déshabille; il va se coucher; 8 heures, c'est une bonne heure quand on a l'estomac qui craque.

Le jour dit, tout se passe comme de bien en-

tendu : évêque à cheval, hussards, sucettes, etc.
Le tombeau de Théo est construit provisoirement
avec des bidons d'essence. Enfin tout le monde se
déclare satisfait. Après la cérémonie, grand banquet avec l'évêque, les hussards, le général, etc.
A manger : de la cervelle de mouton et des pieds
de porc.

Narcense frémit ; il oblique.

Lui aussi, assiste au banquet, ainsi qu'Étienne
et Alberte ; à un moment donné, celle-ci se lève
et disparaît ; sans qu'on le remarque, il fait de
même ; il la cherche. Il la retrouve : elle s'est
arrêtée au milieu d'un escalier et remet sa jarre-
telle. La plus belle jambe. La plus belle cuisse.
Narcense s'égare.

*

Au bout de quinze jours, Pierre revint à X... Il
ne faisait qu'y passer, car, disait-il, des affaires
importantes l'appelaient à Paris. La famille Marcel, à laquelle s'aggloméraient Mme Pigeonnier,
le fils Sensitif et le jeune Nécessaire lui fit un cha-
leureux accueil ; il étonna cette petite bande par
de merveilleux récits concernant la plage d'Y...,
où fréquentaient le prince de Galles, l'Aga-Khan,
le trouvadja du Bizère et le duc Sentinelle ; où
les yachts se comptaient par dizaines, les Rolls
par centaines et les billets de mille par milliers. Il

215

leur parla également de son frère, le mathémati-
cien ; il habitait, disait-il, un petit château sur les
bords d'une rivière qu'envahissaient les roseaux ;
près de là se trouvait la ferme où, tous les matins,
ils buvaient le lait frais ; puis ils allaient à cheval,
à travers champs et forêts ; les fruits mûrissaient,
on faisait la moisson et bientôt ce serait les ven-
danges. Son frère mettait au point un grand article pour les *Acta mathematica*, dans lequel il
démontrerait que la puissance du continu est la
seconde. Un silence admiratif suivit cette révélation. Le jeune Nécessaire fit timidement allusion à Pythagore et à Henri Poincaré ; le fils
Sensitif, fort impressionné, sur-le-champ conçut
un poème relatif au carré de l'hypoténuse, qui est
égal, s'il ne s'abuse, etc. ; Mme Pigeonnier voulut
parler d'Inaudi, mais Théo la fit taire avec une
insolence qui surprit l'assemblée. Étienne désirait
apprendre ce que c'était que la puissance du
continu. Mais Pierre lui avoua n'en rien savoir.
Plus tard, ils se promenèrent tous deux sur le
chemin qui menait à la falaise.

— Lorsque vous serez de retour à Obonne,
retournerez-vous quelquefois à Blagny ? demanda
Pierre.

— Probablement. Je ne sais pourquoi, il y a
quelque chose en moi qui est maintenant attaché
à cet horrible endroit. Car il est horrible, n'est-ce
pas, ce bistrot ?

— Oui, c'est un endroit sinistre.

— Et ces gens ! le patron, Belhôtel, a l'air d'une brute et d'un goujat. Et sa sœur, Mme Cloche, d'une épouvantable mégère.

— Elle n'en a pas seulement l'air, rectifia Le Grand, c'en est certainement une.

— Ce n'est pas parce que ces gens sont intervenus à propos de cet étrange incident des Mygales, que je me sens attaché à cette baraque. Ce fait n'y est pour rien. A dire vrai, ce n'est pas moi qui suis attaché à cet endroit, mais cet endroit qui est attaché à moi. Il me prolonge, mystérieusement.

— Vous souvenez-vous, dit Pierre, de cette porte bleue que le brocanteur voisin ne voulait pas me vendre ?

— C'est curieux, hein, fit Étienne, j'y pense quelquefois. Cette porte m'intrigue terriblement.

— Et moi donc ! J'en rêve ! Je lui soupçonne une valeur singulière, je la suppose inestimable — et surtout je voudrais voir — de l'autre côté.

— C'est cela ; il faudrait que cette porte s'ouvre.

— Nous y retournerons ensemble, proposa Pierre et l'autre acquiesça.

Il reprit :

— Et Narcense, vous ne savez pas ce qu'il devient ?

— Pas du tout. Comment voulez-vous que... ? Je ne suis pas du tout en relation avec lui. Je le connais bien moins que vous.

— Comment cela ?

— Écoutez, Le Grand, je voudrais vous parler franchement, et que vous fassiez de même. Lorsque, au Bouillon Langlumet, vous m'indiquâtes Narcense comme devant jouer un rôle dans ma vie, vous le connaissiez déjà, n'est-ce pas ? C'est lui qui me l'a dit.

— Et vous a-t-il aussi raconté que c'est moi qui le conduisis en auto jusqu'au bois d'Obonne, ce soir-là ?

— Il ne m'a pas dit cela, répondit Étienne profondément étonné.

— Non, cela il ne le savait pas ; il ne pouvait même le soupçonner. Cette révélation le bouscula. Il croyait savoir et il ne savait pas. Il croyait connaître et il ne connaissait pas. Le monde, comme un jeu de cache-cache, de nouveau, il eut cette vision. La vie était-elle donc une surprise continuelle ? De la nuit des Mygales, il avait un souvenir cohérent et fermé, une représentation globale, dont il croyait pouvoir dire : c'était cela, et cependant quelque chose y manquait, une intervention capitale demeurait cachée. Étienne alors douta de tout ce qu'il croyait connaître, de tout ce qu'il croyait savoir, de tout ce qu'il croyait voir et entendre. *Naturellement*, Étienne douta du monde. Le monde se jouait de lui. Il y avait un secret derrière ce port de pêche, il y avait un mystère derrière cette falaise, derrière cette borne, derrière ce mégot.

— Oui, dit-il, même un mégot cache sa vérité.

— Pardon ? fit Pierre, qui venait d'apercevoir sur la route, venant à leur rencontre, Catherine au bras d'Alexis Considérable.

— Je disais que même un mégot, on ne sait pas ce que c'est. Je ne sais pas ce que c'est ! Je ne sais pas ! je ne sais pas ! cria-t-il.

Catherine et Alexis se retournèrent, surpris.

— Ah, oui, celle qui, d'après vous, serait pour quelque chose dans la fuite de Théo ?

— Oh, je ne prétends rien, répliqua Pierre.

— C'est possible, n'est-ce pas ? Tout est possible. Est-ce que je sais quelque chose de la fugue de Théo ? Non, je ne sais rien. Là encore, je ne sais rien. Même Théo, vous croyez peut-être que je sais qui c'est ? Eh bien, je ne le sais pas. Théo ? Qui est-ce ? C'est très simple : je n'en sais rien. Je le lui demanderais que je n'en serais pas plus avancé pour cela ; bien sûr. J'y réfléchirais toute ma vie que je ne finirais pas par le savoir. Et moi-même, hein, qui suis-je ? Je vous l'ai déjà dit, je ne sais pas qui je suis. Et d'ailleurs, est-ce que cette question a un sens ? Est-ce que ça veut dire quelque chose, de s'écrier comme ça : qui suis-je ? est-ce que ça a le moindre sens ? Qui suis-je ? Mais Étienne Marcel, né à Besançon le 23 mai 1905, employé au Comptoir des Comptes, habitant Obonne, une villa en construction, exétéra, exétéra. J'ai tel caractère, j'éprouve tels sentiments, je vis de telle façon. Les psychologues doivent pouvoir m'analyser, n'est-ce pas ? Et après ça, je demande encore qui je suis! Mais voilà ce que je suis! et malgré tout, je peux m'acharner à poser cette sempiternelle question. Elle m'angoisse ; est-ce bête, hein? Ce n'est pas tout. Cette question, en elle-même, a-t-elle un sens? est-ce que le mot *être* a un sens?

— Vous avez fait de grands progrès en métaphysique, dit Pierre.

Ils arrivaient au haut de la falaise ; la promenade était terminée ; ils redescendirent vers la ville.

*

Samedi.

Chère tante Sidonie,

Je suis très reconnaissant parce que tu m'as fait envoyer en vacances au bord de la mer, et moi j'aime beaucoup la mer. Si tu ne l'avais pas dit à papa, sûrement que je ne serais pas allé à la mer cette année, parce que papa il prétend que les affaires vont pas, mais tu sais ça aussi bien que moi, que c'est parce qu'il ne veut pas lâcher ses sous. Alors voilà, chère tante Sidonie, je suis installé chez Mme Corcoran qui est très gentille avec moi, j'habite une petite mansarde où il fait très chaud pendant le jour, mais moi ça ne me gêne pas, parce que je n'y suis jamais à ce moment-là. Je vais me balader avec les copains, on va à la pêche aux crevettes et puis on va se baigner sur la

220

plage et puis on va faire des escalades dans la falaise, enfin on s'amuse beaucoup. Ce que j'aime pas, c'est parce qu'il y a tous les jours du poisson à manger, je n'aime pas ça à cause des arêtes, mais Mme Corcoran elle dit que ça apprend la patience, alors elle me force à en manger, mais j'aime pas ça.

J'ai bien reconnu tout de suite le monsieur que tu dis qu'il s'appelle Marcel. Il habite à l'hôtel avec sa femme et son fils qu'a l'air d'avoir son âge ; personne dit d'eux du mal sauf à propos du fils qu'on dit des choses sur lui, mais je suis trop jeune pour comprendre ça. Ils sont tout le temps avec une dame qu'ils appellent Mme Pigeonnier et deux gigolos qu'ont l'air un peu noix et qui se disent étudiants. Enfin tout ce monde-là il a l'air correct et ils font comme les autres gens ; ils vont se baigner, ils jouent au tennis et le reste sans qu'y ait rien à dire sur eux.

C'est pour ça, chère tante Sidonie, que je t'écrivais pas parce que je n'avais rien à te dire. Mais hier y a eu du changement : le jeune homme blond avec l'auto de course, celui-là qui s'appelle Le Grand, il est arrivé et s'est mis à raconter des tas et des tas d'histoires. Et ensuite, tous les deux y sont allés se promener à la falaise ; moi, je les ai suivis et j'ai tout entendu de ce qu'ils disaient. Le Grand a demandé à Marcel s'il se souvenait de la porte ? Alors, l'autre a répondu qu'il y avait une fortune derrière et qu'il n'oublierait pas ça comme ça. Alors Le Grand a dit qu'il leur fallait cette fortune et que pour ça il fallait que la porte s'ouvre. Marcel a répondu qu'ils auraient la fortune qui se trouve derrière la porte du père Taupe et que personne les en empêcherait. Alors Le Grand a dit que la mère Cloche, c'est comme ça qu'il a dit, si elle se mêlait de ça, elle aurait affaire à lui et l'autre a ajouté : Gare à elle. Après ils ont dit qu'ils iraient en Amérique et qu'ils s'y paieraient du bon temps avec l'argent du père Taupe, ils achèteraient une grande maison avec des tas de larbins, des autos et une piscine, comme y a dans les films, et ils recevraient là tous leurs amis les gangsters qu'ils connaissent.

Voilà, chère tante Sidonie, ce que j'ai entendu ce jour-là, c'est-à-dire hier. Tu vois qu'il faut te méfier de ces gens-là qui sont de terribles bandits. Je voudrais savoir si la date du mariage d'Ernestine est fixée, parce que je voudrais bien y être ; sûr qu'il y aura de la rigolade. J'aime bien là où je suis, mais je ne voudrais pas rater la noce à Ernestine. Alors, si tu sais ça, fais-moi revenir pour que je sois là.

Bientôt, chère tante Sidonie, tu pourras me payer le voyage autour du monde que tu m'as promis. Ce que je suis content, c'est rien de le dire.

Je t'embrasse,

Ton neveu,

Clovis Belhôtel.

Dimanche soir.

Chère tante Sidonie,

Je t'écris en vitesse pour te dire qu'il se passe ici beaucoup de choses depuis la dernière fois. Hier soir, samedi, un espèce de phénomène est arrivé qui a commencé par faire des tas d'excentricités. Au café, il a bu cinq ou six apéritifs ; alors quand Marcel et Le Grand sont arrivés, il est allé leur dire bonjour, et eux, ils avaient l'air très surpris. Alors il s'est assis avec eux et il a bu un autre apéritif ; il était complètement soûl. Alors il a voulu se battre avec celui-là qui s'appelle Le Grand, mais on l'a calmé, seulement quand le gosse de Marcel est arrivé, il s'est mis à hurler, à casser des verres et à raconter des tas de trucs sans queue ni tête. Ça a fait un grand scandale. Les gens avaient la trouille ; on a fini par l'enfermer dans une chambre où il a tout cassé. Naturellement, tu penses si ça a fait du bruit dans le patelin. Tout le monde parlait de ça. On demandait qui c'était ce type-là, mais personne n'en sait rien, pas même comment il s'appelle. Ce matin, vers 7 heures du matin, Le Grand est venu le chercher avec son auto et il l'a emmené je ne sais pas où. Depuis on ne les a pas revus. En tout cas, les Marcel ont l'air très ennuyés à cause du scandale, parce que tout le monde maintenant les regarde. Ça a attiré l'attention sur eux, alors ils ne sont pas contents.

Si j'apprends d'autres choses, je te l'écrirai ; en

tout cas, ne m'oublie pas pour la noce d'Ernestine. Je pense, toujours, chère Sidonie, au beau voyage que tu m'as promis.

Je t'embrasse,

Ton neveu,

Clovis Belhôtel.

Peau s'écrit homme : le tapé s'appelle Narcense ; il reprochait à Le Grand de l'avoir laissé tomber, de promettre et de ne pas tenir, etc. C'est le groume qui m'a dit ça. Tu vois donc que c'est aussi un type de leur bande qu'est pas content, on sait pas au juste à cause de quoi.

Clovis.

Mardi.

MAXENCE CICATRICE FRONT URGENT CLOCHE

Mardi.

OUI CICATRICE CLOVIS

Mardi.

Mon pauvre enfant,

Ce que tu viens de m'apprendre c'est terrible. Ce Narcense que tu as vu sait que je sais que les autres préparent leur coup et il va le répéter et je ne suis qu'une faible femme, Ernestine aussi et toi tu n'es qu'un enfant. Que ferons-nous contre ces trois dangereux malfaiteurs ? Le mariage d'Ernestine aura lieu le 25 août, ton père te fera revenir pour ce jour-là, ne crains rien à moins que, d'ici là, on ne sait jamais ce qui peut arriver; en tout cas boucle-la de toutes les façons et brûle mes lettres. Écris-moi bien tout ce que tu vois, tout est très grave, mais si je réussis, pense quel beau voyage tu feras.

Ta tante qui t'affectionne,

Sidonie Belhôtel,
Veuve Cloche.

P.-S. — Sûrement que les deux rentrent à Paris.

Jeudi.

Chère tante Sidonie,

Voici ce qui s'est passé depuis la dernière fois. Il a beaucoup plu, ce qui fait que les gens sont pas beaucoup sortis, moi non plus. J'ai joué au jacquet avec un copain. Les touristes sont pas contents parce qu'il pleut.

Voilà ma chère tante Sidonie, ce qui s'est passé depuis la dernière fois. Je me promets beaucoup de rigolade avec la noce d'Ernestine.

Ton neveu affectionné,

Cloclo.

*

Le fils Sensitif arriva le premier au rendez-vous ; le jeune Nécessaire le suivit de près, mais Théo se fit désirer.

— Théo, il est toujours en retard, se lamente le jeune Nécessaire dont le prénom commence par la lettre P.

Le fils Sensitif, vierge et maladroit, approuve de la tête, tout en feuilletant un bouquin démantelé recouvert d'un papier brun.

— Qu'est-ce que tu lis? soupire P. Nécessaire.

Après deux minutes d'attente, l'autre répond :

— *La Chanson de Roland.*

Intimidé le premier ose demander :

— C'est bien?

Et le fils Sensitif fait claquer ses doigts admirativement. Tous deux se taisent en attendant Théo Marcel qui finit par arriver. A son œil, on comprend qu'il en sait plus qu'il n'en veut dire et qu'il en veut dire plus qu'il n'en sait.

Les autres se précipitent. Au début, ils le méprisaient un peu parce qu'il n'était pas bachelier, mais depuis qu'il a découvert qu'ils n'étaient pas étudiants, mais simplement futurs élèves de philosophie, ils ne tirent plus gloire de leur titre :

— Alors? Alors?

Théo s'assoit, confortable, et, souriant :

— Hein, ça c'est une histoire!

— Oh, dis-nous tout ce qui s'est passé? implorent èsse et ènne.

— Je ne sais pas si j' dois tout vous raconter.

— Oh si! Oh si!

— Eh bien, voilà.

— Ah! ah!

— Ce, commença donc Théo, type qui est venu hier s'appelle Narcense ; c'est lui que je vous ai raconté qui s'est pendu dans le bois...

— Celui qui a le béguin pour ta mère ? interrogea P. Nécessaire.

— Oui.

Sensitif étrangla sa salive d'un coup de larynx nerveux.

— Eh bien, c'est ce type-là qui est arrivé hier soir par le train de 6 h 20. Il est allé tout de suite au café des Fleurs et là il paraît qu'il a bu cinq apéritifs. Alors mon père est arrivé avec Le Grand. Il s'est levé et il est allé leur dire bonjour. I s' connaissent tous les trois ; i s' sont assis ensemble et l'autre a redemandé à boire. C' coup-là, ça lui a fait du mal. Il s'est mis à engueuler Le Grand. Parce que, figurez-vous, l'autre lui avait promis de lui trouver du travail, parce qu'il n'en a pas en ce moment et qu'il bat la dèche, et alors il s'en est pas occupé ; aussi il n'était pas content.

— Je ne comprends pas bien, soupire Nécessaire.

— C'est pas compliqué. Narcense il cherche du travail et Le Grand devait lui en donner ; mais il ne lui en a pas trouvé et l'autre croyait qu'on l'avait laissé tomber... *Inde irae.*

— Ah oui. Et qu'est-ce qu'il fait, Narcense ?

— Il joue du jazz. J' croyais vous l'avoir déjà dit. Alors, le voilà qui commence à engueuler Le Grand. « Vz êtes un fumiste ! Vous vous foutez du

monde! Vous r'gardez les gens du haut de votre
oisiveté, vous promettez et vous n' tenez pas! et
moi, j' la crève pendant c' temps-là!» Voilà ce
qu'il disait et Le Grand répondait : « Mais Shiboleth ne peut rien pour vous. » Parce que Shiboleth,
c'est le type qu'est passé ici il y a une quinzaine
de jours avec une grosse auto et des chic poules
dedans. Il est propriétaire de bars et de boîtes de
nuit ; c'est à lui que Le Grand devait parler de
Narcense pour lui trouver un filon. Au bout de
cinq minutes, i voulaient s' battre. Mon père les
en a empêchés. Et dans l' café, on commençait
déjà à les regarder. C'est là-dessus que j' suis arrivé. Oh alors, quand il m'a vu, il a sauté en l'air
et il a crié : « Infâme petit salaud. » Mais moi je
m' suis approché et sans m' dégonfler, j' lui ai dit :
« C'est à moi qu' vous parlez, Meussieu ? »

— Sans blague, tu lui as dit ça ?

— Comme j' te l' dis.

— Mais pourquoi a-t-il dit que tu es un salaud ?

— Tout ça, c'est à cause de la première histoire, des lettres qu'il écrivait à ma mère. C'est
vrai qu' j'ai été rosse avec lui, mais c'est pas une
raison pour vouloir me tuer, comme il a déjà voulu
le faire une fois.

— Il était soûl, hein ?

— Attends voir. Alors je lui ai dit : « Vous voulez m' parler, M'sieu ? » Là-dessus, il a tapé sur la
table, les verres ont sauté par terre : « J'en ai
marre, il a hurlé, j'en ai marre de tous ces salauds

qui n'ont rien dans l' ventre. » Oui, il a dit ça, mais c'était pour Le Grand qu'i disait ça. « J'en ai marre de tous ces salauds qui n'ont rien dans l' ventre, et ce gosse qui joue avec moi comme un chat avec une souris. Un gosse. Tous ces êtres qui r'gardent et qui n' foutent jamais rien. » Oui, un gosse qu'il a osé me dire.

— Qu'est-ce que ça signifie ce qu'il racontait là ? interrompit de nouveau le jeune Nécessaire.

— Eh bien, c'est un type qui est malade, expliqua Sensitif avec emphase.

— Et puis, ajouta Théo, faut comprendre qui c'est, Le Grand. Moi, j'ai fini par le savoir. C'est un type riche qui n'a rien à faire et s'amuse à regarder vivre les autres. Ça fait que Narcense qui crève de faim, c'est lui qui l' dit, et n'a pas l' sou, il en a assez de ce type qui se la coule douce à faire le voyeur.

— Oh, le voyeur ! s'écria le jeune Nécessaire de façon inexplicable.

— Comment tu sais ça de Le Grand ? interroge Edgar, fils de M. Sensitif père.

— J' l'ai compris d'après c' que m'a dit mon père. Pasque mon père, à c' que j'ai deviné, lui aussi Pierre Le Grand le r'gardait aller et venir ; et il le suivait dans la rue.

— Non ? s'exclame, incompréhensiblement, Paul N.

— Oui, c'est comme ça.

— Dis donc, insinue Sensitif, c'est curieux

un homme qui suit des hommes, comme ça.

Théo rit (*sic*).

— Tu t' fais des idées. Pierre Le Grand, eh bien, il vient d'enlever une femme.

Nécessaire ferme les yeux et ses oreilles tintent. Sensitif se penche :

— Qui ça? vibre-t-il.

— Oh mais, reprend Théo, j' n'ai pas fini l'histoire d'hier. Chaque chose dans son ordre, hein? Alors j'en étais au moment où Narcense se mettait à casser des verres. Les gens avaient peur. Le gérant est arrivé, vous savez, le chauve avec la barbiche. « Qu'est-ce que vous m' voulez? » crie Narcense, et il lui envoie un verre dans le nez. Alors les garçons ont sauté dessus ; Le Grand a dit de l'emmener dans une pièce en haut. Alors là, il a eu comme le délire, homme très mince ; i cassait tout ; i saignait du nez et i dégueulait... Ça a bien duré une demi-heure. Ensuite, il était comme mort. Alors mon père et Le Grand l'ont emmené à l'hôtel. Là il s'est endormi. Mais c'est pas tout. Ce matin, à 7 heures, Le Grand est venu le prendre dans son auto et l'a emmené je n' sais où. Et en plus de ça, dans l'auto, y avait une femme avec lui. D'vinez qui?

Les autres se taisent.

— Catherine.

— Non?

— Non?

— Oui, Catherine, c'est sa poule maintenant.

— Ça, c'est drôle, alors.

Sensitif, toussotant, interroge :

— Et ta mère, qu'est-ce qu'elle dit de tout ça?

— Si on te l' demande tu diras que tu n'en sais rien, répond Théo, qui aime les paroles historiques.

*

— Turellement, continua Sidonie, tout l' monde va s' demander pourquoi vous épousez l' vieux Taupe qu'a pas un rond.

— Oui, ça c'est difficile à espliquer, convint Ernestine.

— S'agit d' faire travailler ses méninges, déclara Mme Cloche. C'est surtout pour Dominique et sa femme qu'i faut trouver des esplications vraisemblables.

— C'est vrai, convint de nouveau Ernestine. M'sieu Belhôtel, i va trouver ça drôle. Qu'est-ce qu'on va lui dire?

Les deux femmes se turent. La sueur s'épandait sur leur peau que saupoudrait la poussière. La baraque FRITES fondait au soleil d'août. C'était l'heure où dans l'usine aux vitres bleues on manipulait le chlore et l'acide sulfurique. Les deux femmes étaient seules.

— Et les frais de la noce, qu'est-ce qui les paiera? interrogea Mme Cloche.

Ernestine se tint coite, puis risqua :

— Le père Taupe.

— Non, i n' donnera rien tant qu'on n' lui aura rien pris.

— Alors ?

— Vous n'avez pas d'argent à gauche, Ernestine ?

Ernestine rougit.

— Si, madame Cloche. J'ai un livret de Caisse d'Espagne.

— Eh bien, alors, vous paierez les frais. Quant au repas, ça se fera chez Dominique. On lui remboursera plus tard.

— C'est ça, madame Cloche.

Deux conducteurs de camion vinrent interrompre cet important conciliabule. Pendant qu'Ernestine servait aux deux hommes couverts de poudre un litre de vin blanc qu'elle agrémentait de quelques piquantes plaisanteries destinées à réveiller leur érotisme peut-être endormi par un travail éreintant, Mme Cloche un poing sur la hanche, l'autre soutenant le menton, faisait travailler ses méninges. Les lettres du neveu n'étaient pas faites pour la rassurer ; l'arrivée de Narcense à X..., la bagarre qui s'en était suivie, son départ avec Le Grand, tout cela ne présageait rien de bon. Car il était bien clair qu'il était venu demander sa part du butin en échange de renseignements. Et ces renseignements, ça ne pouvait être que sa visite, à elle ! cette absurde démarche ! Et le jour même ! quand il lui avait crié quelque chose du train ! qu'elle n'avait pas compris ! Ah ! si cette idiote d'Ernestine avait accepté du premier coup ! Tout cela ne serait pas arrivé. Au lieu d' ça, il avait fallu qu'elle essaye de marcher de son côté ; elle avait voulu faire le coup toute seule. Mais la mère Cloche était là. Vieux renard, hé ! pensait-elle d'elle-même ; et la petite Ernestine avait bien été obligée de lui accorder la moitié du trésor de Taupe. Quant à çui-là, c'était sûrement un vieux filou ; i s' laissait faire ; on aurait presque dit qu'i s' laissait épouser. Et pas un radis à tirer de lui ! Oh mais, après l' mariage, on verrait à lui faire sortir sa monnaie. C' qu'était drôle, c'était qu'il était pas si vieux qu' ça après tout : soixante ans seulement. I paraissait bien plus vieux. Turellement, pas un mot à Ernestine de la nouvelle association qui s'était formée à X... Fallait pas l'effrayer, la petite. Elle était déjà pas très rassurée. Le plus embêtant, c'était d' faire admettre à Dominique qu'elle allait épouser Taupe. Dame. elle était pour ainsi dire sa concubine et il lui avait fait des promesses pour quand i s'rait tôlier. Alors, i n' s'rait pas très content. Ça, c'était embêtant. Qu'est-ce qu'on allait lui raconter ?

Les deux hommes étaient partis ; Ernestine revint s'asseoir près de Mme Cloche.

— Et qui c'est qu'on invitera à ma noce ? demanda-t-elle.

— J'y ai déjà pensé, répondit Sidonie. Y aura moi, turellement ; et puis Dominique, Eulalie et

Clovis ; et puis Saturnin et sa dame. Avec vous deux, ça fait huit. Et puis y aura vos parents. Qui ça ?

— J'ai qu' deux frères ; y a Thémistocle qu'est sous-officier de zouaves et qu'est justement en congé ; et puis Pierre, qu'est marié. Lui, il est prestidigitateur dans les music-halls ; i s' fait appeler Peter Tom l'Anachorète. J'ai aussi des cousins en province, mais i n' viendraient pas.

— Alors, ça fait trois en plus, ça fait onze.

— Et puis ma petite copine Suzy.

— Ça fait douze.

— Et l' père Taupe, il invitera sûrement les Pic.

On serait donc au moins quinze ; à part ça, on ne trouvait pas de raison valable pour expliquer qu'Ernestine, jeune et presque jolie et simple serveuse de bistrot, épouse un prétendu mendiant.

— Si ça s' présente comme ça, tout l' monde s' dira que c'est parce que Dominique vous a fait un enfant, dit la Cloche, et qu'i lui faut un père.

Les mouches voletaient autour des cerveaux.

— Qu'est-ce que ça fout si on dit ça, s'exclama Ernestine, décidée.

— Oui, c'est vrai, on s'en fout. Tenez, donnez-moi un cointreau, Ernestine.

Sous l'effort de la pensée, Sidonie grattait la table de l'ongle de l'index, geste familier.

On pouvait dire aussi qu'Ernestine se sentait du goût pour la brocante ? Que le père Taupe avait fait sa conquête ? Si cet idiot ne prétendait pas être si misérable, tout ça n' ferait aucune difficulté. Mais il était vraiment pouilleux. Cependant, c'est un homme très bien, après tout ; tout l' monde savait qu' ça avait été un meussieu et qu'il avait perdu toute sa fortune avec la Révolution russe. Le plus difficile, c'est Dominique. Comment lui faire avaler ça ? Ça allait faire des histoires encore, c' truc-là. A lui dirait qu'Ernestine avait l' béguin pour Taupe. Voilà. Voilà c' qu'elle lui dirait à son frère. Alle avait bien l' droit de s' marier à qui a voulait, spa ? Et puis, au fond, Dominique, i serait très content qu'avec Ernestine ça s'arrange comme ça. Et Mme Cloche était très contente aussi que ça s'arrangerait comme ça dans son idée, car tout cela commençait à la fatiguer. Sur ce, le père Taupe entra.

— Bonjour, madame Cloche. Bonjour, ma p'tite Titine, et lui pinça la taille.

— Bas les pattes que j' vous dis. M' touchez pas avant qu'on soye mariés.

— Est-elle méchante, fit le sexagénaire. Je reviens de la mairie ; tout est en règle. On se mariera le 25 août.

— Alors, c'est l' 25 ?

Il s'assit en n'ayant pas l'air de penser à grand-chose.

— Ça sera du blanc, pour moi, déclara-t-il automatiquement, tout en agitant la main dans la poche de son pantalon.

*

Des corps sans nombre jonchaient la plage qui
de jaune d'or en devenait noir-de-mouche ; il y en
avait des tout-petits qui pleuraient sans cesse, et
des tout-grands qui dormaient tout l' temps. Il y
en avait des qui avaient des seins et il y en avait
des qui n'en avaient pas ; il y en avait des en cos-
tume de bain et des plus habillés ; il y en avait des
difformes, et il y en avait des formes ; il y en avait
des épais, et il y en avait des transparents. L'ensemble n'était pas brillant. Assis sur une pierre
plate et large qu'il avait choisie avec soin, Étienne
suivait d'un œil distrait l'activité amoindrie de
ses collègues en balnéation. Quelques-uns surgis-
saient parfois et s'en allaient faire trempette ; puis
revenaient somnoler en attendant l'heure de l'apéritif bien tassé. Les femmes qui passaient entraî-
naient parfois son regard ; Étienne songeait à Narcense, à cet homme qui, tourmenté par l'amour
et la misère, se démenait de si étrange façon. Il le
revit pendu dans la forêt, et la semelle de ses souliers à laquelle était collée une feuille ; il le revit,
se débattant, emporté par les garçons de café. Et
la correspondance avec Théo, et la rencontre au
bouillon Langlumet. Il aperçut Alberte avec
Mme Pigeonnier ; puis le jeune Sensitif le salua de
la main avec beaucoup d'élégance. L'eau était
bonne aujourd'hui, disait-on autour de lui. Pierre

et Narcense disparus depuis deux jours n'avaient pas donné de leurs nouvelles. La bonne de Mme Pigeonnier non plus, et cette dernière s'en inquiétait. Théo n'en paraissait pas très ému. Curieux, si ce qu'insinuait Pierre était vrai? Puis il se demanda : « Pourquoi ne suis-je pas Narcense? » et s'inquiéta du sens d'une pareille question.

Il séjournait sur sa pierre plate depuis à peu près une heure, lorsqu'une main le toucha à l'épaule. Il la suivit. C'était Pierre dont les yeux brillaient d'excitation.

— Venez dans un endroit tranquille, j'ai tant de choses à vous raconter.

Et malgré son calme habituel, il en tremblait presque. Ils allèrent au bout de la petite jetée et s'assirent. Pierre parla.

— Première nouvelle : vous et moi sommes de redoutables escrocs ; nous préparons en ce moment un coup qui doit nous rapporter un million ; Mme Cloche s'occupe également de la même affaire et Narcense, autre bandit, a refusé de travailler avec elle. Comme elle se méfie de nous, elle nous fait espionner ici par son neveu.

— Je ne saisis pas très bien, dit Étienne.

Alors Pierre raconta par le menu l'entrevue Cloche-Narcense tel que ce dernier la lui avait lui-même narrée.

— Le plus étrange, commenta-t-il, c'est que cette femme n'est pas folle et qu'il semble bien qu'un million serait à la clé de nos machinations.

Mais comment pouvons-nous *avoir l'air* de préparer ladite escroquerie, voilà qui me paraît bien singulier.

Étienne ne disait mot ; qu'après avoir paru silhouette aux yeux de Pierre, il devienne bandit à ceux de Mme Cloche, le lançait sur des pistes méditatives où sa substance grise n'avait pas encore mis le neurone.

— Il est évident, continua Pierre, que toutes ces suppositions se basent sur vos visites à Blagny. Comment voulez-vous qu'une personne, aussi roublarde que semble l'être Mme Cloche, admette que l'on vienne boire chez son frère, pour le plaisir ?

— Un jour, dit Étienne, j'ai fait cadeau à Belhôtel d'un épluche-pommes-de-terre, ça aussi, ça a dû leur paraître drôle.

— Et de l'histoire des Mygales, ne sont-ils pas au courant ? Avec toutes ces données, l'effervescent cerveau de Mme Cloche avait de quoi travailler et nous voilà devenus de dangereux bandits. Cette transformation n'est pas autrement désagréable, tant que cette romanesque sage-femme ne nous lancera pas les flics à nos trousses. Il est vrai que, vous et moi, sommes à tout point de vue irréprochables ? n'est-ce pas ?

— Est-ce qu'on sait ?

— Marcel, vous devenez sceptique ; dangereux obstacle à votre méditation.

— Ce n'est pas être sceptique que de détruire

l'erreur, et quelle erreur plus grave que de croire savoir ce qu'on ne sait pas? Or, est-ce que je sais, moi, si vous n'êtes pas un voleur et un assassin?

Pierre ne répondit pas ; bien que ni l'un ni l'autre, cette hypothèse ne lui était pas autrement désagréable, comme il se le disait à lui-même en propres termes. Profitant du silence d'Étienne il reprit :

— Il y a un moyen de se renseigner, c'est de retrouver le petit espion, le neveu de Mme Cloche.

— Comment faire ? demanda poliment Étienne pour avoir l'air de s'intéresser.

— Ce ne sera pas difficile ; il loge chez une sage-femme ; ici, il ne doit pas y en avoir beaucoup. On le retrouvera sans difficulté.

— Eh bien, allons-y.

Ils découvrirent sans peine le logis de Mme Corcoran ; mais la sage-femme, ce jour-là, travaillait à domicile et le jeune Clovis devait s'amuser quelque part, à la mer ou à la campagne. Le signalement qu'on leur en donna était trop vague pour en faire état ; il devait rentrer vers 7 heures. En attendant, ils allèrent et vinrent, échangeant divers propos. Étienne fit allusion à la disparition de Catherine ; Pierre ne lui cacha pas qu'elle était devenue sa maîtresse et qu'elle l'attendait à Z... chez son frère, ainsi que Narcense lui-même. C'est alors que Pierre s'aperçut avec tristesse qu'il ne pourrait pas faire étalage des révélations de Catherine ; il oubliait constamment que ce jeune homme devait faire figure de père de famille. Encore quelque chose qu'il ne saurait pas.

Vers les 7 heures, à quelques pas de la maison de Mme Corcoran, ils aperçurent un enfant de treize à quatorze ans qui leur parut être Clovis. Il trimbalait un panier rempli de crevettes ou de cailloux ou de détritus, ou peut-être vide, et ne les voyait pas. Pierre appela : « Clovis! » Clovis leva le nez et les aperçut. Ils n'avaient pas l'air terrible, mais, devant cette rencontre inopinée, l'enfant perdit tout son sang-froid. Il lâcha le panier et détala. Pierre le rattrapa et le retint par un bras. Le môme se mit à hurler au secours. Un pêcheur qui passait dit à Pierre :

— Qu'est-ce que vous lui voulez à ce gosse?

Une dame s'écria :

— En voilà une brute.

Pierre lâcha Clovis qui s'enfuit. On commentait sévèrement l'attitude des deux hommes.

Ceux-ci s'esquivèrent, laissant la foule mal renseignée s'abîmer dans l'erreur.

Quelques pas plus loin, Pierre éclata de rire.

— Je crois que nous n'avons pas agi de façon très habile.

— Je le crains, reconnut Étienne. Pour des bandits internationaux, ce n'est pas fort.

Pierre ne répondit pas.

*

C'est avec autant de surprise que d'indignation que nous avons appris la morsure de M. Système. Nous prévenons la gent canine que de tels écarts ne sauraient plus être tolérés sur le territoire de la commune. Les chiens sont faits pour mordre la poussière et non les bons citoyens.

Le jeune Octave Tandem, âgé de cinq ans, a trouvé sur la route un couteau rouillé. Il s'est empressé de le déposer à la mairie. La voix de la conscience venait de parler chez cet enfant.

Mme Tendre Soucoupe, en desservant la table de sa salle à manger, a laissé tomber à terre un verre en cristal de Tchécoslovaquie. Les dégâts purement matériels seront payés par l'Assurance France et Cie, 11, rue des Moutons-Pressés, au chef-lieu de canton du canton.

Quelques mauvais plaisants ayant enfoncé une balle de fusil dans la tête de M. Oréor Serventi, et ce *au moyen d'une carabine disposée à cet effet, il en est résulté un passage de vie à trépas de la personne incriminée. Les farceurs ont été aussitôt conduits au bureau de recrutement et nommés caporaux de première classe.*

Un vin d'honneur a été donné hier soir pour fêter les quarante ans de service de Rude Agricole, facteur à Blanc-Yeux. Le maire improvisa un petit discours empreint d'une charmante bonhomie. La plus charmante cordialité ne cessa de régner dans la charmante assemblée. Une sauterie termina cette charmante soirée. Le lendemain, Rude Agricole a repris son service en disant : En avant pour le cinquantième. Cette charmante parole lui a valu les applaudissements de tout le village accouru sur ces lieux charmants.

On ne saurait penser à tout. Caromel Blanc, trente-sept ans, tailleur aux Cinq-Épis, souffrant d'une violente migraine, a avalé hier soir vingt comprimés d'aspirine ; mais ayant négligé de les sortir de leur tube, la médication est restée sans effet.

Une souscription est ouverte.

M. le comte Adhémar du Rut est rentré pour quelques jours en son château, afin de se reposer des fatigues de la saison balnéaire. Il exercera son droit de cuissage, mardi, jeudi et samedi courants. Les jeunes gens sont admis.

Mercuriales du 11 août

Pain .... *1 franc la quantité.*
Bœuf .... *7 francs le morceau.*
Pommes de terre ...... *3 francs le tas.*
Radis................ *1 franc 30 le fragment.*
Ficelle .... *0 franc 10 le bout.*

Pour rire un peu.
Q. *Qu'est-ce qui s'occupe des bagages dans les gares ? R. C'est un voleur, parce qu'il dévalise* (des valises).
Q. *Qu'est-ce qui ressemble à une pomme ? R. C'est un garçon de café, parce qu'on l'appelle avec son couteau* (on la pelle avec son couteau).

Isaac Poum se présentera à domicile tous les jours de cinq à sept. Il ne néglige rien et demeure expressif. Résultat garanti.

Le colonel Pot et la colonelle ont le plaisir d'annoncer à leurs aimables invités d'hier, que le soldat de deuxième classe Louis Gamahuche a été puni de trente jours de prison pour avoir remplacé le sauternes 1919 par de l'eau de Javel La Croix. Cette regrettable erreur étant ainsi réparée, le colonel Pot et la colonelle prient leurs aimables invités d'hier de repasser dans la soirée pour terminer le dindon ; il en reste encore quelques bons morceaux.

Théodore Marcel, quinze ans, actuellement en villégiature à X..., vient de terminer la lecture du 3e volume des Misérables. *Tous nos compliments à ce jeune représentant de l'intelligence française.*

M. Curieux Fontaine, notaire à Pinceau, avertit les commerçants d'ici et d'ailleurs qu'il ne paiera plus les dettes de sa femme qui, telle une gourgandine, court la prétantaine avec un bravache alcoolique. De telles mœurs semblent hélas ! se répandre de plus en plus dans nos contrées ; le fléau n'épargne plus le berceau de nos ancêtres qui reposent maintenant dans la tombe. Il faut songer à réagir contre le

dévergondage des nouvelles couches et les entreprises
insubordonnées et lascives des sous-officiers bicy-
clistes.

(Communiqué.)

Codicille Plusdun, franc-maçon, a été vu, jeudi
dernier, accomplissant ses besoins naturels contre
le mur du cimetière d'Enfoui. Cette nouvelle preuve
de l'irrespect de la maçonnerie judaïque et proboche
envers la meilleure et la plus saine de nos institu-
tions ne pouvait être passée sous silence.

Est-ce votre cas?
Travaillant tard le soir à des études archéologiques,
j'avais pris l'habitude de boire du café très fort.
Peu à peu je sentis des mouvements tumultueux du
cœur qui me rendaient très pénible l'exercice de mon
ministère.

Le médecin du chef-lieu me recommanda de l'eau
pure sans caféine, mes troubles ont disparu et il me
semble que j'ai retrouvé ma jeunesse tant je me sens
dispos.

M. le curé de V... (Ardèche).

Ressentez-vous, comme cet ecclésiastique, des ma-
laises inexplicables? Supprimez-les en vous mettant

245

à l'eau pure sans caféine. En vente dans toutes les bonnes pharmacies : le litre 5 fr. 95.

Si le café est bon chez Jean-Baptiste Averse,
Il est encor meilleur au café du Commerce.

        (Communiqué).

Pourquoi négliger votre esthétique après votre mort ? Prenez soin de vos os.

Songez que dans cinq cents ans, mille ans ou plus, vos restes seront peut-être exposés dans un musée. Ne voulez-vous pas y paraître avec tous vos avantages ?

Grâce à la potion des Éternels, vous vous préparez un squelette d'aspect plaisant et garanti incassable.

IL FERA L'ADMIRATION
DES GÉNÉRATIONS FUTURES

Le flacon de douze litres : *Prix à débattre.*
S'adresser au docteur Effaré, 15, rue des Mages, Paris.

Après avoir attentivement lu ce fragment du *Petit Écho de X...*, Narcense en fit usage et le jeta dans le trou. Puis monta se coucher.

CHAPITRE CINQUIÈME

7 heures, ils ne sont pas encore rentrés. Le feu bout sous les marmites, la table est prête, les vins attendent. La nouvelle, Camélia, essuie les verres en reniflant : c'est un tic. Bonne clientèle d'habitués. A la caisse, Mme Belhôtel s'assoit, fière de ses efforts culinaires. La noce maintenant ne va pas tarder à revenir de la campagne où elle a dû passer l'après-midi de joyeuse façon.

Sacré père Taupe! Se marier à son âge! Dans tout le quartier, il n'y avait eu qu'une voix pour dire : Faut pas avoir peur d'être cocu, et la même avait ajouté : Elle est piquée Ernestine d'épouser un vieux qu'a pas l' rond ; et l'on ajoutait aussi : C'est Dominique qui veut que son enfant ait un père. Mme Belhôtel se répète ces paroles *et n'y ajoute rien de son cru*. La nouvelle avait le nez retroussé ; Dominique n'aimait pas ça ; on la remplacerait plus tard. Avait-elle mis assez de sel dans la soupe? Tiens, voilà Jojo, le fils de la mercière, qui s'en va. Tout d' même, faut pas avoir peur d'être cocu.

Dans la salle de billard, on n'entend que le toc-toc des billes, au centre d'un grand silence ; c'est le champion local qui fait sa série de douze au milieu de l'admiration générale. La galerie est nombreuse ; on se lève pour le voir. Mme Belhôtel commence à s'impatienter ; il va y avoir du brûlé. Un client entre, traînant une énorme valise de toile beige ; une jeune femme le suit, le pied dans l'empreinte. Il porte des knickerbockers, un chandail épais et une casquette de lad ; il fume la pipe d'un de ces airs énigmatiques qui nécessitent plusieurs années d'étude. Qui est-ce, ce citoyen ? Il demande une menthe verte ; sa femme aussi. On ne le remarque guère, car toute l'attention est tournée vers la salle de billard où le toc-toc continue ; au milieu de l'émotion générale, le champion vient d'accomplir son quatorzième carambolage. Mme Belhôtel se lève pour surveiller ses plats ; Camélia sert les menthes vertes, en reniflant d'un air dégoûté ; ce n'est pas que la menthe verte lui répugne, mais c'est un tic. Le consommateur, avec calme, lui fait remarquer qu'elle lui a servi un picon ; elle n'en revient pas ; elle se souvient parfaitement avoir pris la bouteille de pippermint ; alors, ça ! Elle retourne changer les consommations. Mme Belhôtel se replace à sa caisse et se met à calculer le prix de revient du repas de noce d'Ernestine.

Dans la salle de billard, on ne respire plus. La gorge sèche, le champion prépare son vingt-quatrième carambolage ; il visse les boules au tapis d'un regard assuré, balance sa queue ; nul doute, jusqu'à la fin de sa vie, il pourra dire et redire cette série de vingt-cinq points. Sa bille est partie, suivant avec exactitude le chemin qu'il lui a fixé ; elle heurte la rouge selon l'angle prévu et poursuit sa route ; mais un peu plus loin, s'arrête, ébahie, ne découvrant pas l'objet de sa course, car la troisième bille n'est plus là. Le champion, assommé par l'étonnement, laisse retomber sa queue sur ses doigts de pied, sans ressentir aucune douleur et pourtant, il a des cors ; la galerie penche son front sur le tapis vert déserté ; pas de doute, une bille manque. Qui donc a osé la voler ? Le champion devient rouge de fureur et vert de désespoir, on s'agite, on se démène. On cherche, on se fouille, on se soupçonne. Mme Belhôtel s'inquiète de cette confusion. Camélia cesse d'essuyer ses verres pour comprendre ce qui se passe. Les joueurs hurlent de rage ; l'un d'eux assure que s'il connaissait l'auteur de cette idiote plaisanterie, il le sonnerait et comment! L'autre, dans le fond de son cœur envieux, ricane de la mésaventure arrivée à son adversaire. Celui-ci déclare qu'il ne refoutera plus les pieds dans un pareil boui-boui. On constate alors que les trois billes sont de nouveau présentes sur le tapis, telles qu'elles devaient l'être au vingt-quatrième carambolage. On s'exclame et l'on s'étonne ; les bras en tombent, on n'en croit pas ses yeux. C'est bouleversant. Camélia recommence à essuyer ses verres en reniflant, le client et sa femme dégustent leur menthe verte avec calme.

« Dans six mois au plus, songe Mme Belhôtel, nous aurons notre petite maison, notre petite maison close. Je la voudrais dans un quartier tranquille et sûr ; une clientèle bourgeoise et fidèle ; sept à huit filles, pas plus ; mais bien choisies. Il y aura tout plein d'or et de velours rouge, et l'on vivra dans l'abondance et le calme et Clovis deviendra ingénieur et il épousera la fille d'un gros industriel et les petits enfants auront une bonne anglaise avec de grandes dents et des rubans bleus flottant sur ses fesses osseuses. Plus tard, nous achèterons une petite maison à la campagne dans le pays natal de Dominique ; il sera peut-être élu maire et Clovis viendra nous voir dans son auto avec ses petits enfants. » Une larme commence à sourdre de l'œil inconsistant de la patronne du Café des Habitants. Elle la cueille du doigt et l'étale sur son buvard et reprend ses comptes. Quel drôle de type, se dit-elle en regardant l'homme à la grosse valise.

Tout à coup, elle y pense : « Mais c'est le frère d'Ernestine! Celui qui devait venir de Bruxelles! »

C'était lui, Peter Tom l'Anachorète, de son vrai nom Pierre Troc, et la timide personne qui l'accompagnait n'était autre que sa femme, celle qui, pendant son numéro, présentait au public les colombes sorties du haut-de-forme, en faisant une révérence de pensionnaire de couvent. Peter Tom vida sa pipe en la frappant contre le talon de son soulier gauche et ouvrit la bouche par deux fois, la première pour cracher et la seconde pour parler.

— Alors, Ernestine ? hein! mariage! Avec qui ? Avec un homme bien sûr. Un vieux. Hein ? Qu'est-ce que je dois en penser ? Et vous ? Peu importe, hein ? Taupe, il s'appelle, hein ?

— Oui, c'est ça, i s'appelle Taupe, volubila Mme Belhôtel qui craignait de ne pouvoir placer son mot. Et il est brocanteur.

— Brocanteur ? Pas riche alors, hein ? Alors, à quoi elle pense ? A quoi pense-t-elle, hein ? sacrée Ernestine. Toute petite, déjà idiote. Maintenant, pas changée. Alors elle travaillait chez vous ?

— Mais oui, c'est une brave fille qui r'cule pas d'vant l'ouvrage.

— J' m'en doute, j' m'en doute. Pas démer-darde pour un sou. Elle saura jamais y faire. A propos, et mon frère le traîne-sabre ?

— Il est arrivé ce matin. Toute la noce a passé l'après-midi à la campagne. I vont rentrer bientôt.

— Alors, Totocle est là! Sacré Totocle! Trois ans que j'l'ai pas r'vu! doit en avoir des médailles sur les pectoraux, hein ? Et Titine, fait deux ans

251

aussi qu' j' l'ai pas revue. Le temps passe, hein, madame Bitôtel.

— Belhôtel, Belhôtel.

— Belhôtel. Un jour à Carcassonne, l'aut' jour à Angers, après ça en Suisse et en Espagne et en Italie. On en voit du pays avec not' métier, madame Belhôtel. Jusqu'en Bretagne que je suis allé. Oh ça, c'est un beau pays. A c't' heure, j'arrive de Bruxelles et après je suis engagé à Lyon.

— Vous êtes?...

— Prestidigitateur. Mieux que ça : professeur de magie blanche. Je sais faire sortir des pièces de dix francs du nez des bébés au berceau et même de ceux qui n'y sont pas. Et bien d'autres choses encore. Mon numéro, c'est un des mieux dans l' genre, madame Belhôtel. J'ai inventé le tour des ciseaux dansants et celui de la petite cordelette en acier fin. Je les ai donnés devant une assemblée de plus de cinquante collègues et pas un n'a trouvé le truc. Hein, madame Belhôtel.

— Oh oui.

Peter Tom l'Anachorète fait une grosse impression sur Mme Belhôtel ; la femme qui l'accompagne se met à susurrer :

— Oh Pierre, il est très intelligent, mais il n'a pas de chance ; il n'arrive pas à percer ; il n'a jamais que les premiers numéros.

— Stupide bête, gronde Peter Tom.

Mme Belhôtel en tombe presque de sa chaise.

— Moi, je n'ai pas d'chance? Moi? Pas de chance? Tenez, vous allez voir.

Il se dirige vers un appareil automatique, mise sur le rouge, et c'est le vert qui sort.

— Vous avez vu, hein, madame Belhôtel? Pas de chance!

Et, d'un geste négligent, il sort un cochon d'Inde du corsage de l'honorable commerçante.

Cette prouesse attire sur lui l'attention du voisinage qui s'exclame ; Mme Belhôtel frémit et se frotte la poitrine avec stupéfaction ; le cobaye est charmant. Peter Tom l'Anachorète prend un *Paris-Midi* qui traîne sur table, en fait un cornet, place l'animal dedans, pose le tout sur le zinc, sort un pistolet de sa poche, tire sur le journal, le déplie : le cobaye a disparu et *Paris-Midi* est devenu *Paris-Soir* quatrième sportive. Les applaudissements crépitent, le magicien salue et la noce n'est pas encore là.

*

Elle ne saurait plus tarder ; l'autocar qui la transporte fend l'air ; sa carrosserie trépide d'impatience ; tel un cheval fougueux transportant sur son dos un capitaine de gendarmerie qui craint d'arriver à l'école du soir quand le cours de versification sera terminé, ainsi le puissant quadricycle emporte la noce joyeuse vers son destin, en avalant des kilomètres et en chiant de la poussière, rugissant comme un lion et ronflant comme un dormeur enrhumé. Il égrène un à un les villages de la route et bondit par-dessus les fossés, les ornières et les caniveaux ; les bicyclistes ne le font pas reculer, il aplatit les poules de son pneu increvable, les virages fascinés se laissent prendre à la corde, il foudroie la campagne et subjugue la ville, l'intelligent l'admire autant que l'imbécile. Sur son passage, on crie avec cordialité : Vive la mariée! Vivent les cocus! Lui, méprisant ces plaisanteries faciles mais cependant pleines de bienveillance, poursuit son chemin avec la vitesse du coureur à pied et l'obstination d'un six-day-man (siksdémane). Un but lui est fixé, ce but il l'atteindra : c'est le Café des Habitants où, dans la cuisine, mijotent les choux-fleurs au parmesan ; mais il faut qu'il se dépêche, s'il ne veut pas que ses occupants trouvent le rôti brûlé. Aussi, sa carrosserie trépide-t-elle d'impatience, aussi voltige-t-il au-dessus des rigoles et des fondrières avec plus d'aisance qu'un patineur sur un lac gelé. Il roule maintenant sur le territoire de la commune de Blagny ; il laisse tomber à sa gauche les lotissements du Désert où les chemins sont des ravines, où l'on ne connaît ni l'eau, ni le gaz, ni l'électricité, grâce à l'habileté astucieuse d'honorables commerçants en mètres carrés ; il laisse tomber à sa droite l'usine de papier mâché où l'on fabrique indifféremment des briques économiques ou des boules de pain militaire ; il fonce à travers le quartier dit La Belle-Venise, ainsi nommé parce qu'inondé chaque hiver ; il enjambe la route nationale et s'enfonce dans la rue Pasteur qui le mène tout droit place Victor-Hugo. Il stoppe en renâclant devant son terminus ; emporté par sa vitesse acquise, n'allait-il pas le dépasser ?

De toutes parts on accourt, on fait cercle et la haie ; Mme Belhôtel sort de sa taverne suivie de Peter Tom l'Anachorète, de Mme Troc son épouse, de Camélia la nouvelle bonne et de tous les consommateurs enchantés. On ouvre la porte du car et la noce dégouline goutte à goutte sur le pavé.

En premier lieu descend Dominique Belhôtel, plus beau que nature et chapeauté de frais ; il a mis des guêtres et fiché une fausse perle dans sa cravate ; quand il s'agite, ses muscles font craquer les coutures de son veston. Son nez a pris la couleur ardente du campari et ses yeux pétillent comme de la limonade. Puissant et olympien, il tend les bras vers la mariée et la dépose à terre avec l'élégance d'un hercule croyant soulever un kilo de plomb et déplaçant un kilo de plume qui voltige ainsi de l'autocar à la terre ferme.

Ernestine étonne la foule par son élégance et par sa grâce ; son élégance lui coûte cher, certes, et ses économies se sont évaporées ; mais, maintenant, n'est-elle pas riche ? Les habitués du café se précipitent pour la congratuler, quelques-uns prétendent l'embrasser. Vrai, on rigole aujourd'hui !

Suivent le garçon d'honneur et la demoiselle de même qualité : savoir Clovis Belhôtel qui inaugure, heureuse coïncidence, un complet neuf et Florette Pic qui a treize ans et du vice. Sûr qu'Ivoine, le lendemain, va faire à Clovis une scène de jalousie. Pour le moment, il se laisse chatouiller sans résistance et échange avec sa tante des regards pleins d'orgueil et de mystère, légèrement angoissés.

Puis Thémistocle Troc descend sur le pavé ; le frère d'Ernestine arbore un superbe uniforme de zouave, constellé de quatre décorations et barré à la manche du ruban argenté, témoin de son grade. Son apparition provoque parmi les spectateurs des appréciations diverses, quelques femmes admirant sa splendeur coloniale, mais la plupart des hommes méprisant son galon. Imitant le galant exemple de Dominique, il veut descendre à bout de bras Suzy, l'amie d'Ernestine ; mais il s'y prend de façon si maladroite, qu'elle se tord le pied.

— Imbécile heureux, dit-elle en se massant la cheville.

Suzy est blonde et trois fois par semaine va au cinéma.

Ensuite paraît Meussieu Gérard Taupe ; un murmure étonné accompagne sa descente. Comment pourrait-on reconnaître le père Taupe dans ce vieux élégant gentleman rasé avec soin, les cheveux gris collés sur le crâne, vêtu d'une jaquette, un peu verdâtre il est vrai, et d'un pantalon dont le pli impeccable semble avoir été coulé dans du ciment armé? Des souliers vernis et des guêtres blanches complètent cette toilette. Taupe semble avoir rajeuni de vingt ans, telle est l'opinion commune. Pour porter à son comble l'ébahissement de la population, il couvre son chef chenu d'un véritable haut-de-forme, soigneusement dégraissé.

Après, c'est une véritable dégringolade. Mme Saturnin Belhôtel, Meussieu Saturnin Belhôtel, Meussieu Jérôme Pic, Mme Jérôme Pic apparaissent tour à tour sans que l'on y fasse autrement attention. Enfin l'autocar se vide de son dernier occupant, Mme Sidonie Cloche. Son chapeau orné de plumes de perroquet, sa robe vert billard, sa pèlerine écossaise, son gigantesque sac en tapisserie lui attirent les hommages goguenards de la jeunesse blagnyssoise. Mais que lui importent ses apparences? Elle a bien d'autres soucis en tête. Elle parvient à ses fins; le mariage d'Ernestine entraîne la fortune à bref délai; d'ici quelques jours, elle saura exactement à combien se monte le magot, comme elle dit, et, dans un mois, deux mois au plus, elle commencera à toucher des liasses de billets de banque. C'est parfait; mais il y a les *Autres* et les *Autres* l'inquiètent d'autant plus que depuis quinze jours elle ne sait ce qu'ils deviennent. A la suite de son enlèvement manqué, Clovis, pris de peur, a voulu rentrer immédiatement à Blagny ; d'après Saturnin, l'absence de son locataire se prolonge et, cinq jours avant, au cours d'une excursion à Obonne, elle a pu s'assurer que la villa de Marcel demeurait inoccupée. Que vont-Ils faire ? Le plus simple, pour Eux, c'est de cambrioler la baraque. Pour parer à cette éventualité, Mme Cloche n'a pas hésité à donner la pièce aux gardiens de nuit des chantiers de la Compagnie pour qu'ils surveillent de près le château fort du vieux. Mais cette précaution lui semble superflue ; car elle estime que les *Autres*, sachant qu'elle connaît leurs malhonnêtes projets, ont abandonné tout espoir de s'approprier le trésor taupique. Peut-être voudront-ils se venger ? Ils n'oseront, se rassure-t-elle ; et répétant ainsi d'historiques paroles, elle dresse la tête et défie le destin, pendant que la noce entière se prépare aux ultimes apéritifs.

*

Ernestine, échappant aux hommages de ceux que pendant plus d'un an elle servit, aperçoit son frère, le professeur de magie blanche, et sa belle-sœur. Çà alors, ce qu'elle est contente ! Ce qu'ils sont gentils d'être venus! Ce propos inaugure une série d'embrassades et de poignées de main, les unes pleines d'affection, les autres de cordialité. Lorsque Peter rencontre son frère Thémistocle, il lui dit :

— Alors, Totocle, toujours juteux?

Et l'autre répond :

— Et toi, toujours saltimbanque?

Et ils ont l'air très aimables. Suzy, que la maladresse du zouave a rendue pleine de mépris à son égard, se sent attirée par l'anglo-saxonne élégance de Peter ; celui-ci achève sa conquête en extrayant un bouquet de fleurs tricolores d'un bouton de sonnette.

Vrai, ce qu'on a rigolé à la campagne. Les arrivants en paraissent encore tout rouges et tout essoufflés. On dansa au son d'un piano mécanique, on but du vin blanc et de la limonade, on cueillit des petites fleurs des champs, on se promena en barque, on joua au tonneau, on chanta en chœur des refrains anciens et des couplets nouveaux. Mme Cloche faillit faire chavirer une barque et Florette faillit se faire mordre par un chien. Meussieu Pic imita le meuglement de la vache et Thémistocle la danse du ventre. Et lorsque avec le soleil déclinant on se sentit l'estomac vide, on regrimpa dans le car, toute joie bue. Vrai! Quelle belle journée ça avait été!

Et maintenant un petit apéro avant le grand festin préparé par Mme Belhôtel. Dominique fait évacuer le Café des Habitants de sa clientèle ordinaire ; place nette pour la noce. Camélia sert le picon amer et le pernod germicide, et renifle plus fort que jamais ; elle n'a d'yeux que pour Ernestine. Camélia, qui manque de cynisme, s'étonne que l'on fasse autant de tralala pour le mariage d'une serveuse de bistrot et d'un pouilleux ; car le père Taupe, elle le connaît bien, elle l'a assez souvent vu, le dimanche au marché, étaler sa ferraille et ses détritus. Ce qui l'épate le plus, c'est Ernestine : Ernestine rayonne. Ernestine resplendit. Ernestine scintille. Est-ce le mariage ou la journée à la campagne ? Camélia, qui n'est pas au courant, trouve ça drôle, cette transformation d'Ernestine, mais si elle était plus documentée, elle lui attribuerait sans doute des motifs inexacts. Car Ernestine, pour le moment, a complètement oublié le million taupique et la vie fastueuse dont Sidonie Cloche lui traça un si brillant tableau ; sa joie a d'autres causes : un après-midi à la campagne après quatre cent dix-huit jours consécutifs de rinçage de verres et de lavage de plancher. Si elle sourit, ce n'est pas parce qu'elle pense à ses futures toilettes, mais parce qu'elle se laisse encore glisser au fil de l'eau ; si elle sourit, ce n'est pas parce qu'elle songe à ses futurs soins de beauté, mais parce qu'elle se voit encore buvant de la limonade sous un grand vieil arbre vert ; si elle sourit, ce n'est pas parce qu'elle se croit roulant déjà dans son automobile à elle, mais parce qu'elle aperçoit encore, à travers l'atmosphère épaisse du café, la vache qui fientait avec majesté en broutant du trèfle incarnat. Ernestine sent croître dans son cœur une immense petite fleur bleue qu'elle arrose d'un pernod fils dont les soixante degrés d'alcool sont légèrement éteints par l'adjonction de quelques centimètres cubes d'eau pure, mais non distillée.

Avec ensemble, tout le monde a levé son verre : quinze verres se sont levés. Qu'importe leur contenu, seuls comptent les sentiments qui animent ce geste symbolique. Quinze verres, quinze sentiments : c'est quatorze de trop ; il ne devrait y en avoir qu'un seul : la joie de voir se former une nouvelle famille, un nouveau foyer. Mais bien peu savent s'élever à ces hauteurs civiques ; celui-ci pense avec haine à son frère, et c'est Thémistocle ; celui-là souffre horriblement de ses croquenots trop étroits, et c'est Meussieu Pic. Mais les muscles zygomatiques sont suffisamment tirés et les gosiers suffisamment sonores pour que l'on puisse affirmer que la sympathie et la cordialité règnent. Quinze verres se sont levés, avons-nous dit : quelques secondes après, ils se choquent ; chacun cognant son verre quatorze fois, cela représente cent cinq rencontres. Cent cinq fois, donc, les verres tintent, cent quatre fois plus exactement, car Thémistocle et Peter, d'un commun accord, n'ont pas trinqué ensemble. On crie encore une fois : Vive la mariée! Vive Taupe! et l'on boit. Meussieu Pic, reposant sur le marbre fêlé un verre où neige l'anisette, dit :

— Pas si bonne que quand tu la servais, Ernestine.

Cette galanterie suscite un brouhaha admiratif de la part des hommes et des exclamations enchantées de la part des dames. Celles-ci ont un faible pour Meussieu Pic, le droguiste, dont l'amabilité est devenue proverbiale dans tout Blagny. Meussieu Pic est l'ami de Meussieu Taupe. Meussieu Pic eut aussi des jours meilleurs, des revers de fortune ; tous deux furent élèves de l'enseignement secondaire et apprirent du latin. Même lorsque Taupe menait sa misanthropique existence, chaque semaine il rencontrait Pic et se mesurait avec lui aux dominos. L'un disait : *tibi* et l'autre, méprisant le vocatif : vas-y *civis romanus*, et tous deux croyaient planer au-dessus des joueurs de belote. Meussieu Pic, lui, est déjà marié et père de famille. Sa femme, la fille d'un pharmacien, s'il vous plaît, subit en apparence avec résignation sa déchéance sociale ; mais quand elle pense au petit salon Louis XV qu'elle a possédé, son cœur saigne ; c'est bien pis lorsqu'elle se remémore leurs relations d'autrefois : le lieutenant de La Boustrofe, un noble, et M. Béquille, le notaire, et M. Dife, qui écrivait de la poésie qui s'imprimait, et elle les compare avec les gens qui l'entourent : un brocanteur, un cafetier, un concierge, un sous-officier, un saltimbanque, une sage-femme, une bonne.

Elle, la fille d'un pharmacien, elle assistait au mariage d'une bonne! et son cœur saigne pendant que ses lèvres, conservant précieusement un sourire crispé, trempent dans un verre de grenadine, sur les bords duquel sont profondément gravées les empreintes digitales de Camélia. Et son cœur saigne encore lorsqu'elle voit sa fille Florette traîner ses yeux cernés sur la braguette de tous les hommes. Enfant de vieux, Florette montre de remarquables dispositions pour ce que Mme Pic appelle le vice et Meussieu Pic la bagatelle.

Cependant, l'attention générale, centrée un instant sur l'intéressante personnalité de ce dernier, choisit un nouveau pôle déterminé par le bouquet de fleurs tricolores extirpé du bouton de sonnette par Peter. Un prestidigitateur. Mme Belhôtel raconte le cochon d'Inde et insinue le billard ; on admire bruyamment. Peter se refuse à toute explication, mais promet une séance après le dessert. Décidément, on va bien s'amuser. Les enfants sautent de joie, mais Thémistocle fronce les sourcils ; car Suzy lui fait l'affront de choisir Peter comme cavalier (si j'ose dire). Il enveloppe les couleuvres du dédain avec le mouchoir de la jalousie et jette le tout dans le fond de son cœur ulcéré ; puis il bombe la poitrine et finit son apéro.

Chacun se recueille un instant avant l'apothéose finale qu'annonce un hurlement rauque émis par Mme Belhôtel ; à ce cri sauvage ont répondu les exclamations joyeuses des convives ; les couples se forment, mais en raison de ce fait que la décomposition en facteurs premiers du nombre quinze ne fait pas apparaître parmi ces facteurs le suivant de un, — et c'est ainsi que les théorèmes les plus abstraits de la théorie des nombres ont parfois dans la vie quotidienne une application immédiate, — en raison, disais-je donc, de la non-divisibilité du nombre quinze par le nombre deux — et remarquez que si les noces françaises défilaient par triplets au lieu de défiler par couples, de telles considérations deviendraient superflues, puisque la noce à Ernestine apparaîtrait alors sous la forme de cinq triplets, et l'on peut même envisager des circonstances ethnographiques, telles que, les noces se déplaçant par rangées de cinq personnes, les convives de Belhôtel pourraient évoluer réunis en trois quintuplets ; — bref, en raison de l'imparité du nombre quinze, sept couples seulement peuvent se former, une personne restant solitaire. Cette personne est une femme ; un raisonnement simple suffit à le montrer, puisque sur quinze convives, il y a sept hommes et huit femmes et que l'on n'a certainement pas accouplé ensemble deux individus de même sexe, de telles mœurs étant réservées aux homosexuels et, Dieu merci, nous n'avons rien à voir avec ces gens-là. Mais qui donc est cette femme ainsi délaissée ? Deux méthodes s'offrent à l'esprit : le raisonnement et l'intuition. En raison de sa rapidité, il est préférable d'employer la seconde, bien que la première permette également d'arriver au résultat désiré.

*

Les couples formés, ils pénètrent dans la salle pour sociétés. Quinze couverts resplendissent sur une nappe strictement blanche ; les couteaux luisent, les assiettes flamboient, les fourchettes étincellent, les verres miroitent, les cuillers brillent, une véritable fête pour les yeux. On s'assoit, on déploie les serviettes raidies par l'attente et le potage commence à couler par-dessus l'épaule des invités. Car on a bien fait les choses ; deux garçons, prêtés par le Restaurant des Alliés, créent une atmosphère luxueuse. Mme Pic, intérieurement, approuve ce déploiement de faste. Dominique croule d'orgueil, et son épouse a vraiment le droit d'être fière. Ernestine, toujours enchantée, se précipite sur son assiette, car l'air de la campagne, ça creuse ; quant au père Taupe, il se confine dans un silence souriant dont on ne saurait dire s'il mime la dignité ou s'il exprime l'abrutissement. Tout en lampant sa choupe, Totocle passe en revue son stock d'historiettes. Séparé de lui par Mme Saturnin Belhôtel, Pic fait de même ; tous deux se préparent à briller. Suzy s'attend à chaque instant à ce que la salière se transforme en éléphant ou l'huilier en boîte à cirage. Mais pour le

265

moment, Peter s'abstient de manifester ses talents. Florette, malgré son jeune âge, partageant les espoirs de Suzy, croit à chaque instant voir s'envoler des colombes. Clovis, lui, croit à chaque instant voir surgir les *Autres* armés de revolvers. A sa gauche, Mme Cloche, oubliant ses craintes, s'abandonne aux délices du potage brûlant ; depuis sa plus tendre enfance, elle adore la choupe et c'est pour cela qu'elle a tellement grandi en force, en audace et en coriacité. Mme Peter Tom, qui en laisse la moitié dans le fond de sa creuse, reste au contraire menue, minime et mince.

Un certain temps s'écoule, tout empreint de silence. Parallèle au potage, la durée s'écoule ; parallèle et si proche, qu'il semble que les convives la boivent plutôt que le liquide nutritif et fumant que transportent les cuillers de ruolz. Les assiettes se vident et le potage devient passé. Les bruits variés accompagnant ce devenir demanderaient une description attentive, car de grands événements s'annoncent dans ce concert de glouglous et de gargouillements. Si l'un tire sur son bouillon du bout des lèvres, l'autre l'engloutit férocement. Pour le refroidir, les uns soufflent et d'autres en font des cascades. On lappe et l'on clapote. Ici, c'est un chuintement et là une dissonance. De cette musique, naît peu à peu une harmonie élémentaire ; bientôt de bouche en oreilles, les paroles vont voler et, passant de l'animal au social et de la gloutonnerie au bavardage, chacune des quinze personnes énumérées plus haut commence à s'apercevoir de nouveau de la présence de quatorze autres. Car, à gamelle vide, nez qui se lève.

Pour manger la choupe, les coudes se haussent, les bouches s'ouvrent ; au bout de ce temps, ce geste devient une habitude et, mise à part la satisfaction purement gastronomique, un plaisir en lui-même.

Seul parmi les convives, Saturnin en est pleinement conscient : « Quand ils vont avoir fini, comme ils vont être déconcertés ! » se dit-il. Et lui-même, devant son assiette vide, s'ennuie horriblement. « La sagesse des nations, pense-t-il, enseigne qu'il est facile d'acquérir une habitude, mais laborieux de s'en débarrasser. C'est bien ce qui se passe ici. Ils ont pris l'habitude de manger de la choupe, et les voilà tout à coup obligés d'abandonner cette habitude si facilement acquise. Alors, ils sont tristes. Alors, ils ont de la cendre dans la bouche. Alors, ils sont désespérés. Ils ne se doutaient pas que l'assiette pleine cachait une assiette vide, comme l'être cache le néant, et sans se douter des terribles conséquences dont leur inconséquence allait les faire souffrir, de gaieté de cœur, — ils ont pris l'habitude de manger de la choupe. Ah ! si les assiettes étaient infiniment profondes. Ah ! si le liquide, au lieu de stagner, se renouvelait, coulant d'une intarissable fontaine. Alors, de cette éternelle allée et venue de cuillers alternativement pleines et vidées, de cette éternelle répétition de coudes levés et de bouches ouvertes, de cette habitude infiniment permise, naîtrait quelque chose qui ressemblerait au bonheur, au bonheur des pacifiques... Fantaisie que tout cela! » Les assiettes ont un fond, et dans ce fond, le potachistagneu.

Mais les deux garçons prêtés par le Restaurant des Alliés connaissent ce moment difficile et le moyen de le réduire : ils escamotent l'assiette vide. Certes une autre assiette vide la remplace ; mais celle-ci est une attente, tandis que celle-là n'était plus qu'une déception ; l'une est une ébauche, l'autre un souvenir. Cette suppression du vide par le vide ne suffit pas ; les deux garçons prêtés par le Restaurant des Alliés la complètent par une suppression par le plein ; ils remplissent de vin les verres, qui prennent la joyeuse apparence de bocaux de pharmaciens.

Ainsi échappe-t-on à l'angoisse, conclut Saturnin. On comprend alors ce que signifie le mot bienêtre. L'un sourit, l'autre soupire de satisfaction. L'un claque la langue, l'autre s'essuie les lèvres avec entrain. C'est seulement maintenant que les langues que nouait la faim vont se délier ; c'est seulement maintenant que les bouches vont s'ouvrir pour autre chose que pour absorber, c'est seulement maintenant que l'estomac calmé va laisser le cerveau faire un peu d'exercice ; c'est seulement maintenant que le convive, accomplissant une révolution analogue à celle de Copernic en astronomie, passe de l'égocentrisme au poly-centrisme ; c'est seulement maintenant que, ces-sant de s'intéresser uniquement à eux-mêmes, les uns et les autres admettent l'existence des autres et des uns ; c'est seulement maintenant que, de-venus des individus sociables, les gens de la noce vont sortir de leur isolement et redevenir ce qu'ils étaient tout à l'heure : les gens de la noce. Afin de bien affirmer que de nouveau ils se sentent membres de cette communauté temporaire dont Ernestine et Taupe sont les pôles, et Mme Cloche la cause indirecte et cachée, tous se lèvent et, tendant à bout de bras leur verre, prononcent ensemble d'identiques paroles : une phrase excla-mative dont les mots santé, mariée et marié for-ment l'armature.

Puis ils se rasseyent.

Puis ils parlent.

— Florette, ne mets pas tes coudes sur la table, commence Mme Pic.

*

Quand du poisson seule reste l'arête, Meussieu Pic pense qu'il est temps de placer une historiette de son répertoire ; Thémistocle, de son côté, fait la même réflexion. Tous deux, la narine frémis-sante, se mettent à guetter le mot-souche d'où fleurira l'anecdote. Mais la conversation, pour le moment désarticulée, rend la chasse difficile.

— Alors, tu nous feras des tours ? demande Ernestine à Peter.

Et Dominique à Saturnin :

— Toujours un seul locataire ?

Mme Dominique répond à Thémistocle :

— Non, merci.

Et Suzy à Meussieu Pic :

— Pas encore.

Mme Cloche, par-dessus la tête des deux enfants, harponne le prestidigitateur et lui demande :

— Pourquoi que vous vous appelez l'âne à Corette ?

— Anachorète, répond l'autre, c'est un mot grec pour dire : qu'on mange et qu'on ne boit presque pas, comme qui dirait un fakir.

— Mais, i m' semble qu' vous mangez et qu' vous buvez bien, objecte Dominique.

— Ah oui. Ici. Mais sur la scène, je mange et je bois très peu.

— Ah ! font la plupart des auditeurs ahuris.

— Est-ce qu'on a jamais vu des gens manger et boire sur la scène ? remarque Meussieu Pic.

— Comment ça ! proteste Peter, et l'avaleur de sabres ? (On rit.)

— Voyons, c'est idiot, c' que tu nous racontes là, lui dit Thémistocle. C'est comme ce Marseillais qui...

— Ce n'est pas idiot. Je mange et bois très peu sur la scène.

— Tout de même, réplique Meussieu Pic, qui tient à son idée, c'est très rare qu'un prestidigitateur mange et boive sur la scène.

— C'est justement ce qui m' distingue, fait Peter d'un air fin.

On craint de ne pas comprendre ; Thémistocle, qui ne craint jamais de ne pas comprendre, formule le malaise général :

— Tu te fiches de nous. Si t'es comme les autres, ça n' peut pas te distinguer.

— Mais je ne suis pas comme les autres Eux, ils ne mangent rien sur la scène. Tu as déjà vu un prestidigitateur manger sur la scène? Non, hein. Eh bien, moi je mange un petit peu. Tu comprends, *un petit peu*, c'est ce qui m' distingue. Très exactement, je mange une pomme, et, ensuite, je la sors de la poche d'un spectateur. Voilà, Madame...?

— Cloche.

— Pourquoi je m' fais appeler l'Anachorète.

— Eh bien, vrai, c'est malin, convient Dominique.

— Oh Pierre, il est très intelligent, susurre tout à coup Mme Peter, il est très intelligent, mais il n'a pas de chance, il n'arrive pas à percer.

— La garce! s'écrie le magicien provoquant la consternation générale (Florette seule trouve ça très drôle), la garce! elle s'acharne à dire que j'ai pas d' chance. Elle répète ça sur tous les tons. Forcément, ça m' porte la guigne.

— Tu t' fais des idées, lui dit Ernestine.

271

— Et puis c'est stupide de crier sur les toits que j'arrive pas à percer. De quoi j'ai l'air maintenant, hein ? D'une noix. (On rit.)

Le gigot fait son apparition.

— Tenez, pour vous montrer que j' suis quand même quelqu'un, voulez-vous que j'escamote le gigot ? Le gigot entier ou seulement la noix ?

Tout le monde proteste en riant. Décidément, il n'y en a que pour lui. Thémistocle sourit ; Meussieu Pic se demande si, à propos du gigot, il ne pourrait pas glisser l'histoire du juif, du réverbère et du marchand de chameaux. Mais trop longtemps il hésite ; la conversation repart sur une nouvelle voie. Une remarque de Dominique sur le chien qui faillit mordre Florette en est la source. Le chapitre des chiens méchants, quoique moins fourni que celui des baignades tragiques, présente cependant des développements assez abondants pour qu'une fois épuisés, on en soit arrivé à l'os du gigot. Mme Saturnin, qui pour la première fois ouvre la bouche, raconte que ses parents restèrent six mois sans nouvelles de leur fils, parce que leur chien ne pouvait souffrir les facteurs. Dans le régiment de Thémistocle, dit ce dernier, on a supprimé les sonneries de clairon parce qu'elles tapaient sur les nerfs du lévrier du colonel. On passe ainsi des chiens méchants aux chiens simplement acariâtres, puis de ceux-ci aux quadrupèdes en général. Pic attend patiemment que de fil en aiguille on en soit parvenu aux gastéropodes pour sortir l'anecdote du juif, de l'évêque et des escargots. Hélas! cette attente est de nouveau déçue ; l'arrivée des choux-fleurs au parmesan provoque l'abandon du règne animal pour le règne végétal et par un tournant brusque, dont Dominique semble de nouveau seul responsable, on en revient à la bonne journée que l'on vient de passer, aux charmes de la vie des champs et à la culture du trèfle incarnat.

Pendant qu'Ernestine fait à Mme Dominique le récit de la promenade en barque au cours de laquelle Mme Cloche faillit prendre contact avec l'eau de la rivière, Suzy accentue son flirt avec Peter, Mme Pic rappelle à sa fille que les coudes ne se mettent pas sur les tables et Totocle sombre dans une jubilation intérieure profonde car il vient de découvrir un excellent calembour ; il ne s'agit plus que de le placer : dès que Meussieu Pic se sera signalé à un degré quelconque, il lui dira : « Vous êtes un as, Pic. » Et l'on rira bien.

— Dis donc, tonton Turnin, dit Clovis au concierge, tu m'avais promis un beau livre pour lire en vacances et tu m'as rien donné.

Tontonturnin fait semblant de ne pas entendre ; c'est vrai qu'il a complètement oublié sa promesse.

— Hé, Saturnin, intervient Mme Cloche dont la voix profonde fait vibrer les petites cuillers, t'entends c' que t' dit Cloclo ?

— Ah oui, un beau livre ; eh bien, je t'en paierai un pour la rentrée.

— C'est ça, tu vas m' donner un liv' de classe.

— Clovis, tu n'as pas beaucoup confiance dans ton oncle. C'est pas poli, ça, dit Mme Dominique avec indulgence.

— Quel âge a-t-il ce petit? lui demande l'adjudant très talon rouge (il les a trempés dans le sang).

— Treize ans.

— Il est grand pour son âge, hein? fait remarquer Peter à son frère.

Celui-ci, qui n'avait pas préparé d'autre réplique, se réfugie dans l'interjection.

— Eh! eh! grogne-t-il de l'air d'un gourmet qui découvre un camembert bien mûr.

— Il a passé son brevet? demande Mme Peter.

Mme Dominique avale sa salive avant de prononcer la phrase-bombe :

— Cette année, il entre au lycée.

Et Dominique, d'un ton négligent :

— Oui, nous l'envoyons au lycée.

On regarde Clovis ; fier, il rougit.

— Il sera ingénieur, dit son père. Nous ferons des sacrifices pour cela.

— Vous avez bien raison, Meussieu Belhôtel, approuve Mme Pic, de vous sacrifier pour votre enfant et de vouloir en faire quelqu'un de bien.

— Il vaut mieux que les enfants rougissent des parents que les parents des enfants, sentencie Meussieu Pic.

Aussitôt après, il a vaguement idée que ce n'est

pas très flatteur pour Dominique. Là-dessus, Thémistocle décide d'intervenir, il se tourne vers Meussieu Pic et lui dit de but en blanc :

— Vous êtes un as, Pic.

— Moi, un aspic! (Il suffoque.) Mais, Meussieu, je ne vous permets pas de m'insulter ainsi! Je respecte l'armée française, Meussieu ; vous, vous devriez respecter mes cheveux blancs. Moi, un aspic, ho! A mon âge, se faire insulter par un, par un... Ho!

Il se lève et s'agite de façon inconsidérée. Les dames le calment. Thémistocle, effrayé du résultat obtenu, tente de se justifier.

— Mais c'était un calembour!

— Il n'y a pas de calembour qui tienne, Meussieu! Vous m'avez insulté!

— Je voulais dire que vous êtes un as, Meussieu Pic! Un as!

— Mais oui, fait Dominique en riant, un as, Pic!

— Haha, *civis romanus*, tu es un as, Pic! Ha ha!

C'est Taupe qui vient de parler, pour la première fois depuis le déploiement des serviettes. Il est pourtant d'un naturel bavard ; mais ce soir, il ne dit mot ni phrase et nul ne peut savoir à quoi il peut penser. Cependant le calembour visant son vieil ami le droguiste le fait sortir de sa réserve, ainsi qu'on vient de le voir.

— Allons, Jérôme, tu ne vas pas te fâcher

un jour comme aujourd'hui! pour une bêtise!

— Ah oui, ah oui, un calembour! oh très bien, très bien! Je ne voudrais pas me fâcher pour si peu! Oh très bien! Mais dites-moi, adjudant Troc, n'êtes-vous pas souvent de garde au Palais de Justice?

— Moi? non, répond l'adjudant étonné. Pourquoi donc?

— Parce que c'est là que Thémis toque.

Et il se rassied, satisfait de sa revanche. Les autres convives sont un peu abattus.

*

Cet incident calmé et personne ne reprenant plus de choux-fleurs, les deux garçons prêtés par le Restaurant des Alliés charrient sur la table une importante quantité de fromages variés. Amateur réputé, Meussieu Pic aime d'habitude à discourir des diverses qualités de brie et des précautions à prendre dans la manipulation du pont-l'évêque; mais il est encore trop ému par son escarmouche avec l'adjudant pour pouvoir prendre la parole avec l'autorité nécessaire.

— Chic, du roquefort, s'écrie Ernestine ravie.

Taupe sourit, mais cela ne change guère, car il semble décidé à se cantonner dans cette mimique peu compromettante. Cependant l'attention générale, après avoir décrit un circuit accidenté, revient à son sujet favori, savoir le prestidigitateur.

— Vdvé houhou iage? demande Mme Cloche, la bouche pleine.

— Comment?

— Vous d'vez êt' souvent en voyage, que j' dis.

— Ah! n' m'en parlez pas! Huit jours ici, quinze jours là. Aujourd'hui en France, demain en Belgique. Jusqu'en Syrie et à Constantinople, que je suis été.

— Que j'ai été, corrige Clovis.

— Où ça es-tu allé, mon petit? demande Peter que cette finesse de langage semble ne pas atteindre.

— J' dis j'ai été et pas j' suis été, répond le futur lycéen.

— Ah, fait Peter qui ne se trouble pas pour si peu et, sans chercher à approfondir ce que veut insinuer le gosse, à qui sa mère fait observer qu'il prend la parole sans autorisation expresse, ce qui est extrêmement mal élevé, surtout à une noce et encore plus de la part d'un futur élève de l'enseignement secondaire, continue : Constantinople. Ah! la belle ville! La Corne d'Or! Le Bosphore! Les Dardanelles!

— Ah! ah! les Dardanelles! rugit Thémistocle. Mon régiment y a gagné la fourragère rouge.

— Vous y étiez? demande une dame.

— Oh non, j'étais trop jeune.

— On n'est jamais trop jeune pour servir sa patrie, observe Peter sentencieusement.

— Bien dit, Meussieu.

Pic, calmé de ses émotions par un solide morceau de gruyère, fait ainsi sa réapparition.

— Je ne pouvais tout d'même pas, à treize ans, faire la guerre aux Dardanelles? proteste l'adjudant.

— On a vu des enfants s'engager à cet âge, remarque Meussieu Pic, d'une voix lointaine et légèrement méprisante.

— Et Bara et Viala, s'écrie Clovis.

— Tais-toi, voyons, gronde Mme Dominique.

— Mais, approuve Peter, il a raison cet enfant! Bara, Viala, c'étaient des enfants et pourtant déjà des héros.

— Je m'suis rattrapé, réplique Thémistocle et, d'une claque puissante, fait tinter les quatre décorations alignées sur son poitrail.

— Dis aux dames où tu as attrapé tout ça, lui conseille son frère.

— Tu as fini de me mettre en boîte?

— Allez, Totocle, te fâche pas, intervient Ernestine. Tu sais bien qu' Peter i plaisante toujours.

— Moi? proteste ce dernier. Je ne plaisante pas du tout. C'est très intéressant de savoir où on attrape ces trucs-là.

— D'après vos réflexions il me semble, Meussieu l'Anachorète, que vous êtes antimilitariste, n'est-ce pas? Eh bien, Meussieu le prestidigitateur, les antimilitaristes, je les méprise.

— Meussieu Pic!

— Oh, Meussieu Pic!

— Allons, ne nous disputons pas, ordonne Dominique.

— C'est ça, fait Ernestine d'une petite voix aiguë, on n'avait pas besoin de parler de la guerre.

— Ce n'est pas la peine de commencer des discussions politiques, dit Mme Dominique B.

— Oui, on est à une noce, pas à une réunion électorale, dit Mme Saturnin B.

— Papa qui se fâche! crie Florette en tapant des mains avec animation.

— Allons, Jérôme! tu n' vas pas recommencer à te disputer.

— Ma femme, taisez-vous! J'ai dit ce que j'avais à dire. Je suis un homme franc, moi!

— J'accepte les excuses de Meussieu, annonce le prestidigitateur avec calme.

— Mais je n'ai pas fait d'excuses, proteste le vieux.

— C'est très bien comme ça, approuve Saturnin. Du moment que ce meussieu accepte vos excuses, l'incident est clos.

— Mais oui, mais oui, j'accepte les excuses de Meussieu Pic! L'incident est clos. Parlons d'aut' chose.

— Mais enfin, balbutie le droguiste, je n'ai pas...

— Allez, Jérôme, lui dit sa femme, finis ton gruyère. Tu es toujours le dernier.

— Qu'est-ce qui r'veut du fromage? demande la patronne.

Le calme se rétablit.

— Il, dit Thémistocle d'un air fin à Mme Cloche, me semble que vous êtes en train de vous taper vous-même.

— J' m' tape moi-même?

— Mais oui! Madame Cloche, vous vous la tapez, la cloche.

D'une façon générale, on ne trouve pas ça très drôle.

— Il est idiot, c' garçon, ronchonne Sidonie en vidant son verre pour la douzième fois.

*

Là-dessus, les deux garçons prêtés par le Restaurant des Alliés apportent un gâteau avec de la crème et du beurre et de la vanille et de l'angélique et des petits fruits confits, oh là là! on en frémit! Et il est de taille, le gâteau! Y en aura pour tout le monde, Florette n'en revient pas et Clovis s'immobilise, palpitant d'émotion.

— Eh bien, madam' Belhôtel, dit Ernestine, vous avez chiquement fait les choses. Pour une noce, c'est une noce.

— Vive madame Belhôtel, hulule soudain le père Taupe, retombant aussitôt après dans l'inaction.

— Vive madame Belhôtel, crie-t-on en chœur.

Ça c'est vrai, pour une noce, ça c'est une noce. Tout le monde n'est pas de cet avis cependant ; Thémistocle, par exemple, trouve que ça manque de jeunes filles, Mme Pic juge l'assistance plutôt vulgaire, et son époux espérait un menu plus copieux. Mais qui songerait à exiger que la noce d'une serveuse de bistrot de banlieue soit aussi reluisante que celle d'une prinsouesse ?

Les ovations terminées, chacun se précipite sur sa part et l'engloutit avec sensualité.

— Ça, c'est fameux, dit Dominique.

— D'habitude, les messieurs n'aiment pas les sucreries, remarque Mme Pic, comme un reproche.

— Dominique, il aim' tout c' qu'est bon, dit sa femme.

— Y a pas tellement d' bonnes choses sur la terre, ajoute le tavernier. C'est pas la peine d'en laisser passer. Faut profiter d' la vie.

— Bien sûr, approuve l'adjudant en dégustant un morceau d'angélique que Clovis, de l'autre bout de la table, convoitait.

— Il y a tout de même autre chose que boire et manger, fait Mme Pic d'une voix inspirée.

— Naturellement, réplique Peter, il y a marcher, chasser, dormir, ne rien faire...

— Il y a l'Idéal, Monsieur, articule Mme Pic. Hélas ! notre civilisation manque d'Idéal, ajoute-t-elle en récoltant avec sa petite cuiller les derniers restes de crème Chantilly se promenant sur son assiette.

— Après la politique, la morale, murmure Suzy.

— C'est pas juste ce que vous dites là, commence Mme Dominique Belhôtel à qui de multiples verres de vin commencent à agiter la cervelle, non, c'est pas juste. Ainsi Dominique et moi on a un idéal, c'est que Clovis i soye ingénieur.

— Et l'idéal de Thémistocle, ajoute Peter, c'est de devenir sous-lieutenant à quarante-cinq ans.

— Et l'idéal de Pierre, susurre Mme Peter, c'est d'avoir les grandes lettres sur l'affiche de l'Empire.

— Stupide bougresse, qui est-ce qui te demande ton avis, hein? Mon idéal, c'est de vivre libre et qu'on me foute la paix.

— Viv' lib', ça c'est chic, dit Ernestine rêveusement.

— C'est bien difficile d'obtenir qu'on vous fiche la paix, ajoute Suzy.

— Bah, bah, c'est de grands mots tout ça, fait Dominique. J'y r'viens. Manger, Boire, Dormir.

— Non et non, glapit Mme Pic, ce n'est pas ça que j'appelle l'Idéal. L'Idéal, c'est la Famille, c'est la Patrie, c'est l'Art, c'est le Devoir, c'est la Religion...

— Et c'est la Propriété, complète Meussieu Pic.

— Oh là là, fait Suzy en sourdine. Ça va pas mieux.

— La Propriété, c'est la source de bien des malheurs, se met tout à coup à débiter le père Taupe, d'une voix monotone, tel un automate dont on aurait longuement cherché le mécanisme secret et que l'on mettrait en marche par hasard, en tirant sur un doigt de pied. Le secret du bonheur, c'est de ne pas posséder. Pour vivre heureux, vivons cachés, et pauvres, car moins l'on possède, plus on échappe à la fatalité. Oui, c'est cela ; plus on échappe à la fatalité.

Ces paroles définitives troublent quelque peu l'assemblée pour qui ce discours semble bien peu de saison, déplacé ; de mauvais goût, même. Le malaise se transforme en une gêne anxieuse lorsque l'on entend Mme Pic laisser tomber, d'une voix sèche, ces mots :

— Mais, meussieu Taupe, vous *possédez* une femme, maintenant.

C'est bien ce que les autres n'osaient dire : mais on trouve la remarque cruelle. Que peut répondre à cela le père Taupe ? Il répond très simplement :

— C'est stupide c' que vous dites là, madam' Pic, c'est stupide, bête et méchant.

Un grand silence se déploie devant chaque visage ; Meussieu Pic a l'air d'avoir mordu tellement fort dans sa cuiller qu'il ne peut plus la retirer de sa bouche et son épouse, après avoir imité le comportement d'une personne qui s'assoit sur une pelote d'aiguilles, s'écrie d'un air enjoué :

— Oh! Meussieu Taupe, toujours en train de plaisanter. Voyons, Florette, je te l'ai déjà dit, ne mets pas tes coudes sur la table.

— Mme Cloche les met bien! réplique la petite.

— Tu vas voir la gifle! hurle sa mère.

— Madame Pic, j' donne l' mauvais exemple à votre enfant, s' pa?

— Oh! mais pas du tout, madame Cloche.

— Idéal... idéal..., ronchonne distraitement Meussieu Taupe.

— C'est vrai, comment vivre sans idéal? se croit obligé de dire Thémistocle. Sans idéal, on vit comme des animaux.

Mme Pic lui lance le regard reconnaissant d'une chienne à qui on laisse un petit. Mais Dominique, lui, ne fait aucune concession.

— Manger, boire, dormir, voilà mon idéal, et j'en sors pas.

— Et les petites femmes, ajoute Thémistocle, désertant brusquement le camp de Mme Pic.

— Le matérialisme fait bien des ravages dans notre société, geint cette dernière.

— Quel gibier de sacristie! dit quelqu'un d'une voix suffisamment basse pour que tout le monde l'entende sans en avoir l'air.

L'œil de Mme Pic devient sanguinolent; celui de Meussieu Pic atroce.

— Est-ce que vous connaissez l'histoire de l'Anglais et du sac de farine ? demande brusquement Thémistocle, avec un à-propos dont son frère le croyait incapable.

— C'est ça, racontez-nous une histoire ! approuve Mme Dominique.

— Oh oui, qu'on rigole un peu, soupire Suzy.

— Ah ! l'histoire de l'Anglais et du sac de farine, fait Meussieu Pic qui a fini par décoller ses dents de sa petite cuiller, il me semble que je la connais. Ce n'est pas l'histoire d'un Anglais qui achète un sac de farine à un Arménien ?

— A un Grec, corrige Thémistocle.

— Dans mon histoire, c'est un Arménien qui vend le sac de blé.

Thémistocle, dégoûté, baisse le nez dans son assiette et laisse le droguiste terminer l'histoire. Il s'en félicite d'ailleurs, car elle n'obtient aucun succès. C'est plus une retraite stratégique qu'une défaite et l'as Pic ne remporte, somme toute, qu'une victoire à l'épi russe.

*

Cependant, les deux garçons prêtés par le Restaurant des Alliés apportent des fruits sur la table et s'enquièrent des désirs de chacun quant au café et aux liqueurs. Mme Cloche, qui a bu dix-huit verres de vin, dédaigne les fruits, plie méticuleusement sa serviette et ordonne un cointreau. Elle soupire. Les deux enfants ont disparu ; personne n'y prend garde. La plupart des convives ont l'air de tomates séchant au soleil. Suzy et Peter sont encore plus près l'un de l'autre qu'ils ne le paraissent. Mme Pic, soucieuse de sa dignité, réprime des hoquets tendancieux. Par les fenêtres ouvertes, pénètre un peu d'air frais, avec un arrière-goût de fumée de charbon.

— Vous allez bientôt nous faire voir vos tours, Meussieu Peter, dit une dame.

— Tout d'suite après mon petit cognac, je suis à vous.

— Si on chantait ? propose Suzy.

Ça, c'est une bonne idée. Ernestine et Suzy y vont chacune d'une mélodie pleine de sentiment. Dominique chante les effets néfastes du tapis vert ; Thémistocle, plus gai, assure qu'il a une combine et Meussieu Pic obtient un franc succès avec une chansonnette relative à la plantation des bananes. Taupe déclare ne rien savoir. Mme Pic se récuse. Mme Cloche, priée de montrer ses talents, mugit une lugubre histoire de marin estropié dont la fiancée préfère épouser un jeune homme très bien au premier abord mais qui, par la suite, devient alcoolique et fou ; alors la fiancée recherche le marin estropié, mais ses camarades l'ont consommé un jour de vent d'ouest et il n'en reste plus qu'un petit morceau de mollet conservé dans la saumure. Étranglée par l'émotion, Mme Cloche supprime le contenu de son verre de cointreau avant de continuer : la fiancée prend le petit morceau de mollet, et elle le mange et elle se jette ensuite du haut d'un phare dans l'Océan homicide, en chantant : Il était un p'tit marin, un p'tit marin de France...

Cette lugubre aventure suscite une impression considérable.

— T'aurais pu nous chanter quelque chose de plus drôle, lui dit Dominique.

— J' sais qu' deux chansons; celle-là et puis celle de la guillotine tragique. J'ai choisi la moins triste.

— C'est au tour de madame Belhôtel, maintenant, dit Suzy.

Ernestine se lève et va près d'une fenêtre.

Elle respire profondément.

— Qu'est-ce que t' as? lui demande Suzy.

— Ça ne va pas bien.

— T'es souffrante?

Ernestine ne répond pas.

— Ben vrai, y en a des étoiles, ce soir! qu'elle dit, puis fait quelques pas, vacillante.

Peter se lève pour la soutenir.

— Continuez sans moi. J' vais m' reposer quelques minutes. Rest' donc là, Taupe.

Suzy l'accompagne ; toutes deux sortent. On attend en silence. Mme Cloche s'accoude à une fenêtre. Suzy revient avec les deux enfants.

— C'est rien. Elle se r'pose dans sa chambre.

— Enn' veut rien?

Non, elle ne veut rien.

— C'est pas grave?

— Non, c'est pas grave.

— Florette, où étais-tu? demande Mme Pic, d'un ton sévère.

— J' jouais avec Clovis.

— Ah! pourquoi ne jouais-tu pas ici?

— J' sais pas, moi.

Les deux enfants se rasseyent. Ils se regardent sans rire. Y a pas moyen d'êt' tranquille, pense Florette. Elle approuve Peter : l'idéal, c'est qu'on vous foute la paix. C' jour-là viendra; quand è sera grande. Et comment qu'elle les mettra les coudes sur la table. Et comment qu'elle s'amusera avec les garçons dans le noir. Et comment qu'elle rentrera à l'heure que ça lui plaira. Alors! Clovis, lui, éprouve une certaine gêne vis-à-vis de Suzy; c'est que Suzy ce n'est pas une petite fille, c'est une femme, une vraie. En outre, son oncle qui le regarde d'un air amusé le terrifie plus que son père qui fronce les sourcils. Bref, il est très gêné.

— Tante Sidonie, qu'est-ce que tu regardes comme ça?

— J' prends l' frais, mon p'tit.

Après un silence :

— C'est vrai, c' que disait Ernestine, y en a des étoiles ce soir.

Peu à peu l'assemblée se lève de table; quelques-uns de ses membres vérifient les dires de

Mme Cloche. Dominique offre des voltigeurs.

— Voilà la Grande Ourse, dit Thémistocle en désignant n'importe quoi du bout de son cigare.

— Et voilà l'étoile polaire, ajoute Meussieu Pic, faisant de même.

— C'est rigolo toutes ces p'tites lumières, fait Mme Cloche, pensive.

— Ces petites lumières, madame, sont de grands soleils, mais si éloignés de nous qu'ils ne paraissent pas plus gros qu'une tête d'épingle, pontifie le droguiste.

— Eh bien, vrai!

— Et il y en a qui sont si loin qu'on ne les voit pas, ajoute l'adjudant.

— Alors, comment qu'on sait qu'i z' existent? demande Mme Dominique.

— On les voit avec des lunettes et plus les lunettes sont grosses, plus on en voit. Les astronomes en comptent comme ça des millions et des millions, répond Meussieu Pic très documenté sur cette question par l'abbé Morue.

— C'est beau, la science! s'exclame Suzy.

— Moi, j' veux être astronome! s'écrie Clovis, pris d'un enthousiasme subit.

— Ça doit pas être un métier qu'enrichit son homme, pense à haute voix Dominique.

— Autrefois, dit Mme Pic, qui avait réussi à se taire durant dix minutes, on ne comptait pas toutes ces étoiles et on vivait plus heureux.

— Ça n'a pas d' rapport, déclare Peter.

— Oui, à quoi ça sert l'astronomie? interroge Mme Cloche, s'engageant sur cette nouvelle piste.

— Ça n' sert absolument à rien, lui répond Saturnin.

— Là, vous voyez, triomphe Mme Pic.

— Ça a servi à montrer que l' soleil tourne pas autour de la terre, comme on l' dit dans la Bible, lui lance Peter sûr de son effet.

Mme Pic, qui n'espère pas convertir le professeur de magie blanche, marque le coup en raflant les derniers biscuits fourrés qui restent sur la table.

— L'astronomie, c'est utile aussi dans la marine, ajoute Thémistocle.

— Je me souviens que mon grand-père, qui était capitaine au long cours, connaissait toutes les étoiles par leur nom, dit Meussieu Pic.

— Toutes les étoiles ont un nom? demande Mme Cloche, sidérée.

— Toutes.

— Bien vrai!

Mme Cloche, impressionnée, ouvre son sac pour en extraire un grand mouchoir à carreaux; elle en fait usage sans modération, puis le replace dans son récipient.

— Qu'est-ce que vous faites de cette colombe? lui demande Peter.

— Quelle colombe?

— Celle qu' est dans votre sac.

— J'ai une colombe dans mon sac?

— R'gardez.

Elle obéit et du sac ouvert s'échappe une colombe qui, après avoir voleté quelques instants, va se poser sur le cadre d'un chromo. On applaudit.

— Ça c'n'est rien, dit Peter. Enfantin! Enfantin! Maintenant, la séance commence.

— Si on d'mandait à Ernestine de v'nir, propose Suzy.

— C'est ça! P'têt' qu'elle va mieux!

— Non, ell' va pas mieux, dit le père Taupe émergeant du couloir. Elle a l'air malade.

— Qu'est-ce qu'elle a?

— J' sais pas.

Le père Taupe s'assoit, l'air hébété.

— Faudrait un médecin, ajoute-t-il.

Alors on commence à s'agiter. Suzy, Mme Belhôtel montent dans la chambre d'Ernestine. Les hommes, c'est pas la peine de v'nir. Qu'est-ce qu'elle peut avoir? Une indigestion? Une migraine?

Mme Cloche se met alors à contempler anxieusement l'oignon qu'elle tient à la main; elle commence à s'inquiéter, à avoir peur. Profitant du désarroi, Florette chatouille Clovis, mais ce dernier n'est pas d'humeur à s'amuser. Il partage l'anxiété avunculaire. Puis le pas épais de Mme Dominique se fait entendre.

— Dominique! Dominique! faut aller chercher un médecin!

Le médecin parti, les gens de la noce s'assirent en silence autour de la table souillée par la cendre des cigares et les taches de vin. Des débris de légumes ou de viande qui avaient sauté hors des plats comme d'absurdes acrobates gisaient çà et là, recroquevillés au milieu d'une petite mare de jus. Des épluchures et des pépins se mêlaient à des débris ; une large arête de poisson transperçait un pétale de fleur, car un bouquet s'effeuillait au centre de cette déconfiture. On entendait à l'étage supérieur le pas de Suzy allant et venant dans la chambre d'Ernestine ; le père Taupe s'y trouvait aussi et Mme Dominique. Le reste de la noce moisissait dans la salle à manger, l'œil vide et l'estomac plein. Les deux enfants se pinçaient avec violence, mais silencieusement. Mme Cloche, très pâle, grattait la nappe avec l'ongle de son index, d'un geste favori ; mais les autres restaient immobiles. Camélia vint renifler jusqu'à la porte, regarda l'assemblée muette, puis retourna dans les ténèbres. Les deux garçons prêtés par le Restaurant des Alliés étaient partis. Dominique de temps à **autre** toussait. Tout à coup, il remarqua l'absence de Mme Pic.

— Tiens, où est donc vot' dame ? dit-il à Pic.

— Ursule ? Tiens, où est-elle donc ? Elle est

peut-être en haut. Je ne sais pas, répondit Meussieu Pic qui s'endormait.

— Il me semble qu'elle est sortie, dit Mme Peter. Mais on n'insista pas.

Puis, cinq minutes après, Peter se leva et s'écria :

— C'est malheureux tout d' même, de rester là à ne rien faire, de n' pouvoir rien faire. Rien de rien.

Il se rassit, les yeux humides. Dominique toussa.

Saturnin, agacé par le tic de sa sœur, lui dit :

— Cesse donc de gratter comme ça. Tu n'es pas une souris.

Mme Cloche cessa ; de plus en plus pâle, elle paraissait réfléchir avec intensité. Son nez tubéreux palpitait, la passion animait son regard ; le désespoir et la rage et l'espoir et la colère.

Florette, pincée par Clovis un peu trop brutalement, chiala. Meussieu Pic la prit sur ses genoux et la berça en bafouillant pauvre petite, pauv' tite, poftite, poftite.

— Ah, assez, fit Dominique, exaspéré.

Le droguiste la boucla et chemina de nouveau vers le sommeil. Quelques instants après, Mme Dominique descendit, se versa un grand verre de vin et l'avala.

— Elle va plus mal, dit-elle brusquement, puis elle remonta.

Thémistocle, qui avait découvert un peu de mie de pain égarée sur la table, modelait une boulette en forme de phallus.

On sonna. C'était le médecin qui revenait. Il grimpa les escaliers en vitesse, comme une feuille morte soulevée par le vent. Puis au bout de cinq minutes, il chut jusqu'à la sortie, et disparut, les épaules voûtées. Mme Dominique redescendit :

— Alors, cette fois, qu'est-ce qu'il a dit ? demanda Dominique.

— I peut rien faire, qu'i dit.

— I n' peut rien faire, répéta Peter machinalement.

— Mais qu'est-ce que c'est qu'elle a ? interrogea Mme Cloche.

— Il a dit un nom d' maladie que j' me souviens plus, répondit Mme Belhôtel. D' cette maladie-là, on n' réchappe pas, qu'il a dit.

L'assemblée frissonna.

— Y a pas moyen d' la sauver ? demanda quelqu'un.

— Non, l' médecin i n' peut rien qu'il a dit.

Tout le monde se tut ; puis quelqu'un de nouveau interrogea :

— Elle en a pour longtemps ?

— Pour un quart d'heure, vingt minutes au plus qu'il a dit.

Tout l' monde se tut ; puis quelqu'un de nouveau demanda :

— A souffre ?

— Non. Tout doucement qu' ça s' passe. A va s'éteindre, qu'il a dit.

— C'est drôle, fit quelqu'un pensivement.

D'un revers de main, Mme Cloche écrasa une mouche qui chiait sur la nappe. D'une pichenette, Thémistocle jeta son phallus en mie de pain par la fenêtre. Mme Dominique se servit de nouveau un grand verre de vin et remonta surveiller l'agonie.

— Si c'est pas malheureux, dit quelqu'un, mourir à c't' âge-là.

— Hélas, on meurt à tout âge, dit Meussieu Pic.

— Une brave fille c'était, une brave fille, dit Dominique, très ému.

— Si c'est pas malheureux, dit quelqu'un, mourir à c't' âge-là.

— Et on peut rien faire contre cette maladie-là.

— On n' sait même pas c' que c'est.

— On sait même pas comment ça s'appelle.

— Elle a oublié c' que l' médecin a dit.

— Si c'est pas malheureux, dit quelqu'un, d' mourir à c't' âge-là.

— A tous les âges, c'est malheureux d' mourir, dit un autre.

— Quand même quand on est jeune, quand on a pas profité d' la vie.

— C'est malheureux tout d' même, c'est malheureux tout d' même.

— On n' sait même pas d' quoi elle meurt.

— L' médecin a dit un nom, mais on n' sait pas.

— Et nous, on n' peut rien faire, on peut qu' tendre que ça soye fini.

— Si c'est pas malheureux tout d'même, si c'est pas malheureux.

— L' père Taupe, on comprendrait qu'i meure, mais Ernestine...

— Pourquoi l'avait-elle épousé? Pourquoi la jeunesse avec un vieux? Pourquoi?

— Et pourquoi que c'est la jeune qui meurt et pas le vieux? Pourquoi Ernestine et pas Taupe?

— Est-ce qu'on sait? est-ce qu'on sait?

— Si c'est pas malheureux tout d'même de mourir à c't' âge-là, dit quelqu'un.

Puis de nouveau l'on se tait. On ne pleure pas, on n'est pas des enfants tout d'même. Ernestine, qui est-ce donc? Elle va disparaître, dit-on. Elle est là-haut couchée et bientôt il en sera comme si de rien n'était. Ernestine, qui est-ce donc? « Ma sœur, répondra celui-ci. Depuis dix ans, à peine l'ai-je vue trois fois. » « Ma sœur, répondra aussi cet autre. Depuis dix ans, à peine l'ai-je vue deux fois. Nous avions le même âge, les deux frères, elle était toute petite; on est parti gagner sa vie, plus ou moins bien; elle, on n' savait pas trop comment è' s' débrouillait. Au jour de l'an, on échangeait des cartes postales et aux jours d'anniversaire. On l'aimait bien. » Qui est-ce donc, Ernestine? « Une petite bonne à qui j'ai fait un enfant, répondra Dominique. Elle travaillait bien, beaucoup, non, elle ne reculait pas devant la besogne. Le jour, et la nuit, j'allais la retrouver dans sa chambre. Comme Germaine, comme Camille, comme Marguerite, comme l'autre encore, qu'était blond filasse. Elle savait retenir les clients et n' se plaignait jamais. Le gosse, personne l'a jamais vu. La rivière l'a bien gardé. Ernestine, j' l'aimais bien. »

Qui est-ce donc, Ernestine? « La bonne de Dominique », répond Saturnin ou Meussieu Pic. Qui est-ce donc, Ernestine? « Ma belle-sœur », répond Mme Peter. Qui est-ce donc, Ernestine? « La mariée », répond Florette. Qui est-ce donc, Ernestine? « Ma complice », répond Mme Cloche. Qui est-donc, Ernestine? Et tous pensent : C'est quelque chose qui est là-haut et qui meurt. Ernestine, ce n'est pas moi. Ernestine, c'est un autre, un autre que l'on ne veut pas être, que l'on ne veut pas voir. Quelques-uns peut-être désireraient voir comment ça se passe. Elle ne souffre pas, paraît-il. Mais parle-t-elle? Délire-t-elle? Sait-elle qu'elle va mourir? Car nous, on sait qu'on ne va pas mourir. Maintenant, elle ne doit plus en avoir guère que pour dix minutes. C'est pas beaucoup. Nous, on a au moins la nuit entière, et le lendemain et le surlendemain, des jours enfin. Des jours et des jours. Et le père Taupe, qu'est-ce qu'i peut dire de tout ça? Qu'est-ce qu'i peut penser? Car alors, ça, c'est drôle, épouser une jeune femme et puis qu'elle meure le jour de ses noces. Non, ça ne s'est jamais vu. Le père Taupe, qu'est-ce qui peut s' dire? Tout ça, c'est bien triste, allez.

Les gens de la noce deviennent une sorte de

magma inquiet et amorphe. Leur inquiétude les ramollit et les dissout ; elle les transforme en colle de pâte. Car c'est une petite inquiétude, quelque chose de très ordinaire et d'un peu avilissant. Une inquiétude qui n' ferait pas se rouler par terre, du moins pour le moment.

Pour le moment, ils s'ennuient. Ils attendent comme qui dirait un train. Mais c' train, c'est pas eux qui l' prendront. C'est la personne du d'ssus.

Si on y r'garde d'un peu plus près, le magma s'avère simple apparence. On en retrouve les molécules. On aperçoit les individus. Il y a ici Dominique qui est anxieux, et Peter qui est triste, et Thémistocle qui a le cœur gros, et Mme Cloche qui bouillonne, et Florette qui dort, et Meussieu Pic qui roupille, et Mme Peter qui fait des comptes dans sa tête, et Mme Saturnin qui est très affectée par ce lugubre événement, et Mme Pic qui n'est pas là.

— Tiens, c'est vrai, dit Dominique, Mme Pic, on n' sait pas où elle est.

Personne ne lui répond car la famille intéressée sommeille ainsi qu'il a été dit plus haut.

Mais bientôt les faits se chargent de donner une réponse au tavernier. Les faits — disons mieux, les événements. Car à la porte on sonne et la reniflante Camélia va ouvrir. Quatre pieds chaussés frappent les marches de l'escalier de leurs talons discrets, car dans la maison, il y a quelqu'un à l'agonie. Chut! chut! Les quatre pieds arrivent au premier, passent devant la porte de la salle à manger et continuent leur ascension.

— Bon Dieu! s'écrie Peter. Cette bonne femme a été chercher un ratichon!

*

Ernestine, d'un geste aimable, invita la foule à entrer dans sa chambre, prit la position de Socrate buvant la ciguë et prononça ces mots :

— C'est gentil ça, madame Pic, d'avoir pensé à moi, mais vot' curé, vous savez, vous pouvez vous l' mettre quelque part, parce que, vous savez, je l' connais vot' curé, j' l'ai assez vu faire de saloperies pour savoir de quoi i r'tourne avec ses histoires et pas seulement çui-là, mais encore ceux qu' j'ai vus quand j'étais tout' petite et qui s' privaient pas d' faire leurs petites saletés avec tout c' qui leur tombait sous la main, d' puis leur mouchoir à carreaux jusqu'aux p'tits garçons du catéchisme. Enfin, vous voyez, madame Pic, que si vous aviez l'idée d' m'imposer vos mômeries, vous vous êtes fourré l' doigt dans l'œil jusqu'au poignet, et vot' curé y peut rengainer son crucifix dans l' fond d' sa culotte qu'i cache sous sa soutane. Enfin, c'est quand même gentil de m' prévenir gentiment que j' vais mourir. Des fois qu' j'en aurais rien su. Vous savez, madame Pic, j' tenais

299

pas plus que ça à l' savoir, mais maintenant qu'
vous m'avez montré vot' bonhomme noir, j' sais
c' qui va s' passer. Je l' sais pas tellement qu' ça.
Enfin, gens d' la noce qu'êtes là à m'écouter jacter,
j' vais vous dire deux ou trois mots d' la situation.
C'est pas qu' j'ai envie d' vous instruire ou d' vous
faire d' la morale. J' suis pas désignée pour ça sur
les r'gistres d' la mairie ; tout de même j' saurais
aussi bien l' faire que l' bonhomme en noir qui
fait une sale grimace en m'écoutant parler. Donc,
gens d' la noce, ouvrez vos esgourdes, comme on
disait dans mon village où que j' suis née, et j' m'en
vais vous faire un p'tit discours ; c'est un' façon
comme une autre d'employer l' temps qui m' reste
à vivre, spa ? Pour commencer, j' vous dirai donc
que ça m'épate un peu de disparaître. Comme ça,
je n' comprends pas très bien comment ça peut
s' passer. J' sais bien qu'on peut s' passer d' moi
et qu'après moi on continuera de vivre ; tout d'
même, j' m'essplique pas bien c'te curieuse aventure. D'ici dix minutes ou une heure, j' sais pas
au juste...

— Dix minutes au plus, dit Mme Belhôtel.

— Merci, madame Belhôtel. Je m'arrangerai
pour avoir fini à l'heure. Donc j' disais qu' d'ici
dix minutes j'allais être supprimée, rayée, effacée.
Çà, alors, c'est vraiment curieux. C'est pas que
j' crois à l'immortalité d' l'âme, comme dirait
l'abbé, ou à la survie, comme dit la marchande
de journaux, vous savez bien, celle qu'est spirite.

300

J'y crois pas. J'ai réfléchi là-d'ssus. S'imaginer tout pareil qu'on est sans avoir des yeux, des bras, des jambes, ça n' tient pas d'bout. Pasque je m' suis aperçue que c' qu'on est c'est pas seulement une p'tite voix qui parle dans la tête, mais c'est aussi tout l' corps qu'on sent vivre et tout c' qu'on peut faire avec. Si on a pus d' corps, comment dire qu' c'est toujours moi? Donc, pour revenir à c' que j' disais à l'instant, quand j' m'épate de disparaître, c'est pas que j' pense à la survie ou à l'âme au ciel ou en enfer ou à des imaginations de c't' ordre. J'en parle, comme qui dirait, de haut. Quand n'importe quoi disparaît, c'est déjà drôle. Mais moi. Ça alors, ça d'vient renversant. Un arbre brûle, i reste la fumée et la cendre ; pourtant, l'arbre n'est plus là. C'est comme moi. I reste du pourri, mais la p'tite voix qui parle dans la tête quand on est tout seul, i n'en reste rien. La mienne quand è s' taira, è r' parlera pas ailleurs. C'est ça qu'est drôle. C'est pas qu' ça m' fâche autrement. On s' passera d' moi. J' m'en doute bien. Et je m' passerai bien d' moi-même. C'est pas non plus que j' fasse d' la propagande spiritualiste, pour dire le mot juste. Y a tout d' même des choses qu'on peut pas s'empêcher d' penser. D'un aut' côté, c'est aussi bien bête de croire qu'on sert à qué'que chose sur la terre, mais j' peux pas non plus m'empêcher de m' dire : V'là que j' meurs, qu'est-ce que j'aurai foutu ici? j'aurai lavé des verres et rincé d' la vaisselle, ça oui ;

j'aurai couché avec des types en général pas propres, j' dis ça au moral ; j'aurai eu un enfant qu'aura tout d' suite été supprimé ; j'aurai reçu des coups étant gosse et j'aurai baigné dans l'eau sale après. Et j'aurai épousé l' père Taupe, ça j'oubliais, j'aurai épousé l' père Taupe. J' dois bien dire qu' si c'est tout c' que j'ai foutu, j'ai pas d' quoi m' vanter. Et après, qu'est-ce que j'aurais foutu ? Ça c'est une autre histoire. J'en r' parlerai tout à l'heure. Pour le moment, j' fais d' la morale. Eh bien, pour revenir à ça, faut en avoir une sacrée couche pour me poser des questions comme j' m'en pose, hein ? Qu'est-ce que j' foutais parmi vous ? Eh bien, j' lavais la vaisselle. Pourquoi chercher midi à quatorze heures, hé ? Gens d' la noce, qu'est-ce que vous foutez ici ?

— On t'écoute, répondirent-ils en chœur.

— Et moi, qu'est-ce que je fous ?

— Tu parles, répondirent-ils de nouveau.

— Et qu'est-ce que je dis ?

— Tu dis des choses vagues, répondirent-ils toujours à l'unisson.

— J' voudrais bien vous donner des précisions, mais vous comprenez, j' peux pas. Bien sûr, y a quéque chose de très simple et tout l' monde sait ça : la femme Taupe va mourir passque plus tôt ou plus tard, ça finit par arriver et si on vit c'est parce qu'on mourra. Pas vrai ? Ensuite, y a aut' chose de très simple. Puisque j' meurs et qu'y a rien à faire et qu' c'est comme ça, eh bien, c'est pas la peine de se chatouiller les méninges à propos d' la destinée d' ma petit' voix qui parle dans ma tête, quand j' suis toute seule, ou bien d' savoir à quoi ça a rimé qu' j' aye existé vingt et un ans d' suite sur c'te planète. En résumé, que j' dis, j' disparais comme y en a tant d'aut's qu'ont fait avant moi et comme y en aura encore plus qui l' f'ront après. Voilà. Mais i m' semble qu' ça fait bien cinq minutes que j' parle.

— Cinq minutes de coiffeur même, dit Saturnin poliment.

— Alors j' me dépêche.

— Un instant, dit Saturnin.

— J' vous en prie, dit Ernestine.

— Si on vit, c'est passqu'on meurt, vous avez dit ça, spâ? demanda Saturnin.

— Oui j' l'ai dit.

— Vous auriez aussi bien pu dire le contraire, 'ui fit-il remarquer.

— J' suis d'accord, répondit Ernestine.

— Ah bon, fit Saturnin. C'est tout c' que j' voulais savoir.

— Vous voyez comme j' suis brave fille. Au moment où j'allais dev'nir riche, je meurs, et je m...

— Où vous alliez devenir riche! s'écria Mme Pic stupéfaite.

— Elle commence à délirer, s'empressa de dire Mme Cloche.

— Où elle allait devenir riche! s'écria Meussieu Pic, ahuri.

— Ernestine ne sait plus c' qu'elle dit, assura Mme Cloche.

— Laissez-la donc parler, dit Peter.

— Mais oui, il faut la laisser parler, voyons, approuva Thémistocle.

— Elle n'a plus que cinq minutes à vivre et vous l'empêchez de parler, c'est idiot, dit Mme Belhôtel.

— Alors, commencez par vous taire, dit Mme Pic.

— Je m' tairai si ça m' plaît, madame, répondit Mme Belhôtel.

— Allons, allons, vous n'allez pas vous disputer maintenant, mesdames, dit Dominique.

— Il faudrait que quelqu'un commence par se taire, dit Mme Saturnin.

— Commencez donc, dit Mme Pic.

— Et cette fille meurt sans les sacrements de l'église, s'écria le curé qui s'appelait l'abbé Leslaines.

— Ah! si celui-là s'en met, ce n'est pas fini! s'exclama Peter.

— Silence donc! cria Thémistocle.

— Pas tant de bruit, chuchota le père Taupe.

— Oh vous savez, j' suis brave fille, dit Ernestine. Si ça vous embête de m'écouter, je m' tais.

Et elle se tut.

*

Le long de la rivière où pourrissaient les chapeaux hors d'usage et les croquenots abandonnés,
sur le bord de la rivière où les lignes des pêcheurs
cherchaient en vain à tenter des goujons inexis-
tants, sur les berges de la rivière où parfois un
chaland se traînait chargé de sable et orné d'un
pot de fleurs flamand, le long de la rivière, il faisait
nuit. Il faisait nuit ailleurs également, mais peu
importe, sur le bord de la rivière, la nuit s'épais-
sissait. A travers cette nuit, deux êtres marchaient.
Ces êtres étaient humains ; mieux même, ils étaient
brachycéphales ; l'un femelle et l'autre mâle, ils
appartenaient à la même famille, ils avaient eu la
même mère et sans doute le même père ; et s'ils
ne portaient pas le même nom, c'est que la loi
française donne à la femme mariée le nom de
l'époux. Or, la sœur avait convolé en justes noces
avec un sieur Cloche et le nom lui en était resté
bien qu'elle eût obtenu le veuvage à son profit.
Le frère n'avait jamais quitté le nom de Belhôtel
et n'en tirait aucune fierté. Mais ce frère aurait
pu être un autre, car il en existait deux qu'un
habile subterfuge permettait de distinguer. En
effet, leur père, prévoyant qu'une même appella-
tion pouvait provoquer des ennuis divers à ses
deux enfants mâles, leur avait adjoint une seconde
dénomination : il surnomma l'un Dominique et

l'autre Saturnin. Ainsi les pouvait-on distinguer l'un de l'autre. C'est du premier dont il s'agit maintenant.

Mme Cloche et Dominique Belhôtel marchaient donc à travers la nuit le long de la rivière goudronneuse et, en dehors de cette occupation, échangeaient des idées et des interjections. Bref, le long de la rivière de crêpe, Mme Cloche et Dominique Belhôtel, enrobés dans la nuit comme des truffes dans de la crème au chocolat, discutaient à la faveur des ténèbres opaques.

— La garce, elle a failli parler, disait l'un.

— Quelle vacherie, disait l'autre, tout est à refaire.

— *Ils* nous ont eus.

— Ils *l'*ont eue.

— Ils *nous* auront.

— Ils *ne* nous auront *pas*.

— Qu'est-ce qu'on va faire?

— R'garde c't' eau, elle est sûre, elle est tranquille, c'est une eau qui ne parle pas. Quand le vieux sera au fond, i n' remontera jamais. I s'aura suicidé par désespoir d'amour.

— Comme t'y vas, murmura le frère.

— Et c't' idiote de Mme Pic, qui va raconter ça partout. Celle-là aussi è d'vrait bien aller au fond. Dans la vase!

Ils marchèrent en silence quelques instants, se déplaçant dans la nuit le long de la rivière de cirage.

— Alors, tu crois qu' c'est *Eux* qui l'ont tuée?
demanda le frère.

— Ça crève les yeux, répondit la sœur.

La sœur ajouta :

— Pauv' Ernestine! A s' doutait du coup.

— Et nous v'là refaits.

— Oui, on est vert, à moins que le vieux disparaisse. C'est simple.

— Pas si simple que ça. Et après faudra trouver sa cachette.

— Elle est derrière la porte.

— Si on la trouve pas?

— Dominique, j' crois qu' tu d'viens trouillard.

— Trouillard, c'est facile à dire. Tu m'emmènes dans des sales trucs. J'en ai pas besoin, moi, d' l'argent du vieux. J'ai la mienne. Dans dix ans j'aurai fait fortune. J' suis un travailleur, moi, et j' sais garder mes sous. Quand i s'agissait qu' du coup du mariage, ça allait. C'est un p'tit service que j' t'ai rendu. Mais maintenant, j'ter l' vieux dans la mare pour avoir peut-être des haricots, merci. Et puis, j' suis comme Ernestine, je m' méfie des aut's. I sont plus forts que nous. On vient d' le voir, hein? Eh bien, merci! Le cimetière ou la guillotine, v'là c' que tu m' proposes.

— Tu parles comme un marchand de chaussettes ou un acteur de mélos, lui dit Mme Cloche. Malgré ton allure, t'as qu' du sang d' nouille dans les veines. T'as l'air costaud, mais t'as un cœur de macaroni. Et t'en baveras quand tu m'verras rouler en Rolls avec des gigolos et qu' toi tu moisiras dans ton bocard avec trois vérolées et une négresse. T'es comme Ernestine. Si é m'avait écoutée du premier coup, al' serait pas là où elle est. Toi, tu marches pas maintenant et dans huit jours, tu voudras être dans l' coup. Ça t' portera pas chance. Assez jacté. On rentre.

Les deux firent demi-tour. La lune nageait péniblement entre deux eaux et de rares étoiles s'éteignaient dans la boue obscure de la rivière. Des trains sifflaient de temps à autre et des chiens hurlaient de temps en temps. Et même un coq chanta ; ce qui ne fit pas l'aube venir. Derrière les palissades fragiles, les jardins potagers dormaient paisiblement, et les oignons sommeillaient au côté des laitues et des tomates. Vers Paris, il y avait une grande lueur parce que c'est une grande ville, avec beaucoup de réverbères et d'affiches lumineuses. De l'autre côté de la rivière, assez loin, une usine restait illuminée ; du côté des Produits Chimiques et du Linoléum, quelques lumières indiquaient une activité réduite. Par instants, tout tombait dans des gouffres de silence pour en ressortir traîné par le sifflet d'un train ou l'aboiement d'un chien ou le chant d'un coq ou le ronflement d'une auto ; puis après, les maisons et les cabanes et les jardinets et les usines s'abîmaient de nouveau dans un silence oléagineux.

Dans Blagny même, une seule maison restait

vivante et vers elle se dirigeaient le frère et la
sœur Belhôtel. Arrivés à la hauteur de la mairie,
Sidonie dit :

— Et surtout, toi qu' es bien avec les boures,
tâche qu'i n' fourrent pas leur nez là-d'dans.

— Tiens, j' f'rai encore ça pour toi, dit l' frère.

Puis il ajouta :

— Et si tu dénonçais les autres ?

— C'est malin, et c'est tout c' que tu trouves.
Justement j' te demande que personne ne fourre
son nez là-d'dans. C'est une affaire entre moi et
les autres. T'as compris ?

— Bon ça va, répondit Dominique.

Comme ils arrivaient près du café, on voyait
les lumières, elle lui dit :

— Ça t' fait d' la peine ?

— Quoi donc ? fit-il.

Il se souvint alors de ce jeune corps assassiné
et se mit à pleurer car il aimait bien Ernestine,
après tout. Mme Cloche tourna la tête pour
regarder ce frère au cœur de macaroni, mais son
regard n'exprimait aucune pensée précise, et
pas plus le blâme que l'assentiment.

*

Au petit jour les trains de voyageurs recommencèrent à circuler, humides et froids, les vitres
brumeuses et blanchâtres comme des yeux couverts

d'une taie. Dans l'un d'eux, les débris de la noce montèrent, la bouche épaisse et le cerveau plus mou qu'un édredon. Saturnin et sa dame rentraient dans leur logis ; un engagement inespéré attirait Peter et sa conjointe vers une province wallonne ; la discipline qui fait la force des armées fixait à Thémistocle l'heure de son réencasernement et Mme Cloche avait un rendez-vous à 9 heures, à propos de fœtus. La petite bande, verte encore de cette nuit blanche, s'assit sur des banquettes arides et se laissa entraîner vers la ville sans un mot d'adieu ni de protestation. Puis, quand la locomotive au sifflet puissant les eut traînés pendant quelques minutes sur les rails polis comme un crâne chauve, l'une des personnes présentes — ce ne fut pas Mme Cloche — demanda : « Pourquoi diable a-t-elle dit : au moment où j'allais devenir riche ? » traduisant ainsi l'inquiétude générale des non-initiés devant le mystère. Car, à Blagny, la nouvelle se colportait déjà de gueule en gosier, se complétant par cette interrogation anxieuse à laquelle nul ne pouvait répondre qu'en imaginant de romanesques aventures ou d'absurdes fuliginations. Par exemple, le cerveau de Mme Pic se tordait sous l'effet de ses cogitations comme un torchon qu'on dépouille de son humidité ; Peter et sa femme et son frère ne savaient que dire de cette richesse inattendue ; mais Saturnin, plus averti, commençait à entrevoir les sombres machinations de sa sœur l'avorteuse.

Il en reconstituait la trame, non sans quelques erreurs. Mais il ne répondit pas. Mme Cloche grogna et tous se perdirent dans leurs pensées et ne se retrouvèrent en contact avec le monde qu'à l'appel d'un homme dont la casquette galonnait et qui réclamait d'une voix rauque des morceaux de carton à perforer.

Puis, ils se séparèrent. Saturnin et sa femme surent prononcer des paroles de condoléances. Les deux frères, émus jusqu'aux larmes au souvenir de leur sœur défunte, oublièrent leurs querelles. Ils se serrèrent la main très fort et se tournèrent aussitôt le dos, chacun partant vers d'autres atmosphères, tous deux le cœur épais et la glande lacrymale coulante. Tous deux disparaissent, tous deux s'effacent, on ne les reverra plus, ni Peter Tom l'Anachorète, le subtil magicien et sa dame si toute mince et menue, ni le solide adjudant orgueil de ses chefs et terreur de ses subordonnés. Ils s'enfoncent dans leurs destins réciproques comme des crevettes dans le sable, ils s'éloignent et, pour ainsi dire, meurent.

Le frère et la sœur restent face à face, et la belle-sœur aussi. La belle-sœur en a soupé ; et de la noce et de la défuncture et de la mère Cloche. Elle en a par-dessus la tête. Elle en a marre. Elle en a sa claque. Elle en a plein le dos. Elle en a assez. Elle pince significativement le bras musclé de son époux qui remet à plus tard les explications qu'il compte demander à Sidonie. Sur le trottoir, face à la gare du Nord, la désagrégation finale de la noce s'accomplit. Meussieu et Mme Saturnin Belhôtel, concierges de leur état, prennent l'autobus. Mme Cloche reste là, seule et désemparée.

On a fini par se réveiller. La circulation, c'est le mot juste, commence à devenir intense. Les autos se multiplient. Il en sort de tous les côtés. On ne saurait les compter tant il y en a. Il en pleut. Et des piétons, c'est encore pis. Ils s'agitent en tous sens et s'écrasent les orteils. Et c'est qu'ils sont pressés. Dame, ils vont à leur travail et la boîte ne plaisante pas avec l'heure. A qui s'attarde, point de salaire, dit le proverbe. Mme Cloche, plantée dans ses semelles, laisse couler le flot des travailleurs à sa droite et à sa gauche. Un souvenir absorbe sa pensée et la rend plus ferme qu'un rocher sur lequel se brise un torrent d'injures. Elle se souvient, oui, c'est ici qu'il y a trois mois, trois mois déjà, un homme se fit laminer par un autobus, et que le lendemain le bandit faillit se faire écraser par l'autre bandit. Ah, ce café, c'est celui où la camomille est si mauvaise et le garçon si insolent. Elle avait oublié cette incroyable suite d'événements. Le trésor de Taupe la dominait toute et c'est aussitôt à lui qu'elle revint, abandonnant le terrain des remémorations.

Un goût amer lui râpait la langue. Devant Dominique, elle n'avait pas cané. Maintenant, au milieu de cette foule affairée, loin du cadavre

312

de l'empoisonnée, elle se sentait vaincue. Les autres triomphaient. Le trésor lui échappait. Elle ne voyait aucun moyen de le reconquérir. C'en était fini de ces festins longs et copieux dont elle promettait de gaver sa vieillesse ; c'en était fini des jeunes gens aimables qui l'auraient fait danser dans les boîtes de nuit ; c'en était fini des voyages, de l'auto et des robes du soir décolletées, maizoui, maizoui, maizoui et des petits chiens de luxe horriblement laids et chers et des bijoux véridiques. Il lui fallait recommencer à extraire les indésirables et à moisir dans un appartement miteux et rance. Elle en avait mal au cœur de dégoût. Découvrir un trésor, un vrai, et se le voir souffler, quelle dégoûtation. Elle en blêmissait de rage. En la regardant, un meussieu qui était en avance de deux minutes se demanda si elle n'avait pas le mal de mer, invraisemblablement.

Elle se souvenait encore : l'avant-veille, elle s'était traînée tout le long de la rue Saint-Honoré se promettant et ceci et cela et ceci encore car, à son avis, rien ne pouvait épuiser les ressources de l'immense avare qu'était le brocanteur blagnissois. Et rien ne pouvait épuiser les désirs d'une sage-femme sur le retour. Elle aurait pris des leçons de danse ; elle se serait fait masser le croupion par un type énergique. Elle aurait appris à nager ; à conduire une auto ; à jouer au bridge et au mords-moi-le-nœud, le dernier jeu

313

à la mode. Elle aurait pris contact avec la virilité coûteuse d'élégants désœuvrés. Et pour revenir au début du commencement, elle s'en serait fourré jusque-là, les gueuletons succédant aux festins et les saoulographies aux indigestions.

Sur le trottoir qui fait face à la gare du Nord Mme Cloche restait immobile et solitaire tel un rocher au milieu d'un torrent, contemplant les morceaux de son idéal, brisé par les Autres.

Le flot renouvelé des banlieusards finit par la déraciner, et dans ce flot se trouvait, unité, Étienne Marcel se rendant à sa banque pour y gagner son pain à la crampe de son bras. Mme Cloche ne le vit pas. Elle fut emportée par le flot renouvelé des banlieusards et disparut avec lui, dans les replis de la ville.

*

Il y a des façons de rire comme de pleurer, murmura le romanichel aux yeux verts. Que voulez-vous savoir de plus? Quelle histoire plus sombre? La mienne ou celle de mes ancêtres? Autrefois les bûchers flambaient et mes ancêtres avec; ou des amis. Car nous avons toujours eu des amis. Mais chaque jour leur nombre diminue. Comme nous-mêmes, nous nous effaçons. Vous le devinez sans peine, tout ce que je vous dis de mes ancêtres, ce sont anecdotes supposées et moi-même je joue la comédie. Mes yeux sont verts bien sûr et ma barbe accuse une semaine, mais je n'appartiens pas à l'espèce romanichel; je n'en ai que les apparences. Les apparences et les désespoirs. J'accompagne les races usées vers leur dissolution fatale. Les Tasmaniens. Les Dodos. Les Æpiornis. Les Ceci. Les Cela. Excusez si parfois l'érudition me fait défaut. Pour tout dire, c'est un vrai plaisir de faire grande figure à ses propres yeux. Être l'homme qui erre sur terre et qui serre dans ses serres des mystères, des secrets. Être l'homme qui sue d'angoisse devant son ombre qui grisonne, qui blanchit. Ou les gens que l'on rencontre parfois dans les hôtels de province. Ils n'ont aucune raison d'être là. Ils ne sont pas commerçants, ils ne sont pas voleurs. Ils ne viennent pas à un mariage, ils ne viennent pas à un enterrement. Ils n'ont aucune raison d'être là, sinon qu'ils portent de lourds fardeaux de malheur et d'ennui. Le malheur est parfois immense et l'ennui continu. Il s'agit de secrets qui intéressent la vie des peuples et des nations; de bouleversements avortés qui serrent le cœur de ces déchus; de tentatives ratées; de souvenirs angoissants; d'échecs renouvelés. Je suis de cette espèce, vous ai-je insinué tout à l'heure. J'accompagne cette race à travers les peuples d'Occident en disant la bonne aventure. Je ne vous la dirai pas car je préfère rester muet à cet égard en votre présence. Oui, comme je le disais tout à l'heure, il y a des fantômes qui supportent de lourds silences et le

315

silence les étrangle ; blêmes, ils vont et viennent comme si de rien n'était. Ceux qui n'ont pas de secrets les suspectent cependant. Mais naturellement je dis ça pour faire bien car, comme de bien entendu, tout le monde a son secret. Ainsi l'un cache la naissance d'un vice, l'autre le souci d'un parent, un troisième quelque méchante farce qui lui fut faite et le tourmente. Naturellement, chacun n'a pas les secrets qu'il mérite, car il existe des fantômes idiots. Il y a des amours déçues, des amours déchirées, des amours sans espoir, des amours desséchées. Il y a des ambitions déçues, des volontés sans espoir, des orgueils déchirés, des passions desséchées. Ils gardent leur aspect, ces hommes, ils restent droits, ils marchent, mais ils sont frappés à mort et leur secret les ronge, les ronge jusqu'à en crever. Les araignées ont les dents moins longues qu'un inavouable tourment. Aussi bien j'ai mon secret, mes secrets. J'en ai plusieurs milliers. Un par jour. Depuis ma naissance. J'exagère un peu, bien sûr. Mais enfin, mettons depuis l'âge de deux ans, un secret tous les deux jours. Vous voyez ça d'ici, et je ne parle que du secret quotidien, du petit secret dont à la rigueur on pourrait parler. Du secret à usage de confessionnal quand il y en avait encore. Quelque chose de mieux, bref. Je ne parle que des grands secrets. Naturellement, un seul suffit pour vous foutre par terre. Vous voyez, je suis par terre. J'ai donc un grand secret. Bien que je cherche à vous instruire, je me vois obligé de vous avouer que je suis dans l'impossibilité de préciser la nature de ce. Totalement impossible. Mais ça a un certain rapport avec la déchéance des races et la décomposition des nations. J'ai connu un personnage qui possédait un rude secret ; je l'avais rencontré dans un hôtel d'Avignon, dans un hôtel très spécialement lugubre, dans un hôtel pour gens de notre espèce. Tout de suite j'avais vu qu'il avait quelque chose sur le cœur et qu'il ne pouvait le dire. Je ne voulais lui demander, car c'eût été peine perdue. C'était un individu d'aspect correct, d'une élégance bien déterminée, parapluie et chapeau melon, et dont tous les actes révélaient une grande distinction. Il lisait peu et se promenait longuement à travers la ville et regardait à travers les grilles. Eh bien ! comme je vous le disais tout à l'heure, ce personnage possédait un rude secret que je finis par découvrir. Il était mort. Vous voyez ça d'ici. Et encore il en est de plus rudes, des secrets. Je crains que le mien ne soit encore plus effroyable. Ne craignez rien, je ne vous le dirai pas. Je Ne Vous Le Dirai Pas. Je ne vous le dirai pas. Vous pensez bien que je ne suis pas un ogre ni un père Lustucru ni même un boojum. C'est quelque chose de beaucoup plus simple. Je ne sais si vous vous en doutez, il y a des hommes qui souffrent effroyablement. Et ça ne les empêche pas de se faire marcher sur les pieds dans le métro. Mais peut-être ne suivez-vous pas très bien la suite de mes phrases. Peu importe.

*Vous y penserez plus tard, lorsque j'aurai dis-
paru au tournant de la route avec mes femmes et
mes fils, mes chevaux et mes chiens. Le soleil
baisse. Il est temps que je parte. Nous finirons
l'étape de nuit. Adieu donc et gardez vos secrets
comme je garde les miens. Mes fils m'appellent et
mes chevaux hennissent. Adieu.*

*Le pendule sonna 11 heures sur la cheminée, 11
heures bonnes à dormir. Il enleva son masque de
romanichel aux yeux verts et l'effaça entre ses
mains comme un escamoteur fait d'un mouchoir.
Puis il prit une figure et se la colla sur la face et
se mit à parler. C'est moi, le mort. Vous me voyez
très distingué. Je suis bien comme le romanichel m'a
décrit, n'est-ce pas? Parapluie et chapeau melon,
gestes distingués. Je réponds très exactement au
portrait qu'il vous fit de moi-même. Je lis peu et
me promène longuement à travers la ville. Et je
regarde à travers les grilles. Ça c'est vrai. J'avoue
ma curiosité; un péché meugnon, s' pa? Seulement
voilà, j'ai un rude secret. Si on ne vous l'avait
pas révélé, je n'aurais pu vous l'avouer. Je suis
mort. Plus exactement. Je suis un mort. Mais
naturellement nul ne s'en doute; sans cela les
hôteliers refuseraient de me louer une chambre et
les gens dans la rue diraient : Il pue celui-là, il sent
le renfermé et le moisi. Remarquez, vous l'avouerez,
très désagréables à entendre. J'ai horreur qu'on fasse
des réflexions à mon sujet derrière mon dos. Cela
m'irrite. Et bien que mort, je reste très susceptible.*

Ce nouveau masque, il l'arracha avec dégoût et, l'ayant froissé, le jeta dans les vatères. Est-il fait, ce cadavre! Et peu intéressant. On devrait bien le mettre en terre et bien l'arroser; il donnerait peut-être naissance à quelque beau saule ou à un pied de tomate. Sinon l'agréable, du moins l'utile. N'y pensons plus. Puis il bâilla, songea un instant à l'aspect du professeur de magie blanche, puis choisit l'apparence habituelle. Pierre bâilla de nouveau, remonta sa montre, se moucha discrètement, s'étendit entre deux nappes et s'endormit avec rapidité.

CHAPITRE SIXIÈME

Les mains dans les poches, Narcense rentrait chez lui.

— Alors, vous voilà revenu! dit Saturnin.

— Vous voyez, j'ai pris des vacances.

— Je suis content de vous revoir, Meussieu Narcense, dit Saturnin.

— Il y a des lettres?

— Rien, dit Saturnin.

— Je m'en doutais.

— Si vous avez le temps de m'écouter, dit Saturnin, j'aurais de drôles de choses à vous raconter.

— A quel propos?

— A propos d' ma sœur, dit Saturnin, et d'Étienne Marcel et d' Pierre Le Grand.

— Ah bah! Je vous écoute attentivement.

— Eh bien. Voilà toute l'histoire. Mais rentrons : j' voudrais qu' ça reste entre nous.

Tous deux s'assirent dans l'obscurité de la loge.

Alors Saturnin raconta le mariage et la mort d'Ernestine et les derniers mots qu'elle prononça : « Au moment où elle allait être riche. »

— Maintenant, Meussieu Narcense, dit Saturnin, vous comprenez que j' comprends tout. Ma sœur Sidonie a découvert, je ne sais comment, que le père Taupe était riche et avare et lui a fait épouser Ernestine afin de mettre la main sur sa fortune. Quant à M. Marcel et à M. Le Grand, elle les soupçonne de vouloir voler Taupe d'une façon ou d'une autre. Comment a-t-elle découvert tout ça? Je meuleu demande. Mais les faits sont là, spa? Et il y a autre chose de bien suspect : c'est la mort d'Ernestine. Vous ne trouvez pas ça singulier, vous? En tout cas, il y a une chose de vraie : c'est que Taupe cache ses sous, et une autre tout aussi véritable, c'est que Sidonie veut les embarquer. Quant à Marcel et Le Grand, eh bien, vous ne pensez pas qu'eux aussi ils veulent mettre la main d'ssus? Sans ça, comment que vous expliquez leurs promenades à Blagny? I n'ont rien à y faire à Blagny? Alors?

Comme Narcense ne répondait pas, Saturnin reprit :

— Vous croyez que Meussieu Marcel est capable de commettre un crime?

Narcense sourit :

— Ça m'épaterait.

Saturnin se gratta les cheveux.

— Alors. Qu'est-ce que vous en pensez?

— Euh. Pas grand-chose. A propos, vous savez d'où je viens?

— De X...? dit Saturnin.

— Mais non. Je viens de passer trois semaines chez le frère de Le Grand, à Z...

— Ah, dit Saturnin.

— J'ai vu plusieurs fois Le Grand. C'est un jeune homme charmant et qui cherche à me rendre service. Mais seulement quand ça l'amuse.

— Ah, dit Saturnin.

— Qu'est-ce que vous feriez si vous deveniez riche ?

— Oh oh, dit Saturnin, ça demande réflexion.

— Vous avez bien des idées là-dessus ?

— Bien sûr, dit Saturnin. Je crois que je ferais quelques petits voyages.

— Bon.

— Ensuite de ça, dit Saturnin, je publierais mes œuvres complètes.

— Bon.

— Et je m'achèterais une pipe en écume de mer, dit Saturnin.

— Bon.

— Voilà pour le moment, dit Saturnin.

— Vous croyez que ça vaut la peine de se remuer ?

— Comment ça ? dit Saturnin.

— Enfin, ça vous démange beaucoup, la pipe de Kummer et le voyage autour du monde et vos œuvres complètes ?

— Ça m' chatouille, dit Saturnin.

— Vous seriez prêt à vous remuer un peu ?

— Oh oh, dit Saturnin. Je vois bien où vous voulez en venir.

— J'en ai marre de crever de faim.

Narcense éclata de rire.

— Ça serait plus drôle que d'être concierge ou saxophone.

— Et je pourrais vous rembourser l'argent que je vous dois.

Tous deux se perdirent en de singulières méditations. L'un roulerait sa sœur et l'autre un ami prétendu.

— Au fond, il ne s'agit que d'un simple vol, dit Saturnin.

— On pourrait même aller jusqu'à l'euthanasie.

— Comment? dit Saturnin.

— Je dis qu'on pourrait même aller jusqu'à l'assassinat. Le sang des vieillards, ça ne tache pas beaucoup.

— Ouais, dit Saturnin.

Et tous deux repartirent dans ce nouveau domaine de cogitations aussi profondes que joyeuses, domaine inattendu et vaste, vraie terre vierge sur laquelle tous les soleils de l'espoir rayonnaient en tintinnabulant. (Fichtre.)

— Y a Sidonie. Y a Marcel et Le Grand. Et y a nous. C'est entendu comme ça? dit Saturnin.

— Entendu.

— But : le trésor de Taupe. Moyens : tous.

— C'est cela même.

— Mais nous ne savons pas par quel bout commencer, dit Saturnin.

— Non, nous ne savons pas.

— Nous ne savons même pas où se trouve le trésor, dit Saturnin.

— Non, nous ne savons pas.

— Nous ne savons rien du tout, quoi, dit Saturnin.

— Non, nous ne savons rien.

— Par conséquent, nous ne pouvons rien faire, dit Saturnin.

— En effet.

Narcense se leva.

— Alors, bonsoir, Saturnin.

— Bonsoir, Meussieu Narcense, dit Saturnin, vous avez pensé à ce que je vous ai dit, l'autre jour?

— Oui. Eh bien, je reste attaché à la multiplicité, tout en souffrant du devenir.

— Effroyable contradiction, murmura le concierge.

— Bonsoir.

Et Narcense s'éleva dans l'ascenseur, s'interrogeant sur l'avenir qui s'annonçait, puis remarqua, non sans un certain malaise, qu'il avait oublié de dire à Saturnin que les deux Autres étaient prévenus — par lui-même — des soupçons que Mme Cloche avait conçus à leur égard. Mais, au fond, ça n'avait aucune importance.

*

Étienne se félicitait de ses immenses progrès dans le maniement des concepts. Serré dans son coin de wagon par un obèse puant du bec, il se plongea dans une série de considérations visant la nécessité d'un doute préliminaire à toute recherche philosophique.

Tout ce qui se présente, se déguise. Ainsi, par exemple la chaussure droite du type qui se trouve en face de moi. Bien sûr, elle paraît chausser son pied ; elle paraît. Mais peut-être a-t-elle quelque autre sens. D'une façon élémentaire, ça peut être une boîte ; il y a de la coco cachée dans le talon. Ou bien ça peut être un instrument de musique, ça pourrait faire un numéro de music-hall ; ou bien peut-être encore qu'elle est comestible, c'est peut-être un Meussieu prudent qui craint de se trouver sans ressources, alors il mangera ses croquenots. Et bien d'autres choses encore, et les hommes, c'est encore pis que les choses ; et le monde, et tout ce qui se passe. On croit qu'il se passe ceci et c'est cela. On croit faire ceci, et l'on fait cela. Toute action est déception, toute pensée implique erreur. Précisément par naïveté : on admet la sincérité de toute apparence, alors qu'au contraire il en faut douter.

Étienne se sourit à lui-même. Il regarda ses voisins et ne vit que des journaux; seul l'obèse,

ayant sans doute insuffisamment dormi, sommeil-
lait en soufflant de façon fétide. Étienne sourit.
Par la portière, il vit défiler les villas minuscules
de Coquette-sur-Seine, puis apparaître les étendues
maraîchères annonçant Blagny. Ce furent ensuite
des terrains vagues, puis l'usine de produits chimiques, puis les FRITES. Étienne détourna son regard
et fixa la reprise de son pantalon, près du genou.

« Ainsi Mme Cloche s'imagine que je suis un
escroc. Quelle drôle de chose. Je n'en ai pourtant
pas l'air. Ah diable. »

Étienne pâlit. Il venait de recevoir un petit
coup au cœur. Deux ou trois journaux se frois-
sèrent et si quelque curieux s'était trouvé là, il
aurait pu voir la face de leur propriétaire. Mais
Étienne se souciait fort peu de faire le curieux.
Car il venait de pâlir.

Ainsi Mme Cloche aurait raison. Elle ne se limite
pazozap-parences. Je me présente comme un
employé de banque, honnête, scrupuleux, marié,
beau-père de famille et le reste ; bref, comme la
chaussure droite du type qu'est en face. Mais
Mme Cloche ne s'y laisse pas prendre. Elle cherche
plus loin. Et me découvre bandit. C'est donc que
je possède une apparence de bandit. Ça alors, c'est
drôle qu'on puisse me prendre pour un bandit.
C'est inattendu. C'est cocasse. Pierre me l'a fait
remarquer ; ça doit être à cause des frites. Les
frites m'ont donné une nouvelle apparence, et
moi qui ne demandais rien à personne !

Étienne de nouveau sourit. Le train venait de passer la gare de ceinture et s'engageait dans une chevelure de rails transpercée d'aiguilles. Étienne avait souri.

Ainsi l'on peut douter d'une apparence et se gourer, car toute chose a de multiples apparences, une infinité d'apparences. Cette chaussure droite possède une infinité de prétentions. Qui toutes sont fausses. Il y a des prétentions et il y a des déguisements. Bien sûr, tout ça c'est pour le Meussieu qui regarde. L'autre, celui-là qu'est en face de moi et plie soigneusement son *Petit Journal*, l'autre se sert de sa chaussure ; que lui importe les apparences. Mais s'il ne s'était pas aperçu que cette godasse, on l'avait fabriquée avec une matière soluble dans l'eau et qu'un jour de pluie il se retrouve trempant ses chaussettes dans la boue ? Ça lui apprendrait à prendre tout ce qui vient pour argent comptant. Il n'y a pas d'argent comptant, il n'y a que de fictives opérations de banque.

Étienne dégringola en bas de son wagon. Décidément, il devenait très fort. Et c' que ça pouvait être amusant. Il se lança dans la foule et, porté de droite et de gauche, se laissa conduire dans une sorte de tunnel, illuminé de place en place et dans lequel circulaient des séries de cinq véhicules attachés les uns aux autres et se déplaçant avec une certaine rapidité, rapidité qui naturellement n'atteignait pas celle du hourlouri en plein vol lorsqu'il fuit devant la tempête, mais qui dépassait cependant celle d'un cul-de-jatte remontant une rue en pente. Comprimé par des voisins sans nombre, Étienne poursuivait sa méditation.

Il faut que je voie cette vieille femme. Je lui parlerai franchement. Elle me dira peut-être ce qui la faisait me soupçonner et peut-être aussi le but qu'elle veut atteindre. Et son neveu, le petit espion, quelle peur nous lui avons faite! Deux jours après, il était parti. Ça a dû confirmer la vieille dans ses soupçons. Oui, j'irai à Blagny et je lui parlerai; ou à son frère. Mais son frère est-il au courant? Et si j'allais voir son frère? Le concierge de Narcense? Peut-être me renseignerait-il utilement, Narcense. Qu'est-il devenu? Et Pierre? Que fait-il? Je ne le vois plus.

Il prit un air soucieux et inquiet; un esprit superficiel aurait pu en attribuer la cause à la force de compression de cent soixante-dix voyageurs adultes des deux sexes. A Saint-Denis, la perpendicularité de la nouvelle direction ne changeait en rien l'intensité de cette force. Étienne conservait son air soucieux et inquiet.

Voilà bien des occupations : Blagny primo et secundo le boulevard de l'Officier-Inconnu. Quant à Pierre, il ne m'a jamais donné son adresse. C'est curieux. Pourquoi cela? Et pourquoi s'occupe-t-il de moi? Et si Mme Cloche avait raison — à son égard. Pourquoi conduisit-il Narcense jusqu'au bois d'Obonne?

Soucieux et inquiet, il commença sa journée de huit heures (de travail).

*

Papa, maman travaillent ; l'enfant possède la maison, le jardin, les meubles et sa liberté. Il fait ce qui lui plaît. Il a promis de travailler son allemand. Grimpé sur les ruines du premier étage, il travaille donc son allemand. Il apprend par cœur une liste de mots, mais sa mémoire est peu vaillante ; il peine et se voit obligé de répéter cent cinq et des fois un même substantif avant de se l'incruster dans le souvenir. Encore l'a-t-il oublié le lendemain.

Assis sur un petit mur, les pieds dans une épaisse poussière plâtreuse, il relit et lit son énumération de termes relatifs à l'agriculture. Hache, cognée, coin, serpe, scie, arrosoir, hotte, crible, charrue, soc, herse, aiguillon, joug, faux, faucille, fléau, van. Pressoir, c'est die Kelter. Le moyen de se souvenir de cela ? Il répète pressoirdiekelter soixante et trois fois, puis l'arrosoir, die Giesskanne également soixante et trois fois. Bien. Maintenant, pressoir ? Le moyen de jamais savoir ça ? Pressoir ? Pressoir ? Pressoir ?

Il est 3 heures d'automne. Le calme règne au lotissement. Les maisons voisines ne se font pas entendre. De temps à autre le chien de Meussieu

Exossé aboie ; les poules de Mme Caumerse coassent ; une auto fait coincoin, la bicyclette du facteur cuicui et la brouette du jardinier cuicui. Ces bruits divers et discrets donnent à la verdure des platanes un charme que seuls les esprits distingués peuvent apprécier. Théo les apprécie.

Précisément, il entend la bicyclette qui cuicuite comme un moineau. Le briffe-trégueur plonge le nez dans un grand sac plein de papiers pliés, et il sort une enveloppe et la jette en tirant sur une sonnette. Cette suite d'actes incohérents intéresse vivement le philosophe perché. Il répète quarante et huit fois kelterpressoir, avant de se décider à descendre voir skeu cé.

Le doigt dans son livre pour conserver la page, il regarde la briffe avec attention. Timbre français de cinquante centimes ; mise à la poste rue des Sardines, ce jour même à 7 h 15. Adresse : M. Étienne Marcel, rue Moche, Obonne. Au dos : timbre à date d'Obonne. Épaisseur : mince. Transparence : on ne voit rien. Conclusion : quai skeu cé ?

Si tu sais dire pressoir en allemand, je m'autorise à ouvrir cette lettre. Pressoir en allemand se dit : die Giesskanne. Très bien. Vous avez l'autorisation d'ouvrir cette lettre. Tout travail mérite récompense.

Théo restait derrière la grille, son guechprechtoffe à la main gauche et la briffe à la main droite. Il se préparait à faire demi-tour pour aller à la cuisine faire bouillir une casserole d'eau grâce à la vapeur de laquelle il pourrait être renseigné plus rapidement que son beau-père sur le contenu de cette enveloppe, lorsqu'une voix se fit entendre ; et la voix disait :

— Vous n'auriez pas une cigarette à me donner ?

Théo regarda autour de lui. Il n'y avait personne. Il pâlit. Il n'aimait pas beaucoup ce genre de plaisanteries. Surécertain, il n'y avait personne ; voilà qui ne laissait pas d'être inquiétant. Il respira un bon coup pour s'équilibrer la cénesthésie et de nouveau la voix se fit entendre ; la voix disait :

— Une cigarette, je vous prie.

Le gosier sec et le foie retourné, Théo examina ses alentours. Le résultat de cet examen le confondit : le jardin était vide et la rue également. De pâle, il devint blême. Il éprouva le besoin urgent d'aller quelque part. La voix continua :

— Ça vous étonne de ne pas me voir ? N'ayez pas peur, mon petit garçon. Ouvrez donc la porte et donnez-moi une cigarette.

Théo trébuche devant cette alternative : ou bien donner cours à son projet d'évacuation, ou bien suivre le conseil de la voix et ouvrir la porte. L'un et l'autre de ces actes présentent des avantages, il lui était difficile de se décider ; mais comme il fallait en finir avec cette intenable situation, il résolut de s'en remettre au hasard ; à ce qu'il appelait le hasard, mais qui, on va le voir à l'instant, n'était que de la triche. En effet, il décida qu'il ouvrirait la porte s'il se souvenait comment on disait échelle en allemand et, dans le cas contraire, de tourner les talons. Il se souvint du mot « flougue »; et s'en satisfit. Il ouvrirait donc la porte; mais comment le fait d'ouvrir cette porte ferait-il apparaître le mystérieux quémandeur? Il n'y réfléchit point.

— Allons, allons, mon enfant, n'ayez pas peur, encourageait la voix.

Théo s'avança. Il posa son livre sur le rebord du petit mur. La porte se mit à grincer et, dès qu'elle fut entrouverte, Théo vit son interlocuteur.

— Alors, vous n'avez plus peur?

Non, il n'avait plus peur. Il avait plutôt envie de rire, bêtement.

— Comment se fait-il que vous habitiez une maison en démolition? reprit l'ex-invisible.

— Elle n'est pas en démolition, elle est en construction. Mon père n'a plus l' sou pour la terminer.

— Ah ah. Et qu'est-ce qu'il fait votre père?

— Dites donc, vous êtes bien curieux.

— Ne vous fâchez pas, mon enfant; cette maison m'intriguait.

— C'est bien c' que j' dis, vous êtes un curieux.

— Et vous un mal poli, mon enfant. Respectez ma barbe blanche.

— J' la respecte, vot' barbe; mais qu'est-ce que vous m' voulez?

— Ne craignez rien, jeune homme. Je voudrais simplement visiter cette curieuse villa.

— Pourquoi que vous m' demandiez une cigarette ?

— Pour en avoir une, mon petit. Vous en avez sur vous ?

— J' fume pas.

— Ça ne fait rien ; je voudrais surtout entrer. Je serais curieux de visiter cette étrange demeure.

— Elle n'a rien d'étrange, notre « demeure ».

Théo referma la porte.

— Vous êtes bien méfiant, jeune homme. Que pouvez-vous craindre de ma part ?

— Sque chsais ! moi !

— De la part d'un faible vieillard.

— Hm.

Théo fronçait les sourcils avec inquiétude, ce qui lui donnait l'air constipé.

— Voyons, mon enfant, réfléchissez un peu. Que pouvez-vous craindre de ma part ? Ai-je l'air redoutable ? Méchant ?

— Vous m' fichez la trouille.

Le nain éclata de rire, triomphalement :

— Ouvre donc, triple idiot.

— Comment vous vous appelez ?

— Bébé Toutout. Ouvre donc, stupide peureux.

— Vous resterez pas longtemps, hein ?

— Mais non, mais non.

Théo, très inquiet, entrouvrit la porte. Le nain

334

se faufila dans le jardin, comme un chat. Il était
pauvrement habillé, mais sa barbe blanche en faisait un personnage respectable. Il couvrait sa
grosse tête d'une espèce de casquette à oreillettes
d'une espèce rare, et portait à la main un petit sac
de voyage. Sa taille ne dépassait pas 0,68 m. Il
traversa rapidement le jardin et pénétra dans la
villa sans se gêner autrement.

*

Assis devant sa baraque, le père Taupe fumait.
Il avait l'air stupide d'un bouc égaré dans une
plantation de pois chiches. De temps à autre, il
enlevait sa pipe de sa bouche et crachouillait.
Puis replantait l'objet entre ses lèvres et des
anneaux d'abrutissement entouraient le vieillard que desséchait le soleil.

Vers les 4 heures, on frappa à la porte. Taupe
se traîna jusque-là et d'une voix éteinte demanda :

— Qui c'est ?

On répondit :

— D' la part de l'abbé Leslaines.

— Et qui vous êtes ?

— L'abbé Rounère, répondit-on.

Étonné, Taupe ouvrit la porte et l'abbé Rounère entra.

— Vous êtes bien Meussieu Taupe ? qu'il dit.

Et, confirmation ayant été donnée de cette

identité, il se dirigea vers la baraque suivi du vieux fort étonné.

« Qu'est-ce qu'il me veut », qu'il pensait.

Le curé, fort gros, fort large, fort rouge, portant lunettes noires et soutane verdie, s'assit sur une pile de caisses et regarda autour de lui attentivement.

— C'est l'abbé Leslaines qui m'envoie.

Ça commença comme ça et ça continua comme ci :

— Qu'est-ce qu'il me veut, l'abbé Leslaines ?

— Il ne vous veut rien, répondit le curé. C'est moua qui vous veut quéquechose.

— Quoi donc ?

— J' viens vous d'mander d' l'argent pour la construction d'une nouvelle église.

— M' demander quoi ?

— La nouvelle église s'ra bâtie près d' la rivière, derrière les chantiers d' la Compagnie du Nord.

— Vous voulez que ?

— Dans cette région où l'on a tant d' peine à sauver l'âme des gens, une église de plus ça f'rait pas d' mal.

— Mais qu'est-ce j' peux y faire ?

— Vous pouvez donner votre obole, 'm'sieu Taupe. L'église s'ra tout entière en ciment armé ; à l'intérieur, y aura des fresques cubiques et la teuseufeu pour écouter l' pape. Et à l'entrée, y aura eau bénite froide et chaude.

— Mon obole!

— Dans la sacristie, on mettra l' téléphone, des douches et un frigidaire. Et les cloches marcheront à l'électricité. A côté, on f'ra des cabinets à l'anglaise ; ça s'ra la plus belle église de banlieue, alle sera consacrée à Sainte-Foire.

— Mais j'y peux rien.

— Vous pouvez donner votre obole, m'sieu Taupe.

— C'est à moi qu' vous venez demander ça? Mais j'ai pas le sou! Tout l' monde sait ça. J' peux vous donner vingt sous, c'est tout ce que je peux faire pour vous!

— Ah ah! vingt sous! un franc! Mais c'est vingt mille francs au moins qu' j'attends d' vous.

— Comment ça?

— Vingt mille balles que j' dis qu' j'attendais d' vous.

— Répétez encore une fois?

— Vous d'v'nez sourd, père Taupe.

— Un moment. D'abord, j' vous permets pas de m'appeler père comme ça, on n'a pas gardé les cochons ensemble. Hein. Segondo, où les prendrai-je vos vingt mille francs?

— L'avarice est un péché mortel, M'sieu Taupe.

— L'avarice, l'avarice! Comment peut-on être avare quand on n'a pas l' sou.

— Et l' mensonge aussi, c'est un péché mortel.

— Oh dites donc, M'sieu l' curé, vous commencez à m'embêter. Quand je vous dis que je n'ai pas le

337

sou, c'est que je n'ai pas le sou ; et je me demande qu'est-ce qu'a pu vous fourrer cette idée dans la tête.

— Alors, vous prétendez qu' vous n'êtes pas miyonnaire ?

— Moi, millionnaire !

— Oui, vous, miyonnaire.

— Vous êtes timbré ; sauf vot' respect.

Le curé, devenu pourpre de la face, marchait de long en large dans la pièce, soulevant la poussière de ses croquenots fumants. Il beugla :

— C'est l'enfer ! c'est l'enfer qu'attend les avares ! C'est moua qui vous l' dit, et j' m'y connais en matière d'enfer. A l'enfer les grippe-sous ! A l'enfer les ladres ! A l'enfer les grigous !

— J'ai pas l' rond que je vous dis ! glapit Taupe qui s'exaspérait.

— A l'enfer les durs à la détente, à l'enfer les fesse-mathieu !

— Houhou, pas l' rond ! pas l' rond !

— Vous voulez faire comme vot' femme, hein ? qu'est allée tout droit chez l' diable. Vous voulez la r'trouver en d'ssous, hein ? allez, père Taupe, sors ton fric qu'on construise avec une splendide cathédrale !

— Hou hou hou, pleurait maintenant le vieux, pas l' rond, j'ai pas l' rond, pâleron, pâleron.

Alors, l'abbé Rounère désigna la porte — non celle qui donnait sur l'extérieur, mais celle qui se trouvait en face, celle qui était peinte en bleu.

— Et cette porte, où qu'elle donne?

Le père Taupe sursauta, regarda le noirâtre d'un air tout à fait stupéfait, et ne répondit rien.

— Qu'est-ce kya derrière cette porte, que j' demande, gueula l'autre en tapant du poing dessus.

Cette question parut calmer le vieux. Il sourit presque.

— Vous allez la casser, dit-il d'une voix douce.

L'abbé Rounère cessa de taper.

— Alors, qu'est-ce kya derrière?

— Je vous dirai une chose, répondit Taupe, ça ne vous regarde pas.

Le curé vermillonna de la joue. Sa colère devint épouvantable à voir. Il bavait de rage et incohérait.

— J' dois tout savoir, moua, skya derrière la porte et même skya pas. A l'enfer les radins! Père Taupe, t'iras griller avec Ernestine. C'est moua qui t' l' dis. Sors tes sous, vieux mécréant! Sors-les donc! T'en fais des confitures, p't'êt'? Derrière la porte que j' veux voir! Quoi kya derrière la porte? Exhibe tes sous, sordide cupide! Ah ah ah ah ah!

Le père Taupe finit par avoir très la trouille. Il pensa que le mieux était de fuir cet insensé. Cette décision parut même extrêmement prudente et nécessaire à la protection de ses vieux os, lorsqu'il vit le curé s'emparer de la barre de fer qui lui servait à barricader sa porte la nuit. Il aperçut aussitôt le fait divers que ça ferait et sa photo en première page, le crâne défoncé et vidé de sa cervelle. Très peu pour lui. Il commençait même à être un peu tard pour fuir. Le curé se tenait menaçant devant la sortie. Taupe verdit. Oh! qu'il avait mal au ventre. Crever dans un lit, ça va, mais se faire casser le crâne par un cinglé, c'est idiot.

A ce moment, le klaxon d'une auto se fit entendre et l'on frappe à la porte. Le curé laisse tomber la barre de fer et Taupe trotte ouvrir.

*

Le brocanteur parti, l'abbé Rounère se précipita vers la porte mystérieuse et tenta de l'ouvrir. Mais il eut beau la secouer, ce fut en vain. Il regarda par le trou de la serrure et naturellement ne vit rien. Cependant sa visite ne devait pas être vaine ; à la suite d'un examen attentif, il put faire cette importante constatation : sans aucun doute possible, la porte énigmatique était accrochée au mur, comme un tableau. Il en fut troublé profondément. Il n'y comprenait plus rien. Un doute atroce transperça son âme. Et pourtant, n'en était-elle pas plus suspecte encore? A ce moment, il se retourna et vit — alors ça c'était le comble — que le visiteur auquel Taupe devait indirectement de végéter encore, n'était autre que Pierre Le Grand, qu'accompagnait une jeune femme d'une assez grande beauté. Ils venaient, prétendaient-ils, voir les curiosités. Il n'y avait pas grand-chose chez lui, volubilait Taupe qui souriait, heureux de vivre. Une première fois, il n'avait rien trouvé, mais la seconde, on ne sait jamais, disait Le Grand, quelque objet sans valeur pour personne l'intéresserait peut-être. Lui, Taupe, l'espérait.

Tous trois pénétrèrent dans la baraque. Le curé s'était assis sur une caisse et feuilletait une année déglinguée de l'almanach Hachette. Il se donnait l'air absorbé. Taupe espérait son départ. L'autre n'en faisait rien. Quant à Pierre, il était assez stupéfait par l'aspect de ce personnage et choqué par sa mauvaise odeur. Catherine recula devant la crasse et le corbeau conjugués ; peu touchée par le pittoresque, elle sortit et attendit dans l'auto.

Pierre faisait mine de chercher. Du bout des gants, il déplaçait des vis rouillées et des croûtons de pain. Il n'y a pas grand-chose, disait-il. Taupe lui montra une théière à bec cassé de l'époque Fallières et un plumeau de l'époque Loubet. Ça n'intéressait pas le client. Odoriférant et silencieux, le curé continuait sa lecture. Pas grand-chose, pas grand-chose. Tout de même, il fallait en finir.

— Combien cette porte ? demanda Pierre.

Affolé, Taupe bégayait sans arriver à former une phrase raisonnable. Le curé dressa la tête et, jetant l'almanach sur une pile de moncinés, ouvrit la bouche et dit :

— Elle n'est pas à vendre.

— Pardon, répliqua Pierre, ce n'est pas à vous que je m'adresse, mais à Meussieu Taupe.

— Meussieu Taupe ne vend pas sa porte, articula le prêtre.

Taupe continuait à ressembler à une limace traversant une route nationale et terrifiée par l'approche d'un rapide camion aux larges roues.

— Alors, Meussieu Taupe, combien me vendez-vous cette porte ? lui demanda de nouveau Pierre, dédaignant de répondre au représentant de Dieu sur la terre.

— Ah baba, ah baba, fit Taupe.

— Je vous en donne deux cents francs.

— Meussieu Taupe ne vend pas sa porte, rugit l'endeuillé perpétuel, en éclaboussant de salive la manche droite de Pierre.

— Je vous dirai très simplement une chose, vous m'ennuyez. Je n'ai pas affaire à vous, mais à Meussieu Taupe.

— Vous avez affaire à moi! Vous n'aurez pas cette porte!

— C'est vous qui m'en empêcherez?

— Bon dieu de bon dieu, vous l'aurez pas, que j' vous dis.

— Tiens, vous blasphémez?

— Ah baba, ha baba, dit Taupe en suant à grosses gouttes.

Pierre était fort embarrassé.

Le noirci avait l'air décidé et violent. Curieux personnage.

— Deux cents francs comptant et je l'emporte tout de suite, proposa-t-il à Taupe.

— Lui vendez pas, hurla l'enjuponné.

— Ilil, ilil, commença Taupe, ilila...

— Vous dites? demanda Pierre, en se penchant pour comprendre ce que l'autre bégayait.

— Ilila, ilila, lavoulumtuer!

— Lui? et du pouce Pierre désigna le ratichon.

— Lui! avec la barre, lavoulumtuer! et le brocanteur s'effondra sur sa planche à sommeil.

Le curé n'avait pas bronché. Pierre le regarda avec intérêt.

— Elle vous intéresse cette porte?

— Autant qu' vous.

— Et pourquoi donc?

— Pour les mêmes raisons qu' vous.

— Vous avez une drôle de voix.

— Occup' toi d' tes miches.

— Vous dites?

— Merde. Foutez l' camp d'ici.

— Non.

Il est inutile de cacher que la situation devenait diablement tendue. Ou divinement plutôt, puisqu'y avait un porte-soutane. Le gênant, c'était les lunettes noires. Curieux personnage. Pierre se retourna vers le brocanteur :

343

— Taupe, qu'est-ce que c'est que cette porte ?

Taupe, pleurnichant, s'allongea sur son lit. C'était une ruse. Il cachait sous son oreiller un pistolet Second Empire de grande taille ; il le prit et le braquant sur les deux visiteurs :

— Foutez le camp ! foutez le camp ! glapit-il en les tenant en joue.

— Il est chargé, votre pistolet ? demanda Pierre.

— Regardez vous-même, lui répondit Taupe.

Pierre prit l'arme redoutable ; en effet elle était chargée. Il la lui rendit.

— Imbécile, fallait l' garder, gronda le goupillonneur.

— Je ne prends pas les gens en traître, répondit Pierre noblement.

— C'est pas prendre les gens en traître que les empoisonner ? éclata le prie-dieu.

— Je ne comprends pas ce que vous voulez dire.

Et Taupe glapissait :

— Foutez le camp ! Foutez le camp !

— C'est bon, c'est bon, on s'en va.

L'abbé Rounère et Le Grand sortirent, et derrière eux, Meussieu Taupe, veuf de récente date, barricada ses portes et retourna tout ému s'asseoir devant sa baraque, en fumant une pipe en terre très culottée, qui gargouilla joyeusement dans l'air tranquille, mais malsain.

*

Lorsque le dîner fut fini, Bébé Toutout replia
sa serviette avec soin, et, rotant sans discrétion,
assura qu'il était fort satisfait de son repas. Puis
demanda une cigarette à Étienne et s'informa si
ce dernier n'avait point l'habitude de prendre
quelque liqueur digestive ; mais Étienne ne l'avait
pas, ce qui fit le nain un peu se renfrogner. Cependant, la famille Marcel silencieusement le
regardait. Comme un escargot qui jouerait de la
trompette. Comme une mouche qui ferait du
trapèze volant. Comme un pot de moutarde qui
écrirait ses mémoires. Comme un gendarme qui
effeuillerait une rose. Comme un morceau de
sucre qui s' baladerait la canne sous l' bras.

Imperturbable, l'autre se laissait contempler
et fumait en toute paix.

— Qu'est-ce qu'on prend le matin ? du café
ou du chocolat ? demanda-t-il paisiblement.

— Du café, répondit Alberte sans réfléchir.

— Je préfère le chocolat, riposta le minime.

La famille Marcel ne dit mot ; c'est que ça
tournait au tragique. Il fallait expulser sans
retard ce singulier parasite qui semblait décidé
à s'incruster définitivement chez eux ; et qui
n'essayait même pas de légitimer sa conduite.
Faisant précéder sa question d'un léger tousso-
tement, Étienne lui demanda :

— Vous allez passer la nuit à l'hôtel?

— Il y a un hôtel à Obonne?

— Oui, pas loin d'ici, chez Hippolyte.

— Ah. Je préfère coucher ici.

— Mais il n'y a pas de lit.

— Ah.

Étienne n'est pas beaucoup plus avancé qu'avant.

— Il serait peut-être temps que vous partiez si...

— Je suis très bien ici.

Alors Théo éclata :

— I s' fout d' nous, ce petit bonhomme. Vous croyez peut-être qu' vous allez dormir ici? Mon œil. Je vais vous prendre par la peau du cou et vous foutre dehors comme un chat qu'a pissé dans un coin.

— Oh, Théo, fait Alberte. Comme tu es grossier.

— Na, vous voyez ce que vous dit Madame votre mère, s'exclama le nain, triomphalement.

Théo se lève, le nain va se faire moucher. Mais Étienne, généreux, arrête le geste de son beau-fils et lui conseille le calme. Le nain s'amuse follement. Théo se rassoit et grommelle.

— I n' perd rien pour attendre.

— On va voir. Puis : Vous me croirez si vous voulez, je suis resté comme ça plus d'un an chez une vieille dame très bien, la baronne du Poil. J'avais la belle vie ; champagne à tous les repas, l'auto à discrétion et tout et tout. Il suffisait que je grince des dents comme ça (il grince) pour qu'elle me donne tout ce que je voulais.

— Et pourquoi n'y êtes-vous pas resté plus longtemps? lui demande-t-on.

— Elle est morte, soupire-t-il en faisant semblant de s'essuyer une larme. Elle est morte d'hémorroïdes purulentes. Pauvre chère vieille dame! Pauvre vieille chère chose! Quel bon cœur elle avait!

— Et après sa mort, qu'est-il arrivé?

— Les héritiers m'ont prié de m'en aller. Ils étaient plus forts que moi, n'est-ce pas? Je suis parti. Ensuite j'ai vécu chez... Mais je ne vais pas vous raconter ma vie.

— Elle paraît pourtant bien curieuse, dit Étienne.

— Peuh, fait le nain. Rien de bien extraordinaire. On se débrouille comme on peut.

— Alors, si je vous comprends bien, vous avez l'intention de trouver ici un équivalent de la baronne du Poil!

Théo rit. Le nain aussi.

— Maizoui.

Alberte sourit. Étienne aussi. La conversation devient très cordiale.

— Alors vous croyez que vous allez rester ici pour y manger et y dormir?

— Pourquoi pas?

— Mais comment comptez-vous y arriver?

347

Ça devient très amusant.

— Par la peur et par la ruse.

— Par la peur?

— Eh oui, Meussieu Théo n'était pas très rassuré lorsqu'il se trouvait seul avec moi. N'est-ce pas, Meussieu Théo?

Meussieu Théo ne répond pas. Étienne reprend :

— Mais vous ne craignez pas une expulsion brusque?

— C'est un risque à courir.

— Vous avez encore l'espoir de passer la nuit ici?

— Bien sûr.

— Vous savez qu'il n'y a pas de lit.

— Vous n'allez pas me dire que vous couchez par terre!

— Je veux dire que nous n'avons pas de chambre d'amis.

— Un fauteuil me suffirait.

— Une casserole, même, dit Théo.

Albert et Étienne éclatent de rire.

— C'est ça, fichez-vous de moi, maintenant. Insolent! Goujat!

— Il nous insulte maintenant.

— Je, dit Étienne, crois que le moment est venu de vous en aller.

— Ça s'rait même prudent d' votre part, grogne Théo.

— Allons, reste tranquille, lui dit-on.

Le nabot descend de sa chaise et va dans la

chambre de Théo y chercher sans doute sa casquette et sa valise. Mais il n'en ressort pas ; et
très tranquillement, ferme la porte derrière lui,
à clef.

— Bonsoir tout le monde, crie-t-il à la famille
Marcel qui pleure, qui pleure de rire.

— Ça alors, c'est trop drôle, dit-elle, la famille.
Alors, c'est du culot, qu'elle ajoute en larmes, en
larmes, en larmes de rire.

*

Il fut décidé qu'Alberte irait coucher chez
Mme Pigeonnier la voisine. Théo insista pour
accompagner sa mère. Ce qui fait qu'Étienne
resta seul à la maison.

Il y avait encore de la lumière dans la chambre du nain. Étienne toqua.

— Keskya ? dit-on de l'autre côté.

— Vous avez sommeil ?

— Pas encore.

— Vous pourriez répondre à une question
que je voudrais vous poser ?

— Si elle n'est pas indiscrète.

— Elle ne l'est pas.

— Alors, allez-y.

— Je voudrais vous demander ce que vous
pensez de l'apparence.

— Qu'est-ce que ça veut dire ?

— Je voulais vous demander si vous pensiez quelquefois à...

— La vie?

— Par exemple.

Le nain toussa, s'éclaircissant la voix.

— Attendez un instant, je vous prie, lui cria Étienne, je vais chercher une chaise.

Ce qu'il fit. Il s'assit et colla son oreille contre la porte.

— Alors? demanda-t-il.

— Quand je dis la vie, commença Bébé Toutout, je parle de la vie vécue par les hommes, par moi-même; pas de la vie en général, y compris celle des poissons, par exemple.

— C'est intéressant aussi, murmura Étienne.

— Oh merde, dit le nain, si vous faites l'esprit critique, c'est pas la peine que je continue ma conférence.

— Je ne pensais pas vous vexer. Je vous écoute attentivement.

— Je ne vous parlerai pas de toutes les vies des hommes non plus. Maintenant, voici. Il y a des vies pleines de possibilités, d'autres pleines d'impossibilités. Un homme qui voit l'impossible lui fermer tout chemin, celui-là on le nomme, paraît-il, désespéré. Mais encore faut-il savoir pourquoi toute route devient impraticable et pourquoi le navire sombre et pourquoi les jours sont noirs. Car si les impossibilités proviennent d'un déficit en altitude, alors il n'y a plus désespoir, mais ridicule. Vous autres qu'êtes grands, ça doit être hideux un nain désespéré ; heureusement que vous ne le pensez que sous la catégorie du grotesque. Je vous dirai que, pour ma part, je vois tous ces rapports inversés. Je me soucie fort peu du rire des gens entre les jambes de qui on m'oblige à passer, non plus que du gloussement de ceux qui me prennent d'abord pour un enfant. C'est décevant, bien sûr, mais, je vous le répète, je m'en soucie fort peu. Non plus que de toutes les possibilités que ma taille m'interdit d'envisager. Je ne peux pas être archevêque, ni général, ni croque-mort, ni académicien, ni maître baigneur, ni professeur. Entre autres choses, je ne deviendrai jamais un grand homme. Ça serait terrible, si j'étais de taille ; mais comme je nabote, c'est tout différent. Les girafes, je les trouve comiques ; et les cochons d'Inde, émouvants. Il ne reste plus que deux routes : le cirque ou celle que j'ai prise.

— Et qui est ?

— Le parasitisme par la terreur. Je vis de la trouille des vieilles femmes et je vivrais de celle des enfants au berceau, si elle pouvait m'être de quelque utilité. Comment trouvez-vous ma barbe ?

— Fort belle, mais le blanc c'est salissant, vous ne trouvez pas ?

— Elle n'est pas si mal que ça. Elle me donne un air de gnome, un atout de plus dans mon jeu.

— Ça vous arrive de penser quelquefois à autre chose qu'à vos combines?

— Naturellement. Vous n'avez pas entendu le résultat de mes réflexions sur le nanisme?

— Hélas!

— Comment hélas?

— Je ne voudrais pas vous vexer encore un coup, mais je vais vous dire une chose; je les trouve plutôt « à côté » vos réflexions sur l'onanisme.

— Oh‖ (‖ c'est le point d'indignation).

— Ça ne tient pas debout, vos considérations sur le possible, l'impossible et le grotesque. D'ailleurs, ce n'est pas tant que ça ne tienne pas debout, mais c'est plutôt confus. Ça ressemble à de la zuppa inglese.

— Vous! vous avez des façons de philosopher!

— Voilà le gros mot lâché! Philosopher! Mais, mon pauvre Bébé Toutout, c'est vous qui philosophez comme un sifflet dans une vieille chaussette.

— Je sais pourtant mieux que vous de quoi il retourne. C'est vécu ce que je vous raconte.

— Non. C'est très abstrait, au contraire. Je vais vous dire ce que je pense, moi. Tout d'abord, quand je vois un nain, je me méfie.

— Pourquoi ça?

— Je me méfie parce que ce n'est peut-être pas un nain. Ça serait trop simple qu'un petit bonhomme avec une barbe, ce soit un nain, tout bonnement. Le monde est beaucoup plus compliqué que ça.

— Pourtant, il y a des nains. Moi, par exemple.

— Non. Tout compte fait, ça n'existe pas. C'est absurde et immoral. Et, par-dessus le marché, je n'en ai jamais vu.

— Oh₁₁

Bébé Toutout saute en bas de son lit ; la clef tourne dans la serrure et la porte s'ouvre ; il paraît vêtu d'un pyjama à rayures ; il a mis sa casquette à oreillettes pour dormir.

— Alors, pas un nain ? Moi ?

A ce moment, Étienne saute sur lui, le saisit par le fond de son pantalon et l'emporte, barbe pendante, pour aller le jeter dehors.

C'est là une très mauvaise action et qui étonne beaucoup Bébé Toutout. Jamais il n'aurait pensé que ce jeune homme, si doux, si timide, fût aussi méchant. De la part de Théo, ça ne l'aurait pas étonné, mais, de la part de ce jeune métaphysicien, c'est renversant.

Cependant une auto grand sport vient stopper devant la demi-villa. Pierre et Catherine et un troisième personnage en jupons en descendent. Stupéfait, Étienne lâche Bébé Toutout qui roule sur le gravier, mais se relève aussitôt et court se recoucher en râlant comme un voleur.

353

*

Alberte prit le train vers 8 heures ; Étienne était déjà parti. Elle n'osa rentrer à la maison. Théo tint compagnie à Mme Pigeonnier jusqu'à 10 heures. Alors le petit déjeuner pris, les caresses subies, il se décida à aller voir ce qui se passait dans la villa.

Il trouva Bébé Toutout dans la cuisine en train de cirer ses souliers.

— Bonjour, Théo, dit le nain cordialement, sans lever la tête.

A quoi le jeune homme répondit :

— Tiens, vous êtes encore là, *vous !*

Bébé Toutout semblait d'excellente humeur ; des ondes de gaieté faisaient frémir sa barbe fraîchement brossée ; il astiquait avec entrain ses minuscules richelieux.

— Assieds-toi, ordonna-t-il à Théo, je vais te raconter une histoire. Il ajoute : Une histoire à propos de ton père.

Alléché, Théo s'assit.

— Tu connais un meussieu qui s'appelle Pierre ?

— J'pense bien ; c'est un copain du beau-père.

— C'est ton beau-père, ce jeune homme ?

— Ça s' voit, i m' semble ; j'ai l'air aussi vieux que lui. (Il se redresse.)

— Oui. Et Mme Cloche, tu connais ?

354

— Non. J' connais pas.

— Et Catherine ?

— Oh, j' la connais. C'est la poule de Pierre. Où c'est qu' vous les avez rencontrés ?

— Ils sont venus ici.

— Cette nuit ?

— Oui. Juste au moment où ton père, ton beau-père, allait me flanquer à la porte.

— Sans blague ! Comment il avait fait ?

— Ça c'est une autre histoire. Il m'avait pris en traître.

Théo se marre.

— Tu as fini ? Bon. Alors, juste à ce moment, une auto s'est arrêtée devant votre villa. Ton beau-père m'a lâché et je suis vite retourné m'enfermer dans ta chambre. Alors j'ai entendu les passagers de l'auto qui entraient ; ils étaient trois, Pierre, Catherine et Mme Cloche. Ils sont allés dans la salle à manger et ils se sont mis à avoir une grande explication, très compliquée, à propos d'une porte.

— D'une porte ?

— Oui. Celui qui s'appelle Pierre a déclaré qu'à ce propos, il n'y avait plus de quiproquos possibles : il ne savait pas ce qu'il y avait derrière cette porte ; et ton beau-père a dit la même chose. Alors cette Mme Cloche a déclaré que tout ça c'était la faute de Clovis, tu connais ?

— Non, j' connais pas.

— Enfin, elle a dit qu'elle s'était trompée à

355

leur égard ; mais que maintenant il y avait une chose de sûre, c'est que la porte était accrochée au mur, comme une glace ou un tableau. Alors les autres ont trouvé ça très singulier. Puis ils ont parlé à voix basse, et je n'entendais rien, sauf qu'ils ont parlé d'un nommé Pôte et d'une femme qui s'appelle Ernestine, tu connais ?

— Non, j' connais pas.

— Tu ne connais rien alors, mon pauvre petit.

— Bien sûr, si j'étais aussi curieux qu' vous, moi aussi j'apprendrais des choses ; mais moi, vous savez, j' m'en fous des histoires des autres.

— En tout cas, ça a l'air d'une drôle d'histoire, cette porte qu'est pendue à un mur. Ils avaient la voix passionnée en en parlant.

— Même Étienne ?

— C'est ton beau-père ?

— Oui, Étienne.

— Étienne aussi. Ah ! et ils ont aussi parlé d'un nommé Maxence.

— Sans blague.

— Tu le connais ?

— Si je le connais. J' pense bien. Il a voulu me pendre.

— Tiens, tiens. On a voulu te pendre, mon petit gars ? Il faut en avoir du vice, pour vouloir pendre un petit gars comme toi ! Et pourquoi ça, on a voulu te pendre ?

— Je l'avais insulté. Oh ! c'est toute une histoire. Ce gigolo-là faisait tout l' temps du plat à ma mère : alors j' lui ai dit : Fichez-lui la paix à ma mère, Meussieu. Alors il m'a dit : Si tu n'es pas un lâche, viens me retrouver ce soir, à minuit dans la forêt ; on s'espliquera. J'me suis pas dégonflé. J'y suis allé tout seul. Il m'avait donné rendez-vous dans une clairière. Au clair de lune. J'arrive, il m'attendait. Aussitôt qu'il me voit, il se jette sur moi, me ligote. J' vais te pendre, qu'il crie. Il avait préparé un nœud coulant. Hein, quelle aventure !

— Continue, tu m'intéresses.

— Alors, au moment où il allait commencer à me hisser en l'air, voilà qu'arrive un pêcheur qui fait fuir Narcense.

— Il s'appelle Narcense ?

— Oui, Narcense, pas Maxence.

— Un pêcheur en pleine nuit ?

— Oui, i cherchait des vers luisants.

— Ah.

Le nain frotte et frotte ses souliers ; Théo, pour avoir l'air de faire quelque chose, fouille dans ses poches, distraitement. Il retrouve la lettre pour Étienne. Bébé Toutout le guigne du coin d' l'œil :

— Tiens, une lettre.

— Pas pour vous.

— Pour qui ?

— Vous r'garde pas.

— Les lettres que reçoivent les autres m'intéressent plus que celles que je reçois. D'autant plus que je n'en reçois jamais.

— Moi non plus.

— Alors. Pour une fois qu'on a l'occasion de lire une lettre. Avec de la vapeur, c'est très simple.

— Je sais, je sais, dit Théo agacé en mettant sur le gaz une castrole d'eau à chauffer.

*

Si vous croyez que je ne comprenais pas toutes vos intrigues. Et c' que ça pouvait m' faire rire. Toutes vos allées et venues et vos combines et vos espoirs et tout. Le trésor du père Taupe, comme rigolade, ça s' posait un peu là. Et vous y croyiez! J' parle pour vous, Ma'ame Cloche, surtout pour vous. Et j' m' demandais comment cette idée avait bien pu germer dans votre crâne. Comment vous aviez bien pu imaginer ça. Tout d' suite, j'ai compris de quoi y retournait; et j'ai compris aussi qu' c'était depuis la visite de ces messieux que j' faisais figure de millionnaire avare. Ça j' l'avais compris, mais j'apercevais pas très bien pourquoi. C'est peut-être un bateau qu'i vous avaient monté, Madame Cloche, ces messieux. Ma foi, j'en savais trop rien. Mais y avait une chose surécertaine, c'est qu' vous m' preniez pour un millionnaire, vous et Ernestine. Quand elle est v'nue chez moi, la première fois, j' m' suis dit : Ça c'est drôle, alors. Qu'est-ce qu'é m' veut. Pourquoi qu'elle consentirait à coucher avec moi? Alors mon cerveau s'est mis à travailler, à travailler et j'ai réfléchi et j'ai observé et j'ai écouté et j'ai fini par comprendre : vous, la mère Cloche, vous lui aviez persuadé que j' cachais quéque part une fortune et qu'en m'épousant elle deviendrait riche. Riche! Riche! Pauvre Ernestine! Ça n' la sortait pas d' la mouise de m'épouser! Elle aurait été... Hein? oui, ça vous paraît moche, c' que j'ai fait là. Moche? Parce que j' me laissais faire. Je m' suis laissé épouser, moi, un vieux bonhomme. Soixante ans. Mariage d'amour. On n'ose pas dire qu' c'est à mon fric qu'on en veut. Et ce fric n'existe pas! Pauvre Ernestine, elle y croyait, elle. Elle croyait qu'elle allait sortir de la mouise, en devenant ma femme. Pourquoi ça aurait été moche? Pourquoi? J' l'aimais, moi, cette fille. Pourquoi pas? Chaque fois qu' j'allais chez Dominique, j' la voyais. Quelle belle fille! Quand elle passait près d' moi, j' sentais sa sueur, ça m' saoulait ; ça me flanquait un coup le long de l'échine. Et ses fesses, comme du marbre, du marbre élastique. La garce, elle voyait bien qu'elle m'excitait. Elle ratait jamais, chaque fois qu' j'étais là, d' relever sa robe pour remettre sa jarretière. Chaque fois, elle faisait ça quand elle voyait que j' la voyais. Et j' repartais avec mon litre de blanc dans l'estomac et la tête hantée par la vue de ses cuisses. Et puis, elle avait l'air si gentille avec les autres, avec les jeunes.

Elle rigolait avec eux ; quand ils la pelotaient, elle rigolait. Mais avec moi, rien. Un vieux mendiant, qu'é croyait qu' j'étais. Et moi, j' pensais qu'à elle, à tout d'elle. J' la sentais sous la main, quand j'étais seul. Quel espoir j'avais ? Et voilà qu'elle s'offre à moi, pour me soulever un fric imaginaire. Et ça serait moche d'avoir accepté ? Ensuite bien sûr, je m' suis dit, qu'est-ce qu'elle va dire quand é va voir que tout ça c'était des histoires, qu'è restait aussi dèche qu'avant et qu'è s' verrait mariée avec moi ? Qu'est-ce qu'elle aurait fait ? Elle s'rait devenue folle. J'ai été très ennuyé. J' l'aurais toute une nuit, que j' me suis dit, et puis après ? Quel coup ça lui fera ! Quel désespoir ! Avoir pensé être riche du jour au lendemain, et puis se voir encore dans une plus sale position qu'avant. C' qu'elle aurait souffert. Pauvre Ernestine ! Mais vous savez — elle ne l'a pas su — et moi, je n' l'ai jamais eue. Jamais, jamais. Et j' la vois toujours, m'apportant le litre de blanc et l' verre qu'elle essuyait jamais, — j' la vois toujours, ses yeux verts, ses cheveux mal peignés et ses seins pointus, puis è s'en r'tournait éplucher les patates. E m'm' regardait plus et moi, j' buvais mon litre de blanc. Et maintenant, rien. Elle est jamais sortie de la mouise. Et moi, dire que j' l'ai jamais eue. Jamais ! Jamais !

Et cette porte ? cette porte, c'est toujours la même histoire. Oui, la même. I vous arrive tout l' temps les *mêmes* histoires. C'est drôle, hein ?

Quand j'avais vingt ans, une femme. Mais j' vais pas vous barber avec une histoire d'amour de jeune homme, hein ? Enfin, une femme qu'est morte. Cette porte, c'est un souvenir. C'est tout. Quarante ans après, j'ai retrouvé cette porte. Il y avait nos noms dessus. J' l'ai achetée. C'est tout. Pas d' fortune, pas d' trésor, pas d' mystère. Rien. Et si ça vous embête, tant pis. Ou tant mieux. Oui, quarante ans après, j'ai retrouvé cette porte où nous avions écrit nos noms. Et, *grâce à cette porte*, Ernestine, que j'aimais, est morte. C'est pas ordinaire, hein ? Vous trouvez pas ? Vous trouvez pas même que c'est tragique ? Comme on dit : Fatalitas ! Fatalitas ! Ça m'a foutu un coup. Et moi ? qu'est-ce que j' deviens avec tout ça ? J' reste là, avec ma tête qui m' tourmente et qui fermente, avec ma tête que hantent des images de plus en plus obscènes. J' reste là, bavant au soleil, devenant chaque jour plus idiot. Ernestine, Ernestine, disparue !

*

Elle s'en foutait bien maintenant de voir la porte ou de ne pas la voir. Elle reprit le train pour la ville et, débarquant à la gare du Nord, s'assit à la terrasse de son café habituel. Elle était bien lasse. Elle commanda une menthe verte, qui fit sourire le garçon ; c'est vrai, elle avait encore sa vêture de curé. Allons, elle s'était donné bien du mal pour rien et c'était bien fini.

Bien fini et plus d'espoir. Plus d'espoir, rien. Le père Taupe était réellement pauvre, misérable. Il n'y avait pas plus de trésor que de beurre au cul. Eh bien, elle allait retourner à ses avortements. Un point, c'est tout. La petite vie allait recommencer. C'était fini les grands espoirs. La grande vie. Les grandes perspectives. Elle avala sa menthe verte, en se poissant les douas.

Alle aurait commencé par s'acheter quéques robes, des chouettes alors, qui l'auraient rajeunie de vingt ans et elle s'rait allée chez l'institut d' beauté, où s' qu'on l'aurait rajeunie de vingt ans. Total, quarante. Ça fait qu'elle en aurait eu quinze. Avec de la monnaie, qu'est-ce qu'on ne fait pas! Ensuite de quoi, a s'rait allée chez l' marchand d' bagnoles. Une bathouze qu'elle aurait dit, avec un capot long comme ça, et des coussins bien rembourrés. Quéque chose qui fasse impressionnant. Alle aurait pris une femme de chambre et un chauffeur et en route pour Montécarlau. Et puis elle aurait aussi acheté une villa à Neuilly avec eau, gaz, électricité, ascenseur, cuisine électrique, frigidaire, chauffage central, teuseufeu, et peut-être une salle de bains. Alle commencerait par faire remplir sa cave de champagne. Tous les jours, à tous les repas, champagne, sauf le matin, au lever, toujours comme d'habitude, boudin froid et gros rouge.

Et c'était là qu' ça avait commencé. Tout ça.
L' jour où Marcel s' faisait tamponner par le taxi
d' son copain. Après tout, c'était même la veille,
pisque c'est à cause du premier écrabouillement
qu'alle était revenue à c' café. Quelle courge alle
avait tété. Croire comme ça à un gosse! C'est
menteur les mômes, faut jamais croire c' qui
disent. Le p'tit salaud. Il avait la mort d'Ernestine su' la conscience, après tout ; c'était pas elle.
Et puis alle s'en foutait d' la mort d'Ernestine.
Mais avoir perdu son temps, s'êt' fourré des tas
d' sornettes dans la tête, s'être imaginé des tas
d' trucs. Fallait qu'alle en ait eu une couche! Ah
merde alors. Quand elle y pensait, alle s'en mor-
dait l' croupion d' rage. Non, vrai, avoir cru pendant deux mois qu'a finirait dans la peau d'une
vieille richarde, entretenant des gigolos et des
p'tits fox-toutous, avoir cru qu'a pourrait finir,
à cinquante-cinq piges, par s' payer ses trente-six
volontés, avoir cru ça pasqu'un couillon d' mar-
mot lui avait raconté des bobards qui t'naient
pas d'bout! Y avait pas d' quoi êt' fière. Non
vrai, y avait pas d' quoi. Et alle s'en vanterait
pas.
A s' voyait déjà arrivant au casino, quéque
part au soleil, dans un patelin ousqu'i fait toujours beau ; a s' voyait arrivant au casino, avec
épais comme ça d' poudre sur la gueule, les nichons
rafistolés et une robe à trois mille balles su' l' dos,
entre deux types bien fringués en smoquinges et

les cheveux collés su' l' crâne, des beaux mecs,
quoi. Et les gens i zauraient dit : Qui c'est celle-là
qu'a des diamants gros comm' le poing? C'est-y
la princesse Falzar ou la duchesse de Fran ¡ipane?
Non, non, qu'i zauraient dit les gens renseignés,
c'est Mme Du Belhôtel, qui s'occupe d'œuvres
de bienfeuzouance et du timbre antiasthmatique.
Alle a été mariée avec un prince hindou, qu'i
diraient les gens, c'est s' qu'essplique sa grosse
galette. En tout cas, y a une chose qu'elle aurait
pas fait, ça aurait été d' jouer à la roulette. C'est
idiot. On perd tout c' qu'on veut. Non, sa belle
argent, elle l'aurait pas chtée comm' ça su' l' tapis
vert, pour qu'alle s'envole et qu'alle la r'voie pus.
Non. Alle aurait pas reculé d'vant la dépense, ça
non ; pour la rigolade, elle aurait été un peu là.
Mais aller foutre son pèze dans la caisse d'un
casino, ça, a n' l'aurait pas fait.

R'garde-moi tous ces idiots-là qui passent. I
m' prennent pour un curé encore, pard'ssus
l' marché. Curé! On travaill' pas beaucoup et
puis on est respecté. Et la quête, ça c'est intéressant. Pas besoin d' connaissances spéciales
pour faire la quête. Ça pourrait m' faire des
rev'nus supplémentaires, après tout.

Et dire qu'al' s'était laissé prendre à c't' idiote
d'histoire et qu'all' avait marché et qu'all' avait
fait marcher Ernestine. Non, c'était triste à
penser.

Alle paie sa consomme et s' lève. A s' dirige vers

son domicile, qu'est sis au quatre-vingt-onze d' la rue Paradis. Lentement, al' marche. La tête lourde de pensées, alle s'en va au milieu d' la foule de la rue La Fayette. Alle descend cteu rue en agitant dans son cœur des regrets bien amers. Al' n'avait pas envie de rigoler, ça non. Parfois, un des gens d' la foule, i s' retournait pour regarder la gueule de c't' étrange curé qu'avait l'air si absorbé par ses pensées. I doit penser au bon dieusse, qu'ils disaient les nouilles. C'est à la hauteur du tit skouare qu'est en face l'église Vincent d' Paul qu'une auto grand sport, une maousse alors, stoppa. C'était, bien sûr qu' les dégourdis l'ont déjà d'viné, c'était l'auto d' Pierre.

— Héla, qu'i dit.

Et Mme Cloche s'approche.

— Bonjour m'sieu l' curé, qu'i dit avec le plus grand sérieux.

— Bonjour, mon fils, qu'al' répondit la sage-femme.

— J'ai quéquechose à vous apprendre qu'i dit, quéquechose de drôle alors.

— Et qu'éksai? que d'manda Mme Cloche.

— Eh bien, en rentrant chez lui, l' père Taupe n'a plus trouvé sa porte.

— Hein?

— Oui, la porte, la fameuse porte, on l'a barbotée. Vlà c' que j' voulais vous dire. Adieusse.

Et l'auto ronflant, r'partit.

Et à moi, qu'est-ce ça m' fout? J' m'en balance.

Mais c'est tout d' même singulier. A part ça, si au lieu d' lui voler sa porte mystérieuse, on lui avait fauché sa porte d'entrée, il en aurait fait un nez l' père Taupe.

*

Cher Meussieu Marcel et collègue,

A l'heure où vous recevrez cette lettre, vous pourrez dire adieu à tout espoir de vous emparer des richesses cachées par M. Gérard Taupe en sa baraque de Blagny. Car, demain matin, à la première heure, nous la volerons et rien ne peut nous empêcher d'accomplir cet exploit. Nous vous prions également de prévenir Meussieu Pierre Le Grand de cet important événement. Voilà qui va vous éviter bien des démarches inutiles.

L'aventure du trésor taupique touche donc à sa fin et c'est nous-mêmes qui la lui ferons toucher, cette fin, et de la manière qui nous semblera convenable, autrement dit en faisant disparaître, à notre bénéfice, l'immense fortune de ce personnage, ainsi qu'il est écrit plus haut.

Nous osons espérer que vous ne nous garderez pas rancune de notre supériorité, car si vous fûtes les premiers à repérer cet argent immobile, nous serons les seuls à en faire usage ; nous n'avons pas d'autre justification. De plus, nous donnons ainsi une nouvelle illustration à la fable du troisième larron et nous croyons que le désir de figurer cette illustration nous a plus poussés à ce vol que le désir des richesses, l'Eau-Riz sacra femme S.

Quoi qu'il en soit, vous voilà quinauds (vivent les quinauds! vivent les quinauds!), et nous voilà riches. Allons, tant mieux.

Bien amicalement,

Le cordon enchanté,
La fausse note invisible.

P.-S. — Comme vous voyez, c'est une lettre anonyme que nous vous envoyons.

Saturnin Belhôtel,
Narcense.

— En voilà une histoire, s'écrie Bébé Toutout.

— Ah bien, ah bien, fait Théo, sans arriver à s'exprimer plus clairement.

— Tu n'aurais pas cru ça de ton père, hein?

— Ah bien, ah bien, continue à *faire* Théo.

— Ton père voulait commettre un vol? Lui qui avait l'air si honnête. Jamais tu n'aurais deviné ça, hein, mon petit gars?

— Il a pas volé, puisque c'est Narcense qui...

— Oui, mais il en avait l'intention. Et ce Saturnin Belhôtel, tu le connais?

— Non.

— Décidément, il n'y a pas grand-chose à tirer de toi, mon enfant. Maintenant, recolle l'enveloppe.

Théo, abruti par la singulière révélation contenue dans cette lettre, la recachette avec tout le soin dont il est capable (beaucoup).

Bébé Toutout le surveille.

— Est-ce que tes parents rentrent pour déjeuner?

— Non, j' m'arrange tout seul.

— Bien. Alors prépare-moi un bifteck et des frites pour midi.

— Des frites? Mais j' sais pas les faire!

— Quelle gourde! Je t'apprendrai. Tu verras, c'est très amusant.

— Y a pas d' pommes de terre.

— Tu iras en acheter. Des hollandes à dix-huit sous le kilo. Et le bifteck, dis au boucher de bien le choisir, dans le filet.

— J'ai pas d'argent.

— C'est tout de même pas moi qui vais t'en donner. Ne comprends-tu pas que je suis ton hôte?

— Votre hôte?

Théo, l'œil éteint, regarde le nain qui se passe la main dans son blanc crin de menton.

— Tu as l'air idiot ce matin, mon pauvre petit. C'est cette lettre qui t'a fait ce coup-là. Tu en verras d'autres dans la vie, va. A part ça, ton père s'est fait rouler par les deux autres, n'est-ce pas?

— Ça m'étonne pas de lui! éclate Théo. Même pas foutu de...

— Chut! n'insulte pas ton père, même s'il ne l'est pas et cours chercher les provisions. Il est déjà 11 h 1/4.

— Et l'argent?

— Débrouille-toi. Dis au boucher qu'on le paiera demain. Et cesse d'avoir cet air niquedouille.

— Dites, vous comptez rester longtemps ici?

— Tout l'hiver.

— Ça promet.

Puis l'enfant et le nain contemplent le bouillonnement de l'huile où fritent les frites.

— Tu ne trouves pas que c'est amusant de faire la cuisine?

— Non, ça m'emmerde.

— Pourtant, il faudra bien que tous les jours tu la fasses, à midi. Je n'ai pas envie de manger des clous, hein?

Théo ne daigne répondre.

— Je parie que tu écris des poèmes?

— J'ai commencé cet été, répond Théo rougissant. Mais jusqu'à présent, je n'ai écrit qu'un seul vers.

— Qui est?

— Ma vie a son mystère, mon âme a son secret.

Bébé Toutout compte sur ses doigts.

— Mais il est faux ton vers, mon petit gars.

— Qu'est-ce que vous voulez? J'y peux rien. C'est un vers qu'aura treize pieds, voilà tout. Pourquoi qu' les vers i z'auraient que douze pieds? C'est idiot. Moi j' lui donne un pied d' plus à mon vers. J'ai bien l' droit.

— Mets les frites à égoutter, maintenant.

— Vlà.

— Tu te souviendras comment il faut faire, les autres fois?

— Bien sûr, j' suis pas bête au point de n' pas savoir faire frire des patates. Non!

— Dis donc, Théo, quel âge as-tu?

— Quinze.

— Tu as déjà été amoureux?

— Si on vous l' demande, vous répondrez qu' vous n'en savez rien.

— Théo, tu oublies le respect que tu me dois. Regarde : barbe blanche, hein! Compris? Alors, réponds-moi sérieusement. Tu as déjà été amoureux?

Théo renifle deux fois et demie pour s'aplomber et :

— J'ai déjà enlevé une femme mariée, qu'il répond tout faraud.

*

— Clovis, viens ici.

Ainsi parla Dominique Belhôtel et Clovis vint ici.

— Alors, tu n'es qu'un sale petit menteur?

Et Clovis qui était un enfant sage, sérieux, travailleur et qu' aimait père et mère, s'effondra en pleurant.

— Papa, papa, sanglotait-il.

Et vraiment seul un cœur de pierre ne se serait pas laissé attendrir.

— Allons, n' pleure pas comm' ça. Essplique-toi.

— J'ai pas menti. J' les ai entendus qui...

Et Clovis, de nouveau, donna libre cours à ses larmes, comme dit le bon public. Dominique, profondément ému, refoulait ses sanglots ; dame, c'était son fils unique, Cloclo, à lui, Dodo.

— Allons, allons, n' pleure pas comme ça. Tu sais qu' ta tante est très fâchée contre toi. Pas contente, la mère Cloche. Tu dois comprend' ça. Tu lui avais mis dans la tête qu'elle gagnerait à c'te loterie. Et maintenant qu'elle a perdu, elle est furieuse. J' comprends ça. Et toi aussi, s'pa, mon p'tit ?

— Oui, ppa.

— Allons, je te pardonne. Viens dans mes bras.

Le père et le fils s'entre-sanglotent sur l'épaule ; les plus nobles sentiments vagissent dans le fond de leur poitrine ; c' que c'est émouvant tout d' même, pensent-ils, chacun pour leur compte.

— Allons, maintenant que tu es pardonné, essplique-toi, une fois pour toutes.

— J'ai rien à esspliquer. J'ai cru qu'ils disaient c' que j'ai ensuite rapporté à tante Cloche, peut-être que j'avais mal entendu. Mais j'étais sincère, ppa.

— Ah ! séksé une belle chose la sincérité ! Soye toujours sincère, Clovis.

— Oui, p'pa. Et tante Cloche, è m' pardonnera ?

— Oui, Clovis.

Nouvelle chute dans la larme. Belhôtel a encore une question à poser.

— Et à X..., pourquoi as-tu voulu revenir?

— J'ai eu peur, ppa.

— Tu n'aurais pas dû.

— Mais ppa, j' croyais qu' c'étaient des vilains banbans, des vilains bandits qui voulaient m' tuer. C'est tante Cloche qui m'avait écrit qu'i z'étaient méchants. Alors, j'ai eu peur, ppa.

— C'est pas digne d'un Belhôtel d'être peureux! Tu as compris, Clovis?

— Oui, ppa. Maintenant et en toutes circonstances, je promets à mon cher papa, ici présent, d'être d'un courage au-dessus de toute épreuve.

— C'est bien, Clovis. Viens dans mes bras, tu es définitivement pardonné.

Troisième et dernière représentation de paternelle clémence. — Lorsque Clovis finit par se délivrer de l'étouffoir humide qu'est devenu le gilet dominical, il a, lui aussi, des questions à poser.

— Dis, p'pa, dit-il, est-ce que je serai ingénieur?

— Oui, Clovis, tu seras ingénieur. Je te l'ai promis. Je tiens mes promesses.

— Oh merci, ppa. Alors, j'entre au lycée cette année?

— Oui, Clovis.

— Oh merci, ppa.

Clovis, Clovis, l'avenir t'appartient, comme on dit. Tu es sérieux, travailleur, pas trop intelligent, mais suffisamment tout de même. Ton père a assez gagné d'argent pour te payer des études tout ce qu'il y a de plus supérieures. Tu seras ingénieur, profession éminemment respectable, où ton ingéniosité te permettra de briller. Peut-être même deviendras-tu inventeur, Clovis, et ton père et ta mère seront fiers de toi. Tu vas décrire avec régularité cette splendide trajectoire, Clovis, et rien ne pourrait t'en empêcher. (A moins qu'il ne crève en chemin, mais c'est pas la peine de le lui dire, il est d'un naturel si peureux, il se frapperait.)

Mais n'oublie pas une chose, Clovis, c'est que, quand tu seras dans les honneurs, quand tu seras parvenu, quand tu auras le droit de porter un bel uniforme d'ingénieur, quand tu auras le droit d'épouser la fille du patron, alors, à ce moment, ne méprise pas tes parents, ton oncle le concierge, ta tante la sage-femme et ton père et ta mère qui ont fait tant de sacrifices pour t'élever. Ce sont d'horribles sentiments qui révèlent de bas instincts. Mais Clovis ne possède en lui que noblesse et honneur ; on pourrait même lui en faire une devise. Noblesse et honneur. Non, il ne rougira pas de l'oncle Saturnin, bien qu'il soit un peu cinglé, ni de son papa, ni de sa maman. Il aura beau devenir ingénieur, industriel, capitaliste, député, président du Sénat, ou même président de la chose publique (le plus bel uniforme qu'on puisse ambitionner), jamais il ne reniera sa famille. Jamais, jamais! Ils trouveront toujours quelques restes à la cuisine. Une dernière question.

— Dis donc, ppa. Alors, tu l'as achetée ta maison de tolérance ?

— Oui, Clovis. J'ai signé l'acte d'achat aujour-d'hui et j'ai vendu le café.

— Laquelle tu as achetée, celle de Rouen ou celle d'Épinal ?

— Celle d'Épinal.

— J' crois que tu as eu raison. La marine, ça ne marche pas fort en ce moment, tandis que la troupe ça n' manque jamais.

— Oui, mais quand y aura plus d' soldats ?

— Quand ça, ppa ?

— Est-ce que j' sais, moi.

— T'en fais pas, ppa, tu seras riche à c' mo-ment-là. Et quand est-ce qu'on quitte Blagny ?

— Dans un mois, au début d'octobre.

— Et qu'est-ce qui remplacera Ernestine, comme sous-maîtresse ?

— Camélia, voyons.

— Je la trouve bien jeune, ppa, pour faire ce métier-là. Elle n'aura pas assez d'autorité.

— Elle a le même âge qu'Ernestine.

— Je trouvais Ernestine bien jeune aussi.

— Ça va, Clovis. Ne t'occupe pas de ça. Laisse les maisons closes et étudie tes mathématiques.

*

Vous comprenez, la philosophie, elle a fait deux grandes fautes ; deux grands oublis ; d'abord elle a oublié d'étudier les différents modes d'être, primo ;

374

et c'est pas un mince oubli. Mais ça encore c'est rien;
elle a oublié c' qu'est le plus important, les différents
modes de ne pas être. Ainsi une motte de beurre,
j' prends l' premier truc qui m' passe par l'idée, une
motte de beurre par exemple, ça n'est ni un caravan-
sérail, ni une fourchette, ni une falaise, ni un édre-
don. Et r'marquez que c' mode de ne pas être, c'est
précisément son mode d'être. J'y r'viendrai. Y en a
encore un autre mode de ne pas être ; par exemple,
la motte de beurre qu'est pas sur cette table, n'est pas.
C'est un degré plus fort. Entre les deux, y a le ne-
plus-être et le pas-encore-avoir-été. Chaque chose dé-
termine comme ça des tas de nonnêt' : La motte de
beurre n'est pas tout c' qu'elle est pas, elle n'est pas
partout où elle n'est pas, elle interdit à toute chose
d'être là où elle est, elle a pas toujours été et n' sera
pas toujours, ekcétéra, ekcétéra. Ainsi une infinité
pas mal infinie de ne pas être. De telle sorte qu'on
peut dire que cette motte de beurre est plongée jusque
par-dessus la tête dans l'infinité du nonnête, et fina-
lement ce qui paraît le plus important, ce n'est pas
l'être, mais le nonnête. Et l'on peut distinguer : y
a ce qui ne peut être pasque c'est contradictoire, la
motte de beurre est une tuile. Et ce qui n'est pas sans
apparaître comme contradictoire ; la motte de beurre
n'est pas sur cette table (tandis qu'elle y est). C' qui
est curieux c'est que c' qu'est exprimé par une phrase
comme ça : la motte de beurre est une tuile, ça appar-
tient au nonnête et pourtant ça est dans une certaine
mesure, puisqu'on peut l'exprimer. Ainsi, d'une

certaine façon, *le nonnête est, et, d'une autre, l'être
n'est pas. En plus de ça, l'être est déterminé par le
nonnête, il a pas d'existence propre, il sort du nonnête pour y retourner. Quand la motte de beurre
n'était pas, elle était pas ; quand elle ne sera plus,
elle sera plus. C'est simple comme bonjour. Ce qui
est c'est ce qui n'est pas ; mais c'est ce qui est qui
n'est pas. Au fond, y a pas le nonnête d'un côté et
l'être de l'autre. Y a le nonnête et puis c'est tout puisque l'être n'est pas. Voilà où j' voulais en v'nir. Les
choses existent, non pas par leurs déterminations po-
sitives, dans c' cas là è' n'existent pas, mais par la
multitude infinie de leurs déterminations négatives.
Et dans c' cas là è' n' sont pas. Ce qui fait, je l' répète encore un coup, que l'être n'est pas, mais que le
nonnête est.*

*Voilà. Avec ça, on peut aller loin, allez. Car rien
n'existe. Il n'y a rien. Moi-même, je ne suis pas. On
peut voir ça quantitativement, en quèque sorte. Vous
comprenez le mot quantitativement ? Oui bien sûr
v' z'êtes instruit vous. Eh bien, voilà. J' peux dire :
j' suis ceci, j' suis ceci, j' suis ceci, ekcétéra. Mais
ça n'ira pas loin. De l'autre côté j' peux m' dire :
j' suis pas ceci et alors ce ceci c'est tout l'univers ac-
tuel, passé et futur, c'est tout c' que j'aurais pu faire
et qu' j'ai pas fait, c'est tout c' que j'aurais pu être
et n'ai pas été, c'est tout c' que j' n'aurai pas pu faire
ni être et que bien sûr j'ai pas fait ni été. En face de
tout ça, qu'est-ce que je suis ? Rien. J' suis pas.
Mais alors en tant que j' suis pas, je suis. Ça vous*

376

la coupe, hein? C'est pas étonnant? Attendez, j'ai
pas fini. J' voudrais qu' vous me compreniez bien,
l'être en tant que limité n'est pas. Et d'aut' part, il
est difficile de ne pas accorder que ce qui n'est pas est
d'une certaine façon. Turellement, c'est plus loin
qu' la logique qu'on trouve tout ça. Et cependant et
cependant, ce qui est, est, et ce qui n'est pas, n'est pas.
Mais voilà, j' vais vous dire la vérité; c' qui est vrai,
c'est la totalité, c'est pas une formule. Même l'ensemble de ces formules que j' vous répète encore un
coup pour que vous vous les mettiez bien dans
le crâne;

L'être est, le nonnête n'est pas,
L'être n'est pas, le nonnête est,
L'être est, le nonnête est,
L'être n'est pas, le nonnête n'est pas,

qui toutes révèlent un aspect de la vérité; même ensemble, toutes les quatre è n' révèlent pas la totalité,
puisque admettre qu'i n'y ait que quat' formules possibles, ça s'rait admettre, primo une limitation et
secundo la légitimité du principe de contradiction que
justement on a dit n'êt' pas légitime quand i s'agit
d' totalité. C' qui fait qu' la vérité est encore ailleurs.

— Dites donc, fit Narcense en bâillant, vous
n'allez pas m' parler de dieusse?

— J' suis pas homme à prendre un bonnet de
dentelle pour un feutre mou, spa? répondit Saturnin.

CHAPITRE SEPTIÈME

Narcense traînait sur les grands boulevards, sans envie, sans espoir. Il était bien dégoûté. L'avant-veille, il avait épuisé les quatre-vingt-onze possibilités de placer la porte bleue et la quatre-vingt-onzième s'était révélée aussi parfaitement illusoire que toutes les précédentes. Pendant toute une journée, en compagnie de Saturnin, il chercha l'issue, mais ne la trouva point ; ça se passait chez Sophie Isis, à Ça-Hisse-sur-Seine. Elle avait l'air d'une fière putain, cette femme. Elle restait tout le temps à moitié à poil pour ainsi dire ; mais eux, absorbés par leur travail, ils ne la regardaient pas. Et quand ce fut fini, quand la défaite devint évidente, ils étaient si écœurés qu'ils passèrent devant ses seins nus, sans y toucher. Une drôle de journée encore. Ils ramenèrent la porte jusqu'à la loge. Alors Saturnin prit une hache et en fit du petit bois, car les premiers froids étaient venus. Sur un morceau et par un grand hasard, il put lire écrits l'un au-dessous de l'autre le nom de Gérard Taupe et celui d'une femme ; puis une date. On fit de cela un petit paquet qu'on envoya au brocanteur. C'était la fin. Narcense traînait sur les grands boulevards. Il avait en poche cinquante francs prêtés par Saturnin ; sans doute les derniers, car le concierge était maintenant bien fauché. Des recherches comme ça, ça coûte cher. Inutile de penser plus longtemps. Narcense aperçut alors tout près, dans son souvenir, un sein nu. Il en fut bouleversé.

Il regarda autour de lui et ne vit plus que les femmes. De celles qui le croisaient, il recueillait le regard ; de celles qui le dépassaient, il admirait la croupe, quand il y avait lieu. Il esquissa, deux ou trois fois, le projet de suivre un de ces corps. Il allait et venait entre l'Opéra et le carrefour Montmartre. Devant un cinéma, il s'attarda à contempler les photos d'une star qu'il admirait. A la terrasse des cafés, attablées devant un bock qu'elles ne buvaient pas, des femmes croisaient les jambes. On avait allumé les braseros, fin octobre, l'hiver s'annonçait mauvais, et Narcense voyait ces jambes à travers une odeur de charbon mouillé.

A la suite d'une démarche qui le séduisit, il pénétra dans un passage ; mais abandonnant brusquement la femme qu'il suivait, il entra chez un marchand de cartes postales et regarda longuement non celles du jour de l'an, ni celles des hommes politiques, ni celles des boxeurs, mais des « nus » et des « déshabillés ». Il y avait foule d'ailleurs, dans le fond de la boutique. Une dizaine de types d'âges divers se pressaient devant ces photos, avec la gorge sèche et des mains tremblantes. Parfois, l'un d'eux plongeait la tête dans un petit cinéma qu'une lampe rouge désignait à l'attention des amateurs. Dans un cagibi fort encombré, la marchande, une dame sèche et asexuée, guettait la clientèle ; des audacieux se risquaient jusqu'à lui demander à voir les collections spéciales, et sortaient de là, avec un sourire naïf. De tout ceci, Narcense se souciait fort peu et l'indifférence réciproque était de mise entre ces solitaires. Il examina donc attentivement les diverses séries de « nus » et de « déshabillés », celles à quatre-vingt-cinq centimes, celles à un et celles à deux francs. Puis il sortit dans le passage, prit en bas à gauche une branche déserte et accosta la première femme qui se présenta. C'était une putain à un louis, qu'avait de jolis yeux, une voix éraillée et des prétentions au vice, prétentions d'ailleurs injustifiées, comme l'homme put le constater peu après avec désappointement. Dépourvue d'intelligence autant que d'imagination, elle devenait émouvante lorsqu'elle disait : Quelle chierie... Et qu'elle parlait de son gosse à la campagne. Narcense abandonna un paquet de cigarettes entre les mains de cette idiote et alla manger un sandwich à l'automatique Haussmann.

Puis il se retrouva dans la rue, et de nouveau, il vit la femme unique dont l'image multipliée se présentait à lui sous les aspects les plus divers et pourtant toujours identiques (naturellement). Mais cette image avait perdu son pouvoir exaltant. On ne fait pas impunément l'amour ; il était fatigué, très simplement. Avec ses derniers francs, il passa quelque temps dans un cinéma. Il ne comprenait rien à cet écran qui hurlait dans l'obscurité. Bien sûr que d'habitude, il le comprenait. Mais ce soir-là, c'était pas la même chose. Ce soir-là, la misère et l'absurde amour. Ce soir-là, il avait mal au scrotum et au crâne tout à la fois. Et les fantômes qui s'égosillaient sur le drap tendu ne l'intéressaient en aucune façon.

Quand il sortit, il était dans les 7 heures. Il n'avait plus le rond. Juste de quoi prendre le métro. A la meilleure heure, celle où l'on se serre les coudes et où l'on se tient chaud. Il avait mal au cœur quand il sortit du tunnel et frissonna dans la nuit.

Il passa devant la loge sans mot dire, mais Saturnin le rappela.

— Regardez ça.

Il lui montrait un paquet, le paquet du père Taupe. Dessus, il y avait écrit : Destinataire décédé. Retour à l'envoyeur. Narcense haussa les épaules. C' qu'il s'en foutait, non mais c' qu'il s'en foutait.

Alors Saturnin lui dit :

— Vous avez lu le journal ce soir ?

Non. Il avait entendu les camelots crier dans la rue. Qu'est-ce qu'il y a ?

Des bruits de guerre.

Ce qu'il s'en foutait, non mais ce qu'il s'en foutait.

*

Étienne se levait à 6 h 1/2; Alberte aussi; Théo également. Bébé Toutout, lui, restait au lit jusque vers 10 heures. On avalait une tasse de café en vitesse et vite dans le train; le père allait au Comptoir des Comptes, la mère à son bureau, et le fils au lycée. Place libre toute la journée pour le nain. La rentrée se faisait en ordre dispersé. Théo arrivait le premier; puis Alberte; puis Étienne, et c'était le repas du soir où toute la famille se trouvait réunie. Ainsi se passaient les jours.

Et les nuits se passaient ainsi : tous dormaient. En général, ils ne rêvaient guère; par contre Bébé Toutout avait des cauchemars affreux qui le tourmentaient au milieu de la nuit. Il se dressait sur son lit, hurlait hou hou hou et la sueur irriguait sa barbe. Ça fichait des peurs bleues à Théo, réveillé en sursaut. Alors le nain le traitait de trouillard, de suce-tétine et de pâle poupon; Théo, le cœur battant, ramenait son drap sur sa tête. Bébé Toutout s'essuyait la barbe et le calme se rétablissait jusqu'au petit jour; le réveille-matin, cette tête de mort, se mettait alors à claquer des dents.

D'un coup sur l'occiput, Étienne l'assommait ; puis, le poil hérissé, sortait du lit, et ainsi de suite et ainsi de suite.

Ce réveil, en général, le nain ne l'entendait pas ; s'il l'entendait, il se mettait à ronchonner et parfois exigeait qu'on lui apportât au lit du café au lait avec des tartines, qu'il engloutissait voracement ; puis il redisparaissait sous ses draps, cependant que la travailleuse famille affrontait l'horrible fraîcheur de l'aube.

A quoi occupait-il ses journées, c'est ce que la travailleuse famille ignorait et n'arrivait même pas à soupçonner malgré de prodigieux efforts d'imagination. On qualifiait sa fainéantise tantôt de prodigieuse, tantôt de répugnante, mais derrière son dos, car devant, on était plutôt aimable. S'il avait été moins dèche, Étienne aurait acheté un gros chien qui aurait croqué le parasite. Il avait bien essayé de l'expulser de diverses façons, mais l'autre revenait toujours, fort de son infériorité, habile à la bassesse et d'une menaçante méchanceté. Et puis il était devenu l'ami de Théo, son ami intime et son tyran. Il était au courant de tous ses actes et de toutes ses pensées, car c'est lui qui les créait et qui les dirigeait. Théo devenait à volonté le premier ou le dernier de la classe (il y a là un peu d'exagération, mettons le second ou l'avant-dernier), un chaste adolescent ou un petit viçlard ; un jeune homme d'une intelligence supportable ou un fameux crétin. Aime ton beau-père, lui suggérait Bébé Toutout ; alors Théo trouvait Étienne bien gentil. Déteste-le, et il prenait envie à Théo de casser des œufs pourris sur le crâne beau-paternel.

Quant à Bébé Toutout, il s'en foutait royalement, de sa tyrannie ; elle était même tout à fait involontaire de sa part. Il ne demandait qu'une chose : une maison bien chauffée, où l'on y donne à manger, où l'on peut dormir ; et surtout ne pas travailler. Marmotte irréductible, il avait trouvé dans la demi-villa de l'employé de banque métaphysicien, un nid. Sa saleté égalait sa paresse et sa voracité. C'était d'ailleurs la grande distraction du dimanche. On baignait le nain. On faisait chauffer une bassine d'eau et on le jetait dedans. Il rageait, postillonnait comme un chat et griffait de même. Un amusement comme un autre, et hygiénique par-dessus le marché. Parfois Étienne songeait à faire chauffer l'eau *un peu trop* et Bébé Toutout serait bouilli. Mais ces affreuses pensées ne faisaient que traverser son cœur. Il ne s'y arrêtait pas. C'est en entendant le sifflet d'une locomotive qu'il pensa pour la première fois à cet expédient. Cependant le sifflet se souciait peu de la singulière association d'idées à laquelle son cri avait donné naissance ; et la locomotive encore moins et le chauffeur encore moins, et tous trois passaient chaque jour, avec la régularité qu'implique un horaire honnêtement établi, passaient chaque jour, je dis, devant la baraque FRITES qui

385

restait close depuis le départ des Belhôtel pour une maison possédant la même qualification. Étienne avait appris cela, un samedi après-midi qu'il s'était aventuré seul sur le territoire de cette commune qui vit s'accroître son être. Un personnage indécis comme le reflet d'un réverbère dans une flaque de boue lui fit part également de la mort du vieux brocanteur. Il était resté quinze jours sans venir à la ville ; on le découvrit pourrissant sur sa paillasse ; et comme des bruits circulaient, des gens de bonne volonté fouillèrent de fond en comble sa misérable demeure. Les Pic, notamment, s'y consacrèrent avec une belle ardeur. Mais on n'y trouva strictement rien. Sur l'ordre du maire et par hygiène, on brûla ces débris.

Étienne ne retournait plus à Blagny. Il ne voyait plus Pierre Le Grand qui avait complètement disparu. Quand il sortait du Comptoir des Comptes, il espérait toujours le retrouver ; mais jamais l'autre n'était là. Lentement, doucement, Étienne se sentait diminuer. Un jour, il découvrit dans le fond d'un tiroir un drôle d'appareil qu'il reconnut être un coupe-œufs-durs-en-tranches-minces. Il le porta à la cuisine pour qu'on en fît usage. En tournant la tête, il crut apercevoir derrière lui quelque chose comme le bonheur. La suite d'incidents qui d'un chapeau imperméable le conduisit à une porte factice lui parut une merveilleuse aventure ; et le temps qu'elle occupa, un temps bienheureux. Mais, comme il doutait toujours des apparences, il douta, et comprit que jamais, jamais il n'avait été aussi malheureux. Puis il compta sur ses doigts les jours qui, de leur front bas, le séparaient de la Toussaint, jour de congé et fête des cadavres.

*

Sur la plage de R..., deux corps brunissaient au soleil, c'était Pierre et c'était Catherine. Elle lui disait :

— Quel climat merveilleux! Novembre, déjà et le soleil est aussi violent qu'au mois d'août.

— Tout l'hiver, il en sera ainsi.

— Et nous resterons tout l'hiver ici?

— Nous resterons ici tout l'hiver.

— Et tout cet hiver encore, tu m'aimeras?

— Oui. Tout cet hiver encore.

— Parle-moi de toi.

— Je n'ai rien à dire de moi.

— Raconte-moi des souvenirs. Quand tu étais enfant.

— Ma mère était dompteuse et mon père acrobate.

— L'autre jour, tu m'as dit qu'il était banquier.

— Ce n'est pas le même. Je te disais donc que mon père était acrobate. Le soir, après dîner, il aidait ma mère à desservir la table; il marchait sur les mains et tenait les assiettes en équilibre sur ses pieds.

— Quelle idée!

387

— Les jours où il se sentait bien disposé, il s'accrochait au lustre par les jambes et, se balançant ainsi au-dessus de la table, il dînait. D'autres fois, il se suspendait par les dents et remuait la salade avec ses doigts de pied.

— Quel dégoûtant!

— Mais il n'était pas toujours aussi joyeux; quand ça n'allait pas, il passait sa mauvaise humeur sur maman et il lui flanquait des coups de fourchette dans les fesses. Mais maman les avait dures, ce qui fait qu'à la maison toutes les fourchettes avaient les dents tordues.

— Et encore?

— Mon père était capable d'attraper un autobus en marche en courant à reculons et pour descendre, il faisait toujours le grand écart.

— Et encore?

— Pendant six mois, on habita au deuxième étage. Eh bien, mon père ne prenait jamais l'escalier, il se jetait toujours par la fenêtre et tombait sur ses pieds sans se faire de mal. Quelquefois il arrivait des incidents; un jour, il a de cette façon écrasé le chien du boucher, un fox-terrier, qu'on aimait beaucoup dans le quartier. A la suite de ça, nous avons été obligés de déménager parce qu'on criait des insultes à mon père et qu'on voulait le lyncher. Ensuite, nous avons habité un cinquième; mon père ne pouvait sauter d'aussi haut; il prenait l'escalier, mais il se mettait en boule et se laissait rouler jusqu'en bas. Là encore, il a eu des ennuis ; cette façon de descendre, ça ne plaisait pas à la concierge. Nous décampâmes de nouveau. On alla habiter une petite villa en banlieue, à Noircy-sur-Marne ; c'est à ce moment que je commençai à apprendre la magie blanche. J'avais treize ans.

— Combien de temps as-tu étudié la prestidigitation ?

— Sept ans.

— Tu dois en connaître des tours !

— Quelques-uns.

— Pourquoi n' montres-tu jamais tes talents ?

— Je trouve cela grossier.

Ils se retournèrent et présentèrent leur dos au soleil.

— Catherine, tu crois tout ce que je te dis, n'est-ce pas ?

— Bien sûr, Pierre.

Silencieusement, ils absorbaient la lumière. Puis ils nagèrent jusqu'au rocher creusé que les indigènes appellent Bunte Bi.

En rentrant à l'hôtel, le patron leur fit de grands signes et leur parla longuement avec animation ; mais ils ne comprenaient pas. Il leur montra alors un journal et Pierre qui déchiffrait un peu la langue dans laquelle il était rédigé put lire :

LES FRANÇAIS ET LES ÉTRUSQUES
SE DÉCLARERONT MUTUELLEMENT LA GUERRE
LE MERCREDI ONZE NOVEMBRE

Et ces divers détails :

« L'accord qui semblait si difficile à établir entre les deux tribus est enfin réalisé ; afin d'éviter toute discussion future relative aux responsabilités de la guerre, elles se sont entendues pour agir en commun ; la date pour le début des hostilités est fixée d'un commun accord au 11 novembre. Ce jour paraît spécialement bien choisi, puisque l'on pourra fêter ainsi simultanément un armistice et une déclaration de guerre. De part et d'autre, on se déclare donc enchanté et les diplomates français et étrusques peuvent se féliciter d'avoir obtenu là un magnifique résultat. »

« *Paris*. — Les journaux d'aujourd'hui font ressortir les dangers que courrait la civilisation si les barbares étrusques étaient vainqueurs. Ils font remarquer notamment qu'ils ne parlent pas une langue indo-européenne, qu'ils jouent de la mandoline et qu'ils mangent du macaroni. »

« *Paris*. — Le roi de France, Anatole, et la reine des Étrusques, Miss Aulini, décident d'interrompre la partie de bésigue par correspondance qu'ils étaient en train de jouer. " Les intérêts de la nation, ont-ils déclaré, chacun dans leur langue, passent avant les plaisirs individuels, même royaux. " De nombreuses Françaises se sont bénévolement présentées pour remplacer Miss Aulini comme partenaire d'Anatole Un. »

390

« *Capoue*. — La mobilisation étrusque se fait dans le plus grand enthousiasme. »

« *Paris*. — La même chose. »

« *New York*. — Le conflit entre la Gaule et l'Étrurie va probablement tourner en conflagration mondiale. Les Ligures et les Ibères vont sans doute se joindre aux Gaulois ; les Ombriens, les Osques et les Vénètès aux Étrusques. Le peuple polonais a déclaré qu'il soutiendra son alliée de toujours et qu'il mettra sa Vistule à la disposition du gouvermint froncé. »

— Quelle horreur ! dit Catherine. Heureusement que nous sommes loin, très loin de tout cela.

— Oui, dit Pierre, tout ceci me laisse froid.

*

— Tu emportes bien tout ce que tu veux ? demanda Alberte.

Étienne tâta ses poches, sa musette avec deux jours de vivres et des grosses chaussettes de laine pour les futures tranchées d'hiver ; il avait bien son casque ; il n'oubliait pas son masque à gaz. Il pouvait partir maintenant. Il hésita, tourna la tête pour voir encore une fois ce côté-là, derrière lui. On sortit. La porte grinça. Étienne donna la clé à Alberte. Puis tous quatre, car Bébé Toutout était de la fête, prirent le train pour la ville où Étienne changeant de gare devait se rendre à son

391

centre de mobilisation. Le train pour la ville était plein. Et de toutes sortes de gens. La plupart, des mobilisés. On avait écrit sur les wagons : *A Capoue, A Capoue*. Capoue, c'était la capitale des Étrusques ; on venait de l'apprendre par les journaux, lesquels expliquaient également que ces gens-là chargeaient leurs fusils avec du macaroni et que ça ne faisait pas mal et que leurs mandolines n'étaient pas de taille à résister aux avions français de bombardement. Bref, la guerre ne durerait pas longtemps et fallait pas s'en faire. Sans compter que ça allait faire marcher l'industrie. Dans le train, c'était la cohue. Des femmes, des enfants pleuraient. Des mobilisés, y en avait de toutes les espèces. Les uns faisaient une sale tête, mais beaucoup étaient soûls. Y avait tout un contingent de paysans qui venaient du côté de Guermantes et qu'étaient bin joyeux. Y en avait, parmi eux, qu'avaient fait l'aut' guerre. I chantaient des vieilles chansons de c't' époque, comme *La Madelon, Rosalie* et il y a une longue route jusqu'à Tipérari. Y en avait aussi, des mobilisés, qui discutaient le coup, ferme. Et comme quoi, expliquait l'un, les Étrusques c'était à cause d'eux qu'y avait la guerre et qu'on s'rait pas tranquille en France tant qu' ces gens existeraient. Et comme quoi, expliquait l'autre, c'était pour défendre son lopin de terre et empêcher sa femme d'être violée, qu'on allait combattre l'ennemi. De temps en temps, y en avait un qui criait : Vive la France et d'autres y répondaient en hurlant : Mort aux Coches. Les Coches, c'était le nom qu'on commençait à donner aux Étrusques, et dans l' journal, on avait expliqué que c'était une abréviation pour Étruscoche qu'était de l'argot pour Étrusque.

Et puis y en avait qui n' disaient rien, mais qui n'en pensaient pas moins. I n' disaient rien pasque y en avait un qu'avait pensé tout haut et les paysans du côté de Guermantes l'avaient foutu dehors, par la portière, sur les rails.

Bébé Toutout, pour ne pas être écrasé, s'était réfugié dans le filet. Et de là, menait grand train. « Dans les cuirassiers, qu' tu vas ? » avait-on commencé par lui dire. « Dis donc, t'es mobilisable, toi ? » Mais le barbu blanc nain s'en laissait pas raconter des comme ça. « On n'est pas grand, qu'il disait, on est petit même (tu parles, interrompait un auditeur), mais ça n'empêche pas d'avoir un cœur de Français qui bat dans la poitrine, pas vrai les copains ? » « Bravo ! Bravo ! » qu'on criait. « Ah ! si j'avais le bonheur de pouvoir être soldat, soupirait Bébé Toutout, en croisant les mains et en regardant le plafond où un habile voyou avait réussi à coller un mégot. Malheur ! La nature m'a fabriqué trop petit pour aller au front. Mais je servirai la patrie tout de même ! Je ferai de la charpie, je tricoterai des mitaines pour nos héros et je relèverai le moral de la population. A Capoue, à Capoue ! »

Des hourras enthousiastes accueillirent ce

393

laïus. On passa devant Blagny. Des centaines de gardes mobiles entouraient l'usine de produits chimiques. C'est là qu'on fabrique les gaz. On va les enfumer les salauds. On va les enfumer dans leurs terriers, les Coches!

Et Théo? Pauvre garçon. Il était encore trop jeune pour faire la guerre. Comme Bébé Toutout, il n'avait pas de chance. L'un à cause de la taille, l'autre à cause de son âge ne pouvaient être soldats ; et la guerre ne durerait pas assez longtemps pour qu'il puisse, *même*, s'engager ; ça ne serait pas comme l'aut', de guerre. Ça non. Celle-là s'rait expédiée en vitesse. Trois mois au plus. Qu'est-ce qu'ils allaient prendre, les Étrusques. C'était écrit dans les journaux, tout ça.

Puis on aperçut, à travers un nuage de poussière noirâtre, une nuée de flics, de gendarmes, de gardes mobiles, de gardes républicains et de curés : c'était Paris.

De la gare du Nord à la gare de l'Est, ce fut triomphal. A toutes les fenêtres pendaient des drapeaux tricolores. De vieux messieurs décorés pleuraient d'émotion en voyant passer ceux qui partaient là-bas. Les veinards qui vont faire poumpoum, pensaient les vieux messieurs décorés, et : Vive la France, qu'ils ajoutaient et izy allaient d'une larme sur l'épaule. Et de nouveau la culture française allait être sauvée, on allait même lui donner du bon engrais à cette culture, quelque chose de soigné, du sang et du cadavre.

Au coin de la rue Saint-Denis, une épicerie qui vendait du macaroni est en train de brûler. Plus loin, des étudiants cassent les mandolines d'un marchand d'instruments de musique. Ainsi chacun s'emploie patriotiquement, selon ses moyens. On se sent des héros. Y a bien quelques femmes qui pleurent, mais c'est pas des courageuses celles-là. Étienne, suivi de sa famille, finit par trouver son train, couvert de fleurs, d'inscriptions vengeresses et de crapauds. Des jeunes filles charmantes distribuent des cocardes tricolores et se font peloter le cul. Une vraie rigolade cette guerre, et qui s'annonçait bien. Les Étrusques, on en fera de la confiture. Ces barbares qui bouffent du macaroni, on les attrapera avec dix sous de râpé. En moins n' deux, on s'rait à Capoue. Alors vraiment, c'était pas la peine de s'en faire ; et même que les stratèges, en y réfléchissant bien, i disaient qu'ils avaient jamais vu d' guerre plus simple, plus facile, plus amusante. Alors vraiment! Et ceux qu'i disaient qu'on savait jamais, que les Étrusques i connaissaient des coups en vache et qu'i n'y avait pas de quoi rigoler, comment qu'on leur envoyait des coups de parapluie dans l'œil, pour leur apprendre à mal parler de la patrie. Après plus de deux heures, le train commença à frémir, à siffler, puis finit par partir. Étienne à la portière faisait des signes avec la main (ou avec un mouchoir, peu importe) comme les autres. Théo et Bébé Toutout, très excités, agitaient leurs chapeaux et criaient :

A Capoue! A Capoue! Çà alors, c'était marant, nouveau, extraordinaire. Alberte, elle, pleurait ; naturellement ; parce que c'était pas une femme courageuse.

*

— Qu'est-ce qu'y a dans l' communiqué aujourd'hui? demanda le marin.

— Un fragment d'armée étrusque a pénétré jusqu'à Deuf-Omécourt. Il a saccagé le bureau des douanes et le bureau du télégraphe.

— Quelles vaches! I n' respectent rien! De vrais vandales!

— Et ils prétendent avoir une civilisation!

— Continue donc.

— Un régiment étrusque qui s'avançait vers un petit bosquet pour s'y reposer en jouant de la mandoline a été mis en fuite par un peloton d'élèves caporaux.

— Ah! ah! Décidément, c'est tout cuit la victoire, Hippolyte!

Et l'on but l'apéro, le cœur triomphant.

Le lendemain :

« Les troupes françaises ont occupé la ville étrusque de Malaparte.

« Il serait prématuré d'indiquer aujourd'hui quelles peuvent être les suites de ce premier succès. Ce qui est à retenir, c'est qu'une brigade française attaquant une brigade étrusque retranchée l'a mise en déroute : le mot « déroute » est le seul qui convienne. Devant notre charge à la boyaux-nets, les Étrusques se sont enfuis à toutes jambes.

« Les pertes françaises ne sont pas excessives eu égard au résultat. Le mordant de nos troupes a été prodigieux. »

Le lendemain :

« Nos troupes tiennent toujours Malaparte, ayant devant elles la lisière de la forêt de Madera qui paraît sérieusement organisée.

« On annonce que les Étrusques se renforcent, mais nous, pas bêtes, on fait la même chose.

« Le peuple polonais a déclaré la guerre à tous les ennemis de la France. Le roi Bougrelas a envoyé ses amitiés au roi Anatole et lui a emprunté des mille et des cents pour nourrir ses troupes et les laver. »

Le lendemain :

« *La dernière mode.* Le patriotisme de nos femmes françaises est toujours aussi ardent. On sait que nous prenons tant de canons à l'ennemi que nous ne savons qu'en faire ; sur la proposition d'une de nos plus spirituelles femmes de l'âtre, ces canons seront débités en rondelles et transformés ainsi en colliers aussi simples qu'élégants. On peut également y faire incruster des diams et des per-louses (comme disent nos braves petits soldats des Bataillons d'Afrique) ; mais naturellement c'est plus cher.

« Cousine Pompon. »

Le lendemain :

« Au cours de la nuit dernière, des forces étrusques, très considérables, concentrées dans le bois de Madera, nous ont attaqués en poussant de grands cris.

« Devant cette démonstration, le commandant des troupes françaises a quitté Malaparte et rassemblé ses forces légèrement en arrière, sur des emplacements où il a arrêté l'offensive de l'ennemi supérieur en nombre.

« Les opérations de détail ont été très brillantes. Vraiment, très brillantes. En toutes circonstances, l'infanterie française comme la cavalerie, l'artillerie, la tankerie, l'aviaterie et la gendarmerie se sont montrées bien supérieures aux troupes adverses. »

Le lendemain :

« Les Polonais à cinq étapes de Capoue. »

Le lendemain :

« Sur l'affaire de Malaparte, les bruits les plus excessifs, les plus tendancieux même, ont été lancés. Les événements se sont en somme bornés à ceci : une brigade d'infanterie a été poussée en pointe sur Malaparte pour y détruire le centre d'informations qui fonctionnait dans cette ville. Contre-attaquée par deux brigades étrusques, elle s'est retirée, non pas de son propre mouvement, mais sur l'ordre du commandant du corps d'armée qui jugeait la situation périlleuse. Sa mission étant d'ailleurs terminée, il n'y avait pas lieu de l'y maintenir ; toutes les forces étrusques l'ont suivie et sont venues se heurter à notre ligne de résistance principale, qui n'a pas été forcée. Notre situation stratégique demeure la même, elle est excellente. »

Le lendemain :

« Les Étrusques lancent fausses nouvelles sur fausses nouvelles. Ne vont-ils pas maintenant jusqu'à parler de leur " victoire " de Malaparte?

« Il convient que les journaux français insistent quotidiennement sur l'altération systématique de la vérité que pratiquent les Étrusques. Si on laisse courir des mensonges sans les démentir, ils risquent de s'accréditer. »

— I sont menteurs ces gens-là. dit le marin.

— M'en parle pas, approuva le bistrot, sans expliciter autrement sa pensée.

— Allons, sers-moi un picon à l'eau, mais sans bouillon, hein, y a qu' pur que j' l'aime.

Et l'on but l'apéro, le cœur triomphant.

*

— Tiens, Bébé Toutout qui passe, dit le marin.

— Appelle-le donc, suggéra Hippolyte, et, quelques secondes après, le nain entrait.

— Alors, les amis, s'écria-t-il cordialement, on m'offre un verre?

— Qu'est-ce que tu veux?

— Un petit rhum. Demain, ça sera ma tournée.

— Alors, Bébé, qu'est-ce que tu nous racontes de neuf ?

— Peuh, peuh. Sale temps, hein, sale temps.

— Ça c'est vrai, concéda le marin, pour un sale temps, c'est un sale temps, ça c'est vrai.

— Et le patron, qu'est-ce qu'i devient ? demanda Hippolyte.

— Il a encore écrit ce matin.

— Qu'est-ce qu'i dit ?

Le nain avala son rhum et cligna de l'œil.

— Un autre.

— Sacré Bébé ! Raconte-nous ça.

Il exhiba un morceau de papier de boucherie taché de sang.

— Ça, c'est la copie d'une carte pour le gosse.

— Lis-nous ça.

— Hm, hm, Modane, le 15 décembre.

— Il est à Modane, alors ?

— Comme vous voyez. Je continue. Mon cher Théo. Je ne t'ai pas écrit depuis longtemps, mais ta mère a dû te donner de mes nouvelles. Je pense à toi avec beaucoup d'amitié et j'espère te revoir bientôt, car cette guerre ne saurait durer longtemps.

— Ah, tu vois c' qu'i dit.

— I n'en sait rien.

— Tout d' même, i doit savoir ça mieux que toi derrière ton comptoir. Il est mieux placé que toi pour le savoir tout d' même.

— Ça c'est vrai.

— S'i dit qu' la guerre dur'ra pas longtemps, c'est qu'è dur'ra pas longtemps. Pas vrai?

— Ah bien, tant mieux.

— Comment qu'on va les écraser, les Coches.

— Attendez. Laissez-moi lire. Hm. Ne saurait durer longtemps. Par ici, il n'y a eu aucun engagement. Quelques avions sont venus nous bombarder, mais sans grand dommage.

— Ah ah ah ! leur zobus i zéclatent pas. On l' disait déjà dans l' journal.

— Tout c' qu'i savent faire, c'est du macaroni.

— Ah ah ah!

— Et encore la nouille française est bien meilleure.

— Ça c'est vrai.

— J'ai pas fini, dit le nain.

— Eh bien, continue.

— A bientôt donc, mon cher Théo, aime ta mère et travaille bien. Ton père : Étienne.

— C'est tout?

— Oui, mais...

— Tu veux encore un rhum, hein?

— Je crois que oui.

— Quelle canaille que ce Bébé Toutout!

— Un petit rhum. J'ai dans ma poche une lettre pour la dame.

— Oh! sans blague, lis-nous ça.

Le rhum fut versé.

— Hm hm, Modane 15 décembre. Mon Alberte

401

adorée. Je suis ici dans un bien sale trou. On s'y embête effroyablement et je ne sais ce qui me retient de m'en aller. Mais où irais-je? Je suis pris, et dans quelle souricière! et quel horrible bout de fromage on nous a proposé. Impossible de fuir maintenant. Il fait extrêmement froid. La neige tombe en abondance; on est mal logés, mal chauffés, mal habillés. L'hôpital regorge de malades. Il en meurt une vingtaine par jour. On les enterre en grande cérémonie. C'est notre principale occupation. Tous les jours aussi, des avions ennemis viennent nous bombarder. Hier, ils ont fait sauter la poudrière. Deux cent cinquante morts. On a passé la journée à ramasser les morceaux, un peu de tous les côtés. Et quel froid! On ne fait rien, sauf d'enterrer les morts et de recevoir des bombes sur la tête. Ça peut durer longtemps comme ça. C'est encore une chose bien idiote. Qu'est-ce que je fais ici? C'est absurde. Si ça pouvait durer moins de quatre ans...

— Et qu'est-ce qu'il ajoute?

— Te revoir, Alberte, te revoir; de nouveau sentir la pointe de tes seins se dresser...

Une petite pluie bien froide, bien glacée s'était mise à tomber. Les toits luisaient et la rue se transformait peu à peu en un cloaque bourbeux et la nuit dégouttait avec la pluie sur le lotissement silencieux. Le nain continuait la lecture, le nez collé contre le papier parce qu'il était myope et parce qu'il faisait bien obscur. Assis à califourchon, la tête dans les mains, le marin écoutait sans mot dire, et Hippolyte, derrière son comptoir, essuyait toujours le même verre.

« Un nouveau bombardement a eu lieu tout à l'heure, continuait le nain. Quelques morts de plus. Ça va nous occuper un peu. La neige recommence à tomber. Ah! te revoir, Alberte, te revoir. »

— C'est tout?

— Ça t' suffit pas?

La pluie nettoyait avec soin les vitres du bistrot. La boue envahissait les trottoirs. A travers le silence, on entendit un train qui arrivait en gare. Celui de 16 h 37 ; il avait une heure et demie de retard. Alors Yves Le Toltec leva la tête.

— Voulez-vous que j' vous dise une chose? Hein? Eh bien c' qu'il faut, c'est qu' les civils tiennent, voilà mon raisonnement.

*

Avec cinq rhums et six apéritifs dans le nez, le nain commençait à être bien rétamé. Il était 8 heures. Il en oubliait que c'était le moment d'aller à la choupe. Impatienté, Théo alla le chercher. Il trouva le café enfumé et puant et six ou sept hommes braillant, discutaillant, parfaitement satisfaits et d'eux-mêmes et du monde. Le nain hoquetait en chantonnant un couplet patriotique au cours duquel frusques rimait avec Étrusques et France avec fer de lance.

Malgré ses protestations, Théo le sortit au milieu des rires baveux de l'assistance jubilante. Il le prit sous son bras, car le nain aurait été bien incapable d'éviter les mares d'eau et les flaques de boue. La porte grinça, puis se referma. La choupe fumante attendait sur la table. Alberte aussi attendait.

Théo entra sans s'essuyer les pieds et déposa Bébé Toutout sur une chaise. Le minuscule avait l'œil hagard et bégayait d'incohérentes paroles. Il fit mine de prendre une cuiller. Mais cinq rhums et six apéritifs, c'est beaucoup, même pour un nain. Il laissa retomber sa cuiller dans l'assiette, éclaboussant salement la belle nappe propre, dégringola de la chaise en vitesse, tituba jusqu'à la cuisine et, sur le carreau, dégueula. Après les premiers jets, Théo le guida jusqu'aux cabinets. Bien malade, le nabot. L'estomac vidé, il se jeta sur son lit et s'y endormit profondément, ronflant dans sa barbe salie de vomissure.

Quand il revint dans la salle à manger, Théo trouva sa mère pleurant. Il voulut excuser le nain. Ça peut arriver à tout le monde de se soûler.

— Oh j'en ai assez, assez de cet animal, assez de cette villa, assez de cette banlieue. Se dessécher ici c'est bien. Mais seule. Je veux être seule. Emmène cette bête, écrase-la, jette-la. Je ne veux plus le voir ce hideux bonhomme. Qu'il s'en aille, qu'il s'en aille.

— ...

— Attendre ici les nouvelles, attendre seule dans ce coin, c'est bien. Mais subir la présence de cet être épouvantable. Non, je ne peux plus. Je veux être seule, Théo. Emmène cet être hideux. Non. Ne l'emmène pas. Qu'il reste ici. Je m'en irai, moi.

— ...

— Ici, j'ai peur.

— ...

— Je vais habiter Paris. Chez Mme Pigeonnier. Je l'ai vue hier. Elle m'a proposé une chambre dans son nouvel appartement. Oui, j'irai là. Et toi, tu resteras ici, avec l'animal.

— ...

— Non, ce n'est pas absurde. C'est comme ça. Je le veux. Vouloir, une fois. Seulement une fois. Quitter cette boue, ce marécage. Ne plus entendre grincer cette porte. Surtout cela. Que cela ne grince plus! Oh! Que ce soit fini!

— ...

— Ton père ne dira rien. Il m'approuvera. Sois-en sûr. Il m'approuvera. Et l'autre, tu l'entends ronfler, ronfler, ronfler. Quelle horreur! Pourquoi est-il venu ici, ce vampire? Oh! m'en aller! M'en aller!

— ...

— Quand m'en irai-je? Mais, je ne sais pas. Je ne sais pas.

— ...

— Tout de suite. Oui, tout de suite. Ce ronflement, c'en est trop. Tout de suite, je m'en vais.

— ...

— Et toi, tu sauras bien t'arranger tout seul,
mon petit Théo. Je te donnerai de l'argent tous
les huit jours et tu te débrouilleras. N'est-ce pas,
mon petit Théo? Moi je pars. Et que ce nain ne
me cherche pas. C'est ton ami, n'est-ce pas? Qu'il
reste avec toi! Soigne-le bien! Prends soin de lui.
Épargne-lui les rigueurs de la vie, de l'hiver. L'hiver c'est la vie, n'est-ce pas Théo? Tu entends
comme il ronfle le nain. Et cette pluie tu l'entends,
cette pluie qui ne cesse pas de tomber. J'irai ailleurs. Oui, chez Mme Pigeonnier. C'est une charmante femme. Tu ne la connais pas, Théo. Tu ne
peux pas la juger. Elle est sincère, gentille, aimable. Oui, j'irai chez elle. Et toi tu resteras ici
avec ton ami le nain. Tu me le promets, Théo?
Tu me le promets?

— ...

— Quelle vie, Théo, tu ne t'imagines pas. Tu
ne sais rien. Cette guerre, tu ne la comprends pas.
Ton père, tu ne le comprends pas. Théo, reste ici,
dans cette villa. Et tous les jours va au lycée.
Travaille bien. Apprends le grec, le latin, les mathématiques, l'histoire, la physique, la gymnastique et la chimie. Apprends bien tout, Théo.
Mais moi, je pars.

— ...

— Tout de suite. Tout de suite. Tout de suite.

— ...

Pour la dernière fois, la porte grinça. A travers la grille, Théo embrassa sa mère avec tout le respect et toute l'affection qui lui étaient dus. La pluie bien froide, bien glacée leur tombait sur la tête. Alberte disparut, se dirigeant vers la gare. Et Bébé ronflait sur son lit, assommé par l'alcool. Alors Théo, seul, vraiment seul, se trouva en face d'une femme imaginaire vêtue seulement de bas noirs (c'est chouett' les bas noirs). Que fit-il seul? Il en fut fatigué d'être seul. L'alcool et la masturbation régnaient dans la demi-villa dont la pluie embourbait le plâtre mal employé.

Et lorsqu'elle descendit l'escalier de la gare du Nord, celui du métro, elle rencontra un homme que désignait une cicatrice au front.

*

Saturnin, qui avait fait l'autre guerre, fut élevé (et bien élevé) au grade de capitaine ; ce fut une belle soûlographie. Vers les 2 heures du matin, Saturnin rentra dans sa carrée ; comme il n'avait pas du tout envie de se coucher, il se mit à écrire quelques pages destinées à l'ouvrage auquel il travaillait depuis bientôt un an :

Il est possible que quelques lecteurs, simples troufions ou caporals, souaillent parvenus jusqu'ici, désireux de s'instruire, et avides de comprendre. Qu'ils tremblent, alors! Car je leur p-a-r-l-e : Qu'ils soient brûlés et qu'ils renaissent de leur cendre! Qu'ils soient déchiquetés et renaissent de leurs débris! Qu'ils soient décomposés et renaissent de leur putréfaction! Qu'ils soient martelés, laminés, assommés, morcelés, calcinés, fulminés, et qu'ils renaissent de leurs morsures! Qu'ils soient désespérés et qu'ils renaissent de leur désespoir! Qu'ils soient conchiés et qu'ils renaissent de leur emmerdement! Qu'ils soient compissés et qu'ils renaissent de leur humiliation! Qu'ils soient bouleversés, détrempés, culottés, plumés, attrassés, colmatés, botassés, désossés, cabossés et qu'ils renaissent de leur déconfiture!

Mais qui donc? Du diable si je le sais et du diable s'ils le savent eux-mêmes!

Gentil, gentil lecteur, soldat zou caporal, moule à gaufre, fesse de farine, je ne te cacherai pas plus longtemps, je suis soûl, soûl comme une vache, salement soûl. Mais je conserve ma dignité, ça oui. Je conserve ma dignité, moi. Sans doute y en a qui m' diront : t'es pas un homme toi qui n' dégueules pas. A ceux-là, je leur dirai : Dis donc raclure d'égout, tu t'es donc pas regardé? Tu m' prends pour un autre, i m' semble. Grâce à ces arguments frappants, convaincants, inéluctables, je garderai ma gueule digne et puissante de saturnien. N'empêche que, blague à part, ça avance mon grand ouvrage. Hein? Regardez le numéro de la page en haut à droite et comparez avec le numéro de la page de la fin, eh bien, il ne reste plus beaucoup à lire, s' pa ? Les uns, ils seront bien contents. Je les vois d'ici, les feignants, les paresseux, ceusses qui se frottent les mains parce que c'est bientôt fini. Vous réjouissez pas, mes petits bonzommes. Vous le regretterez! C'est moi qui vous le dis. Mais il y en a d'autres qui disent : Déjà! Déjà fini! non vrai, en y pensant je m'en gargarise le gosier avec la tisane de l'orgueil, je m'en frotte le crâne avec la lotion de la vanité, je m'en frictionne les côtes avec l'eau de Cologne de la fierté et je m'en astique les douas des pieds avec la brosse de la couyonnade. D' m'imaginer qu'y en a qui continueront à lire, qui continuent à lire. Non vrai. Venez ici, sur mon cœur, mes enfants, que je vous y serre. Vous voulez continuer? Mais allez-y! Continuez! En avant! En avant! En avant! Courage!

Certes, je suis ivre. Je dirai même que l'alcool m'a rendu plus noir qu'une nuit obscure. Mais qu'on ne croie pas m'avoir coincé. L'on qui penserait cela s'orbicuterait le troufignon avec le médius de la médiocrité. Quel manque d'élégance, cela serait de sa part. Fi donc! Quoi qu'il en soit, veuillez agréer, cher Meussieu caporal zou soldat, mes salutations distinguées ainsi que l'expression de mes plus sincères condoléances. Signé : Saturnin de l'armée active, capitaine Belhôtel.

*

Là-bas, vers Modane, la neige tombait si fort, si dru, les obus dégringolaient en telle abondance, il y avait tant d'ennemis, tout alentour et tout autour, que les gens déguisés sérieux, j'entends ceux qui ont des étoiles sur les manches et des crachats sur les pectoraux, décidèrent de se débiner avec armes et bagages. Ce fut une belle retraite. Non vrai, depuis celle de Russie et celle de Charleroi, il n'y en avait pas eu de plus belle. Ce fut atroce. L'hiver fut spécialement terrible, car l'hiver est toujours gentil, en temps de coups de canon ; il fait bien son métier. Alors les soldats crevaient parce qu'il faisait froid. Il y eut des maladies, des infections, des épidémies. Les soldats crevaient parce qu'ils étaient malades. Il y eut aussi les canons, les mitrailleuses, les obus, les gaz. Les soldats crevaient parce qu'on les tuait. Ah! ce fut une belle retraite. Une de ces belles retraites que les journaux ils disent que c'est stratégique, quasiment une victouare. Et chaque jour les zigues qu'avaient des étoiles sur la pouatrine et des crachouats sulla manche, izespéraient une victouare inespérée à cause des prières qu'ils faisaient au bon dieusse, à la Vierge Marie et à Jeanne d'Arc. Mais la victouare arrivait pas parce que tous ces mythes-là n' valaient plus rien. Et les Étrusques occupaient des villes et des villages tant et plus. Étienne

traînait son sac su' l' dos et ses malheureux croquenots su' les routes blanchies par la neige, les
routes que défonçaient les obus, sur lesquelles les
gaz qui font mourir se traînaient comme des fu-
merolles, même qu'on était obligé de toujours dormir à plus d'un mètre quatre-vingt-onze du sol.

Narcense était déserteur. Bébé Toutout n'en
restait pas là. Mais n'insistons pas. Chaque jour,
sur la ville, y avait un petit tour d'avions qui
semaient quelques bombes. Et parmi les civils ça
dégringolait, mais faut dire qu'on s'amusait ferme
aussi. On n'habitait pas les caves, à cause des gaz,
car les Étrusques ne connaissaient que les gaz
lourds. Alors sur les toits, c'était la grande rigolade. Les bouates de nuit s'étaient installées là-
haut, aux étoiles. On dansait sur la neige. C'était
si beau de danser dans le froid. Et c'était dangereux par-dessus le marché, puisqu'on risquait la
pneumonie, la bronchite, la tuberculose et l'in-
fluenza. Mais qu'est-ce qu'on aurait pas risqué ?
Ce fut un bel hiver, un bel hiver dont on crevait
à tout bout de champ. Et nouél, quel beau nouél
ce fut. Cette nuit-là, tant de couples firent l'amour
que la ville entière semblait miauler. Et la neige
tombait, impassible et froide (on la voudrait tout
d' même pas chaude), blanche (on la voudrait
tout d' même pas noire), impeccable et terrible
sur les villes désespérées où les femmes se faisaient
avidement remplir le ventre par les derniers mâles
restés là.

Étienne n'avait plus de sac, ni de fusil, à quoi ça sert ? Il n'avait plus de godasses, ça c'est plus emmerdant. Il n'avait plus de cache-nez. Ah, merde, mais il va s'enrhumer ! Son régiment (drôle de possessif) finit par arriver à Épinal, en petits morceaux. Là, il ne neigeait pas, mais il gelait. Et cette guerre qui devait durer deux ou trois mois. Et ces idiots d'Étrusques qui n'arrivaient pas à être vainqueurs. C'était lamentable, y avait de quoi se vider les yeux avec les pouces.

Vers la même époque, c'est-à-dire sous la neige, on apprit au G. M. P. qu'il y avait un déserteur dans la ville. Une dénonciation anonyme. Béhé Toutout n'avait pas voulu en rester là. Un déserteur ? C'était intéressant. On envoya des gendarmes examiner ça d'un peu plus près. C'était vrai. Le type qui logeait chez la dame Pigeonnier était un insoumis. On vint le cueillir, un jour que les femmes étaient au marché. On l'emmena devant les officiers qui s'étaient baptisés juges : Vz' êtes déserteur ? qu'i lui dirent et il répondit : Oui. Alors les galonnés froncèrent les sourcils. Puisqu'il veut pas que les ennemis le tuent, eh bien ! ça sera nous qui l' tuerons. Bref, on condamna le type à mort et on le colla contre un mur et on y introduisit douze balles dans la peau, patriotiquement. C'est comme ça que Narcense mourut.

Alberte ne sut jamais ce qu'il était devenu ; en temps de guerre, la poste est si mal faite.

*

On fit cadeau d'un joli petit galon doré à Étienne et on le colla dans un autre régiment ; il se trouva que son supérieur immédiat ne lui était pas inconnu ; il se nommait en effet Saturnin Belhôtel. Ils se serrèrent cordialement la pince et Saturnin dit à Étienne :

— Je vous emmène chez mon frère.

Chez mon frère, c'était le 47 de la rue Thiers, le boxon le plus cher, le plus célèbre, le mieux coté d'Épinal. Trente femmes sages comme des images y travaillaient avec application. Les fafiots s'accumulaient dans la tirelire de Dominique et pour les généraux, Camélia, en personne, soi-même, se mettait à l'ouvrage.

On se bousculait à l'entrée. Les deux hommes s'ouvrirent un passage à travers la foule des gradés en rut et réussirent à pénétrer dans le café. Une suffocante odeur de tabac, de vin, de cuir et d'aisselle leur emplit la narine ; mais, triomphant de cette répulsion initiale, ils traversèrent le dancing au milieu d'un chahut colossal, et parvinrent jusqu'à un guéridon que le patron réservait à son frère. Les femmes se précipitèrent sur eux. Il y en avait des louches, des squelettiques, des ulcéreuses, des baveuses, des déglinguées, des chauves, des morveuses, des éléphantiasiques, des bancales et qui souriaient en tortillant le cul.

— Barrez-vous, barrez-vous! leur gueula Saturnin sans ménagement et il hurla :

— Camélia! où sont Tata et Rara?

Comme Saturnin, c'était le frère du patron, on les lui expédia ; deux femmes assez jolies, et tuberculeuses au septième degré, vinrent s'asseoir à côté de lui en poussant des petits cris, désireuses de simuler la gaieté. Ça leur arrachait la poitrine et quand elles avaient fini de se racler les poumons, elles rigolaient. Par un étonnant mystère, leurs yeux semblaient encore espérer quelque chose de cette immense foutitude. On leur donna des verres et de quoi les remplir ; puis on ne s'occupa plus d'elles. Le piano mécanique accoucha péniblement d'une waltz sur le rythme de laquelle tournèrent galons et seins nus.

Alors Saturnin dit :

— Alors?

Étienne répondit :

— Alors?

C'étaient là de sacrées questions. Que répondre? Par quel bout commencer? Par la porte? En y pensant, à cette porte, Étienne n'en revenait pas. Parler de ça maintenant? Quelle mauvaise plaisanterie. Que diable avaient-ils bien pu en faire? Mais qui donc s'en préoccupait à cette heure?

— Vous vous rappelez des Mygales? C'est là qu'on a fait connaissance. D'une drôle de façon, je dois dire. Depuis, je n'ai pas eu souvent l'occa-

sion de vous rencontrer. Et le type qui se balançait
en l'air, savez-vous ce qu'il est devenu ?

— Il a déserté.

Étienne avala le breuvage placé devant lui, breuvage très probablement fabriqué avec de l'eau de
bidet, nectar des bordels et hydromel des bocards.
Déserter. Il se pencha sur Saturnin :

— Plus courageux que moi, murmura-t-il.

— Ne parlez pas comme ça devant les femmes,
grogna l'autre. Elles rapportent tout.

Et il promenait ses galons sur le ventre de
Tata.

— On monte ? proposa-t-elle, mais l'ex-concierge ne daigna répondre.

— Vot' porte, une belle fumisterie, dit-il à
Étienne.

— Je le savais.

— On s'en est donné du mal, Narcense et moi,
pour lui trouver une destination digne d'elle. On
la trimbala d'appartements en appartements, de
châteaux en manoirs, d'hôtels en casernes, dans
l'espoir de trouver la pièce perdue qui lui corres-
pondait.

— Vous ne l'avez pas trouvée ?

— Non. Naturellement, non. Et pourtant on
opérait de façon méthodique, on suivait une piste
sérieuse. Rien à faire, c'était des imaginations.
On a fini par la brûler. En la cassant, j'ai remarqué
sur un des morceaux le nom de Taupe gravé à
côté de celui d'une femme.

— Ouï, son nom, Gérard Taupe. Je savais aussi cela. Souvenir d'amour, cette porte.

— Alors, vous d'vez savoir aussi?

— Qu'il est mort. Oui. Histoires d'avant guerre, tout ça. Vous ne trouvez pas? Dites donc, et votre sœur, Mme Cloche?

— Déjà trois fois décorée pour son héroïsme.

— Sans blague?

— Oui. Le sanque, ça l'excite. Et vot' copain, Pierre Le Grand?

— Eh bien, celui-là, j'ignore complètement ce qu'il est devenu. Encore un drôle de type, celui-là.

— Et vot' dame?

— Va bien. Merci.

— Et le grand fils?

— Il est au lycée. Prépare son bac.

Les femmes s'impatientaient.

— On monte? qu'elles demandaient toutes les cinq minutes.

Mais les deux hommes bavardaient sans arrêt et se racontaient leurs souvenirs d'enfance. A la fin, Camélia vint les rappeler à l'ordre, on réclamait les femmes ailleurs. Alors ils montèrent, foutirent et redescendirent continuer à boire.

L'atmosphère épaisse ouatait les cris et les chants; le piano mécanique les striait à peine et les mots se dissipaient en lentes oscillations dépourvues d'efficacité. Des paroles en l'air. Dehors il y avait trente centimètres de neige et moitié moins de degrés au-dessous de zéro.

Étienne et Saturnin ne se décidaient pas à partir.

— Vous ne trouvez pas que le néant imbibe l'être, disait celui-ci à celui-là qui répliquait :

— L'être ne conjugue-t-il pas plutôt le néant ?

Lorsqu'ils eurent atteint leur dix-septième verre d'alcool, ils s'endormirent.

Un collègue, le lieutenant Thémistocle Troc, les ayant reconnus, roupillant sur leur guéridon, vint les secouer et leur beugla dans l'oreille :

— Alors, quoi, y a pus d'amour !

Ils se réveillèrent, clignotant de la paupière et la gueule pâteuse.

Dehors, i faisait un de ces froids de canard.

*

Vers le mois de mars, le beau temps réapparut sous forme de pluies incessantes. Population civile et militaire trempignotait dans la boue, assaisonnée de gaz et d'obus. Les Français remportèrent quelques victoires à la suite d'opérations magiques telles que changement de ministères, affichages de discours, inaugurations de monuments, exécutions d'espionnes d'une grande beauté.

Pendant le mois d'avril, personne ne se découvrit d'un fil, mais le mois de mai fut superbe. La végétation végétait admirablement ; les zoiziaux chantaient gaiement perchés sur les fils télégraphiques et le ciel bleuissait quotidiennement. A Obonne, la vie coulait doucette et gâteuse, en apparence fort tranquille. En fait, il s'y passait bien des choses. Exemples : Théo dépucela la fille du cordonnier et la fille du prof de piano ; Bébé Toutout distribuait des bonbons à de jeunes enfants en échange de menus services ; Hippolyte, enflammé par le vin nouveau, faisait des propositions à Cléopastor, le gendarme, mais celui-ci le repoussait avec dédain, car le brigadier Pourlèche occupait seul son cœur. Tous les soirs, Meussieu Exossé et Meussieu Fruit s'enivraient en étudiant les plans supposés de l'état-major et en plantant de petits crapauds sur une carte d'Europe. Quand ils rentraient chez eux, la moustache poisseuse et le nez suintant, la ménagère les rossait en pensant aux élégants officiers chimistes qui manient de si grosses cornues.

Un samedi soir, la sonnette de la demi-villa tinta ; Théo courut ouvrir. Un gosse, une valise à la main, attendait derrière la grille.

— C'est toi Clovis Belhôtel ? demanda Théo qui avait été prévenu par son beau-père de l'arrivée de Clovis, fuyant Épinal où sévissait une épidémie de béribéri.

La porte grinça. L'autre entra. Il était 10 heures. Il faisait nuit. On avait bouffé. Bébé Toutout détaillait des femmes à poil dans un canard intitulé *Le Gaulois* pour bien montrer de quoi i retournait d'dans. Clovis déposa sa valise et ne cela point sa stupéfaction en apercevant ce singulier bonhomme ; lequel leva le nez.

— Bonjour, mon petit gars, qu'il lui dit, paisible.

— C'est Bébé Toutout, expliqua Théo. Il vit ici.

Clovis s'assit. On lui offrit à manger ; il avait. Ce qu'il voulait, boire. Du vin, de préférence.

— Quel âge que t' as ? lui demanda Théo.

— Quinze ans, répondit Clovis.

— Moi seize. En quelle classe que t'es ?

— En seconde.

— Moi, j' suis en première. J' passe mon bac c't' année. J' te r'filerai mes cahiers de cours.

— J' te r'mercie.

— Dis donc, tu fumes ?

— Bien sûr.

— Tiens, voilà un paquet d' cigarettes. Tu sais, è' m' coûtent pas cher. Un p'tit trafic que j' fais.

— Ah.

— Dis donc, qu'est-ce qu'i fait ton paternel ?

— Il a une maison de tolérance.

— Une quoi ? fit Théo soufflé.

— Ah ah ! s'esclaffa Bébé Toutout, Théo qui ne sait pas ce que c'est qu'une maison de tolérance ! Quel nigaud !

Théo, méprisant les railleries du nabot, montra qu'il avait compris :

— Alors, comme ça, ton vieux, il a un boxon ?

— Oui. C'était l' plus chouett de tous les bobi-

419

nards d'Épinal. Mais, avec l'épidémie de béribéri,
l'a été obligé d' s'en aller ailleurs. A Verdun, qu'il
est maintenant.

— T'en profitais ?
— Voilà.
— Voilà quoi ?

Clovis rigola sans daigner s'expliquer. Puis il
s'enquit.

— A quelle heure vous allez à la messe demain
matin ?

On lui répondit pas. I va mal alors, celui-là !

*

Au mois de juin, on construisit un premier étage
à la villa des Marcel et bientôt l'on apprit que
l'on y pouvait rencontrer quelques jolies filles. Un
nain barbu, armé d'un revolver pour faire respecter
l'ordre, recevait les clients et les renvoyait, géni-
toires et portefeuilles vides.

— Alors, cinquante balles pour coucher avec
une gosse de quinze ans qu'à des seins frais et
durs (t'en as jamais touché de comme ça), tu
trouves ça trop cher, eh vieux cocu, disait Bébé
Toutout au curé d'Obonne qui venait consommer.

Le vénérable prêtre (depuis quarante ans, i
binait tous les jours) répliquait :

— Enfin, Meussieu Bébé Toutout, vous qui êtes
un pratiquant sincère, un fidèle parmi les fidèles,

un assidu de vêpres aussi bien que de matines, un pilier de l'église, un champion de la foi, vouloir me faire payer cinquante francs, à moi! moi le représentant de dieu sur la terre!

— Il ne s'agit pas de dieu, mais de cul, répliquait Bébé Toutout. Amenez vos cinquante balles. Si c'est pas malheureux d'être radin comme ça. Quand on pense que vous avez récolté au moins cent cinquante messes après la dernière bataille.

En haut, Ivoine et Colberte, la fille du professeur de piano, tricotaient des chaussettes pour leurs frères qui se battaient contre les barbares ; dans un autre coin de la pièce, Théo et Clovis lisaient :

— T'as vu le journal? dit Théo à Clovis. On esplique xa ne signifie rien la prétendue victoire des Étrusques. Les Polonais vont les prendre à revers, tu comprends, c'est une manœuvre stratégique.

— Ah, fit Clovis, tout ça ne serait pas arrivé, s'il n'y avait pas eu un gouvernement athée. Cette guerre, c'est une punition de Dieu.

— Tu crois? interrogea Théo inquiet.

— Bien sûr. C'est l'aumônier militaire à Épinal qui m'a démontré ça. La France expie ses impiétés dans le sang.

Ivoine et Colberte interrompirent leur travail et embrassèrent avec ferveur des petites médailles qu'elles portaient suspendues entre les nichons.

— Papa i blasphémait tout l' temps. C'est d' la

couillonnade qu'i disait en parlant d' la religion. Il a été tué. I doit être en enfer. C'est le bon dieu qui l'a voulu, dit l'une.

— Et le mien, dit l'autre. Quel vieux salaud. Il trompait maman et encore, il se moquait d'elle parce qu'elle allait à la messe. Il débauchait les mômes qui venaient chez lui. Son impureté a été bien punie. Il a attrapé la vérole à Peyra-Cave et il en est mort.

— Depuis quand qu'on meurt de la vérole? demanda Théo sceptique.

— Oh je sais pas, fit Colberte. Enfin il est mort de maladie.

— Vous déconnez un peu, reprit Théo. Mon beau-père, il a jamais été à l'église et i n'est pas encore mort.

— Oui, mais ça peut venir, répliqua Clovis intelligemment.

Les deux filles se marèrent et Théo suivit le mouvement. Mais ce rire fut brisé par la voix de Bébé Toutout qui criait :

— Ivoine! Colberte! Descendez! Y a quelqu'un!

— On y va, on y va, répondirent les deux gosses d'une voix claire, en posant leur ouvrage sur la table.

Elles descendirent. Théo dit :

— Qui c'est, tu crois, qu'est en bas?

— J' sais pas.

— Dis donc, Clovis. T' as vu dans le journal que...

Tous deux se mirent à plaisanter les incroyables ridicules de l'ennemi. Ivoine remonta.

— Qui c'était ?

— Le curé.

— Eh bien, i n' s'en fait pas.

— Il a fait un bien beau sermon l'autre jour, murmura Ivoine, souriant béatement.

Elle reprit son ouvrage.

— Il réclame toujours du fric, ronchonna Théo.

— Qu'est-ce que ça fait, répliqua Clovis, si on lui en donne pas et s'il vient le dépenser ici ?

Puis il proposa d'agrandir la maison, d'y joindre une salle de café, parce que la limonade, ça rapporte. Et d'augmenter le nombre des femmes.

— Faut dire ça à Bébé Toutout, lui répondit Théo, subitement absorbé par un passage du quatrième volume des *Misérables*.

— Bébé Toutout ! Bébé Toutout ! s'exclama Clovis exaspéré.

Puis, après un silence, incohéremment demanda :

— Dis donc, alors ta mère, elle vit toute seule à Paris ?

— Oui.

— Où ça ?

— Elle habite chez une amie.

Bébé Toutout, qui venait de monter, ajouta :

— Tu peux bien lui dire à ton copain, qu'elle est partie avec un type.

Théo ne broncha pas.

— Oui. Même que c'était un déserteur, c'qu'il y a de plus fort. Elle vivait avec lui.

— J'vois ça, dit Clovis avec mépris, ta mère, c'est une putain.

Théo baissa la tête et Bébé Toutout, quelques secondes plus tard, beuglait de rage car il venait de se pincer la barbe dans la porte du coffre-fort où il avait mis à gauche les cinquante balles du curé.

XCI

Des dizaines d'années plus tard, la guerre n'était pas terminée. Naturellement, il ne restait plus grand monde debout, si bien qu'Étienne avait fini par devenir maréchal et Saturnin aussi. Tous deux résistaient devant Carentan avec une armée de huit hommes à celle des Étrusques composée d'une trentaine de personnes, y compris la reine devenue avec l'âge Missize Aulini. Un soir que l'armée gauloise (car avec le temps la France était redevenue la Gaule) s'était endormie au milieu d'une clairière autour d'un bon feu de bois, un subtil Étrusque vint chiper toutes les armes des militaires rêvants. Le lendemain matin, ils n'eurent plus qu'à se rendre. La guerre était terminée. Vers le soir, un général étrusque vint chercher les deux maréchaux prisonniers, qu'on avait enfermés dans une hutte ; la reine les invitait à dîner : Hommage aux vaincus, avait-elle dit. Ils revestirent leur plus belle cuirasse, s'astiquèrent les mollets, se nettoyèrent l'intérieur du nez et suivirent le guide.

Dans la forêt, au milieu de cette même clairière où toute l'armée gauloise s'était fait couyonner de la façon narrée plus haut, on avait préparé un vigoureux festin, composé d'un sanglier rôti et de châtaignes bouillies, le tout arrosé d'hydromel. On prit place. Puis un héraut tamtama et la reine apparut. Non sans étonnement, Étienne et Saturnin reconnurent Mme Cloche.

— Ça va? demanda le premier avec à-propos.

— Ah, Cloche de Cloche! s'écria le second.

— Alors, mes agneaux, dit-elle, ça doit vous épater, hein? de me retrouver ici. Pour une surprise, ça doit être une surprise. A part ça, ça fait un bout d' temps qu'on s'est pas vu. Des années et des années. Une paille. Et vous, vous avez fait vot' chemin. Maréchaux de Gaule. C'est pas d' la petite bière.

Les deux hommes s'inclinèrent poliment. Puis on se demanda des nouvelles des parents et des amis. La plupart d'entre eux avaient été jetés, hop là! dans la terre glaise. Théo, lui, était prolifique de deuxième classe en Argentine.

— Une bien belle situation, dit Mme Cloche. Et çui-là qui voulait le pendre?

— Qui ça? demanda Étienne.

— Ah là là, fit Saturnin. Parlons pas d' tout ça. C'est d' l'histoire ancienne.

— Ah sûr, approuva sa sœur. Eh bien, vous ne buvez pas? s'exclama-t-elle indignée.

Et des flots d'hydromel coulèrent dans les gosiers.

— A quoi que vous passez vot' temps? demanda-t-elle, quelques bouteilles plus tard.

— Autrefois, on faisait de la métaphysique, répondit Étienne.

— On en fait encore de temps en temps, ajouta Saturnin, mais ça devient de plus en plus rare.

— Pourquoi ça?

— A cause de la pluie.

— Eh bien, hurla la la la reine se dressant vers la nuit qu'illuminait un rond morceau de suif auquel des coups de pouce déments avaient donné figure humaine, eh bien, la pluie, c'est moi...

— C'est pas vrai, dit Saturnin.

— Dis donc, toua, tu m' prends pour une menteuse, maintenant?

— Oh ça non, ça non!

— Eh bien oui, je suis la pluie! La pluie qui dissout les constellations et qui détraque les royaumes, la pluie qui inonde les empires et qui humecte les républiques, la pluie qui emboue les godasses et qui se glisse dans le cou, la pluie qui coule le long des vitres sales et qui roule vers les ruisseaux, la pluie qui emmerde le monde et qui ne rime à rien. Je suis aussi, tenez-vous bien, le soleil qui défèque sur la tête des moissonneurs, qui écorche les femmes nues, qui flambe les arbres, qui pulvérise les routes. Et je suis aussi le verglas qui casse la gueule des gens et la glace qui s'entrouvre sous les pas de l'obèse et la neige qui refroidit les râbles et la grêle qui démolit les crânes et le brouil-

427

lard qui humecte les poumons. Yo soy aussi la belle saison, les mois de printemps qui font éclore les maladies vénériennes, bourgeonner les faces et gonfler les ventres. Zé souis le printemps qui vend vingt sous son brin de muguet et l'été qui fait crever de trop vivre. Ch'suis l'automne qui fait pourrir les fruits et l'hiver qui vend son buis le jour des rats morts. Ich bine la tempête qui hurle avec les loups, l'orage qui fait rage, l'ouragan qui dépouille ses gants, la tornade qui reste en rade, la bourrasque qui s'efflasque, le cyclone sur sa bicyclette, le tonnerre qui téte et l'éclair qui lui, luit. Haillame...

— J' demande à vôhar, interrompit Saturnin qui commençait à être un peu givre.

Étienne le poussa du coude, l'invitant au silence.

— Depuis dix ans, je potasse la météorologie, expliqua la reine.

— C'est très intéressant, dit Étienne conciliant.

— Autrefois, quand j'étais vieille, continua Mme Cloche, j'avais un programme bien différent. J'étais alors la reine des pots de moutarde, l'impératrice des fonds de culotte et la déesse des bandages herniaires. J'inspirais les trouilles nocturnes et les poltronneries diurnes. Toujours de mauvaise humeur, je distribuais les boîtes de cancer. Je gardais les chiottes du jardin des Tuileries. J'étais la chiffonnière avorteuse, la maquerelle véroleuse, la portière lyncheuse. Mes amants puaient des pieds et, lorsque l'accouplement était terminé, je les rossais à coups de tisonnier.

— Chat charmant, balbutia Saturnin. Cidrônie, ma sœur, t'es chat-charamante.

Elle haussa les épaules.

— Toi qui fais l' malin avec ton bégaiement, j' parie qu' tu sais même plus compter jusqu'à dix.

— C'est hune devinette ? lui demanda son frangin. Trop fort pour me, chte laisse jacter.

— Eh bien voilà. Ferme tes mains, ouvre les douas en même temps qu' moua et compte : naın, deuil, toit, carte, sein, scie, sexe, huître, œuf et disque. Avec les douas d' pied on peut aller de bronze à vin, mais t'es trop soûl pour ça.

— O ma sueur Cloche, c'est mamarant, hic! hoqueta l'ex-concierge.

— Elle est bien bonne en effet, reconnut Étienne.

— C'est pas moi qu'ai trouvé ça, dit la reine. C'est dans le livre.

— Quel livre ? demandèrent les deux maréchaux errants.

— Eh bien, çui-ci. Çui-ci où qu'on est maintenant, qui répète c' qu'on dit à mesure qu'on l' dit et qui nous suit et qui nous raconte, un vrai buvard qu'on a collé sur not' vie.

— C'est encore une drôle d'histoire, ça, dit Saturnin. On se crée avec le temps et le bouquin vous happe aussitôt avec ses petites paches de moutte. Nous autres oui, on est comme ça et tous ceuss-là qui nous entourent, ô reine ma sœur, tes généraux foireux, tes soldats de bois de campêche et les poissons de l'étang voisin qui n'arrivent pas à dormir. Double vie, doubles nœuds. Hou ya ya.

— Et c' qu' est écrit, qu'est-ce que t'en penses? lui demanda sa sœur.

— Les passages philosophiques, les miens, c'est pas fort. J' dis ça à cause du progrès. Du progrès de ma pensée, turellement. De plus en plus fort, tu comprends, je deviens. Alors des trucs qui datent d'i y a des années et des années, du temps d' ma jeunesse quadragénaire, tu penses si je trouve ça un peu transparent.

— Moi, après tout, je ne suis pas mécontent, dit Étienne. J'ai l'air innocent et me présente d'une façon sympathique. Et puis, j'ai une vie intéressante, mon histoire est instructive, exemplaire même.

— Faites pas le malin, dit Mme Cloche. Si vous continuez à vous donner des coups d' pied comme ça, vous allez vous casser les tibias. Moi, j' vous parlerai franchement. Eh bien, jamais j' me pardonnerai d'avoir marché comme j'ai marché. A propos d' la porte. Et c' qu' est rageant, c'est qu' c'est écrit, tout au long ici même. Ah merde!

— Eh bien, dit Étienne avec bienveillance, faut supprimer cet épisode, le raturer.

— Le littératurer, ajouta Saturnin.

— C'est pas possible, dit Mme Cloche. C'est fait, c'est fait. Pas moyen de rev'nir là-dessus. Ah malheur!

— Moi, dit Saturnin, j' trouve pas qu'i y ait d' quoi s' faire tant d' bile. Ça arrive à tout l' monde d'être couyonné. Mais si vraiment ça t' chagrine comme ça, t'as qu'à recommencer.

— T' es idiot, mon frère. T' as déjà vu ça qu'on pouvait r'prendre ses coups ?

— Non, mais on le verra.

— Alors tu crois que j' peux éponger le temps et r'mettre ça ?

— Essaye. Dans les circonstances où tu te trouves. Refais ta vie, eh charogne.

— Ça va, ça va. Mais c'est absurde c' que tu dis. Tout d' même, leu temps, c'est leu temps. L' passé, c'est l' passé.

— Que tu dis.

— Et si j' tombe encore dans l' panneau ?

— Y a des chances que tu soyes encore aussi crédule. Tu verras bien en tout cas. Annule tout ce que j' te dis. J' t'accompagne.

— Moi aussi, dit Étienne.

— Alors comme ça, l' temps, c'est rien du tout ? Pus d'histoire ? demanda la reine.

— Qu'est-ce que ça fout ? lui répondit-on.

Elle haussa les épaules.

Alors, ils quittèrent la clairière qui se trouve devant Carentan et, franchissant les fausses couches temporelles de l'éternité, parvinrent un soir de juin aux portes de la ville. Ils se séparèrent sans rien dire, car ils ne se connaissaient plus, ne s'étant jamais connus. Un concierge prit loge, une sage-femme ouvrit boutique. Un homme s'aplatit contre la grille d'une demi-villa de banlieue dans laquelle, attendant avec patience la choupe vespérale, un enfant louchait vers une obscène photo. La porte grinça. L'homme s'aplatit.

Un masque traversa l'air, escamotant des personnages aux vies multiples et complexes, et prit forme humaine à la terrasse d'un café. La silhouette d'un homme se profila ; simultanément, des milliers. Il y en avait bien des milliers.

Athènes et Cyclades, juillet-novembre 1932.

ŒUVRES DE RAYMOND QUENEAU

Aux Éditions Gallimard

Poèmes

LES ZIAUX.

BUCOLIQUES.

L'INSTANT FATAL.

PETITE COSMOGONIE PORTATIVE.

SI TU T'IMAGINES.

CENT MILLE MILLIARDS DE POÈMES

LE CHIEN À LA MANDOLINE.

COURIR LES RUES.

BATTRE LA CAMPAGNE.

FENDRE LES FLOTS.

MORALE ÉLÉMENTAIRE

CHÊNE ET CHIEN *suivi de* PETITE COSMOGONIE PORTATIVE.

Romans

LE CHIENDENT.

GUEULE DE PIERRE.

LES DERNIERS JOURS.

ODILE.

LES ENFANTS DU LIMON.

COLLECTION FOLIO

*Impression Bussière Camedan Imprimeries
à Saint-Amand (Cher),
le 6 novembre 1995.
Dépôt légal : novembre 1995.
1er dépôt légal dans la collection : juin 1974.
Numéro d'imprimeur : 1/2589.*
ISBN 2-07-036588-3./Imprimé en France.